四川文化产业职业学院学术著作出版基金资助出版

文艺民俗学视野下的马识途创作研究

张旻昉 著

四川文艺出版社

图书在版编目（CIP）数据

文艺民俗学视野下的马识途创作研究 / 张旻昉著. —成都：四川文艺出版社，2021.6
ISBN 978-7-5411-5921-3

Ⅰ.文… Ⅱ.①张… Ⅲ.①马识途—文艺创作—研究 Ⅳ.①I206.7

中国版本图书馆CIP数据核字（2021）第030695号

WENYIMINSUXUE SHIYEXIADE MASHITU CHUANGZUOYANJIU

文艺民俗学视野下的马识途创作研究

张旻昉 著

出 品 人	张庆宁
责任编辑	李国亮 邓 敏
封面设计	史小燕
封面绘图	赵 书
内文设计	史小燕
责任校对	蓝 海
责任印制	崔 娜

出版发行	四川文艺出版社（成都市槐树街2号）
网 址	www.scwys.com
电 话	028-86259287（发行部） 028-86259303（编辑部）
传 真	028-86259306

邮购地址	成都市槐树街2号四川文艺出版社邮购部 610031
印 刷	四川华龙印务有限公司
成品尺寸	168mm×238mm 开 本 16开
印 张	16.25 字 数 260千
版 次	2021年6月第一版 印 次 2021年6月第一次印刷
书 号	ISBN 978-7-5411-5921-3
定 价	68.00元

版权所有·侵权必究。如有质量问题，请与出版社联系更换。028-86259301

妙峰自在有无处
——《文艺民俗学视野下的马识途创作研究》序

李明泉

马识途先生在《忆秦娥·赠科学大会诸公》中写道:"登山漫道攀缘苦。妙峰自在有无处。有无处。拨开云雾,风光无数。"纵观马老一百多年的人生道路和八十多年的文学创作历程,他的艺术成就又如妙峰屹立,风光无限,成了中国当代难以企及、高山仰止的文学高峰。他是继巴金、郭沫若、沙汀、艾芜、李劼人、何其芳之后最有影响力的四川作家,也是中华人民共和国成立后和新时期、新时代作家中的革命前辈作家。

我因从事文艺评论,多次聆听马老的讲话,也有几次向他求教,他对我很是关心,希望我把四川文艺评论工作好好抓一抓,多为年轻作家鼓与呼。我对马老清晰的逻辑表达能力和惊人的记忆力佩服之极。记得2016年12月7日四川国际文化交流中心第四届理事会第一次全体会议召开时,作为省人大常委会原副主任、文化交流中心第三届理事会理事长、时年一百〇二岁的马老出席开幕式。会议开始前,马老刚入座,不少理事前去问候,我有很久没见到马老了,也前去问好,他握着我的手说:"我记得你,你是李明泉,搞评论的,要多写些东西。"百岁老人还挂念着文艺评论工作,让我十分感动和敬佩。

于是,翻开这本从民俗审美角度研究马识途文艺创作的专著,就有一种特别的亲切感。我在1996年2月出版《民俗审美学》一书,对民俗审美问题有一定的理解,也才欣然应作者之邀为本书写一点读后心得。

马识途是我国当代著名作家、革命家。如果从1935年他首次在叶圣陶主编的《中学生》杂志上发表征文作品《万县》算起，迄今已有八十五年。同时，马老还"是一位经常使人感到出乎预料的作家"。因为他同时具备革命家和作家两种身份，具有独特的创作视角，在创作中一直执着地追求中国作风、中国气派，在民族化、大众化道路上辛勤耕耘，努力探索，形成了自己的艺术风格。其中，最显著的特色是在不同体裁的文学作品中，创新文本结构形式，采用幽默讽刺的白描手法，注重蜀中民俗"摆龙门阵"的叙述方式，使文学作品彰显浓浓的民族韵味，体现出一种区别于其他作家的民俗审美特色。

本书主要从文艺民俗审美这一视角切入，对相关理论进行了简要梳理，在对民俗审美、民族化相关问题以及文艺创作民俗审美内涵研究的基础上提出文艺民俗审美的社会功能意义，并将此运用到马识途文艺创作民俗审美问题研究中，探索其作品所体现出来的对本土文化的价值。

我在《民俗审美学》中认为，"'民俗审美学'是民俗学与美学相结合以研究民俗事象的审美属性、审美特征和审美鉴赏的规律的一门新兴边缘学科。它是以民族文化精神为内核、以民俗事象为表征、以审美观念为红线贯穿的阐释民俗现象的科学。它的根本任务和使命是发掘整理、弘扬光大、引导培养民族文化精神，增强民族凝聚力、向心力、战斗力，优化民族成员素质，发扬爱国主义精神，促进民族繁荣振兴"。我们这颗蓝色星球的东方，有一个由五十六个民族组成的伟大国家。在这九百六十万平方公里的辽阔版图上，节日之多彩、风俗之绚丽，堪称世界最丰。优美动情的神话民歌，千姿百态的民间舞蹈，琳琅满目的民族服饰，情趣盎然的竞技赛会，眼花缭乱的婚葬礼仪，使人们从小就受到民俗美的熏陶和民族文化的潜移默化影响。因此，中华民俗既有"山川食太古，风气如未开"（刘因《隐仙谷》）的原始古朴美，又有"且盼和平同处日，愿将菊酒解前仇"（朱德《赏菊》）的现代宏阔美；既有"灯火家家市，笙歌处处楼"（白居易《正月十五日夜月》）的喧闹喜庆美，又有"三月木棉映红天，歌声留在妹心间"（民歌）的缠绵清丽美；既有"鼓声三下红旗开，两龙跃出浮水来"（张建树《竞渡歌》）的竞争刚强美，又有"明月出天山，苍茫云海间"（李白《关山月》)的高远深邃美,等等。它所展示的社会进步发展过程,所显现的独特美学风韵,所蕴含的丰厚审美内涵,在人类民族之林具有拔冗集粹、标新立异的美学价值和认识意义。

民俗,是人类独特的文化创造物。它既是现实的存在,又是数千年民族历史的产物,因而具有共时性与历时性的特点;它既是实实在在的物相,又是民族文化的载体,因而具有物质性与精神性共生特色;它既是某一地域特定生活的表现,"但是它所反映的那种特征却是整个种族所共同具有的"(恩格斯),因而具有地方性与民族性相融禀赋;它既萌芽于原始人类的蒙昧意识,又反映特定历史阶段生产力发展水准和与此相应的社会观念,因而具有社会性和宗教性。这使得"民俗美"显现为传统精神和现实生活相统一,理性意蕴与感性显现相统一,历史深刻性与现实生动性相统一,从而使民俗成了当代人生活的重要内容和参与形式,烙上了美的灵环、美的印记、美的意象。

马识途的作品深深掘向中国尤其是四川这块文化土壤,他孩童时就生活在浓郁的极具四川风味的民俗环境中,吃火锅、坝坝宴以及"吃讲茶,断公案"的习俗,摆香案、请喝酒、烧纸钱的民间风俗,婚俗、丧葬、寿礼、祭祖等各种各样民俗活动,都深深镌刻在他的记忆里,给他以启蒙教育,成了他后来文艺创作中充满活力的生动养料。加之,他十分注意在创作中将那些富有民族和区域特征的民俗事象,以"摆龙门阵"的叙述方式,大量运用到小说创作中,把蕴含四川本土特色的民俗与叙述穿插在一起,不仅仅体现出作品的民族化特色,还从中体现出作者对国家民族文化的思考。

民族审美离不开民俗,一部文艺作品是否有关于民俗的描写或者是体现出民俗的特征,成了评价它是不是具备民族特色的一个重要标准。马识途笔下的人物都爱好喝茶谈事,或在茶馆中进行着各种各样的活动。《京华夜谭》中的各个人物如果离开了喝茶习俗、茶馆周边种种的描写,如果没有"吃讲茶"、舵把子、总舵爷的描写,很明显故事会黯然失色很多。不管是地下党接头,还是甩掉跟踪的尾巴、打斗营救,都离不开茶馆这一重要的发生地,甚至对人物性格的勾勒也是通过发生在茶馆中的其人其事来表现的,正是由于民俗的差异性,才构成了人物形象鲜明的民族性格特征以及审美判断的民族特质。他的另一篇代表作《夜谭十记》采用连缀式结构,然而又不完全同于传统,在此基础上对此进行了承袭和翻新。结构形式上看好像是散文，从一群小科员聚在一起聊天开始说起，他们既是故事的创作者，也是故事里的引线人，每人讲一个故事构成了"十记"。讲故事的小科员不是故事中的主角，却是贯串小说整个的主线。与饮茶相似，酒也是频频出现的重要元素，《京华夜谭》中聊天喝酒，告别喝酒，庆祝还是喝酒。除了茶酒之外，《清江壮歌》中的柳一清、《巴蜀女杰》中的黎林都爱好唱歌，对歌谣的热爱深入了她们的生活，革命时唱歌，坐牢时唱歌，表达心志时唱歌，甚至沟通信息时也唱歌。

马识途的《夜谭十记》《夜谭续记》《京华夜谭》《雷神传奇》等作品都能体现出其深深扎根于本民族民俗文化传统，无论是他幽默讽刺的川话，还是那些通过"摆龙门阵"讲出来的故事，都带着明显的民族情调意味。他在创作谈中讲到的"川味"说的也就是这个意思。川剧、川曲都是如此，川文也一样应是如此，无论是李劼人还是沙汀，无论是电影《抓壮丁》，还是姜文取材于《夜谭十记》中《盗官记》所拍的电影《让子弹飞》，无一不是以川味取胜，《让子弹飞》还专门配备了川话版，以期让观众更能体验到更原汁原味的"川味"。这里所讲的川味不仅仅只是说四川的语言，也不是单纯的猎奇，而应是作品写某个区域的人物事件时，应该具备这个区域人物的气质风度，语言情趣再辅之以这个区域的风俗习惯、山川风光，以此所体现出的典型性民族民俗特征。

马识途先生是中国现代著名作家。他在创作文学作品时十分重视受众的要求，希望能够写出广大人民群众喜闻乐见的作品。因此，运用文艺民俗学理论，对我国近现代优秀作家的文艺创作活动进行分析，总结他们的创作经验，丰富作品的表现力，提高作品的真实性是创作优秀文艺作品必由之路。人民群众喜闻乐见的优秀文艺作品往往都带有鲜明地方民族风俗烙印，具有浓郁的民族文化特征。运用文艺民俗学理论研究这些文艺作品，分析作品中反映出来的民俗文化、创作者对民俗文化素材的运用，以及如何将民俗内容与作品主题完美结合，对作品的民俗特点的审美研究等等，这是文学评论的基础工作之一。

作者娴熟运用目前国内文艺民俗学科的理论研究成果，分别从文艺民族化、民族审美心理结构、民俗意象、民俗结构和语言四大方面论述马识途文艺创作中的民俗审美，既填补了川籍大家文艺作品评论的空白，又给我们文艺评论提供了一个很好的范例。

在马识途一百〇六岁宣布封笔之时,写下以上文字,以表达我对马老的崇敬之情。马老的道德文章为后学所敬仰,他所创造的文学奇迹,将成为中国现当代文学史上难以企及的一座高峰。

是为序。

二〇二〇年七月五日于大邑云上

(李明泉:中国文艺评论家协会理事、四川省文艺评论家协会主席、省社科院二级研究员)

目录

绪 论 001
    一、立足点与视角层面 002
    二、理论分歧与差异 005
    三、国内外研究概述及所存在的问题 009
    四、马识途文艺创作中的民俗审美 014
    五、研究文艺创作中民俗审美的意义 016
    六、研究框架 018

第一章 马识途文艺创作的民族化 020
    第一节 关于文艺民族化问题 020
        一、文艺民族化问题的历史发展 021
        二、马识途文艺创作民族化的审美价值 024
    第二节 文艺民族化与民俗审美 027

第二章 马识途文艺创作中的民族审美心理结构 038
    第一节 民族精神 040
    第二节 民族审美趣味 048
        一、色彩趣味 049
        二、饮食趣味 053

三、服饰趣味 059
第三节 民族性格 067
一、塑造英雄人物，鞭挞民族弱点 069
二、民俗环境与人物 082
三、人物性格心理 088
第四节 审美的情感活动 094
一、共通的民族情感反应 094
二、传情达意的歌谣 097
三、民间传说故事和典故 105

第三章 马识途文艺创作中的民俗意象 111
第一节 情境自然美构建民俗背景 112
一、与生活实践相连的情景自然美 114
二、饱含心情投影及象征意味的自然美 121
第二节 民俗生活相 128
一、有形的建筑生活相 129
二、行为的礼俗生活相 136
三、无形心意民俗生活相 146
四、社会交往民俗生活相 151
第三节 民俗风物与民族情思 156
一、民俗生活画卷之酒文化 157
二、民俗生活画卷中的其他风物 162
第四节 马识途小说中的"茶" 166
一、茶趣与茶人 167
二、茶馆——民俗叙事空间的建构 177
三、三位川籍作家笔下的"四川茶馆" 187

第四章 马识途文艺创作中的民俗结构及川味语言 194
第一节 民俗结构与情节设置 195
一、承袭翻新的叙事结构 196
二、构建情节的民俗纠葛 202

第二节　独具地方特色的叙事语言 217
一、诗歌——诗化的语言 218
二、民谚、古语、歇后语 223
三、方言口语"摆龙门阵" 226
第三节　幽默和讽刺蕴寓于白描淡写 233

参考文献 242
附录：马识途主要作品年表 246

绪 论

谈到文艺民俗审美,首先不可避免地就会谈到民族化问题。在文艺民俗学的视野,文艺民俗化的审美价值是文艺民族化中一个至关重要的标志,而文艺民族化的程度又关乎一种民族文学兴衰存亡的命运。中国文艺创作在走向世界的进程中,受到了马克思主义文艺理论的指导,而马克思主义对文艺创作的影响中,民族化是非常重要的一个方面。通过对民族化的实践和探索,文艺创作实现了对中国传统文化的继承和发扬,实现了对外来文化以及多民族优秀成果的借鉴,并且实现了文艺为社会主义革命以及现代化建设服务的社会价值。

近代以来,中国的文艺创作越来越多地受到国外创作理念、叙事方法的影响,从某种意义上来讲这并非坏事。问题的关键在于,在学习和研究外国先进的文艺理论和思潮以后要学会反思,不仅仅是对于国外文艺理论的反思,还包括对于中国传统的文学理念和思想观念的反思。只有秉承"吸收精华,扬弃糟粕"的理念,对国内外整体的文艺创作思想方法和美学理论进行系统的学习和思考,才可能在此基础上形成属于我们自己的创作方法和理论思想,才可能创作出更多更好的老百姓所喜闻乐见的文艺作品。因此在对文艺创作吸收、借鉴、反思与探索的过程中,我们开始关注中国文学应该如何面对世界,本土文学如何与世界文学良性互动,在多元文化冲击下长大的青年作家们如何在文艺创作中"回归本土"等问题。对这些问题的解答,老一辈作家们曾做出的努力是不容忽视的。

马识途是继巴金、郭沫若、沙汀、艾芜、李劼人、何其芳之后最有影响力的四川作家,同时是中华人民共和国成立后和新时期作家的前辈。他由革命之途而跨入文学殿堂,既有革命者的切身体会,又有作家的独到眼光。他对民族精神的把握是深刻的,表现亦是切实的。他的作品选取的是用民俗意象构建起来的民族题材,洋溢着对马克思主义的忠贞信仰和一往无前的牺牲精神,展现了坚忍不拔、团结协作的民族性格和气质,体现了光明必将来临,希望就在前方的审美情感,对于民族审美心理结构做出了最好的诠释。

在马识途不同体裁的文学作品中,还体现出他追求的蜀中民俗"摆龙门阵"的叙述语风,这在"川派"作家中独树一帜。作者开拓了新的文章结构形式,采用了饱含幽默讽刺意味的白描淡写的艺术手法,并使之与体现民族审美心理结构的内容交相辉映,让文学作品更加彰显出本民族的色彩,体现出一种区别于其他作家的文化艺术特色。

本书主要从文艺民俗审美这一视角切入,对相关理论进行了简要梳理。在对民俗审美、民族化问题以及文艺创作民俗审美内涵研究的基础上提出文艺民俗审美的社会功能性意义,并将之运用到马识途文艺创作民俗审美问题的分析研究中。通过分析马识途文艺创作中民族化的具体体现,对其作品进行民俗审美研究,探索其作品中对本土文化的思考。

通过运用马克思主义文艺理论以及文艺民俗学的原理来研究和分析马识途文艺创作的民俗审美问题,旨在提倡弘扬民族文学精神、大胆借鉴外来先进文学技巧与经验,推陈出新创作出更多富有民族特色的文艺作品;增强"中国气派、中国风格"的独特言说的创作实践;丰富广大人民群众的精神生活,为促进中国民族文学走向世界提出参考。

一、立足点与视角层面

首先"民俗是文化中具有独特功能的层面。在社会现实中,它是某一民众群体在生产、饮食、居住、婚姻、丧葬、节庆、娱乐、交际、礼仪、信仰等物质生活、制度生活、精神生活方面广泛流行,重复出现的行为方式和思维模式"①。文艺民俗学,英文名Folklore in Literature,是一门新学科。"文艺民俗学是民俗学和文艺学之间相互联系的边缘交叉学科,它是以文艺作品为研究的主要对象,从民俗学独特的知识、理论、方法对文艺发展的一些主要侧面进行分析研究,力图通过文艺作品的民俗批评,把文艺学和民俗学有机地结合起来,以揭示文艺创作欣赏、研究过程中的民俗机制和文艺发展中过去所忽视的一些规律"②。文艺民俗学的视野中,文艺是民俗文化孕育的花朵,是民俗文化的一种体现。人世间任何一种文艺都深深镌刻有它所依托的精神与心灵的纹章和标识。

其次,文艺作品的民族化,须由其包含的民俗化倾向来体现,从根本上看,并不是哪一类作家、艺术家、评论家的创造和嗜好。因为文艺作品在形成的过程中,不可避免地要受到民俗的影响。文艺的民俗化倾向作为文艺民族化的基石原本是文艺本质的一个因素。它在不同的作品中或浓或淡,但不可能没有。真正的文艺作品,必然带有一定的民俗性特征,这才有可能体现出民族化的特色。

马克思主义经典作家都曾做过一些深刻的论述,所谓文艺民族化,指文艺家通过有意识地努力,从而使文艺作品具有民族特色和民族风格,来适应时代以及人民大众的审美需求。作为一个民族而言,它的文学艺术是不是成熟,标志之一就应该是文艺民族化。

在《共产党宣言》中,马克思和恩格斯指出:"资产阶级,由于开拓了世界市场,使一切国家的生产和消费都成为世界性的了……物质的生产如此,精神的生产也是如此。各民族的精神产品成了公共的财产,民族的片面性和局限性日益成为不可能,于是由许多民族和地方的文学形成了一种世界的文学。"③

在西方美学史上,别林斯基继黑格尔之后开创"文艺民族化"理论,所谓"世界文学"这一概念,便是他所提出的。虽然在一定意义上来说,"世界文学"仅是人们的一种愿景,但重要的是它通过集合各民族文学之所长,将其融

---

① 陈勤建.文艺民俗学[M].上海:上海文化出版社,2009:124.
② 陈勤建.文艺民俗学导论[M].上海:上海文艺出版社,1991:2—3.
③ [德]马克思、[德]恩格斯.共产党宣言[M].中共中央马克思恩格斯列宁斯大林著作编译局.北京:人民出版社,1997:31.

会贯通，最后以一个全新的形象出现。"譬如现代欧洲文学中的德国因素（善于哲学思辨，严谨而显迂腐）、法国因素（天性活泼热情，勇于创造）和英国因素（求实精神，阴森沉郁的气魄，雄伟的幽默）的有机结合统一，就将产生出一种显示丰满性和多样化的新质。它在一个新的基础上综合发挥了以上三种因素的优势，而不会'销蚀掉'它们各自的民族性特征。"①

毛泽东在讲话中也曾多次强调文学艺术应该如何才能体现出民族特色，以及体现民族特色的重要性。他说："艺术的基本原理有其共同性，但表现形式要多样化，要有民族形式和民族风格。一棵树的叶子，看上去是大体相同的，但仔细一看，每片叶子都有不同。有共性，也有个性，有相同的方面，也有相异的方面。这是自然法则，也是马克思主义的法则。"②毛泽东以浅喻深，以小喻大，以树叶喻文学艺术，将日常生活的事例上升到哲学的高度，指出只有具备民族特色和民族个性化的特征，创作才能充满生机，世界也才会多姿多彩。

民族化，在中国应该是指在中国与外国的文化交流中，不仅仅要吸收外来文化的先进成果，更要借此来丰富和补充中国文化。从积极的一面来说，它是在中外文化的交流与碰撞中，振兴民族文化；从消极的一面说，民族化很容易成为一种坚持故我、反对吸收外来文化、反对民族文化变革的托词。

最后，文艺是一个民族的精神标高，越是民族化的文艺作品，越能冲出民族和国界，而没有民族特色的文艺作品，就很难在世界文学上占有一席之地。文艺的民族性和世界性是相统一的，马克思和恩格斯所说的"世界文学"并不是要求各种文艺创作的整齐划一，也绝非简单地照搬国外的时尚流行来代替本民族传统。从我国来说，在总结新文学创作经验，整理研究相关文艺理论的基础上，我们应该继续为建立具有中国民族特点的马克思主义文学理论而努力。在这个意义上，文学理论必须对整个民族文学的特殊性进行探究并深入探索，也就是从民族性出发，探究其风格特点，找到作家个体与民族性相结合的位置，从而揭示民族共通性。这对丰富发展马克思主义的文艺理论，繁荣当下本土文学创作，都有着重要的作用。

---

① 梁一儒.文艺民族化论稿[M].呼和浩特：内蒙古人民出版社，1984：113.
② 毛泽东文集（第七卷）[C].北京：人民出版社，1999：83.

自然科学是没有地域和民族特征的，文学艺术却是各自有自身的民族特色。相同的民族文化、民族生活方式、民族语言以及由此而产生的民族心理、民族情感和民族习惯，自然形成了一个民族大体趋同而与其他民族有别、且相对稳定的审美趣味。不同民族的审美趣味在不同民族的审美活动中体现得尤为明显。

二、理论分歧与差异

文艺作为社会历史形态，它随着人类历史的进程产生并发展。人类社会的繁衍迁徙，社会历史的进步，人类思想和情感的表达，都离不开文艺。文艺作品的创作和呈现离不开文艺家的自觉，也离不开文艺家个人审美表现才能。虽然创作始于个人，但不是一种纯粹的个人行为，因为每一位文艺家创作的本身就是以个体的形式在承担着时代和国家赋予自己或者某个群体的社会历史责任。因此，那些否认文艺承担社会历史责任的说法是很片面的。无论如何，作为一种社会意识形态存在的文艺，都不可能单单只是某个人的意识。不管承认或意识到与否，每个人都是一定社会意识表现的承担者。而文艺家在创作的作品中会自然而然地展现自己的生活视野，抒发内心审美情绪，这些都是社会意识在艺术实践创作中得以实施的一种体现。

（一）不同民族主体的不同价值诉求

从中国近百年文学史中可以看到，文艺民族化在不同的阶级、不同的利益集团那里也是不尽相同的。随着西方资本主义的侵入，动摇了中国延续数千年的传统文学。面对越来越开放的世界，原本的文艺民族性逐渐显得狭隘和保守。即便如此，以桐城派、"江西诗派"为代表的封建正统文学仍高举保存国粹的旗帜，希望保卫正统文学的地位，他们不仅仅反对西方文艺，更反对在民族文艺与西方文艺相结合的基础上产生的新文艺。《古文辞类纂》便是其为文章的程式化写作精心挑选的文章范本，年轻一代可据此来模仿古人的言论、口气，甚至还可以用古人的格式来写作，然而这其中却极度欠缺新思想、新观点的表达，文章内容不仅守旧迂腐，形式也僵化死板。

严复等封建地主革新派对旧文艺采取部分否定的态度。他们已经意识到民族性正在发生变化，旧有的民族文艺已经明显和变革了的民族现实格格不入。他们倡导民族文艺的变革，想在变革中求发展。但由于自身阶级立场的局限性，即使积极倡导文艺民族化的革新，却并不敢从根本上去否定封建的民族性。

资产阶级改良派则认为，需要从全球角度上来更多地观察民族文艺的发展，在谈及文艺民族化时，更多的是讲"以新意境入旧风格"，将民族化视为手段。

新兴的革命阶级把文艺的民族化和封建文艺视作一个统一的整体，因此在革命一开始，就不遗余力地反对封建文艺，以至于全面否定了传统的民族文艺，在反封建的同时也一并否定了民族性当中的一些进步因素。

毛泽东所阐述的文艺民族化理论核心问题是：文艺要有中国气派、中国风格，为中国老百姓所喜闻乐见。毛泽东针对史沫特莱的话提出："中国人唱《国际歌》，和欧洲不同，唱得悲哀一些。我们的社会经历是受压迫，所以喜欢古典文学中悲怆的东西。"[①]相同的歌词曲调，但因为唱诵的人的社会生活不同，造成了在唱诵时所抒发的感情也不同。因为他们自身都带着明显的民族特点，因而显示出不同的民族性特征。毛泽东也曾对吴冷西说过："评论要写得中国化，有中国气派，不要欧化，不要洋八股，不要刻板，要生动活泼。"并借《再告台湾同胞书》的案例，谈到了对文章书写的意见，其中特别对"中国气派、中国风格"做了强调，这八个字就是毛泽东对民族化内涵的深刻概括。

民族化的着眼点主要在于不同民族主体的不同价值诉求，它要求与本民族的特色相结合。列宁主义是将马克思主义与俄国当时的具体情况相结合，而毛泽东思想则是把马克思主义和中国革命具体实践相结合，两者都强调马克思主义在不同民族范围的运用实践。

（二）关于文艺民族化问题的争论

多年来，关于文艺民族化问题争论主要围绕以下两点展开：第一是是否需

---

① 毛泽东之歌 [A].何其芳文集（第3卷）[C].北京：人民文学出版社，1982：131.

要文艺民族化,第二是文艺民族化的方式是什么。

是否需要文艺民族化的问题,在那些受外来文化冲击和影响比较大的时代里表现尤为突出。在历史发展的进程中,比如汉朝时期以及唐朝时期的文化,都曾受到过西域文化的影响,这种外来文化的影响,滋养和促进了当时的本土民族文化。但是当时的中国国力雄厚,经济繁荣昌盛,而且文化也很发达,因此外来的西域文化慢慢就被民族文化融化和吸纳了,整个"民族化"的过程由于是"随风潜入夜"般的无形地进行的,所以并没有引起人们广泛地关注。然后,一旦经济落后,国力衰弱之时,文化也处于一种停滞不动的状态,这时的外来文化便会以一种极其强大的姿态出现,而有一些人便会在这样一种巨大的文化反差中自惭形秽,自尊心和自信心也会彻底崩塌,从而产生一种民族自卑感,这也是之所以会出现"全盘西化"的论调的原因之一,"民族化"的问题也自然而然地引起了人们的广泛关注。近代中国,闭关锁国,国内思想意识领域的斗争也日趋严重,而"民族化"这一个词语也因此沾染了厚重的政治色彩。搞不搞文艺民族化的问题不仅仅关乎一部作品的成败了,而更多地是从中体现出了作者的政治立场。

文艺民族化的方式是什么,即是说究竟应该怎么实现文艺民族化。由于文艺本身就存在着共性与个性,民族文艺对整个人类文艺而言,也具有其个体性及差异性,正是如此才显现出了自身的独特风格。因此作家在文艺创作中所体现出来的,其独有的民族生活的特色、民族精神及心理结构特点、文化风俗习惯等就是对其民族性的具体体现,它们是识别民族特性的标记符号,也是在彰显民族生活的独特烙印。在这一意义上来说,文艺民族化是使文艺本身具有其独特的民族性,它的方式应该是将文艺"化"为具有独特民族气息、形式和风格的民族文艺,有着其可以识别的个性化特征,并区别于其他而独树一帜的一个动态的过程。由此可见,对于究竟应该怎么实现文艺民族化而言,民族形式及与之相应的内容,再有二者所共同形成的独特的民族风格都是极其重要的方式。

(三)关于文艺民俗审美

在中国文艺民俗审美中,首先要确定民俗的本质属性及其在人类历史文化生活中，特别是在文艺创作和文艺美学中的地位和作用。其次，这一概念是以中国文艺民俗学和中国民俗美学为理论基础，以中国文艺审美学中的民俗部分，或是文艺民俗学中的美学部分为其立足点的。

中国文艺民俗审美的核心是民俗和文艺的结合，其重点在于中国的文艺创作、文艺欣赏以及文艺评论，文艺与民俗的结合，文艺美学和民俗的结合，从这个维度上去阐释民族的审美活动、审美的形态以及审美价值的本质特征。

民俗作为普通民众一种普遍性的行为模式和心理状态最直接的表现形式，通过文艺作品将其艺术地呈现，一方面是由创作者的创作背景和创作主观能动性决定的，另一方面是由民俗本质化特征所决定的。这是对于一个民族文化的展示、传递以及继承。就其真正含义而言，是在全球化进程中能参与到现代社会的各种国际对话中去，并在这一系列的过程中体现出自身存在的价值。文艺应该植根于深厚的传统民族文化，植根于老百姓的生活，从中汲取丰富养料。而作为一个文艺创作家，只有用自己"民族的眼睛"来观察，用本民族理解事物的方式来体验，灌注本民族特有的审美理想，最后创作出的为本民族老百姓所喜闻乐见的文艺作品才真正具有民俗意义，也才是民族化的艺术品。

（四）民族文化传统及民族文学的划分标准

在关于民族化问题的探讨中，对于应该怎样对待民族文化传统这一问题的研究就显得尤为必要了。究竟应该用什么样的态度来对待民族文化传统，通常在这个问题上会有两种偏差，其一是对本土文化的固有坚持。外来文化几乎未对他们造成任何影响，他们认为应该将民族文化传统全面予以保护，并全面继承它，丝毫不应该吸收外来文化；其二是对传统文化的全面否定。他们将民族文化与封建残余相等同，全盘否定，认为将之清除干净是唯一途径。这两种认知者群体，不管是在中国旧民主主义革命时期，还是"五四"新文学运动的初期，都曾出现过。

关于这一问题，列宁曾针对第一次世界大战前民族主义者和沙文主义者一度鼓吹的"民族文化论"，提出过"两种民族文化"。他在论断中主要提出,无论是哪一个民族的文化中都包括一些不太发达的民主主义和社会主义成分,这是极其正常的一件事,因为无论哪个民族的文化,都包括劳动群众和被剥削的群众,而他们的生活条件导致了民主主义和社会主义的思想体系出现的必然。在资产阶级统治的社会中,所谓的"民族文化"就只能是资产阶级的文化。由此我们可以很清楚地看到,统一的民族文化很难存在于一个阶级对立的社会中。同时,列宁还提出了"国际文化"这一主张,这是在对被压迫阶级文化性格与成分具体阐述之后得出的,他认为"国际文化现在已经由各国无产阶级系统地建立起来,它不是把'民族文化'(不论是哪一个民族集体的)全盘接受下来,而是只吸收每个民族文化中彻底民主和社会主义的因素"[①]。

列宁的这一段论述,无疑在对于民族文化传统认知还显得比较混乱的时期,对人们起到了极大的帮助,不仅使大家对这一问题的认知变得理性以及清晰,更重要的是在批判地继承民族文化传统这一问题上起到了指导性的作用。

关于民族文学的划分标准,这应该是在文艺民俗审美的理论探索中相对比较繁复的问题之一,历来众说纷纭,尚无定说。主要可以分为四种:第一是民族成分论,将民族文学的族属决定权建立在作家的民族成分上。第二是民族语言论,认为作品凡是采用了本民族语言文字来创作的就是属于本民族的文学。第三是民族题材决定论,作家本身是什么民族的并不是考虑的重点,只要在他的作品中撷取了某一民族的生活题材,具有地方色彩,就认定它为该民族的文学。第四是综合论,即是必须满足民族成分、民族题材以及民族语言这三个条件的,才能称之为民族文学。

三、国内外研究概述及所存在的问题

我国关于文艺民俗审美这一问题的研究主要包括有2009年陈勤建的《文艺民俗学》以及朱希祥、李晓华的《中国文艺民俗审美》。其他文艺民俗美学类的专著也在20世纪90年代陆续出版,如1994年赵德利的《文艺民俗美

[①] 列宁论文学与艺术 [C]. 中国社会科学院文学研究所文艺理论研究室编. 北京:人民文学出版社,1983:92.

学》等。

而关于文艺民族化这一问题的研究，在我国则有将近半个世纪的历史，也取得了一些进展，但关于这方面的研究文章较为零散繁杂，缺乏整体性和系统性地把握以及向纵深层次的挖掘。目前直接研究马克思主义民族化的学术论文极少，尚无相关方面的学术专著。关于文艺民族化问题也仅只有1984年出版的梁一儒先生的《文艺民族化论稿》和2004年出版的任范松先生《文艺民族化论稿》两本专著。

具体到马识途文艺创作的研究，多为单篇作品的评介或论文合集，系统地进行综合研究较少。时至今日，省内外仅只有一本秦川于1998年出版的马识途研究的学术专著《马识途生平与创作》，其余均为论文合集，分别是1988年陆文璧所编的《中国当代文学研究资料·马识途专集》，2015年由四川省作家协会组织编写的《四川当代作家研究：马识途卷》，2019年由四川省作家协会组织编写再版的学术论文集《中国当代作家研究：马识途卷》。

（一）关于文艺民俗审美的问题阐释

陈勤建的《文艺民俗学》主要在其前身《文艺民俗学导论》的基础上，从文艺学与民俗学的角度，深入探究了文艺与民俗之间的关系。作为一门边缘交叉学科，它具有双重性质。该书提出了"人是以民俗为核心文化存在的"人学观念，同时也对文艺民俗学批评的理念和实践做了一些范式性的研究，其中包括"民俗意象""风俗画""文艺寻根"等，从新的角度给予了一些阐释和论述。

朱希祥、李晓华的《中国文艺民俗审美》主要采用了归纳法，从具体实例到概括抽象的叙写方式，从具体的艺术家和作品分析开始，再在此基础上进一步论述艺术各种主要门类的民俗审美、日常生活审美，以及人物形象审美等，最后整体概述，进行基本理论的阐释，并从文艺创作与欣赏的角度探索了民俗审美的过程与特性。

（二）对于毛泽东文艺民族化理论核心问题的阐释以及体现

对于毛泽东的研究主要集中在他对文艺民族化理论核心问题的阐释以及体

现上,包括林建煌等国内学者对其思想均有研究。其中主要观点是毛泽东认为文艺的民族化绝不是唯古是尚,囿于传统,不求革新。

在毛泽东那里,民族化就是将马克思主义与中华民族的历史特征、现实环境以及中华民族的传统理论表达方式有效地结合统一起来。其实质就是一个"为群众"以及"如何为群众"的问题。民族文学如何才能健康迅速地发展,并达到一种理想境界,归根结底必须依托本民族生活的土壤,遵循其自身文艺的发展规律,循序渐进,而对于外来艺术成果的态度是,可以借鉴,但绝不能让其喧宾夺主,更不可让其代替我们自己的文艺创作。

毛泽东提出的这一原则,最初并不是专指文艺,它首先是从马克思主义的普遍真理与中国革命的具体实践相结合这样一个根本命题提出来的。这种基本精神又发展成为毛泽东文艺思想的一条重要原则。它一方面要求建立中国化的、有自己民族特色的马克思主义文艺理论,另一方面则要求文艺创作必须具有为人民大众喜闻乐见的民族特点、民族风格。

(三)梳理马克思主义经典作家关于文艺民族化的理论建树

《文艺民族化论稿》是梁一儒在1984年出版的一本集中体现他对于文艺民族化研究的专著,这也是我国第一部针对文艺民族化这一问题进行相对系统以及完整地阐述的论著。作为解决文艺民族化问题的指导思想,梁一儒先生在论著中的第一辑针对马克思主义经典作家和一系列的中外文学名家论述文艺民族化这一问题的理论思想做了重点阐述,同时系统地梳理和总结了马克思主义经典作家们对民族文艺这一问题的论述。在"卷头语"中他提出:"解决民族化问题的指导思想只能是马克思主义创始人关于民族文学和民族风格的一系列经典性言论、毛泽东结合中国实际提出来的一整套的民族化大众化的思想。"[①]在中国,相当一批中国革命文艺家,以鲁迅为代表,也曾经提出了一系列关于文艺民族化的理论,以及他们自身的创作实践,这也是梁一儒在这本著作中论述的一个重点。在其宽广的理论视野中,通过对文艺民族化理论的系统梳理和总结,梁先生找到了文艺民族化的指导思想和理论基石,在驾驭文艺民族化问题

---

① 梁一儒.文艺民族化论稿[M].呼和浩特:内蒙古人民出版社,1984:1.

的方法论上，对我们的研究是大有裨益的。

梁一儒认为，民族文学与世界文学是孕育在对立和统一之中的复合型精神现象，因此不管是马克思及恩格斯论述的民族文学以及民族风格，或者是毛泽东根据当时中国的发展情形，立足于当时中国的发展角度，所提倡的文艺民族化、大众化，对于具体研究民族文学与世界文学都是有所帮助的。

但是由于各种原因，作者主要认真地考察了文艺民族化理论当中的一些相对比较重要的范畴，并对其多层次多方面的含义进行了揭示和阐述，却未能进行历史的动态分析和综合，这不能不说是一个缺陷。

（四）对民族文艺特性体系及"自然美"的研究

任范松在2004年出版的《文艺民族化论稿》主要运用马克思主义的民族学理论，进行了多元化的文艺批评，并深入地探究了文艺的民族化理论体系，同时主要对文艺民俗学中的"自然美"的问题做了重点研究。任范松文艺批评的核心课题是建立在对民族文艺的普遍规律研究之后的，他主要从民族心理的角度揭示了文学的某些本质特征，并从"自然美"本质的问题上对美学学科的发展起到了推动作用。在《论文艺民族化的心理系统》《论民族审美心理结构》《自然美的民族色彩》等一系列的文章中，一方面从文艺的民族特性着手，进一步去研究文艺民族化的理论体系，从民族审美心理这一纵深层面，对民族审美心理的系统构成进行了重点剖析，最后解释了在整个文艺活动中，民族审美心理的重要地位和作用；另一方面对象征一个国家和民族的自然之美，从其特征、结构以及体现的精神、力量等方面做了深入分析，并释读了其成为民族独特审美对象的根源。这一点可以视作文艺民俗审美中的"风物"展现的补充，解释了为什么文艺作品中对这些各有特色的意象描写可以作为民族符号的识别与象征。

（五）以少数民族文艺创作为例谈文艺民俗审美

梁一儒因为自身生活环境的原因，长期居于少数民族地区，再加之本身承担着少数民族文学的教学工作，因此在他的论稿中体现了其所研究理论的运用和深化。论著中专门有一部分是关于蒙古族文学民族特色的探索，这是对一种民族文学独特性的具体分析和研究，同时也通过理论的深化与实践的案例相结合的方式，进一步地论证和丰富了文艺民俗审美的内涵。

任范松是中国朝鲜族著名的学者，因为对本民族文艺的热爱和熟悉，在研究中，他的重点始终围绕着朝鲜族文艺这一问题，并对此展开了多角度的文艺批评。文学批评的重点主要放在朝鲜族文学上，是对朝鲜族古典诗话展开的批评以及对朝鲜族艺术的批评。在论稿中显示出作者由感性认识上升到理性认识的过程，深入探讨了民族文化心理积淀的问题，并从内容和形式、民族风格的形成原因等方面对朝鲜族文艺进行了历史的和美学的批评。

杨继国则是通过具体的少数民族文本来论述文艺民俗化的实质，用回族作家、蒙古族作家以及瑶族作家的作品来说明只要作品真实地反映了民族的社会生活，就必然地带有民族的特点。

（六）对马识途文艺创作的研究

秦川所著的《马识途生平与创作》共十一章，由两大部分构成，对马识途的生平创作道路和创作经验进行总结。他在第一部分中专门对马识途的艺术风格进行了论述，提出马识途的文艺创作是传统和现代的融会，是具备民族特征的内容与民族特色的形式相结合，肯定了马识途对文学的民族风格的追求，同时谈到了这一点对于"今天建设有中国特色的社会主义新文学依然还是有所裨益的"[①]。第二部分主要对马识途的《清江壮歌》《夜谭十记》《盛世微言》等代表作品做了评述，主要总结了其在艺术创作中的经验与方法，对文学创作的启示和借鉴意义。

其余三本论文合集中，陆文璧所编的《中国当代文学研究资料·马识途专集》主要分了四大部分，第一部分为马识途的生平和创作，汇集了马识途发表过的创作谈等文章，其中《我追求中国作风和中国气派》《且说我追求的风格》等文章，详细叙述了马识途一直追求的是一种中华民族的风格，民族的作风，民族的气派。在第二部分对马识途文艺创作的评论文章选辑中，韦君宜的《读〈夜谭十记〉随笔》和陈朝红的《小说民族化的新尝试——读马识途长篇

---

① 秦川、卓慧.马识途生平与创作[M].成都：四川大学出版社，1998：4.

小说〈夜谭十记〉》等评论性的文章也谈到了马识途作品中的"民族形式的东西"以及他在文艺创作上的民族化上所做的有益探索和尝试。

《四川当代作家研究：马识途卷》为"四川当代作家研究"丛书之一，该丛书收录研究四川当代优秀作家的论文及相关资料，分人分卷编撰成册。"马识途卷"主要以《马识途的生平与创作》《马识途小说创作风格试论》《锦城访马识途》《再论马识途的文学生涯和人生追求》等单篇评述性文章为主，合集而成。为进一步了解和深入研究四川当代优秀作家创作成就和价值，提供较为翔实可靠的研究资料，也更清晰地展现四川当代作家研究的历史和现状。

2019年再版的这本《中国当代作家研究：马识途卷》，分为生平与创作、聚焦红色文学作品、民俗化与巴蜀风的追求、理论阐发四个部分，同时收录了《试论马识途小说创作的艺术特色》《马识途创作论》《著名革命作家马识途的生平和创作》《马识途小说创作风格试论》等关于马识途文学创作的论文15篇，汇集了从20世纪80年代至今的马识途研究成果。

整体而言，后三本论文合集各有所长。从时效性来说，2019年由四川省作家协会组织编写再版的这本确实弥补了不少关于作家在文学上的建树的论述，但因是论文合集，无论是从理论体系的完整性，还是内容的翔实程度来说都仍有所欠缺，未能系统地对作家进行论述。而秦川的《马识途生平与创作》作为该研究的唯一一本专著，于2014年重印，但仍因成书时间相对较早，因此在体系和一些相关阐释上略显陈旧，加之成书时，《马识途文集》尚未发行，因此在研究作品内容上并未充分及全面展示，这实为遗憾。

四、马识途文艺创作的民俗审美

民族文化造就了每一位文艺创作者独特的心态，独特的思维方式和审美情感方式，只有接受本民族文化的铸炼，才有可能发挥出自己最大的艺术才华。在马识途的文艺创作中，作者主要借鉴了西方文学的表现形式、情节设置以及讽刺幽默的语言，从中国老百姓自身的审美习惯和审美爱好出发，不断地探索文艺创作民族化的道路，用具有民族精神的内容和富有民族特色的形式，创作出具有民族风格的作品，赢得更多中国老百姓的喜爱，更重要的是，他的创作还在为积极地实现文艺的社会功能而努力。这一点从马识途的《夜谭十记》《京华夜谭》等文艺作品中均可以看出,作品不仅显示了中国民族文化的特征,还融合了西方文艺创作的色彩。这些作品是作者独立的又浑然一体的艺术创造,他汲取的营养,来自各个方面各个层次的,可以说古今中外,包罗万象。世界文化本身就是一个总体概念,它是全世界各个民族文化的总和。各民族文化之间交流的目的,不是取消而是加强其自身民族文化的特点,通过彼此的尊重与欣赏形成各民族文化的多样性,构筑世界文化的丰富性。

在一部文艺作品中,无论是内容还是形式,都离不开作者的创作。马识途在文艺创作中总是为了大众而尽量将中国民间文艺的精华吸收到自己的作品中,将这些民间传统与属于世界进步的文学影响结合在一起,形成既具中国特色又具有更广泛影响力的艺术佳作。

首先,只有当一位作者植根于本民族人民生活的土壤中,只有在他深刻地了解了本民族的现实和历史,领会了本民族的心理和性格的基础上,才有可能用自己的眼睛,带着民族的感情,从大家司空见惯的事物中发现别样的美来,同时用自己的笔,用民族的颜色,去描写生活中的美。这样一来,作品无论从故事的构思、人物的塑造、细节的刻画、语言的使用等方面,都能真实地再现民族的特色、习惯,展现出一个民族独特的风格和气派。一部作品,也只有同时具有民族的内在特色和外在形态,才能引起人们的共鸣,唤起艺术的美感。

其次,在具有民族特色的优秀文学艺术作品长期熏陶下,中国人民形成了自己独特的审美情趣。广大老百姓们是否喜欢一部作品,必然关系到民族形式如何使用的问题,也就是说不管创作一部怎样的文艺作品,仅仅只是满足于内容为广大人民所接受是远远不够的,作品形式上的接受也是极其重要的,作品形式是不是也有民族特色的体现,能否满足老百姓的审美意趣,也是不可忽视的。"崇高的思想内容和优美的艺术形式的统一始终是一部作品追求的理想,不讲究二者的统一,只强调二者的任何一面,都会出岔子。"[1]

再次,不管是继承古人还是借鉴外国人,这些都只是形式而已,只有面向

---

[1] 周立波选集(卷6)[C]. 长沙:湖南人民出版社,1984:489.

广大的人民群众，深入开掘富有时代气息的人民群众的生活，才是文艺创作的源泉。一个国家，一个民族的人民在生活中体现出来的，那些经过了几千年历史所积淀的民族心理和性格，民族语言和风情，民族精神和气质，才是形成文艺民族化艺术风格的客观基础。我们所要创造的是让老百姓所喜闻乐见的具有民族特色、民族气派的文艺，也就是具有中国作风、中国气派的社会主义文艺。那些背弃历史、割裂传统、割断时代、脱离人民的艰涩而又难懂的作品，是经不住时代的风吹雨打的。

综上，马识途文艺创作的民俗审美主要应该包括以下几方面的内容：其一是在继承和发扬本民族的优秀文化传统的基础上，使自己的作品具备民族性；其二是要吸取借鉴其他民族文艺创作的成功经验，来丰富和发展本民族的文艺创作；其三，其理想目标在于使文艺作品具有鲜明的民族气派和民族风格。

五、研究文艺创作中民俗审美的意义

（一）从理论上看，它是理论的具体运用，有助于检验与丰富理论。

人类社会是由无数个个体组成的，艺术世界与人类社会的同构，在艺术价值上是有所体现的，即是说，不能脱离了个人与社会的整体关系去谈艺术价值。这也是艺术的审美价值的客观性所在。尽管就单一作家而言，最开始的创作是因为自我实现的需要，代表着某些个体的个人需要，但是艺术价值本身是对人类的需要的满足以及目的的实现，因此，真正的艺术价值，绝对不是以某一个作家的单一需求作为它的基础，而应该寄寓于本民族，整个社会的需求，应该是以在某一社会历史条件下，最广大人民群众的需要作为客观基础的。在文艺史上，所有的优秀而伟大的作品，都在于将人民的心声付诸笔端，并代表了广大人民的需求。也只有在作品中结合广大人民群众，及本民族的审美需要，才使实现自身的艺术价值成为可能。

"培养高度的文化自觉和文化自信"是党的十七届六中全会向全党以及全国人民提出的一项战略任务。在对文艺民俗审美这一问题的研究中，首要之一就是弘扬和发展民族优秀文化传统，增强和提升文化自觉与文化自信。纵观整个中外文艺发展史，荷马史诗、古希腊悲剧，文艺复兴时期欧洲各国的文艺，我国的《诗经》《楚辞》等,任何一部优秀的文学艺术作品,无一例外地都打上了民族特色的烙印。

对于未来的中国而言,经济发展固然重要,然而文化在其中的功用和效用绝不能忽视。文艺在不同的时期,有着不同的意义,它可以是吹响战争的号角,也能是集聚人心、鼓舞大众的力量,有时更是两国较量之间文化软实力的代名词。要想成为文化大国,对于文艺创作本身有着更多更高的要求,中国本土的文艺家们必须要正确处理好中西文化的关系,使两者融会贯通,从而创作出更优秀、更能彰显中华民族文化的作品,使之在新的历史时期下,焕发出更强大的生命力和创造力。在这个意义上来说,文艺民俗审美,特别是对文艺民族化的坚持和发扬就不仅仅是一个现实需要了,它与民族的命运相始终,是我们长期追求的目标,其对于民族文化走向世界之林的深远意义是不可估量的。

(二)通过对创作风格论的研究为文学创作提供参考范例,为本土文学创作上升到新高度提供必要的理论支撑。

相比于中国的其他区域文化的原创力和消费力来说,四川无疑是一处文化的精神飞地,拥有着非凡的文化原创力。在人才辈出的今天,如果仅仅从展现本土想象力,承接四川文化着眼,浅谈诸如文学如何更好地与国际接轨这样的问题显然是有所欠缺的。著名作家阿来谈道"近年来四川的文学的一个结症是:不行扩张,而是收缩"[①],从中不难看出他对本土文学的一种忧思。面对世界日新月异的发展,林林总总的新鲜变化,不能再盲目地去谈如何与"国际接轨",而应该真正怀揣对文学的敬畏,回到养育自己的地方,回到对四川这片土地的民俗民风的热爱中,才有可能创作出更多更好更有民族风气的作品,真正杜绝"文本仿制",使中国文学创作提升到一个新的高度,从而在世界面前体现中国文学真正的魅力和五千年文化所造就的风度。

"歌、诗、词、曲,我以为原是民间物,文人取为己有,越做越难懂,弄

---

① 蒋蓝.阿来:四川的文学得了什么病? [J].青年作家,2010:6.

得变成僵石，他们就又去取一样，又来慢慢的绞死它"①，这是鲁迅先生曾提出的观点。在民间文学这个问题上，他还进一步地对其进行了肯定："旧文学衰颓时，因为摄取民间文学或外国文学而起一个新的转变，这例子是常见于文学史上的。"②从另外一个方面看这也是鲁迅先生对新文学如何发展的忧思。综观马识途文艺创作的历程，我们可以洞察到传统民俗审美知觉和情趣融合在文艺创作中的重要性。马识途主张摈弃盲目追求西方现代派手法，转向对文学传统的继承和向外界借鉴相结合的道路，在文艺创作中注入本民族的民俗基因。假设一个国家的文学从根本上脱离自己的人民大众，脱离了本身的风土人文，那么不管它如何吸收他国精髓，如何继续发展，其后果都是难以想象的，更无须谈怎样走向世界了。

六、研究框架

本书主要分为四个大的部分。第一部分集中讨论文艺民族化与文艺民俗审美的关系，梳理文艺民族化问题的历史发展，对马识途文艺创作中的民族化体现做进一步的阐释，并集中论述马识途文艺作品中以四川地区为核心展现的地域民俗化倾向——风物情致、风俗习惯、信仰禁忌等民俗构成的基层文化形态，这是马识途文艺创作中的一个核心成分，也正是因为这一部分奠定了一个民族共同文化、共同心理素质的基础，显现出一个民族的独特风姿，同时也是识别和体现其民族化程度的一个重要标志。

第二部分主要对马识途文艺创作中所体现出的民族审美心理结构，从民族精神、民族审美趣味、民族性格、审美的情感活动四方面做了具体剖析。其中马识途比较重要的贡献在于，在作品中体现出了对以民族服饰、民族性格为代表的社会美的兴趣和欣赏，并构筑起延安精神这一民族精神的内核。同时在民间故事传说、歌谣等一系列艺术美的体现中也展示了独特的民族审美趣味和民族情感反应。

第三部分阐述马识途文艺创作中的民俗意象，包括构筑的情景自然美、

---

① 一九三四年二月二十日致姚克信[A].鲁迅书信集（上）[C].北京：人民文学出版社，1976：443.

② 谭业庭、张英杰.中国民俗文化[M].北京：经济科学出版社，2010：195—196.

民俗生活相、民俗风物以及马识途小说中最具代表性的"茶"的意象所体现出的民俗之美。马识途文学作品中无论是故事背景、社会风貌、礼仪习惯、饮食建筑等，都透出浓浓的四川民俗文化气息，同时辐射到他所生活和战斗过的重庆和湖北恩施地区，这些风俗画卷体现与民俗相关事象的象征意义。在为读者呈现作品的同时，也彰显他对民族和历史的思考，蕴含着浓郁的本土文化特色。

第四部分对马识途的文艺创作的形式做分析，包括其民俗结构与情节设置、地方特色的叙事语言以及幽默和讽刺的叙事风格等方面。作为川籍作家，马识途在不同题材、体裁、体式的文学作品中，无论是对传统叙事结构的承袭和翻新，还是以民谚、古语、方言口语"摆龙门阵"以及白描淡写为特征的叙事风格都体现出区别于其他作家，尤其区别于其他四川本土作家的独特文化艺术特色。

第一章　马识途文艺创作的民族化

文艺民族化的问题涉及一个国家、一个民族的文艺创作是不是尊重本民族的历史，并且在文艺创作时是不是自觉继承和弘扬了民族优秀的文化传统。在马识途的文艺创作中，作者借鉴了西方文学的表现形式、情节设置以及讽刺幽默的语言，从中国老百姓自身的审美习惯和审美爱好出发，不断地探索文艺创作民族化的道路，用具有民族精神的内容和富有民族特色的形式，创作出具有民族风格的作品，这些都可以视为其文艺创作民族化的重要标志。

第一节　关于文艺民族化问题

对于文艺创作中固有的民族文化基因，有人曾一概视为累赘，不屑一顾，自以为开动一下个人艺术的头脑，搬弄一些时髦的新词用语，外接一些所谓世界性的流行色，便能创作出惊世之作。然而我们要知道，一个民族千百年来群体生活中孕育的一种共同感及行为模式，即民俗，对人性的渗透、对生活的灌溉，是潜移默化、无时不在的。表现人的文艺创作必须真实地表现，要避开民俗是不行的，否则只能说明文艺本身脱离了人们的生活实际。这些道理鲁迅在20世纪30年代就提醒过同人们："现在的世界，环境不同，艺术上也必须有地方色彩，庶不至于千篇一律。"①"现在的文学也一样，有地方色彩的，倒容易成为世界的，即为别国所注意。"②就地方色彩而言，实质也就是披上风土人情外衣的民族基因。这也是文艺创作获得国际认可的关键环节。

一、文艺民族化问题的历史发展

早期的马克思主义文艺理论主要解决了两大论题，其一是艺术的本质，其二是艺术具有自身独有的发展规律。马克思指出，"无论人类的物质创造活动还是精神创造活动，都是一种在所创造的对象世界中复现自己并直观自身的活动"③。另外，马克思还论述了文艺具有审美以及教育大众的功能，"艺术对象创造出懂得艺术和具有审美能力的大众"④。

19世纪末20世纪初，马克思主义文艺思想理论得到继承和发扬，开始向俄国传播。列宁、高尔基、斯大林等均对马克思主义文艺理论的发展有过很大贡献。

马克思主义在中国的传播始于李大钊，他运用马克思主义辩证地指出文艺的上层建筑性质，它是对现实生活的反映与描写。而瞿秋白则是在阐释了文艺的本质，提倡文艺的大众性的基础上，提出了马克思主义文艺批评理论。20世纪30年代初期，在国家上下全民抗战，民族存亡的关键时刻，文艺作品承担起团结民众、抗敌御侮的重任。以鲁迅为代表的一大批革命文学家和理论家，站在中国广大人民群众的立场上，坚持文艺民族化理论，运用科学的思想观和价值观来批判当时的文艺情况。在关于文学"大众化"这一问题上，当时讨论的核心主要是放在传承和变革民族传统形式上的。鲁迅坚持只有"删除"和"增

---

① 1934年1月8日致何白涛信[A].鲁迅书信集（上卷）[C].北京：人民文学出版社，1976：476.

② 1934年4月19日致陈烟桥信[A].鲁迅书信集（上卷）[C].北京：人民文学出版社，1976：528.

③ [德]马克思.1844年经济学哲学手稿[M].中共中央马克思恩格斯列宁斯大林著作编译局编译.北京：人民出版社，2000：27.

④ 马克思恩格斯文集（第2卷）[C].中共中央马克思恩格斯列宁斯大林著作编译局编译.北京：人民出版社，1995：10.

益"旧的形式,才为新的形式的出现提供了可能,同时他还强调实践的重要性,以及要避免一切空谈高论。在这一时期所提出的"民族化""大众化"的口号的重点主要放在了如何振奋民族精神上,而不仅仅只是在文学手段或者文学文本本身了。"民族化"也不仅仅只局限于在文学艺术创作方面的意义,而是成为人们为之奋斗的目标。

20世纪30年代末40年代初,"民族化"这一观念的再次提出已经成为一种文艺发展的方针政策。1938年,毛泽东明确提出:"洋八股必须废止,空洞抽象的调头必须少唱,教条主义必须休息,而代之以新鲜活泼的、为中国老百姓所喜闻乐见的中国作风和中国气派。"①之后,1940年他在《新民主主义论》里再次指出所谓民族形式,就是中国文化应该具有自身特点的形式。新文化就是"民族的科学的大众的文化,它是我们这个民族的,带有我们民族的特性"②。以上几个概念强调的出发点和着眼点都是"中国老百姓"。

1942年5月,毛泽东在《在延安文艺座谈会上的讲话》中明确提出纲领性意见。他提出对于世界其他民族的优秀文学艺术,我们要进一步学习和借鉴其中那些有所裨益的地方,要进行批判地吸收。这里的"继承"和"批判地吸收"不仅指中国古代的文学艺术,也包括世界其他民族优秀的文学艺术。毛泽东向文艺工作者们特别强调,"我们决不可拒绝继承和借鉴古人和外国人",因为"有这个借鉴和没有这个借鉴是不同的,这里有文野之分,粗细之分,高低之分,快慢之分"③。但是切勿完全生搬硬套,因为那些生搬和不动脑筋的模仿本身就是教条主义,是最低级的也是最害人的。就当时的社会历史条件而言,《讲话》作为党的文艺工作的纲领性文件,不仅从思想上统一了认识,也极大地丰富了马克思主义文艺思想,同时还为此前文艺界对民族化、民族形式问题的讨论画上了一个句号。

中华人民共和国成立以后,随着一些新问题和新情况的出现,文艺民族化的问题又引起了一系列的讨论,讨论并不仅仅局限于文学创作实践和理论,还

---

① 毛泽东选集(第三卷)[C].北京:人民出版社,1991:789.
② 毛泽东选集(第二卷)[C].北京:人民出版社,1967:667.
③ 毛泽东选集(第二卷)[C].北京:人民出版社,1991:860.

逐渐延续到戏剧、音乐等各个方面。本次讨论的总结,应该是20世纪50年代,毛泽东发表《对音乐工作者的谈话》,他说:"艺术的基本原理有其共同性,但表现形式要多样化,要有民族形式和民族风格……作曲、唱歌、舞蹈都应该是这样。"这里体现了文艺的客观规律。它既是文艺共同性的体现,也有民族特殊性的存在。谈话中还对国外先进的东西如何批判地继承和发扬,更好地为我所用提出了要求,比如"中国的特点要保存。应该是在中国的基础上面,吸取外国的东西。应该交配起来,有机地结合"①。"文艺民族化"这一概念一直包含着多种语义,成了此后相当长一段时间里文艺创作的指向标,它一直作为文艺创作的方向,以及检验作品的标尺,更重要的是,它还是一种文艺批评的有利武器。

在民族文学发展中我们可以看到,"民族化"口号的提出并不是在中国的特例,16世纪的法国,18世纪的德国,都曾提出过关于民族文学的要求。《共产党宣言》中指出:"由许多种民族的和地方的文学形成了一种世界的文学。"②这就意味着,世界文学的其中一部分就是由民族文学所组成的,而民族文学的"民族性应该是首要的,但不是惟一的条件;除了民族的之外,还得同时是世界的,就是说,他的作品是民族性必须是人类思想之无形的精神世界底形式、骨干、肉体、面貌和个性"③。由此可见,"只有那种既是民族性的同时又是一般人类的文学,才是真正民族性的"④,这样一种具有世界性特征的面貌、形式和个性的民族性,才是真正的民族性。对于世界性而言,文艺的民族性是有着自身独特的民族个性以及特殊性的;而对于民族性而言,文艺的世界性应该是一种共性的存在,带有普遍性意义的,绝不会出现一种完全离开了民族性,单独或抽象存在的世界性或是世界文艺。周恩来也曾强调:"民族化和国际化是统一的,互相结合的。"⑤由此可见,凡是将民族性和世界性放在两个对立面,单纯强调民族性,或是单独强调世界性,

---

① 毛泽东选集(第七卷).[C]北京:人民出版社,1999:83.
② 马克思恩格斯选集(第1卷)[C].中共中央马克思恩格斯列宁斯大林著作编译局编译.北京:人民出版社,1995:255.
③ [俄]别林斯基.别林斯基论文学[C].梁真译.上海:新文艺出版社,1958:93.
④ 别林斯基选集(第二卷)[C].满涛译.上海:上海译文出版社,1980:187.
⑤ 周恩来论文艺[C].北京:人民文学出版社,1979:181.

都是极其片面的。

二、马识途文艺创作民族化的审美价值

马识途是我国当代著名作家、革命家。如果从1935年他首次在叶圣陶主编的《中学生》杂志上发表征文作品《万县》算起,迄今已有七十余年的文艺创作历史。同时,马识途还"是一位经常使人感到出乎预料的作家"[①]。因为他同时具备革命家和作家两种身份,并因此形成了其独特的创作视角;再加之,他在创作中一直执着地追求中国作风、中国气派,在民族化、大众化道路上辛勤耕耘,努力追求探索,形成了自己独特的风格。

民族审美离不开民俗,因为,一部文艺作品是否有关于民俗的描写或者体现出民俗的特征,成了评价它是不是具备民族特色的一个重要标准。民俗传统的沿袭,体现在一部文艺作品的内容上,呈现为这个民族的历史和现实生活,反映到形式上,即构成了民族形式。马识途小说里所体现出的中国作风和中国气派,其根源在于他孩童时就生活在浓郁的极具四川风味的民俗环境中。吃火锅、坝坝宴以及"吃讲茶,断公案"的习俗,摆香案、请喝酒、烧纸钱的民间风俗,婚俗、丧葬、寿礼、祭祖等民俗活动,都深深镌刻在他的记忆里中,给他以启蒙教育,成为他后来文艺创作中充满活力的血肉。再加之他十分注意在创作中将那些富有民族和区域特征的民俗材料,以"摆龙门阵"的叙述语风,大量运用到小说的内容和形式中,在作品中他将一些蕴含了四川本土特色的意象与故事情节穿插在一起,不仅仅体现出作者作品的民族化特色,还从中体现出他对国家民族文化的思考。

马识途将社会上具有独特风姿的民俗,经过艺术的加工与提炼,运用到作品中,构成其民族化特色的重要因素之一。在他的作品中,不仅仅有对民族斗争、民族世态相的描绘,更有具有地方特色的场景描写,展现出独具风格的风俗画卷。中国现代乡土文学的代表者沈从文,其作品就主要以自己的故乡凤凰县作为蓝本,表现了极具民族个性的湘西地方风情。而马识途作为川籍作家,更多地在笔下描绘了落后、闭塞却又十分秀丽的四川景色。"早晨的山城,揭

---

① 陆文璧编.马识途专集[C].成都:四川文艺出版社.1988:205.

去浓雾的被，她苏醒过来，明晃晃的太阳照在她的头上，暖意洋洋。南山的松岭，浮在乳白色雾带上，显得特别青翠。碧绿的江水，从她的脚边流过，泛起一片片耀眼的粼光。早春的确已经来到山城，不仅报春花早已开放，连朝天门万人践踏的土坡上和石梯缝里，野草也顽强地伸出头来，向长年在那里爬上爬下的干人和苦力问好。河坝边一串串纤夫在吆喝着雄壮的号子，在悬崖下坎坷不平的江边小道上挣扎前进"①。这是《三战华园》中一开篇的景物描写，形象而生动地勾勒出了1947年早春时的重庆，铺垫了故事发生地的环境，通过对一系列具有浓郁四川民俗特征的意象的描述，构建出当时的社会环境以及人物关系，这不仅仅是当时当地生活的如实写照，也是四川这一地区的人民生活工作的真实缩影。从这一意义上来讲，这一意象的描写便有着高度的典型性和鲜明的民族性。

那么究竟对于文艺民俗审美的探讨，主要应该是对内容，还是对形式呢？这是从20世纪50年代以来到现在理论学家们一直讨论的一个问题。无论如何，一部优秀的作品必须是由丰裕的内容和完满的形式相契合的。中国古典文艺的美学原则也提出"情欲信，辞欲巧"，即是说文艺创作既要具有充实的内容和真挚的感情，同时又要求言辞的精美和表达的巧妙。因此，一部具有鲜明的民族特色的作品，不仅仅要在内容上反映出这个民族的社会生活、历史传统、民族精神和民族特征，也必须相应地具备为本民族广大群众所喜闻乐见的文学表现形式和艺术手法。也就是说，并不是单单哪一方面的片面体现，而应该是具有民族风格的内容与形式、思想与艺术完美契合而体现出来的一种特色。因此，对于文艺民俗审美的探讨也应该是两方面兼而有之，文艺上民族特色的发展与成熟，以及整个民族风格的形成与确立的过程，也即是文艺民俗化的过程。经过这个过程后所达到的最终状态，就是文艺民俗化在某个时期的具体水平。

"文艺工作者还要不断丰富和提高自己的艺术表现能力。所有文艺工作者，都应当认真钻研、吸收、融化和发展古今中外艺术技巧中一切好的东西，

---

① 马识途文集6：中短篇小说[C].成都：四川文艺出版社，2005：169.

创造出具有民族风格和时代特色的完美的艺术形式"①。马识途在文艺创作中所体现的文艺民俗审美倾向不仅仅是一个形式问题，而是从其创作的内容和形式中达到了相互统一、相互适应。例如他的《京华夜谭》结构就采取了中国传统的章回体，全篇内容紧紧相扣。同样的，他的另一篇代表作《夜谭十记》也体现了他对于传统结构形式的继承和发扬，《夜谭十记》的全篇结构是一种古老的连缀式结构，然而又不完全同于传统，马识途对其进行了承袭和翻新。结构形式上看好像是散文，从一群小科员聚在一起聊天开始说起，他们既是故事的创始者，也是故事里的"领路者"，每人讲一个故事构成了"十记"。讲故事的小科员不是故事中的主角，却是贯串整个小说的角色。

同样，在这样的表现形式下，他所撰写的内容也同样是具有民俗气息的，虽然可能两方面的程度有所不同，但绝不会是毫无民族性的内容，而只是纯粹的民族性形式的硬性组合。无论是《京华夜谭》中所塑造出的极具民俗特色、民族性格的地下党员，从他们所言、所行、所作所为以及所经历的事情中体现出来的中华民族所特有的正直乐观的民族精神，还是《夜谭十记》中各有时代特色和时代风格的"巴陵野老""无是楼主"以及"不第秀才"等人，他们讲述的故事内容，都洋溢着属于那个时代的人物性格特色，即使是他们口中讲述的人物，也都具有其独特的民族气质和性格特征。这一点，是别的作家作品不具备的，甚至是在马识途文艺创作中，不同的作品背景，内容环境也不能相互交替具有鲜明性格特征的人物，他们已经打上了民族的烙印，也打上了作家风格特色的烙印。

因此，对于文艺创作的民俗审美研究，既要包括体现人民大众社会生活的艺术形象，也包括与之相应的艺术表现形式。其中，内容主要包括了民族题材、民族精神、民族审美心理、民族情感等要素；而形式主要包括了民族语言、民族结构、民族体裁、艺术手段等要素。

---

① 在中国文学艺术工作者第四次代表大会上的祝词（1979年10月30日）[A]. 邓小平文选（第2卷）[C]. 北京：人民出版社，1994：212.

第二节　文艺民族化与民俗审美

在文艺历史的长河里，民俗一直是伴随着它生生不息的河床，也一直制约着文艺潮流的运动和发展方向。"文艺民俗学新的人学观，以民俗为内核的人性文化存在机制的确立，使我们得以从新的视角、重新审视、构架文艺的民俗化倾向、内涵和审美的价值。"①

在文艺作品中，人物一直都是艺术审美的主要对象。民俗在内容与人生相关联的文艺作品中的体现，并非简单在人生中随意点缀的部分，而是镌刻在人物内在的心理结构中，沉淀并固化，同时又外显于人物的行为方式。不管是有形的民俗，还是无形的民俗，只要是存在人类社会中的，就如同一种特殊的标识，与地域、民族、职业等种种社会群体相关，成了一种精神和心理的积淀，甚至是一种思维定式，有意或无意地支配了人们的意识活动与行为方式。在现实生活中，每个人有不同的性格、不同的气质，但作为其意识活动的构成的兴趣爱好，以及外在行为模式都说明了一点，即人的意识活动及行为模式与现实生活中的风尚习俗的喜好是一致的。在这样一些看似平淡无奇的民俗活动中，人物都会有意无意地显示出自己的主体意识与性格特征。这一点不论是作家本身，还是作品中所描述的人物形象都是如此。马识途创作的大量人物都爱好喝茶谈事，或在茶馆中进行着各种各样的活动。与茶相似，酒也是频频出现的重要元素，《京华夜谭》中聊天喝酒，告别喝酒，庆祝还是喝酒。除了茶酒之外，《清江壮歌》中的柳一清，《巴蜀女杰》中的黎林还都爱好唱歌，对歌谣的热爱深入了她们的生活，革命时唱歌，坐牢时唱歌，表达心志时唱歌，甚至沟通信息时也唱歌。以上种种都说明作家不仅在创作中借其笔下的人物与某一特定的民俗联系起来，去勾勒人物形象及性格特征，同时也是对作家自身成长环境和经历的再现。一方面，这是文艺对现实生活的一种真实写照，另一方面，通过这样的展示和描写突显了被民俗氛围层层包裹的民族心理的深层结

---

① 陈勤建.文艺民俗学［M］.上海：上海文化出版社，2009：86.

构，显示出人物心灵的底蕴，为人物贴上了属于自身的标签，在一定程度上，深化了人物的审美。

实际上，民俗在文艺作品中的显现，不仅仅满足平面直观的浮光掠影，也绝不仅仅只是铺陈排举，而是在对人物人生的艺术观照之中，表现出对人物现实描写的超越。不管是人物，还是作家自身，其表现出的某种民俗行为，既是现实的，同时又是历史的，是传统映照在现实人生上的投影。在这些投影中我们可以找到人物性格形成的根源，现实情境是重要因素，但那些渊源已久的民俗形式或习惯，散发着巨大的精神力量，指引了人物的发展走向。在这个意义上的人物刻画，绝不仅仅只是平面的、静止的人物人生勾勒，也绝不仅仅只是忆往昔追忆历史，而是将历史与现实有机的结合并交融在了一起，从而立体地动态地，并更深层、完整地显现了人生特色。由此，民俗和人生的关系就上升到了新的文化美学层次，被作家、批评家们重新评价。在充满地方色彩及乡土气息的民俗描摹中，我们得以欣赏那种与风土人情相匹配的社会群体与人物个体的性格气质。例如在以《清江壮歌》为代表的一系列展现抗战题材的作品中所表现出来的社会群像以及活生生的个体形象，从他们身上散发出的民族精神和民族气节，无一不是民族化的体现。

民俗化倾向的文艺作品较之其他的文艺作品而言，最大的区别在于它不仅仅只满足于对生活平铺直叙的记录和描叙，而是在这样的铺陈记述中，通过对民俗态生活全面还原的描写刻画，反映或揭示出某个特定的时代中某些社会生活的本质，从而展示出一个新的审美境界，使读者在得到新的审美体验的同时领略到独特的艺术魅力。

可以将"民俗"视为两个层次，居于表层的称为"民风"，即风气或风尚。民风包括了一个历史时期中社会生活的风尚风气等，是尚未定型的，也是较不稳定且具备可塑性的。它可能会因为某一项政策法令或某一种社会形式的转变而改变。对有时代责任感和使命感的作家来说，这样的记录书写的无疑是正在成为的一种历史，也是当下正在经历的现实，所展示的是在这一历史时期中生活中的各种重要事件，同时也是中国社会历史发展中的重要节点。因此这样的民俗生活不仅表现了一定时代社会生活的风貌，还表现了一定的社会生活的本质。马识途文艺作品中的部分歌谣便是如此，例如《清江壮歌》中贺国威谱写的《清江曲》的曲词，后来改名为与小说同名的《清江壮歌》，再如《巴蜀女杰》中抗战歌曲，无一不是展现在革命斗争时期，革命战士的意志和决心。除了歌谣外，当时流行的服饰穿着打扮也是一样，在《清江壮歌》等数篇作品中都提到的壮丁穿的衣服，《京华夜谭》中提到的军官服及西装领带、文明棍，还有在《夜谭十记》中的学士服、中山装，《风雨人生》中的公务服，《雷神传奇》中富商的服饰等，都是在当时盛行一时的民俗形态的具体展现。这些风气、时尚有些经过了时间的洗礼、政策的变更，其中有一部分继续流行，被传承了下来，经过了锤炼、凝固、积淀，成了民俗的另一个层次，可以认为是它的深层模式，是"俗"的这一部分。风俗习惯、礼仪行为规范均属于这一部分，它们不易变化，也相对比较稳定，并经过了长期流传。例如在《清江壮歌》《雷神传奇》中都有所提及的婚俗，"满月酒""洗三朝"等出生礼仪习俗，都是经过了千百年的传承，保留至今。不管是程式顺序，还是祈愿意蕴基本是一脉相承的。

从这一意义上来讲，并非表层的民风就毫无描写记录的价值，也不能说这样的描写就完全不是对社会本质的体现和反映，而是要详细区分表层民风中有一部分的风气和时尚态生活是延续了下来，保留至今，形成了自己独特的意义，或是对于我们参详某一历史时期，去了解、去观察某一时期的生活最好的资料范本。它是对于历史最真实的记录，它与我们今天的生活建立着某种必要的联系，它对于我们去理解人物内心情感有着至关重要的意义，对于我们去构建思想价值观有着举足轻重的作用。这并不同于简单的"风俗画"描写，作家以文艺的形式反映出了这些社会时尚的生活风貌，例如坐茶馆、吃讲茶、吃盐水饭、"厕所文学"，甚至是"黄鱼客""走阴"这种对社会生活另一面的体现。这不仅仅是对社会生活本质某些方面的展现和透视，也是对某一社会群体，或是对社会历史发展进程中不可或缺的一些群体性事件，群体性人物的集体观照及揭示。应该说对于我们去理解和研究那一段历史，马识途的文艺作品有着非常重要的参考意义和价值，它不仅形象地揭示出了社会生活本质的某些方面，同时还是我们去深层认识和理解社会生活的一面镜子。这样的文艺作品不仅能从意识形态的表面满足我们去观看历史画卷，历史事件的好奇心，也能从深层次去解决，理解并对构建相应的价值观有着积极的作用。

这样的民俗态生活，不论是表层，还是深层的习俗生活都具有内在性的特点，并非抽象或虚无缥缈的，而是完全可以通过某些具象表现或展示的。《雷神传奇》中的主人公"雷神"即农民英雄李天林，就被马识途安置进了民俗化的生活中，七情六欲样样有。虽然披着"神"的身，其实却是个穷苦之人。幼年父亲因反抗土霸王、大地主王大老爷而被暗害致死，为他埋下了仇恨的种子，后来他的行侠仗义正是以此为基础的。而他对陕南大财主申大老爷的儿子有救命之恩，受到了申大老爷的赏识及重用，更意图将侄女嫁给他。李天林从小没有受过教育，受环境影响，缺乏甄别善恶是非的能力。但是后来警醒过来，谨记老长工范老爹的教诲，更是将杀父之仇铭记在心，回绝了申家的提亲，婉拒了申大老爷给他安排的职位。他回到山南寻找杀父仇人，并寻找父亲生前为他订下婚约的秋香。他绑架秋香、巧救秋香，后来又说服钻山狼等等。他不仅豪爽义气，也粗鲁憨直，英武豪迈之余却又固执认死理。他有着农民个人英雄主义的品性，既有英雄性格的一面，也有不觉悟的落后农民的一面，残存着历史民俗生活在他身上留下的烙印。在军阀混战、土匪猖獗，以至于民不聊生时，中国工农红军到了这里，开辟新的革命根据地时，展开轰轰烈烈的土地革命斗争。而雷神就是在这样的革命斗争中一个农民英雄的典型形象。从他的故事中，我们可以清晰地看到在20世纪30年代四川大巴山区的农村革命历史斗争环境里，某些生活本质的真实缩影。

　　马识途的文艺作品中所描刻的民俗态生活，既有生活的真实性又包括了艺术的真实，并且他的相当一部分讽刺小说，还以极其辛辣的笔调，对一些陋俗陋习，进行了无情揭露和剖析。在艺术的勾画中鞭辟入里，入木三分地暴露了当时社会的病根，批判民俗态生活中的一些落后的封建迷信。马识途的代表作《夜谭十记》叙述了十个故事，以讽刺的笔调描绘了旧中国社会的一群丑类：大至官员，小至巫婆，各自运用不同的手段吸取人民的血汗，腐蚀社会的肌体。作者无情地揭开这类小丑的面纱、展露其丑恶面目的目的，无非是帮助人们认清他们的本质，激起人们彻底清除这些社会渣滓的决心。例如《亲仇记》里拉皮条的张姐姐，正是在那种世道下特殊的产物，专干给老爷和少爷拉皮条的差事，因为长期在大公馆里进进出出因此养成了好吃懒做的德性。凭能把死人都说活的嘴巴，毫无一点世故的盼盼落进她的手心简直是板上钉钉的事。

这些无一不是对当时共同固有习俗的描绘，展现了在当时中国某个特定区域社会生活本质中的黑暗面，也提出了革命及改革的必然性。所以，探索文艺民俗审美的意义不仅仅只是去看一个作家描写了什么风光，叙述了什么特产，展现了什么不同的习惯，而是应该透过表浅的风情描绘，看到内里的规律性，结构的层次性。一个关注社会，有社会责任感的作家也必然会选择对民俗的描绘不仅仅停留在表层，而是深入进去，观照并审视当下的人生社会，体现社会的本质，更贴近生活，更发人深省。

文艺的民族化是衡量作品艺术是否成熟的重要尺度。文艺作品的生命力，往往取决于作品民族化的程度，而民族化的形成，一般离不开对民俗的形象分析和忠实描写。别林斯基认为，民族性是真正成熟的艺术品必备的条件，对作品的民族性，虽然不能狭隘地理解为专门对农妇无袖服饰一类的描写，但总体上，仍应该是"一个民族，或一个国家的风俗习惯和特色的忠实描写"①。因为民俗不论是在客观基点上的自然形成，还是包含一定主观的人为因素，都反映了一个民族对某种生活的独特情感姿态，并且蕴藏在日常社会生活中的方方面面，也制约和规范着百姓们的生活。别利斯基就这一问题曾强调："一切这些习俗构成一个民族的面貌，没有了它们，这民族就好比是一个没有脸的人物。"②也就是说，就鲜明的民族特色体现这一点而言，无论是国家还是一个民族或是地区，都是由民俗来维系的，尤其是其中的风俗习惯，更是维系的关键。不同国家的人，因为自身所处的自然环境以及生活方式导致了各自的心理情景的不同，当然民俗事相也是千姿百态的。文艺作品如何处理这些联系，直接关系到作品民族化的根底。现当代作家汪曾祺在《〈大淖记事〉是怎样写出来的》一文中也说过"很难设想一部富于民族色彩的作品一点不涉及风俗"③。鲁迅先生曾明确提出了不同的世界，不同的环境，在艺术上也必然有着不同的地方色彩。即是说文艺本身最有价值特色的地方就在于，对于特定的区域民俗事象的艺术展现。只有从具体的民俗画面的描绘展现出民族性的风土人情生活

---

① 别林斯基选集（第一卷）[C].满涛译，上海：上海译文出版社，1980：239.
② 别林斯基选集（第一卷）[C].满涛译，上海：上海译文出版社，1980：239.
③《大淖记事》是怎样写出来的 [A].汪曾祺文集·文论卷 [C].南京：江苏文艺出版社，1994：233.

面貌，才能孤标独秀，才能引人瞩目。古往今来，无论是中国的《诗经》、楚辞，还是古希腊的荷马史诗等，无一不是以独特的地方魅力著称的。

马识途在自己的文论《文学对于现实不能无动于衷》《且说我追求的风格》等文中都提出了自己的创作思想和经验，他不仅说到了自己对鲁迅、巴金、沙汀等人的崇拜和欣赏，也谈到了对国外一些优秀的文艺大师如果戈理、契诃夫、马克·吐温等人的学习，"我的作品，只要中国老百姓喜闻乐见就行了，至于说它是阳春白雪，还是下里巴人，是高雅的还是低级的东西，我就不管了"[①]。这里所说的喜闻乐见的基础便是在文章中作家所闻所见，所写所感，可以引起读者共鸣的，是让人在读后或开心大笑或潸然泪下，或掩卷沉思或如梦初醒的警醒。无论是什么样的反应和感官，能做到"喜闻乐见"的东西绝不是脱离生活实际的东西，而民俗本身无疑是最好的温床。马识途曾在自己的创作谈中举了四川农民的例子，他说与这些人相处久了就会发现，他们的语言并非直截了当的，也非充满了文学意味，而是"带有一些盐味"的。包括春节耍龙灯、舞狮子，前面的小丑、大和尚的语言动作也是幽默有味道，更不用提中国的旧戏舞台、现如今的非物质文化遗产川剧表演了。这样的文艺作品有别于一般市井说书人，也不仅仅只是为了满足茶余饭后的插科打诨或无聊消遣，"我的作品中还总是包含一种政治思想倾向，一种革命传统教育的……我必须在自己的作品中注入特别的思想内容，但是这种思想内容又决不明显地说出来，而是通过故事和人物的命运自然地流露出来"[②]。文艺作品是作家的厚积薄发，丰富的生活经验，历史和社会知识共同构成了写作来源。巴金、李劼人、艾芜、沙汀等四川作家冲出夔门，走向世界，在川外崭露头角，支撑他们的都是作品中描绘四川地区的风土人情及文化传统。"激流三部曲"、"爱情三部曲"、《死水微澜》、《南行记》、《在其香居茶馆里》等都充满了地方地域特征的民俗风情描绘，显示着四川人独特的气质、风格和语言。如果只是写上海滩，可能未必能有之后的盛名，好比鲁迅如果不写绍兴风物、人情、习俗，恐怕也难以显出特色来。沈从文写自己熟知的湘西边城，汪曾祺笔下的苏北农村，刘绍棠写通州运河沿岸，贾平凹的作品离不开商州，李锐写山西，等等，

---

① 马识途文集 11：文论·游记 [C].成都：四川文艺出版社，2005：26.
② 马识途文集 11：文论·游记 [C].成都：四川文艺出版社，2005：30.

都体现了一点，即在作品中只有写本土的特有风情、文化风采，在自己的文化岩层中进行深层挖掘，才是具有长远价值的东西，也最能引起共鸣，唤起思考，也才是对民族特点的体现，打上了民族个性和特点的烙印。总而言之，要突出文艺的民族性特征，离不开民俗的描写，只有具备民俗审美意趣的作品才有成为世界性文艺的可能。

  文艺作品的民族化，首先需要作品具有民俗化的倾向，这是文艺本质的一个因素。它并不仅仅只是哪一部分作家或艺术家的创作和喜好，它充盈着所有的文艺作品。文艺作品在形成的时期或多或少就已经受到了民俗的影响，所以绝不可能没有。对于一部真正的文艺作品而言，一定蕴含了民俗的要素在其中，从而体现出民族化的风韵。马识途所追求的中国作风和中国气派正是从他的文艺作品中体现出来的。他在实践中将民俗这一重要的要素镶嵌其中，发挥它的特殊功用，自觉地将民俗的艺术处理作为小说民族化特色的土壤。《京华夜谭》《夜谭十记》《夜谭续记》等一系列的小说都彰显出这一特色。"夜谭"从题目就能看出浓郁的地方特色，文章采取了川人特有的"摆龙门阵"的形式展开故事，《夜谭十记》套用了民间说书人讲故事的形式，与传统评书相似。讽刺小说《五粮液奇遇记》选择了四川名酒五粮液直接命名。五粮液，作为民俗文化的酒文化中不可或缺的重要品牌名，从制作工艺到技法流程都是四川地区所特有的。《巴蜀女杰》直接在标题就彰显了地域特征，故事取材于真人真事，描写沉冤多年后才得平反昭雪的烈士张露萍等人。故事主人公张萍深入魔窟战斗，与敌英勇斗争。小说背景也极具地方特色，奇骏险秀的蜀地风光构成了对敌斗争的独特性，喝茶所显示出的川人的饮食习惯。以上种种都共同构建起了独有的社会环境及人物关系，是对当时当地现实生活的如实写照，表现了在抗战时期，巴蜀地区的生活风貌及战斗情况，极具典型性和鲜明的民族性。

  斯大林在《马克思主义与民族问题》一书中指出："民族是人们在历史上形成的一个有共同语言、共同地域、共同经济生活以及表现在共同文化上的共同心理素质的稳定的共同体……各个民族所以不同，不仅在于它们生活条件不同，而且在于表现在民族文化特点上的精神形态不同。"[1]区别一个国家一个民

---

[1] 马克思主义和民族问题（1913年）[A]. 斯大林选集（上卷）[C]. 中共中央马克思恩格斯列宁斯大林著作编译局编译. 北京：人民出版社，1979：61—64.

族的民族特殊性，其中很重要的一点就是这里提到的"民族文化特点上的精神形态不同"。风俗习惯、仪式禁忌、饮食特征、口语歌谣都是构成其基层文化形态的重要元素，也是很重要的核心要素，它们共同构成了一个民族共同文化及心理素质的基础，是一个民族区别于其他民族的根本。因此，文艺作品的民俗审美，其中所具备的民俗化倾向是至关重要的，是随着文艺形成而自然发生的，也是识别和体现一个民族的民族化程度的重要标志之一。

无论是哪个国家的文艺作品，都是囊括了本民族的审美体验、审美判断等精神形态以后的具体体现。无论是作家本人，还是阅读者群体，无一例外地都生活在风俗习惯相同或类似的环境中，接受的教育模式，传递的民俗信息甚至行为方式都是一致的，由此也导致了审美意趣的趋同性。作为作家本人来说，往往是集中了民众集体爱好和情趣之人，结合自身的审美经验而写出作品的，"所以我们可以肯定地说：要了解艺术家的趣味与才能，要了解他为什么在绘画或戏剧中选择某个部门，为什么特别喜爱某种类型、某种色彩，表现某种感情，就应当到群众的思想感情和风俗习惯中去探求"①。一个民族共同的精神趋向以民俗的形式表现出来，并直接规范了文艺审美经验及审美判断，成了文艺审美的民俗特征。难怪马识途会在自己创作谈中说，原本《夜谭十记》中最后一记打算写《卖画记》的，情节人物都是现成的，然而最后因为自己对古画缺乏相应的知识，又没有充裕的时间去补课而放弃了写作。可能有人会很费解，为何一篇几千字的小说背后还需要准备那么多东西，但其实对作家来说，五花八门的学问、古代文学的修养等等都是创作一篇有民族性特征好作品的关键。绝不能东拼西凑，浅薄无知，甚至只要够用就拿来凑数，这一点不管是在什么时候都是一样。即使是在当代，同为川籍作家，四川文学史上首位茅奖、鲁奖双料获奖者的阿来也说过，一个作家的写作，其实也是在创造一个世界，这个世界的丰富与否可能与作家对世界的认识，与他的经验、他所关注的事物都有关系。他的长篇小说《空山》就曾被列入博物学书单。博物学是一个综合学科，天文、地理、植物、动物、气象、地质无所不包。他还出版过《草木的理想国》等博物类图书，可谓"作家里的博物学达人"。由此可见，文艺作品具

---

① ［法］丹纳. 艺术哲学［M］. 傅雷译. 北京：人民文学出版社，1963：7.

备审美的民俗特征是至关重要的，因为这种特征就是构成民族特色的重要因素之一，将这些具有民族和区域特征的材料运用到文艺创作中去，就是体现其民族性，彰显作家民族特征身份气质，体现中国作风和中国气派的关键所在。

民俗和民族审美有着密不可分的关系。文艺作品中的民俗描写和民俗倾向，可以被视为是否是作品具有民族特色的重要因素之一。历代沿袭下来的民俗传统，在文艺作品的内容中就表现为这个民族的历史和现实生活，而反映到形式上，就是民族形式。从内容到形式上，从外而内全方位的反映民族的民俗，就能使作品具备鲜明的民族性。马识途从小就听说书人讲故事，"说善书"的，说评书的，"讲古"的，"摆龙门阵"的，之后又经历了革命斗争，浓郁的民俗环境构筑了他的成长背景，也构建了其文艺作品的结构模式。茶馆、吃讲茶、袍哥的规矩、祝寿、婚礼习俗、葬礼、贺满月、洗三朝、八字照门、告地状、青帮规矩等等民俗事项，都深深镌刻在他的记忆中。他之所以一直追求并实践的中国作风和中国气派，主要就在于他能将那些富有民族和区域特色的民俗材料，大量运用到小说的内容和形式中去。他的《夜谭十记》的体例明显是受了薄伽丘的《十日谈》和阿拉伯故事《一千零一夜》的启发和影响。虽借鉴了外国文学的体式，却依然承袭了中国古典小说的传统。中国古典小说由讲唱文学发展而来，为了达到吸引听众的目的，往往会将故事渲染得曲折离奇又悬念重重。《夜谭十记》除第七记外每记都采用了民间说书人讲故事的形式展开，开头有楔子，作为引入正题的开场白，中间也间或插入说书人的评论，这些均与传统评书相似。而最重要的是其中体现出的强烈的故事性特征，风情民俗渗透在作品的字里行间，内容与形式都是中华民族的，而不是意大利的，也不是阿拉伯的，展现出的是20世纪三四十年代旧中国的社会面貌，是一幅幅丰富生动的旧中国社会生活画面。

民俗在一个人的生活经历和性格气质的形成中，常常以共同的心理素质和思考原型潜移默化地发生作用。要再现一个地区的生活，表现民族大众的世态人情，不可能离开渗透于生活和人物活动各方面的风情民俗。《京华夜谭》中的各个人物如果离开了喝茶习俗、茶馆周边种种的描写，如果没有"吃讲茶"、舵把子、总舵爷的描写，故事会黯然失色很多。不管是地下党接头，还是甩掉跟踪的尾巴、打斗营救都离不开茶馆这一重要的发生地，甚至对人物性格的勾勒也是通过发生在茶馆中的其人其事来表现的。不得不说，正是由于民俗的差异性，才构成了人物形象鲜明的民族性格特征以及审美判断的民族特质。将人物放置于特殊的民俗刻画中，塑造人物形象，锤炼其鲜明的民族性格，以此来体现自己浓厚的人情味和民族性，老一辈有成就的作家们通常深谙此道。作品中人物形象的民族性格和民族特征，往往与行文叙事、人物刻画中构思精巧地选取民俗素材相关。《夜谭十记》中一心禁烟却被灭口的禁烟专员旺达化，自己男盗女娼却假充正经的"卫道士"吴老太爷，装神弄鬼、贪小便宜的观花神婆狗屎王二，等等，在一定意义上来说，都是受到了民族陋俗熏染的产物。这一点，当代作家也在某种程度受到了老一辈作家的影响，上海作家张怡微在《细民盛宴》中，总共写了单亲少女袁佳乔参与的大大小小八次"家宴"。敏感、刻薄又厌世的袁佳乔少女形象正是在一桌桌菜肴背后的饮食风情民俗之中建立起来的。饮食男女，嬉笑怒骂，自明代以降，世情小说之根，正伏藏于市井细民的日常大欲中。而摹写人情悲欢，从一桌家宴里见炎凉、见世态，是《细民盛宴》自觉内在于世情传统的用心与用情。

民族形式同样是文艺民族化问题上非常重要的一个方面，文艺民族形式的形成本身就与民俗不可分割。广大人民群众的喜好以及欣赏习惯，直接影响和制约了文艺民族形式的产生和发展。在民间文艺中，有大量的体裁、手段和方式为文艺民族形式提供了取用的空间。因此，民俗的欣赏习惯和表现手法的应用，也是衡量和检验文艺民族化的一把标尺。如马识途自己所说，虽然在同一时期也从西方的文学大师中汲取了营养，但是归根结底，对自己影响最大的仍然是"那些经过古代坊间说书人反复锤炼然后被作家整理成书的古典小说和传奇故事"[①]。中国的古典小说和传奇故事，无论是四大名著，还是《儒林外史》等，其中都不乏引人入胜的故事情节，它们生动有趣，富有艺术性，不仅语言丰富且结构精巧。马识途的《夜谭十记》《夜谭续记》《京华夜谭》《雷神传奇》等都能体现出其深深扎根于本民族的民俗文化传统，无论是他幽默讽刺的川话，还是那些通过"摆龙门阵"讲出来的故事，都带着明显的民族情调。民族情调包括作品的结构体裁、语言技巧等，这些与带着民族风尚的故事本身相

---

① 马识途文集 11：文论·游记 [C]．成都：四川文艺出版社，2005：26.

结合起来，相得益彰地体现出民族性。马识途自己在创作谈中所讲到的"川味"说的也就是这个意思。川剧、川曲都是如此，川文也一样应是如此，无论是李劼人还是沙汀，无论是电影《抓壮丁》，还是姜文取材于《夜谭十记》中《盗官记》所拍的电影《让子弹飞》，无一不是以川味取胜。《让子弹飞》还专门配备了川话版，以期让观众更能体验到更原汁原味的"川味"。这里所讲的川味不仅仅只是说四川的语言，也不是单纯的猎奇，而应是作品写某个区域的人物事件时，应该具备这个区域人物的气质风度、语言情趣，再辅之以这个区域的风俗习惯、山川风光，以此所体现出的典型性民族民俗特征。如此这样，才能实现艺术上的异彩纷呈，在中国文艺乃至世界文艺中占有一席之地。很明显，具有民俗风韵的作品显然比那些单纯靠复杂其实生编的情节，故弄玄虚的悬念，甚至是无聊打擦边球的噱头来吸引人的文艺作品，更引人入胜，更高品位，也更具备民族性。

第二章　马识途文艺创作中的民族审美心理结构

别林斯基说过："文学中的民族性是什么？那是民族特性的烙印，民族精神和民族生活的标记。"①应该说文艺民族化是文艺之所以能获得民族性的必经之路，而文艺的民族性则是文艺民族化的必然结局。在这一过程中，作者和读者之间的心理结构的联结是通过作品这一中介来完成的。因此，在文艺民族化的运动过程中，民族文艺的创作主体和民族文艺的欣赏主体的心理要素之间建立相互关系的结构，这里包括了创作主体与作品中所反映的民族社会生活，即反映对象之间在民族心理上产生的对应结构。欣赏主体与审美对象，也就是民族性的文艺作品之间民族心理上产生的对应结构。由于任何一个民族的艺术归根结底都与它的心理分不开的，甚至可以说是由它的心理所决定的，而它的心理又是由它的境况所造成的。这种民族心理的基础是民族发展过程中的共同历史条件和事件，是这个民族共同的思想情感、思维情绪、意志品格以及风尚习惯的总和。民族心理是构成民族稳定的共同体的基本特征之一，是一种相对比较稳固，也比较持久而强烈的社会心理。"既然艺术，就其内容而言，是民族的历史生活的表现，那么这种生活对艺术自必有巨大的影响，它之于艺术有如

---

① 别林斯基选集（第一卷）[C].满涛译.上海：上海译文出版社，1979：107.

燃油之于灯中的火，或者更进一步，有如土壤之于它所培养的植物。"①即是说，文艺具有民族性特征的要素之一是要有反映民俗生活和民族形式的内容，其中包括民族的风俗习惯、自然风物等。因为这些才是一个民族有别于其他民族的最重要的标志，将这些通过文艺的形式宣之于众，公之于世，应当说是文艺家们共同的目标之一。

共同的语言是民族的特征之一。各个民族都有自己独有但共同的语言。民族的艺术家与他所描写的民族群体在民族语言上产生了共同的心理结构，产生了共同的理解力和喜爱之心。同时将具有民族特性的艺术形象再现的民俗生活以及风俗习惯、自然风物等，与欣赏主体的审美意识的心理结构相对应起来，在审美中产生亲切感和满足感。而具有民族性特征的文艺作品所表现出的民族性格、民族情趣等，充分融合并升华后，产生出的民族自豪感、自信感是民族文艺非常重要的任务和功用。如同托尔斯泰所说："艺术是这样的一项人类活动：一个人用某种外在的标志有意识地把自己体验过的感情传达给别人，而别人为这些感情所感染，也体验到这些感情。"②而马识途作为作家，是本民族精神的代表，首先他自己受到了民族精神的渗透，将自己强烈的民族情感倾注进所创作的作品中，通过作品中尤其是人物的心理结构展现出来。这样充满浓烈民族感情色彩的作品就能动人心魄，引人入胜，产生巨大的感染力和号召力，唤起强烈的共鸣，并在民族心理上产生美感效应的亲和。这种亲和是指本民族的成员对本民族的人物以及文艺作品更能感同身受感到亲切的一种情感。真正民族化的文艺作品就是群众所喜闻乐见的，这一点也正是马识途一直在自己作品中追求并实践的。他不止一次在作品的前言后记，以及创作谈中谈到自己所追求的风格，是一种为"中国老百姓所喜闻乐见的中国作风和中国气派"，这样民族化的文艺作品取材于民族的社会生活，扎根在民族的欣赏者中，具有相当的艺术魅力和强大的生命力。

民族审美心理结构是经过了漫长的社会发展过程，它是在长期的审美历史实践中积淀的产物。事实证明，无论是哪个民族，他们共同的审美心理都是沉

---

① 杰尔查文的作品·第2篇[A].别林斯基论文学[C].梁真译.上海：新文艺出版社，1958：81.

② [俄]列夫·托尔斯泰.艺术论[C].丰陈宝译.北京：人民文学出版社，1958：48.

淀于个体的心理中的，并通过个体的心理表现出来的。因此，对马识途创作中的民族审美心理结构研究，也可以视之为其文艺民族化重要标志的一环。

一个民族的民族精神集中地体现了该民族的审美理想、民族的审美趣味、民族性格等审美心理层面上的组成要素是对民族精神的集中体现。因此文艺作品是否集中体现这些元素，是评判作品是否具备民族性的关键，也是对作品进行文艺审美的必由之路。民族审美趣味和民族性格属于民族审美心理结构中相对比较稳定的层次。它们属于审美意识层面，因此具备相对稳定的特性。相同的民族大都具有比较一致的审美趣味和欣赏习惯。兴趣本身就是一种心理现象，是主体对客体的选择性态度。在文艺作品赏析中，它影响着对审美对象的选择和欣赏。人的兴趣本来就是多种多样的，物质的、社会的和精神的都有，其中对社会美的兴趣和欣赏主要包括对民族社会生活、民族风俗习惯的欣赏，对民族服饰的追求，以及对民族性格和民族精神的崇敬；对艺术美的兴趣和欣赏主要表现为对文学和艺术的各种形式的喜爱，特别是对民间故事和传说、民歌等的传诵上。

马识途文艺创作中所体现出的民族审美心理结构体现在民族精神、民族审美趣味、民族性格、审美的情感活动四方面。其中马识途比较重要的贡献在于，在作品中体现出对以民族服饰、民族性格为代表的社会美的兴趣和欣赏，并构筑起延安精神这一民族精神的内核。

第一节　民族精神

审美反映的心理过程，是由审美的主体和客体一起相互作用的一个完整的过程。在这个过程中体现出来的民族心理特性，一方面是与审美客体联系在一起的，包括以民族情感为依托的民族性格以及民族精神等本质力量，另一方面是与审美主体联系在一起的，包括主体的兴趣爱好、气质性格等民族的共同心理素质等。对于产生美感心理的民族心理结构来说，有多种表现形式，如由兴趣爱好等一致而产生的共同的愉悦感，从对民族精神的崇敬所产生的民族自豪感等等。

各个民族的特点首先是通过民族文艺而鲜明突出地表现出来的。一般来说，一种民族文学特点的形成，根本的、决定性的因素是这个民族的社会生活条件。同时，民族文化传统对它的培育，以及国外和外民族文学对它的影响，也都是一些必要条件。民族特点的形成，从纵的方面看是民族文学传统发展的结果，从横的方面看是该民族中的一批作家们的作品在内容形式上共同特色的集中表现。文艺民族化与作家创作个性之间的关系，是整体与部分、共性与个性的对立统一关系。离开整个民族特点、民族风格来评论作家作品，作家风格就只能是一些单一且孤立的文学现象，不能理解其植根的民族生活土壤，受到民族心理结构习惯与文学传统制约的本质特征。反之，脱离作家风格以及创作个性去谈民族特点、民族风格，也必然抽象化，使其丧失本身丰富的内涵。即使"人民生活中本来存在着文学艺术原料的矿藏，这是自然形态的东西，是粗糙的东西，但也是最生动、最丰富、最基本的东西；在这点上说，它们使一切文学艺术相形见绌，它们是一切文学艺术的取之不尽、用之不竭的唯一的源泉"[①]，但是一个文艺家也只有以自己民族的行为思考方式以及审美眼光去观察及塑造审美对象时，才能从中渗透出符合本民族的性格气质，才能创造出体现民族魂，也就是民族精神的艺术形象。也就是说，一个民族的文艺家"在他的同胞的思想中抓住了伟大处，在他们的情感中抓住了深刻处，在他们的行动中抓住了坚强和融贯一致处；他自己被民族精神完全渗透"[②]时，才能艺术地再现出民族性格，并染上民族的色彩，从而通过民族性格、民族趣味等一系列的元素融合构筑出民族精神。因此将马识途的小说与民族精神联系在一起，是马识途作品本身的叙事立场、方式、内容以及话语所蕴含的民族特质所体现的文化逻辑所决定的。把握马识途作品所挖掘出的深刻的民族精神，与其体现出的民族性格、民族审美趣味，以及反映出的独特的民族审美情感活动，即民族化特色的体现都是分不开的。

概括地来说，马识途文艺作品中对民族精神的体现不仅仅包括人物的民族

---

① 在延安文艺座谈会上的讲话（1942年5月）[A].毛泽东选集（第3卷）[C].北京：人民出版社，1991：860.

② 文学理论学习参考资料[C].北京师范大学文艺理论组编.北京：高等教育出版社，1956：594.

性格，同时也包括一些自然物及各种与民俗相关的事物事象等的象征意味中。在它们共同的作用下，构筑起了民族精神的内核。其中比较重要的是在他的文艺作品中体现出了由中国共产党创造的一种革命精神——延安精神。延安精神的内容丰富且内涵深刻，既是五千多年中华优秀传统文化的继承和发扬，同时也是红船精神、井冈山精神以及长征精神的发展和升华。应该说它的灵魂就是坚持理想信念，这也是所有中国共产党人矢志不渝的追求。这一点在《巴蜀女杰》《清江壮歌》等一批革命小说中均有所体现。

　　《巴蜀女杰》中所展现的延安，在那样一个条件艰苦，物资匮乏的环境中，生发出了朝气蓬勃、激情燃烧又生机勃勃的延安精神，并成了成千上万的有志之士们为之景仰、向往和奔赴的精神高地。那时的延安，是象征着具有崇高的理想、坚定的信念、真理的光辉和民族的希望的民族精神的代名词。到延安去，成了他们共同的希望和梦想，而到了延安，能接受革命的洗礼和理想上的升华自是不言而喻的。小说通过张萍去延安的经历，她的所思所感所想，以及之后的所作所为，真实展现延安精神的构建和洗礼。那是"她日思夜盼的革命圣地延安"，有着她"在《新华日报》和杂志上看过许多次，也梦过许多次"的延安塔。"它完全没有南方城市那种绿树成荫，溪流汩汩的景象，一周围的山岭也不见森森的树林，赤褐色的山岭干干地躺在那里，到处是一片灰黄色。那巍然立着的城墙也是那么光秃秃的，连在南方城墙上常见到的青苔和灌木丛也没有。唯有那延河水却是那么汩汩地顺着城墙流淌过去，给这个古城增添了一分活的气息"①，不仅是张萍认为这不是自己想象的革命圣地的模样，可能众多的革命志士以及读者第一次看到延安时，也会觉得不像自己以为的那样。但有一点是毋庸置疑的，"延安，对每一个抗战青年来说，那就是革命的圣地，那就是自由的天堂，那就是理想开花的地方"②。那些无数的跟张萍一样，摸爬滚打在国民党统治区的青年们，面对树立在延安和重庆之间几乎不可穿越的重重障碍时，虽然他们并不清楚什么时候才能穿过重重黑暗的迷雾，走向光明，但是这些要求抗日和向往民主自由的革命青年们无一例外的，可以从各类报刊中，"这些在黑色铁幕上戳开的光明的窗口，看到延安的曙光，听到

---

① 马识途文集 3：巴蜀女杰 [C]. 成都：四川文艺出版社，2005：32.
② 马识途文集 3：巴蜀女杰 [C]. 成都：四川文艺出版社，2005：32—33.

自由的歌声。成千上万的青年，怀着美好的希望和冲破黑暗的决心，鼓起跨过死亡的门槛的勇气，单个的或者成群结队地走向北方，艰难地越过巴山蜀水，逃脱特务的追捕，直奔延安"[1]。张萍也正是怀揣着这样的理想信念，来到了延安。只是她与其他人不同，她已经是党员，到延安，那就是"回了老家"了。当她终于报了到，接办了组织关系后，很明显，她的心理状态发生了变化，周围的一切就连延安塔在她的眼里也有了别样的光彩，"塔身特别高大，在太阳光下射出熠熠金光"[2]。就在这样的一个城市里，张萍再一次接受了革命的教育，在这里她感受到了青春的活力和热情，还有自由自在和无拘无束战斗的激情，然而很快，她就从这里消失了，心怀对胜利的渴望和坚定的信念，她去了前线，没有任何人感到惊讶或打听她的去向，因为这是延安的一种早已存在的习惯。一路上为她衔接的各个站点，都与延安有着千丝万缕的联系，即使是那些国民党反动派包围之中的孤岛，也与"延安，和根据地，依靠无线电，息息相通。这不是孤岛，而是屹立在国民党地区的一座革命的灯塔，它给国民党地区的人民照亮航道"[3]。就这样，张萍一步一步地从延安走出来，然而她的每一次战斗又与延安有着千丝万缕的联系。延安精神在引领着她前行，即使在她被关进了牢房里，她依然能从母亲留给她的那枚珍贵的红宝石戒指上宝石的红光中"像魔术一般，分明看到了延安的宝塔、窑洞、延河，年轻的战友们"[4]，这一切都是她曾在延安所接受过的熏陶和教诲，是"正在延河边唱《干一场》，听到那些首长们在大礼堂作报告，或是在窑洞外土坝上讲大课的雄辩声音，那些在窑洞里没完没了的知识分子的严肃争论和'扯横筋'"[5]。很明显，在这里，延安塔代表延安，代表了她曾在延安接受过的党的教育，以及经历的革命生活，已经成了延安精神的一种指代。当以延安塔为代表的一系列的自然物形象地表现出一个民族的真善美的本质力量时，它就成了这个民族的共同审美对象，通过作家笔下的描写为人所感知，成为民族精神的一种象征，并与这个民族美的观念以及特有的民族心理相融合，产生出一种民族自豪感。这一点就如

---

[1] 马识途文集 3：巴蜀女杰 [C]. 成都：四川文艺出版社，2005：33.
[2] 马识途文集 3：巴蜀女杰 [C]. 成都：四川文艺出版社，2005：34.
[3] 马识途文集 3：巴蜀女杰 [C]. 成都：四川文艺出版社，2005：111.
[4] 马识途文集 3：巴蜀女杰 [C]. 成都：四川文艺出版社，2005：307.
[5] 马识途文集 3：巴蜀女杰 [C]. 成都：四川文艺出版社，2005：307.

同中国的长江、黄河,日本的富士山、樱花,英国的玫瑰,法国的百合等,都是有关民族精神的一种象征。这些自然物是人们在改造世界和创造世界的过程中,民族本质力量的一些体现,在文学作品中,他们成为本民族独特的审美对象,培养起了其独特的审美心理感受,也象征着民族精神。当本民族的人们在欣赏这些美的对象时,能够触景生情,由此产生出对祖国和民族的深厚感情,因此可以说这些自然物具有独特的审美力量。在延安精神感召下的张萍不仅自己备受鼓舞,而且即使身陷囹圄她仍然想着将这种精神传递出来,给身边的人讲述着自己在延安的生活,接受过的那些革命教育。她告知狱友小汪以后可以去从事教育,用思想的火炬点燃自己周围人的心,去告诉他们"革命的路是崎岖艰险的,需要青年奉献自己的青春,甘心做一颗铺路的石子。许多的革命者抱着自我牺牲的精神,在艰苦的斗争中倒下去,化作革命大厦的基石,埋进土里去,虽然看不见他们,但是起着载负大厦的作用,没有他们,革命大厦立不起来,那些学术殿堂,那些科学璇宫,那些雕梁画栋,那些飞檐翘角,都不过是海市蜃楼……"①这段话可以说是对当时的延安精神最好的概括,而张萍代表的是与她一样的,一大批已经下定决心做好了将自己的青春献给革命,愿意做一块革命大厦基石的革命者们。通过这样的文艺作品所反映的是在中国历史上真正存在过的一批人,他们的梦想是做一个堂堂正正的中国人,他们在民族危亡的时刻,不惜献出自己年轻而又宝贵的生命;他们忠于共产主义的信仰,终生矢志不渝,哪怕饥寒交迫,哪怕颠沛流离,哪怕妻离子散,也绝没有一丝一毫的动摇和怀疑;他们是中国的脊梁,而那种视死如归的精神就是中华民族的精神。

除了《巴蜀女杰》中以延安塔为代表的延安精神之外,在《清江壮歌》中还有以"苍鹰""松树""野草"等共同构建起的坚强不屈、坚贞不渝又生生不息的民族精神。苍鹰是雄健的,野马是飞驰的,野草是从监狱里的石缝中生长出来的。柳一清"希望变成一只苍鹰,以闪电般的速度,飞腾而去;或者变成一匹野马,在那崎岖不平的山道上狂奔叫嚣;至少也要像那片片白浪,不惜粉身碎骨,向阻挡它前进的任何顽石猛烈撞去"②。鹰在中国的传统

---

① 马识途文集 3:巴蜀女杰 [C].成都:四川文艺出版社,2005:365.
② 马识途.清江壮歌 [M].北京:人民文学出版社,2008:38.

文化中，是神的化身，象征着勇敢、力量、拼搏和自由。古代军事中，鹰象征着战神。《列子·黄帝篇》中记载："黄帝与炎战于阪泉之野，帅熊罴狼豹为前驱，雕、鹖、鹰、鸢为旗帜。"黄帝战胜蚩尤，作《桐鼓曲》以示庆祝，其中一章"雕鹗争"是中国最早把鹰作为英雄胜利的象征。《诗经》中描述军队出征："牧野洋洋，檀车煌煌……维师尚文，时维鹰扬。"以鹰象征军容的威猛和战争的胜利。中国古代关于鹰的神话传说，诗文篇章，均赋予鹰极其丰富、深刻的思想感情、精神象征和文化内涵。古典文学、诗歌常用大鹏和鹰艺术形象的磅礴气势，雄伟壮美的境界来比喻非凡心志、博大胸襟和无畏气概。《楚辞》中的"苍鸟群飞"，说的就是鹰。南北朝刘勰《文心雕龙》中的"夫翚翟备色，而翾翥百步，肌丰而力沉也；鹰隼乏采，而翰飞戾天，骨劲而气猛也"，以山雉多彩，则无力高飞作为对比，描绘、赞美鹰的骨劲气猛，高飞摩天的不凡气质和勇猛力量。杜甫的咏鹰诗有："殊姿各独立，清绝心有向，疾禁千里马，气敌万人将。""黑鹰不省人间有，渡海疑从北海来。"我国古代经典散文对于鹰的赞美，诗赋中的《鹰赋》《鹏赋》《咏鹰》，是人格化、理想化的鹰艺术形象，比喻、比拟、象征人格气质和精神理想。鹰的雄强威严，器宇轩昂和阳刚大气，是最具感染力的精神要素之一，在美学中是高贵与壮美的象征。有史以来，一直崇尚自然天地，崇尚生命永恒与超凡力量的中国人，把天地日月、嵩岳高山、沧海百川，雄鹰之搏击、乔松古柏之磊落与物我相谐的精神方式、不卑不亢的阳刚气节相照应，来完善自我人格，以及传达精神象征意义。画鹰即画人，文艺创作通过对鹰艺术形象的描绘和塑造，实现了艺术的超越。在表现鹰的雄健、犷悍之美的同时，映射出具有超凡拔俗的人格大美和精神境界。其主旨直指现代美学的中国精神，是弘扬自强不息、超越庸俗、彰显大义、人格刚正的时代气象。而"野藤"与"野草"呢，它们长在囚禁着革命者的监狱中，"凌厉的北风不能冻死野藤，在藤皮里仍然顽强地跳动着生命的脉搏"①，不仅如此，"那铁栅栏边爬着的野藤，在朝阳里是那样的生机勃勃，才张开的嫩叶是那样青翠欲滴；微风吹来，窸窸窣窣地响着，像在唱一支什么抒情曲子一样。从小窗口抬头望去，高高的墙头上杂草又复活了，在杂

---

① 马识途.清江壮歌[M].北京：人民文学出版社，2008：394.

草中忽然开着一朵两朵不知道名字的红花，十分艳丽，由于背景衬着早晨洁净的蓝天，红花更显得像被血染过一般"①。显而易见，北风喻指国民党反动派一系列的折磨和囚禁，野藤指代着以柳一清为代表的前赴后继的革命者们，而杂草当然就是跟随着她一起被捕的革命后代，她与任远的女儿了。"为党所培养起来的革命新生力量，正如在北风中成长起来的嫩芽和从石缝里伸出的野草一样，接受了严峻的考验，以饱满的生命力，顽强地生长，就快要走出这个寒冷的冰谷，去迎接祖国的春天了"②。白居易的诗歌"野火烧不尽，春风吹又生"说的就是这样的野草，最平凡朴实的植物，没有华丽的外表，没有让人羡慕的出身，但它有一颗不肯轻易服输的心，它坚强、努力，不怕困难，坚韧不拔，同时它勇敢地面对风吹雨打，生生不息，这才是中华民族最值得景仰的革命精神的体现。而孤傲的松树则是长在清江断崖绝壁上的，"迎风而立，呼呼作响，那种挺拔的雄姿，使贺国威肃然起敬"③，这是为革命者所赞叹崇敬的自然物，其中所体现出的坚强不屈，不怕困难的精神是他们追寻并践行的民族精神。松树从古至今在中国文化中就象征着孤独、正直、朴素、不怕严寒。它四季常青，是一个真正的强者。松与竹、梅一起，素有"岁寒三友"之称。文艺作品中也常以松柏象征坚贞不屈的英雄气概。古人对松情有独钟。他们歌以赞松，诗以咏松，文以记松，画以绘松，宏篇妙文不胜枚举，丹青杰作传世甚多。据《论语·子罕》，孔子曾赞松曰："岁寒，然后知松柏之后凋也。"将松柏并列。《庄子·德充符》有"受命于地，唯松柏独也正，在冬夏青青；受命于天，唯尧舜独也正，在万物之首"之语，将松柏与尧舜并称。魏晋刘桢更有"亭亭山上松，瑟瑟谷中风。风声一何盛，松枝一何劲。冰霜正惨凄，终岁常端正。岂不罹凝寒，松柏有本性"的诗句。后人看那些长在山崖的苍松，坚韧不拔，常借以比喻在逆境艰困中能保持节操的品性，如同文中所描写的贺国威看到的情形一样。在人们眼中，松成了"贞""君子""师帅""宗老"等高尚人格精神的寓意。因此，《清江壮歌》中正是以这些事物的代指，显示出

---

① 马识途.清江壮歌[M].北京：人民文学出版社，2008：249.
② 马识途.清江壮歌[M].北京：人民文学出版社，2008：394.
③ 马识途.清江壮歌[M].北京：人民文学出版社，2008：44.

了革命者在革命中的精神意志和奋斗不息勇往直前的精神。在革命斗争中，他们随时都做好了牺牲的准备，"这样的死亡对于一个共产党人来说，不过是伟大人格的最后完成，是革命精神的最高升华。我能做到这一步，是我的幸福"①。"但是共产党人并不是像过去的历史所歌颂的那种托天举地、挥舞乾坤的个人英雄。他不过是一个普普通通的人，产生在普通的劳动人民中，和他们同呼吸、共命运。他认识到群众的革命历史有如日夜奔流的长河，自己不过是这长河中的一滴水，一朵浪花，和大家一起，推波助澜，奔腾叫嚣，哪怕千回万转，总要百折不挠地、浩浩荡荡归于共产主义的大海"②。其实这些伟大的共产党人，他们并没有为英雄而英雄，但是他们却一直在用自己的行为举止去践行着"英雄"这个词语所赋予的高尚情操和豪迈气概。那是对平凡和普通的超越，这里所体现出的崇高的人格精神，是一种超越了个人得失以及个人生命安危的，追求真理、追求正义、追求共产主义信仰的人格价值。这里所体现的精神也是世世代代的仁人志士们用自身的人格精神凝练而成。

在革命的这条艰险曲折的道路上，革命者们牺牲个人利益，不畏困难，奋勇向前的精神是发人深省的。作者以一种反映中国老百姓特有的乐观和积极向上的基调，展现出对美好生活必将来临的信念，催人奋起，从而体现出了马克思主义文艺的基本功能。作者在作品中更渲染了英雄人物所具有的远大的共产主义理想，革命的乐观主义精神，以及大义凛然又正气磅礴的革命威风。中华民族的精神，作为一个民族的独特本质，以其独特的方式体现在了审美对象之中，使具有同样民族性格的读者产生审美情感的交流，引发强烈的共鸣，并在审美心理的层面上产生民族的自信感、自豪感和骄傲感。人民在这样的审美活动中，不仅能够在审美对象中调动起自己所有的感觉去肯定自己，还能看出凝结在审美对象中的真善美，并将之吸纳进自己的内心，息息相通，从而产生出美好的享受，使民族精神得以发扬。

民族精神，是一个民族思想的灵魂，也是民族生活的最高主宰。对民族精神的深入剖析，是作品的民族性风格，以及民俗化审美意义的体现。20世纪的中国正处于民族解放斗争的年代，为了民族的生存和解放而斗争是时代的主

---

① 马识途.清江壮歌[M].北京：人民文学出版社，2008：284.
② 马识途.清江壮歌[M].北京：人民文学出版社，2008：307.

题,因此对民族精神的集中体现就是对时代精神的最好把握。马识途本人就是职业革命家,兼作家的身份,他以独到的目光,对民族精神有着深刻的把握。作品中所表现出来的马克思主义革命信仰、坚定不移的斗争意志、大无畏的牺牲精神,正是20世纪中华民族的精神。而这种精神即使是在今天,也依然有着深刻而重要的意义。

马识途的革命历史小说,如《清江壮歌》《找红军》《小交通员》当中所描绘的柳一清、贺国威、小丁等革命者的形象,都是具有坚定的革命信仰、顽强的斗争精神和高尚的献身精神的人。他们在小说中既是现实中的普通人,也是英雄的楷模。他们也一样有七情六欲,有丰富的个人内心情感,甚至于有性格缺陷,然而他们身上所体现出的民族精神又使他们从平凡中脱颖而出。马识途的笔下立体生动的人物形象体现了人物直观的、可感的精神感召,而不是干巴巴的口号式的描写。这些人物形象是英雄伟大的,也是可亲可感的,他们是有血有肉的活生生的人。这一点是极其难能可贵的。这些人物今天读来,仍能给人以强烈的震撼和深刻的感染,其中所洋溢的崇高美学风范,使读者受到深刻的教益,由此体现出文学的审美价值。

第二节 民族审美趣味

审美趣味指的是审美对象的自然之趣,是在满足了审美对象的审美需求基础上,触发或引起了主体的情感,使得主体与审美对象之间建立了兴趣和积极的态度。每个民族的审美趣味都是在长期的历史沉淀中慢慢形成的,这种情趣一经形成,就显示出一种稳定倾向,而且会呈现出一种思维定式,成为社会表征,为各民族承认和接受。这种民族性的审美心理,绝非单一个体所体现的特点的叠加之和,而是所有个体共通性的一种典型的心理。在某种程度上来说,这种典型心理反映了这个民族群体中的所有成员的审美心理特征,即是说无论是他们的爱好兴趣,还是个性特点,均是如此。"人的本性使他能够有审美的趣味和概念。他周围的条件决定着这个可能性怎么样转变为现实;这些条件说明了一定的社会的人(即一定的社会、一定的民族、一定的阶级)正是有着这些而非其他的审美的趣味和概念"①。这便意味着,人的心理本性是人具备审美趣味和概念的基础,但是由于每个民族的社会历史发展条件的多样性,加上民族文化的多元化发展,导致了民族审美趣味的差异性。不同民族的审美趣味受到了自己所处的地域环境及社会条件的限制,并逐渐形成了以民族为单位的共同"文化圈",它们以相同的审美趣味作为自身的主要特征。马识途文艺作品的审美趣味主要体现在以下几个方面:

一、色彩趣味

色彩作为构成美的形式中非常重要的组成部分,其本身的审美趣味和审美价值在人们的社会活动中的作用不容小觑。人们心理中的情感记忆和表象储积不同,从而导致对视觉形象与听觉形象的理解力与想象力也各自不同。色彩作为民族审美趣味的一种体现,成为民族审美对象之一,也可以使之得到更为强烈的喜悦和满足感。

在众多颜色中,红色是特别受中国人喜爱和推崇的颜色,也因此被赋予了极高的文化审美意义。从古至今红色在民俗生活中的审美体验中,除了寄托中国人祈吉求富的象征外,在当代中国,人们更是将中国共产党领导的革命战争时期创作的反映战斗生活的歌曲称为红色歌曲。由此可见红色这一颜色集中体现出了中华民族的审美趣味。马识途文艺作品中叙述了不少与红色相关的事件、事物以及称呼,可以分为以下两大类:一类是各种各样红色的物件。《风雨人生》中提到在会考放榜之后,榜是用大红纸写的,非常气派。而且还保留了送大红喜报的规矩,来的主报人也是手捧一张红纸,上面印着是过去的老底板,还会把大红喜报挂在旅馆的接待厅里。《京华夜谭》中在给老太爷祝六十大寿的寿宴上有不少红色的物件,燃起的是"红色大寿蜡",礼房的管事用来记录收礼名单的是大红礼薄,还会将礼品种类和数目写在红纸条上,贴到粉墙上。在马识途的代表作《清江壮歌》中,特委组织部长王东明假借看望柳一清刚出生不久的孩子,实际是为去开特委会打掩护时,也是专门带了一个拿来做幌子的"红封",还硬让小孩的手把它抓住说:"小布尔什维克,看你也是喜

---

① [俄]普列汉诺夫.论艺术[C].曹葆华译.北京:三联书店,1964:16.

欢红色的，你这样早早赶来，是要来和我们一起打反动派的吧。"①而之后赶来参会的陈醒明也一样，不仅送红封，还带来了一顶漂亮的红丝绒小帽。以上所提到的红榜、红寿蜡、红礼薄、红纸条、红封无一不是红色。红色在中国历朝历代的文化中一直是吉祥吉利的象征，是考试高中、结婚、孩子满月、祝寿等一些重要的场合中非常常见的颜色布置，以及礼尚往来的习俗，所以开特委会的人们才会采用红包来掩人耳目，因为这是伪装自己来意的最好障眼法。而特委组织部长的话体现颜色背后的象征意义，恰是在革命战争年代，由中国共产党人、先进分子和人民群众共同创造并极具中国特色的先进文化的体现。其中不仅蕴含着丰富的革命精神和厚重的历史文化内涵，也蕴含着希望和美好。

此外在《京华夜谭》中还提到了不同颜色的脸谱，"戏台上红脸是好人，白脸是坏人"②。这一句看似平淡无奇，其实关联着中国传统戏曲中的脸谱艺术的色彩趣味。要去理解这一句话的文化内涵，必须去了解脸谱的形成及它的审美习惯。如何能从颜色中就能分辨出好人坏人，这其中能获得的艺术情趣和审美享受是长期传播、环境浸淫的结果，它的背后是中华民族国粹的体现，而这种精华源于源远流长的人情世俗，理解它，甚至对它的需求和欣赏是有着悠久的历史渊源和广泛的民众基础，也包括复杂的文化内涵。脸谱出自古代人文身的习俗，行至元代，涂面的颜色已经五颜六色，随着戏剧的发展，逐渐演变成我们今天的"脸谱"。颜色也成了一种性格定型化识别的标签，例如红为忠，也就是前文中所说的好人，白为奸，也就是前文中所说的坏人，黄为残暴，蓝为草莽，等等。我们常说，"知人知面不知心"，还有"人心不同各如其面"，其实都是源于这种俗见。这种颜色符号系统所代指的是一种脸谱的标识，也是一种装饰的美丽。若往深论，历来红色在中国就被视为一种吉祥如意，祥和美好的颜色，例如婚礼就会被称为"红事"，而白色在中国历来认为是不吉的颜色，因此丧事又叫"做白事"。如此种种，串联相扣，只需用颜色就能展示出人物性格或是事情的吉凶，观众一看心中有数，就有了情感与思想的准备，甚至一眼之间就明白了作者的意图，揣摩到了其中的深意。这种审美形式，如若是外国人好许极难理解，这便是传统的习尚所致，也是显而易见的

---

① 马识途.清江壮歌［M］.北京：人民文学出版社，2008：46.
② 马识途文集4：京华夜谭［C］.成都：四川文艺出版社，2005：137.

中国风的体现，民族色彩和中国气派跃然纸上。

第二类是关于红色的各种各样的指代名称和称呼，或指代某种群体，或指代某件事情。色彩本来就会带给人以美的享受，不同的色彩就有不同的性格，也能引起人的不同情感反应，因此，不同的色彩也有着自己各自不同的审美意义。人们对色彩的选择，除了遵循的视觉抉择之外，还有一种潜意识的心理抉择。可以这样说，色彩在各民族的文化传统中已经成了审美趣味的代码，色彩也能够体现出一个民族普遍的审美趣味。如果色彩再配之以相应的一些语言习俗称谓，那么就更显特色了。除了前文中提到的脸谱中用不同的颜色来区别人物好坏以及性格特色之外，还会用颜色来代指自己押到宝了，或以此喻指讨个吉利，例如在《最有办法的人》《夜谭十记》中都出现了"赌红宝"的一种娱乐活动，如今已经被禁止，虽说是赌博的一种方式，在当时却是民间常见的一种活动。赶马帮的脚夫们，市井的百姓都很熟知，因此号称自己是最有办法的人的莫达志才会发出"好比赌红宝，连哪一方是'青龙'、哪一方是'白虎'都没有摸清，就下大注，哪能不输光呢"①的感叹，赌红宝，赢了之后称之为得了"红宝"，红在这里依然延续了它在中国传统文化中的色彩本意，指运气好的意思。

《风雨人生》中还用与"红"有关的称呼来指代共产党，当时"我"被三哥从牢中救出，三哥告诉"我"："他们很想把你这个带头人戴上红帽子，抓进大牢，然后送到在镇江的江苏省法院去定罪呢。"②用"红帽子"在"我"身上大做文章，意思就是说会被扣上是共产党的帽子。"红帽子"在这里指的是红军，在当时也被国民党污称为"赤匪"。再之后，当"我"初到香港时，朋友告诉"我"香港的劳工苦得很，经常在街边骑楼下的地上睡觉，还常常被"红头阿三"赶来赶去，这个"红头阿三"是什么？朋友补充解释了一句，"红头阿三"是英国殖民者从印度雇来的警察，而且非常凶狠，仗势欺人，经常拿着警棍动手打人。为何要将印度的警察称之为"红头阿三"，这个称呼源自旧上海，是一个暗含贬义的代名词。当时的巡捕，相当于现在的警察，主要负责社会治安，一开始全部是由西方人担任的所谓"西捕"，后来逐步补充了

---

① 马识途文集 7：讽刺小说及其他 [C].成都：四川文艺出版社，2005：17.
② 马识途文集 9：风雨人生 [C].成都：四川文艺出版社，2005：79.

由华人充任的巡捕即"华捕",此外还有来自西方殖民地越南(安南)的"安捕"、印度的"印捕"等。在上海的英租界从其殖民地印度挑选巡捕时,为了达到威慑效果,他们精心挑选锡克族印度人。锡克族人整体上不苟言笑,有尚武传统、作战骁勇,据说在印度本土多如牛毛的乞丐都不敢向锡克人乞讨,再加之这些"印捕"一般个个人高马大,满脸虬须,令人望而生畏。由于不通汉语的原因,这些"印捕"大多从事巡警、狱警与交通警,他们整天警棍乱舞,让那些摊贩与车夫吃尽了苦头,挨其警棍与皮靴是家常便饭。所以当时大多数上海人对他们没什么好印象,视他们为替英国殖民地宗主卖命的"忠实"看门狗。他们面孔黝黑,习惯在头上缠红头巾,于是上海人常背地里轻蔑地叫他们为"红头阿三"。"红头"据说是为了对抗莫卧儿王朝,锡克人一辈子不剪头发胡子,所以长长的头发就用裹头巾包起来,一般艳丽的红色头巾居多,绕成一个船型"大磨盘"似的头包。那么"阿三"呢?有一种说法是说上海话中(包括江南大多数地方方言)一般在单音词前置"阿"(或后置"子""头"等)组成双音节词使用,由于英文中"先生"通常读作"sir",因此市民对巡捕客气的称呼"sir"就演化成洋泾浜英语"阿sir",读音如上海话的"阿三"。直到今天,香港人依然称呼警察为"阿sir",印度巡捕每天在长官的指挥下进行军事化训练出操时,他们在表示对长官指令理解和执行时常齐声高喊:"yes' sir!"香港影视剧中也大量充斥着这类场景。最初上海人不明白"yes' sir"是什么意思,依据读音大致把巡捕叫作"阿三"。这些印度巡捕实际上是英属印度殖民地的亡国奴,在上海人眼中他们的地位低于西捕和华捕,位列第三,就是"阿三"。上海话里与"三"相关的词汇多为贬义,如称呼那些流氓、地痞、无赖、游手好闲的人为"瘪三"或"小瘪三";称那些傻里傻气、少根弦的人为"十三点";那些没头脑、做事不灵光的人则被称为"猪头三"等。鲁迅在《伪自由书·王化》中就提到:"事后,还要挑选瑶民代表到外埠来观光,叫他们看看上国的文化,例如马路上,红头阿三的威武之类。"而蒋光慈在《少年漂泊者》中也提到过这个词:"我在街上一见着红头阿三手里的哭丧棒,总感觉得上面萃集着印度的悲哀与中国的羞辱。"不难看出,只是一个简单的称呼词语,但背后有其深深的蕴意,不光与颜色、方言、口语有关,也包含了一种民族的审美趣味在其中。不仅如此,这种审美趣味还是对一个民族历史中一段重要时期的记载和缩影，其影响甚至延续至今。

二、饮食趣味

除了色彩，在饮食需求和食材的功能意义上，在一定时期的民族共通性的基础上，不同区域的人群所表现出来的爱好兴趣和对它的欣赏上表现的敏感度与感情彩色也有不同之处，从而体现了每个民族的生活方式及习惯，风尚不同，也是对民族性的一种体现。

毛泽东在《同音乐工作者的谈话》里指出："中国的豆腐、豆芽菜、皮蛋、北京烤鸭是有特殊性的，别国比不上，可以国际化。穿衣吃饭也是各国不同。印度人穿的衣服就和中国人不同，它是适合印度的环境的。中国人吃饭用筷子，西方人用刀叉。一定说用刀叉的高明、科学，用筷子的落后，就说不通。"[1]这也就是说，各个民族在长期的生活过程中形成的各自不同的审美趣味本身就带着民族范畴上的继承性和习惯性。同时，"由于一个国家的气候和其他特点不同，食物、衣服、取暖、居住等等自然需要也就不同"[2]，中国人和外国人形成的相对稳定的兴趣与习惯，审美趣味就不同，即使都是中国人，由于区域不同，环境不同，也会有审美趣味的差异性。作为文艺作品，往往会成为不同民族固有的审美趣味，思想情绪和需要，生活及爱好最清晰的镜子，也能给本民族读者带来亲切感和愉悦感，而给其他民族的读者新鲜感和刺激感。

在马识途《重返红岩村随笔》中有一段对火锅的描写："我奇怪，重庆夏天已经够热的了，还要去吃热辣辣的火锅，不是要命吗？朋友却说：'正因为夏天热，才偏要去吃火锅，其妙处只有你亲自去吃了，才会明白。'我们走进一个极普通的店堂，一张张的方桌中间，都挖了个圆洞，烧得通红的炉上摆着沙锅，里面红汤滚滚。最好的正宗菜就是毛肚，所以通称毛肚火锅。我们是坐在高凳上，就着低桌子，脚踏桌横子，大块放进肉菜和蔬菜，就着土碗里的烧老二，又说又笑，大吃大喝起来。吃得热了，索性脱掉衣服，赤着膊，四顾无人地豪吃。不多一会，大汗淋漓。奇怪得很，我忽然感到大汗一出，扇子一

---

[1] 毛泽东文集（第7卷）[C].中共中央文献研究室.北京：人民出版社，1999：80.
[2] 马克思恩格斯全集（第23卷）[C].中共中央马克思恩格斯列宁斯大林著作编译局编译.北京：人民出版社，2005：194.

扇，一身清凉。这才唤起我解放前在重庆朝天门的河坝竹棚里，和那些下力人挤在一起吃火锅的回忆。那样就低桌子，坐高凳子，脚踏桌横子，赤着膊豪吃豪饮豪言豪叫，才真叫吃重庆火锅。那里才真是重庆火锅的发源地。那时的重庆火锅是那些下里巴人解决肚子问题的去处，是不登大雅之堂的。"① 通过作者这段生动的描写，读者仿佛身临其境地看到吃火锅的情形，也因此对重庆人在夏天吃火锅的这样一种具有地方特色的饮食风俗有了更直观的了解。马识途在回忆中告诉读者们，现在盛行于全国各地的火锅，其实最早乃是出自嘉陵江畔的船工纤夫之食。最初，它根本没有那么多花色繁多的菜品，更别提荤素之分，而是通通用的在当时最便宜的牛毛肚、猪黄喉、牛血旺等加以作料混煮而成的。看似简简单单的一个火锅，背后隐藏的是民族文化和历史故事。食趣的背后是民俗的饮食趣味。

　　马识途的作品中包含大量与饮食趣味相关的食物及吃俗描写，按照表现意义主要可分为以下三类：第一类主要为主食、配菜和调料，反映的是在当时社会历史条件下的物资情况、民众的生活条件。一方面展现人们的生活意趣和苦中作乐、共克时艰的精神，另一方面揭写官府人家宴席宴会中的奢华。《京华夜谭》中边喝茶边聊故事，配的小菜是卤鸭和辣牛肉，还有鸡丝以及凉拌青笋尖。《接关系》中，提到了"包谷粑粑"，"明天过大山，一百多里，带两个粑粑路上垫肚子"②。《风雨人生》在农民党员家中吃的是"玉米糁子、白薯、土豆"的主食，副食是没油且少盐的大锅青菜和萝卜。《风雨人生》中提到的糙米，是一种南方红土壤地带才有的红米。红米虽然非常粗糙，但是糙皮极富营养价值，易于下咽。这里提到了大家添饭的方式，一共分为两次，第一次添半碗，第二次就可以添个"冒儿头"。因为第一次添半碗可以快速吃完，再去添第二碗，这时候吃第一碗的人大部分都还没吃完，这样加起来的总量其实还更多。这种形象而生动的描述，让人忍俊不禁，但在笑的同时又会感受到一种心酸，油然而生一种敬佩之情。如果说主食描写是忆历史，那么配菜和调料的描写就是对地方民俗文化的优雅展示，虽不是一场视觉盛宴，但也绝对是地域性的彰显。关于宴席宴会，《京华夜谭》中谈到的袍哥舵把子摆寿宴，

---

① 马识途. 重返红岩村随笔 [J]. 红岩春秋，1996（1）：17.
② 马识途文集 6：中短篇小说 [C]. 成都：四川文艺出版社，2005：327.

提到了田席"九大碗"的习俗:"照乡下开宴的标准格式,每桌席准备九盘九大碗和寿酒,招待客人。"①九大碗,也称九斗碗,再加之多数情况下是在老百姓们的农家院坝头摆席,故又名"坝坝宴"。坝坝宴讲究一定要吃出味道,吃出氛围,所以食客多多益善,吃饭就像是打一场歼灭战,声势大,人员多,动作猛。对坝坝宴的描写,确实能通过"吃相"勾勒出川人的审美趣味及性格群像。《破城记》里提到给视察委员接风的宴席是"这一生只能遇到一次的盛会",菜单中包括不少古怪名字"满天飞""麻辣冲""荷叶夹沙肉"等,而且"送菜的幺师用各种文雅的菜名编的歌,唱着跑进跑出。敬酒的,划拳的,讲笑话的,逃席的,欢声一片,直到半夜,宾主才尽欢而散"②。这种接风宴会一开就持续了三四天。《亲仇记》中我们不仅能看到"热气腾腾的干饭和可口的又酸又辣的小菜……还有豆腐干、盐黄豆、腌山鸡、酱兔子或熏火腿,帮你下酒,足够你排遣一天的疲劳和烦闷了"③。《臭烈士》中说到了现代桌席中的旋转圆盘上摆的下酒菜,名为"熊猫戏竹",其实就是用鸡绒肉做的艺术品。其他的下酒菜诸如锅巴海参、墨鱼烧鸭、红烧豆瓣鱼等等。调料类的包括花椒面和辣椒面,"满街可买,杂货铺里有的是。花椒面、辣椒面,沾在手上,随时备用,手到见效,奇妙无穷。真乃物美价廉"④。麻辣应该说是刻进川渝人骨子里的执念。《舌尖上的中国》就曾说:"泡椒和豆瓣,是四川人对辣椒的创造性使用。"上面所提到的"辣牛肉""熊猫戏竹""红烧豆瓣鱼""花椒面"等,无一不是本地食俗的标志性体现,读来让川人赏心悦目,其他人大开眼界。特别是其中所提到的豆瓣,应该是四川人最熟悉的一种调味料。据传明末清初,陈氏族人无意中用晒干后的胡豆拌入辣椒食盐后,用来调味佐餐,味道竟出奇地好吃,这就形成了豆瓣的雏形。经过后来一代代人的改良,豆瓣酱逐渐成形,因其味鲜辣无比,所以广受四川同胞的喜爱。由于豆瓣酱的受欢迎,慢慢导致大多数川菜都离不开豆瓣酱。这更进一步地让川人嗜辣,毕竟炒菜用的调味酱,都是"重口味"。重口味的川人有着"重口味"的性格,展示

---

① 马识途文集 4:京华夜谭 [C].成都:四川文艺出版社,2005:175.
② 马识途文集 2:夜谭十记 [C].成都:四川文艺出版社,2005:31.
③ 马识途文集 2:夜谭十记 [C].成都:四川文艺出版社,2005:213.
④ 马识途文集 7:讽刺小说及其他 [C].成都:四川文艺出版社,2005:19.

的虽是最平易的生活，实则是在经历动荡岁月洗礼后平静的内心，就像根据《盗官记》改编而红遍大江南北的影片《让子弹飞》中的一句台词一样，"吃着火锅唱着歌，突然就被麻匪劫了"。生活永远充满着戏剧性，有时候远胜于文艺作品本身，而我们从这样的文艺作品背后所体验、观赏、发掘的不仅仅是川人，而是以川人为代表的中华民族共同的审美趣味，是一种能够欣赏彼此的精神产品，是为各民族都感兴趣的有魅力的作品。从这个意义上来说，各个民族、各个地区的文艺，不仅是本民族本地区的，也是共有的艺术财富。

当然，在这样的协调一致中，各个民族的风俗习惯仍然会有一些特殊的审美趣味。这也就是作品中的第二类，关于饮食习俗中食疗的描写，反映了在旧中国物资缺乏的时代，民间百姓的智慧。食物的功用不仅仅是用于吃，还用于健身疗疾，理同我国中医中的食疗，集中体现了有病治病，无病强身的审美趣味。《风雨人生》中就围绕着老三姐主要讲了三件与食疗有关的事。第一件事是，当时"我"在鄂西北老河口附近的小镇吉红岗，由于经常往山上跑，染上了疥疮，老三姐用艾叶水让"我"洗澡，同时还用一杯硫黄点燃以后，放到被窝里，脱光衣服睡进去，只留鼻子在外面出气，然后让硫黄熏，虽然相当难受，但是疥疮却被治愈了。另一件事是"我"感冒以后，老三姐往面条里放了很多辣椒，让"我"吃得大汗淋漓，然后捂在被子里发汗，感冒被治愈了。还有一件事是老三姐把从土墙缝里爬出来的蝎子用面糊裹了以后油炸来吃，还告诉"我"说，蝎子是最补人的东西，当地害了痨病的人专门夹掉尾巴，放进嘴里生吃，那样最补人。在专门写《老三姐》的小说里，还提到老三姐会用草药，在治疗疥疮一事上，因为在山里买不到药，除了让"我"用药水洗澡，硫黄熏蒸的办法外，老三姐还专门去深山老林里找一些草药回来，让"我"敷上，有的单方说需要用嘴嚼烂了敷的，她还会把苦药草慢慢嚼烂，吐出来给"我"敷。食疗原本就是中国人的传统习惯，民间一直有通过饮食达到调理身体、强壮体魄的习俗。食疗文化源远流长，是一种长远的养生行为。而"药食同源"更是中华原创医学对人类最有价值的贡献之一。这一点可以追溯到原始人类在与自然界斗争的过程中，他们发现了有些动、植物既可充饥又可保健疗疾，为食疗积累了很多宝贵的经验。《素问·五常政大论》就主张："大毒治病，十去其六；常毒治病，十去其七；小毒治病，十去其八；无毒治病，十去其九。谷肉果菜，食养尽之，无使过之，伤其正也。"高度地评价了食疗养生的作用。东汉名医张仲景治疗外感病时服桂枝汤后要"啜热稀粥一升余以助药力"，在服药期间还应禁忌生冷、油腻、辛辣等食物，可见其对饮食养生及其辅助治疗作用的重视。而中医所说的"药疗不如食疗"，认为长期使用药物治病往往会产生各种副作用和依赖性，而且大量服用药物还可能对人体的健康造成本质上的影响；食疗使用的都是我们日常生活中常见的食物，以准确搭配及精心制作而发挥天然功效，日积月累，便让人体激发了自我痊愈能力，从而获得由内而外的健康。上面文中所述的蝎子、草药、硫黄、辣椒等，有些本身就是中医中的药材。众所周知，蝎子虽是五毒之首，但亦可以泡酒入药，根据古籍文献和民间方剂中记载，蝎子以全体入药时称为全蝎，《中国药典》说全蝎确有息风镇痉、攻毒散结、通络止痛的功效。而硫黄的功用更不用说，时至今日民间有硫黄皂、硫黄洗液等，人们在冬天喜欢泡的温泉中也含有硫黄，《中国药典》也说硫黄具有外用解毒杀虫疗疮，内服补火助阳通便的功能。而辣椒性热，散寒燥湿，有着发汗的功用。如此看来，老三姐的很多做法确实在很大程度上体现了民间在食疗这件事上的普遍性及普及性。通过这样的描写和人物形象的塑造，体现了中华民族在特殊时期，乐观开朗，积极向上，并勇于自救，苦中作乐的审美趣味，同时也有着聪颖机敏、善于就地取材的特征。

第三类关于食俗的描写是体现它的功能性意义。表面上虽是写食物，实则是在利用食物，在它的掩饰下为我所用，达到其他的目的，发挥出另外的作用。作者善于在一些司空见惯的物品中挖掘出深意，传达出物在此而意在彼的含义，用陌生化的手法展示出一些别样的审美趣味。《夜谭十记》中《娶妾记》里，名为干爸的总经理为了迷醉张小倩实施自己的计划，特地从上海运来了符合时节的阳澄湖大螃蟹，吃的清蒸螃蟹配团圆酒，才灌晕了她，让她在不知情的情况下与所谓的干爸发生了关系。这里的螃蟹配团圆酒，就是总经理拿来迷惑张小倩的美食，是这些别有用心的人为达到自己目的而采用的一种手段，让人无法拒绝，从而达到掩饰自己真正目的的作用。如果说这里是用食物作奸犯科，那其他作品中就是为革命工作做了不少掩饰性的工作，传递信息、沟通情报，全靠这些不起眼的食物。《清江壮歌》里的红辣椒，一方面是四川、湖南、湖北等地区的日常饮食中最常见的一种食材，家家户户几乎都有，然而在特殊时期它是革命战士柳一清挂在窗户外边用来表示安全的信号装置。腊肉这种流行于我国南方地区的一种腌肉，因其久放不坏的特点而广受欢迎，它不仅是一种年节食品，还是《清江壮歌》中地下党陈醒民在路上遭遇盘问时说自己是去吃满月酒，去送礼的道具。除了腊肉之外，香烟也是用来装装样子的重要道具，而且还有一个作用，香烟的售卖，遍地可见的香烟铺子，包括香烟本身都是可用作掩护真实身份以及为地下党传递信息的。同样是在《清江壮歌》中，地下党贺国威就借用买烟，观察特务，甩掉尾巴。入狱后，他又借口要抽烟，让特务给自己买了几包烟来，香烟里的薄纸可以用来写字，薄薄的它不仅可以通过狱室与狱室之间的门板缝塞过去传递信息，承担了送信的功能，还被聪慧的贺国威捏成小纸卷放回进香烟里，然后用此来与狱友们互通消息，传递资讯。谁能想到，在战争年代，日常最最常见的香烟，竟成了传递信息的关键物品。香烟成了信封，烟盒纸成了信纸，而正是因为它的不起眼，司空见惯方便隐藏，才为地下党们所用，显示出革命战士们即使身陷囹圄，也能临危不乱，一直为信仰的事业做着贡献。另一部小说《三战华园》也提到了香烟，此时它与"瓜子、花生"一起成为日常街头售卖的物品用来为地下党同志接头作掩护，以免被特务发现，毕竟"在这种旅馆和客店里，时常有卖烟、瓜子、花生的，送水烟的，擦皮鞋的，看相的，按摩的，包医梅毒的，还有唱小曲卖唱的进来。他们就是靠在旅馆和客店里向住的客人求吃。珠珠经常在这个旅馆里、那个客店里转进转出，根本不惊不诧"[①]。在这里，香烟的功能性意义已经超过了它作为日常烟草类商品的作用，成了一种挡箭牌，一个烟幕弹，体现出当时的地下党善用常见物品的机敏睿智，善于隐藏自己的特征。

总之，马识途在文艺创作中关于风味饮食的描写不仅展现出本土的食俗，更重要的是通过对这种食俗的描写体现出本民族的审美趣味，并突出体现川人开朗乐观，积极向上心理特征和感情特色，也是对民族性格的一种集中体现。

[①] 马识途文集 6：中短篇小说 [C]. 成都：四川文艺出版社，2005：215.

三、服饰趣味

作为审美意识中的一种形式，审美趣味是主体感知审美客体所产生的快感或不快感，区分现实和艺术中美和丑的能力。其中体现社会美的人体装饰和仪表装饰是对民族本质力量的肯定。作为服饰本身来说，它一直是民族文化中一种非常生动而具体的表现形式，作为民族文化的历史积淀，它形象而直观地显示出一个民族在本民族发展进程中所构建起来的审美趣味，同时也是一种民族精神最直接的反映。所以不同民族的人民总是按照自己的审美观念和审美趣味，把自身装饰得美一些，从而才能充分展现出自己的本质力量。穿着服装本来就是人类的一种特殊行为，具有社会性的特征，而在每一个特定历史时期出现的服装现象也绝非偶然，都是受到了当时社会文化的影响。在中国历朝历代中，均有代表性的服饰，它也是一种协调天、地、人间秩序的符号，承载着鲜明的文化意义。不仅如此，服装还是一种身份的象征，它反映了社会发展的基本趋势，甚至可以说服饰是时代的一面镜子。在马识途的文艺作品中，有关服饰的描写主要可以分为以下几类：一类是用来配合情节设置展示身份转变的，主要以被誉为中国国粹的旗袍和象征身份荣誉的军服为代表；第二类是用来乔装打扮，以达到隐匿真实身份的效用的，主要以农民、小贩或商人所穿的对襟棉袄、毡帽、长袍、缎裤等为代表的平民服饰；第三类主要反映审美趣味变迁的是以职员或国民党官员所穿的中山装、西装等为代表的官员服饰。各种服饰的不同就代表了不同的人物群体，是对当时人物群像的审美表现，也是身份象征的重要标识。

在马识途的文艺创作中有不少情节设置及人物身份转变是与服饰息息相关的，甚至有些人物的出场造型及性格塑造，观念转化都是通过服饰的转变来完成的，其中最具有代表性的是军装和旗袍。《巴蜀女杰》中的主人公张萍，人称"张小姐"，叫过徐素卿，也叫黎林，配合名字的不同，服饰打扮也不同。而之所以会有这些不同样式的打扮，都是为了配合她的工作需要，经过了组织上的严格把关，塑造出来的形象，目的是为了掩盖自己的真实身份。与其他的地下党一样，或打入敌军内部，或在路上做交通员，或活跃在其他战线上完成自己的使命和任务。这位张小姐当她还是黎林时，因为她"身材适中，长得漂亮，有一双水汪汪的会说话的眼睛，还有一个不大不小的嘴巴，从那里吐出来的声音又是那么亲切和清亮，是一个道地的小姐模样"①，因此打扮成大户人家的小姐上路最合适，而这一符合其外形特征的身形打扮都是由富有经验的李主任安排的。"李主任是七贤庄里有名的'化妆师'。从他这里经过的男女青年，何止几百几千，都要化好装，经过他的鉴定，认为合格，才能上路。他善于看人，确定该装扮成什么样的人走路最好。他那里准备有各种不同样式的衣服"②。由此可见，服饰是一个人最好的身份展示，也是隐藏身份的重要手段，还体现出地下党虽然职业不同，经历各异，家庭背景各不相同，然而胆大心细，机警敏锐的共同特征。在作品中，作者先从当下情景写起，主人公张萍虽然背靠着卡车车厢的挡风木板，四周都是"黄鱼客"，然而仍然可以通过她沾满了尘土却没有扣上纽扣的风雨衣看到她里面穿着"浅咖啡色的旗袍，还套上一件鲜红的毛线衣，相当入时"③的打扮。再用倒叙的方法讲述了"张小姐"和"黎林"之间的区别，并通过脱下代表自己大小姐身份的旗袍穿上军装，再到脱下八路军军装换上自己曾从成都穿到延安的旗袍和毛衣，又穿上军统特务的军服这一系列服饰上的转变，完成了故事情节的推演，展现了她从一个天真活泼又单纯善良的姑娘，在革命的洪流中，接受了革命的洗礼后，遵照党组织的指示，多番努力，经受了无数次考验，得以成功地打入国民党军统电台内部，进行了无数次没有硝烟的战争，如同作品题目"巴蜀女杰"一样风范的全过程。"脱下小姐衣服以后，第一次穿上八路军军装时候的那份喜悦之情，就像一个少女出嫁时第一次穿上她最心爱的嫁妆一样。"④此时此刻，军装于她的意义不仅仅是过年时候穿上的新衣服，也远远不是嫁衣，八路军军装意味着的是最高的荣誉，是革命、崇高和神圣的使命，是坚定不移的信念。而再次脱下军装穿回自己的旗袍，意味着心灵上的升华，一个人脱下军装，为的是更多的人有朝一日能穿上军装。能不能回来未可知，什么时候回来未可知，但是军装会被一直保留着，作为身份的留存。如果说换下军装重穿旗袍的过程完全是

---

① 马识途文集 3：巴蜀女杰 [C].成都：四川文艺出版社，2005：4.
② 马识途文集 3：巴蜀女杰 [C].成都：四川文艺出版社，2005：4.
③ 马识途文集 3：巴蜀女杰 [C].成都：四川文艺出版社，2005：1.
④ 马识途文集 3：巴蜀女杰 [C].成都：四川文艺出版社，2005：5.

一场内心的洗礼，那么从旗袍换上了军统特务的军服就是内心的炼狱，虽同为军装，然而意义却大相径庭。这里所展示出的三种不同服饰，都有着自己独特的审美趣味在其中，也是带着历史和社会特征的。旗袍作为中国悠久的服饰文化中绚烂的现象和形式之一，在中华文明的历史长河里占据着独特而显著的位置，它在彰显民族个性及民族审美趣味，甚至民族精神方面一直起着重要的作用。这里的颜色搭配和服饰装束凸显出张萍这个人物原始的身份特征，其中所体现出的色彩美以及优雅婉约的形制美，都是对她之前生活的最好描绘。

同样是旗袍，由于颜色、材质及纹样等不同所产生的审美趣味也各自不同，《夜谭十记》中的《破城记》就写到了一个外号"黄蝴蝶"的姨太太，也是身穿旗袍，然而不同于张萍的端庄优雅，她站在右边搀扶着高老太爷，是专为高老太爷烧鸦片烟的枪手，娇小玲珑又花枝招展，"一色嫩鹅毛黄色的丝绒旗袍、鞋子和袜子，在旗袍的胸襟上和下摆角上绣着飞动着的花蝴蝶"[1]。颜色质地的选择、纹样图式的搭配无一不是不同人物、不同阶层即使穿着同样服装的区别所在。旗袍作为中国经典服饰的典型代表，是不同的文化底蕴和文化惯例，甚至是文化身份的代名词。而站在高老太爷左边搀扶着他的是他的侄儿，才打了胜仗，恰恰穿着的就是草绿色哔叽的军装，领上还挂着中校领章，扎着紧紧的武装带子。腰上挂着左轮手枪的同时还在屁股上挂着"中正剑"。为什么叫作"中正剑"，那是因为"他在中央军校的时候，他们的蒋中正校长，也就是蒋委员长，给每一个军校毕业学生送一把短剑，所以叫作'中正剑'"[2]。同时也叫作"自裁剑"，"蒋校长要他们在危急的时候，拔剑自裁，以表示对蒋校长的忠诚"[3]。关于这种军装和佩剑的描述，在《风雨人生》中也有，当时"我"被抓进牢，写信给三哥求救，三哥来救"我"时就是这样的装束，"他们穿着笔挺的绿色军官制服，扎着军官宽皮带，腰上佩着短剑，那是中央军校毕业生的标志。听说那剑是蒋委员长送的，因此也是耍权威的信物"[4]，这

---

[1] 马识途文集2：夜谭十记[C].成都：四川文艺出版社，2005：34.
[2] 马识途文集2：夜谭十记[C].成都：四川文艺出版社，2005：34.
[3] 马识途文集2：夜谭十记[C].成都：四川文艺出版社，2005：34.
[4] 马识途文集9：风雨人生[C].成都：四川文艺出版社，2005：78.

种装扮，无疑是对当时社会风气和现状的最好体现，这种剑的用处对于挂着它的人当然是不愉快的，然而挂着它却表示着荣誉和光荣，是一种身份的标志，显露着自己的来历和出处，让人不可小觑。这一切不得不说，都是服饰带来的别样意趣。

同样是国民党军服，在《清江壮歌》里背叛了党组织的陈醒民在试穿了这套"绿呢中校制服"前后的心境变化，恰恰说明了此人意志力不坚定，对革命的认识也不够深刻，而"这种耸肩凸胸的制服，是适宜于那种身体健壮、趾高气扬的人穿的，陈醒民把自己那瘦小、干瘪的身体穿进去，简直就像小孩玩的那种在竹竿上套上宽大单衣的木偶人一样，显得空荡荡的，轻飘飘的，毫无一点神气了"①。通过对陈醒民穿上制服的描写，在服饰的衬托下，显示出人物内心的彷徨无依、空虚与迷惘。

在《京华夜谭》中，提到了来成都的于同为了做好情报和统战工作，顺利地和军校的冯羽飞重新建立联系，他专门去弄了一套国民党的军服来穿上。军服是干干净净的绿色，头上戴一顶军帽，脚上穿上一双光亮的浅筒黑皮鞋，完全是一个从国民党军队里退下来的闲散军官的模样了，因为"这种从军队上退下来的闲散军官多的是，老百姓骂他们'军官多如狗，无事满街走'。四川地方部队出去抗战被打垮了以后被遣散回来的军官更多，于同便是扮的这么一种川军的闲散军官"②。这里我们不难看出，军服的意义已经今时不同往日，如果说之前是一种尊贵身份的代表，那么现在在百姓的心目中就是充满了嫌弃鄙薄。这种变化与时代进程中的特殊事件有关，随着战争等重要事件的推进，改变了服饰代表一部分事物所展现出的审美意义，无形中文艺作品进行了记录、描绘与沉淀。不同的军装代表了不同的群体，军装的审美内涵意义也各自不同，但共同的都是军威和军人仪表的象征，独具韵味的纹饰图样都有其不同的意义，彰显身份的同时体现其背后的意志力和战斗精神。

在第二类平民服饰中，主要又分为两小类，一是以小贩身份为主的短棉袄、大脚棉裤等；二是以商人身份为主的质地精良的长袍、缎裤、礼帽、皮包等。与此前的草绿色的国民党军装、中正剑等的高调恰恰相反，这些装扮是街

---

① 马识途.清江壮歌[M].北京：人民文学出版社，2008：90.
② 马识途文集4：京华夜谭[C].成都：四川文艺出版社，2005：264.

头巷尾最常见的装束，主要是当时地下党用于伪装自己真实身份的各种打扮。他们化装成为做小买卖的人，做小贩的农民青年，或是做猪鬃出口生意的商人等，活跃在大街小巷，或传递信息，或交接资讯，或逃避特务追踪等等。《清江壮歌》里的特委组织部长王东明就打扮成了一个小买卖人来参加特委会议，他"头上戴一顶毡窝子帽，身上穿的对襟短棉袄，大脚棉裤"①，一看就是个心底明净的人，而没有小买卖人的那种油滑的习气和狡黠的眼睛。在这之后，刊登在报纸上作为接头信息的寻人启事，以及之后按着寻人启事中人物打扮来接头的人，也是王东明派来的，这个人的打扮也与王东明如出一辙，同样是个小贩的模样，"穿一身粗蓝布短棉袄，外套灰布长衫，戴一顶半新不旧的灰毡帽，脚上穿一双蓝边黑布旧鞋"②。地下党其实是在特定时期中的一个特指，是一个历史的产物。他们非常善于隐蔽，有时会选择隐蔽在农民家里，甚至还会帮助做些农务。他们不起眼的打扮，最朴素、最常见的装饰，隐身于劳动人民中就是对他们真实身份的最好掩护。除了小贩农民外，他们也会化装成客商，《风雨人生》中就说到"我"为了躲避特务的捉拿，摇身一变成为一个猪鬃出口商人的模样，"一套商人惯常穿戴的丝绸长袍、中式扎结带缎裤、罗宋呢帽外，还特别为我准备了一个黑色有些磨白的皮包"③。不仅穿着与当时的大商人相称，还刮掉了小胡子，就连眼镜架也换成了假金架子。《雷神传奇》中的雷神也曾乔装打扮，虽不是地下党，但也是为了掩饰身份。雷神将自己打扮成了一个富商的模样，"上穿绸短外衫，下穿绸宽腿裤子，头戴礼帽，脚蹬格式布鞋，手摇折扇，看起来一点农民的土气也没有"④。无论是乔装打扮的地下党，还是化身客商的雷神，都体现出隐蔽斗争一个共同的活动原则，即要求"普通化"而力戒"特殊化"。这其实也是周恩来在1928年为党的地下工作人员规定的最早的工作准则，即"尽量职业化、社会化"。毕竟不像间谍的人才是最好的间谍，才能更大程度地隐藏好自己。当时地下党的着装和日常行为都与社会上普通群众相近，不过于引人注目，也不会太穷酸招人讨厌。即使是

---

① 马识途.清江壮歌[M].北京：人民文学出版社，2008：46.
② 马识途.清江壮歌[M].北京：人民文学出版社，2008：124.
③ 马识途文集9：风雨人生[C].成都：四川文艺出版社，2005：615.
④ 马识途文集5：雷神传奇[C].成都：四川文艺出版社，2005：167.

接头的地方，也选择最常见的街头巷尾的茶馆或其他类似的地方，这些人混在人堆里就找不到，见过面以后就没印象，这也是选择地下党人员的活动准则。由此观之，这些装扮中隐含的不仅是当时最常见的劳动人民群众的装束打扮，还蕴藏了地下党的活动准则，以及他们之所以最后会成功的重要原因之一。

  民族的审美趣味是本民族的群体审美心理在长期的历史演变中凝聚的产物，是相对比较稳定的审美心理倾向，然而这种审美趣味并非一成不变的，它也是会随着审美实践的发展而变化的，在第三类西装、中山装等为代表的官员服饰中最能体现出这一点。过去，中国对西装、领带、文明棍等这种欧洲的舶来文化是没有产生审美趣味的，然而在清朝末年，中国诞生了第一套国产西装之后，到20世纪40年代，来中国的外籍人和出国经商、留学的中国人大多穿着西装，于是它慢慢开始作为一个能显示优雅绅士风度的服装流行起来。1911年，民国政府将西装列为主要的礼服之一。1919年后，西服定做作为新文化的象征冲击传统的长袍马褂，这时中国西装业得以发展。西装几乎可以说是男性服装王国的无冕之王，经典且优雅，成为绅士穿在身上的名片。与西装配搭的就是文明棍，不过文明棍是在中国演变后的叫法，它最早其实是旧时西方的绅士以示风度和身份，在平时喜欢拿的一根精致的手杖，同时也与他们笔挺的身姿和礼服相应，这一身装束几乎可视为西方绅士的招牌形象。《京华夜谭》中就不止一次地出现了关于西装、领带、文明棍的描写，同样展示了一种身份与地位的象征。在肖强的讲述中，特务本来是要准备对自己加以阻拦的，但是因为自己这一身装束，又一脸凶相地说自己是省特委会的，特务就不敢再拦了。后来同样是"身穿白色西装、打的紫红色领带，手里提着一根文明棍"[①]的肖强在上班路上路过看守所，与被关在里面的周烈，也就是自己的入党介绍人照了面，利用西装革履的掩护，肖强最终救出了自己的老上级。《风雨人生》中也提到了对于当时的大学生来说，"很留心自己身上的三件东西：头发、皮鞋、西裤的线条。这可以说是表现一个男性青年'帅'和'挺'的主要标志。有的同学为了保持皮鞋头'贼亮'，养成走路喜欢用脚背在裤脚上蹭一下的习惯；

[①] 马识途文集 4：京华夜谭[C].成都：四川文艺出版社，2005：405.

为了保持西裤线条的挺括,自己没有电熨斗,便每天晚上睡前,小心地把裤子折好放在枕头下,用自己的头压上一晚上,起电熨斗作用;至于头发,更不消说,那是青年最体面的部位,就像公鸡的冠子一样,经常梳理得光滑整洁,有的还涂上厚厚的头油,梳成各种样式"①。由此可见,当时的服饰审美习俗将西装与一个人的身型气质相连,并以配套的发型和皮鞋作为衬托,展现出了不同于传统的审美意趣。

与西装同属舶来品的是中山装,《夜谭十记》里提到在大学毕业后穿上黑袈裟样的学士服,戴上吊须绦的学士方帽的"我"在街上碰到的同学,都是西装笔挺、油头粉面地出入于大机关和大公司之门。以及再之后提到了政警抱来的几套青布中山装,老人们平时都穿惯了宽袍大袖,此时要他们穿上又窄又紧的中山装极为不舒服,原本在宽袍大袖下掩盖的种种缺点一下子就暴露出来了。随之而来的视察委员穿着的也正是"藏青色哔叽中山装,脚踏亮皮鞋,手里抱一个大公事皮包,很神气地格登格登走进来了"②,油头粉面且一表非凡。"中山装"其实是源自日本的制服,属于洋装,严格意义上并非中华传统意义上的服装。它的推广源于孙中山,自孙中山去世后,这种衣服就充满了浓郁的政治色彩和符号象征意义。国民党的文官制服就是中山装,而且定义为法定制服,包括当时内部的政治要员都要统一穿这样的制服。之后蒋介石也下令全体公务员都要穿中山装,并在学校进行推广,要求学生也穿。因此这里提到的让老人们也要穿中山装,其实并不是时尚潮流的推广,而是属于国家意志与权力的附加。自此开始了自上而下的效仿,商人以爱国革命为中山装宣传,知识分子争相穿着,中山装走向了大众,然而并未流行到现在。一方面是因为不太符合现在国人的审美习惯,另一方面它与西服一样不易作为常服穿着,需要精细的打理,且比西服对人的体形要求更高,需要身材宽大才能撑起中山装,因此在大趋势的影响下,西服反而逐渐形成了自己的规模。中山装的出现和盛行体现了一个时期的流行性趋势,而且是在历史时期中很十分重要的阶段,它作为一种政治符号在文艺作品中被记载并显现,体现了在传统与现代的文化传承以及东方与西方的文化交流过程中,服饰的发展和变化规律。一个时代的政治、

---

① 马识途文集9:风雨人生[C].成都:四川文艺出版社,2005:95.
② 马识途文集2:夜谭十记[C].成都:四川文艺出版社,2005:18.

经济、文化特征，会毫无遗漏地表现在那个时代的服装上。每个时代的服装，都会反映出那个时代的人具有的世界观、人生观、价值观，进而折射出那个时代的人具有的审美价值取向，表现出特定的审美趣味。产生于民国时期的中山装，其审美价值取向受时代背景的影响，因急需"救亡图存"而取"便于动作""壮于观瞻"；因迫于经济困顿而取"宜于经济"；因渴望国富民强而取"师夷长技"、中西合璧。这些特定的审美价值取向，体现在服装的审美意味上，便表现为一种可被记录的威武雄壮的力量美、一种经济实用的素朴美和一种中西合璧的时代美。

除了西装和中山装，《风雨人生》中还提到了一种"新的号称永不褪色的阴丹士林布"，而其"样式是那时很流行的高领、细腰、窄袖、长及脚背的'公爷服'"①，一样是在社会发展的进程中，出现的新动向，从而引起的新潮流。这里提到的"阴丹士林布"的"阴丹士林"是个外来词，在汉语中曾是颇为流行的一个时髦词。20世纪三四十年代，无论是在十里洋场的上海，还是粤桂赣闽的客家村落，都能听到一开始感到有点拗口、有点神秘的四个字——阴丹士林。阴丹士林指来自德国的一种染料，也指用这种染料所染成的布。这个词之所以如此流行，主要原因是人们爱穿这种布料制作的衣服。《现代汉语词典》收入了这个曾经流行的外来词，并指出它音译自德语das Indanthren。德语中，这个词为德国化学工程师勒内·博恩首创。此词由两个术语"斩头去尾"合在一起而成。其实这样复杂的化学专业术语，一般并不为非化学专业的德国人所知晓。倒是在中国，由这个德语化学术语音译而成的"阴丹士林"，一时却成了妇孺皆知的流行语汇。到了20世纪70年代初，物质匮乏，大多数人只穿藏青、深灰、普蓝等几种颜色，甚为单调。当时的女性特别是姑娘们又悄悄地喜欢上了阴丹士林蓝，她们用阴丹士林蓝布裁制成冬季罩棉袄的罩褂，再配上深色呢裤，系条白丝巾，或羊毛、兔毛大围巾，给色彩单调又沉闷的城市平添了一些生气。同为川籍作家的沙汀在《呼嚎》中也提到过："那些蓝映映的阴丹士林，以及红红绿绿的花布，是城里一批敏感的匹头商运起来倾销的。"林海音在《城南旧事》中也曾写出她作为北平的女学生对阴丹士林的喜爱："它

---

① 马识途文集9：风雨人生[C].成都：四川文艺出版社，2005：15.

的颜色比其他布,更为鲜亮,穿一件阴丹士林大褂,令人觉得特别干净、平整。比深蓝浅些的'毛蓝色',我最喜欢,夏秋或春夏之交,总是穿这个颜色的。"而作为老北京的老舍在《骆驼祥子》里道出差不多发生在同一时期的事情:倒霉的祥子碰到散兵游勇,不仅新买的洋车被抢去,连身上的衣服鞋帽也被扒走。祥子痛惜他的洋车,也会不时想起"自己原来穿着的白布小褂与那套阴丹士林蓝的夹裤褂,那是多么干净体面"。汪曾祺在《七载云烟》中也提到在抗战时期,当时还是昆明西南联大的学生的他注意到自己的异性同学"都是一身阴丹士林旗袍,上身套一件红的毛衣"。

第三节　民族性格

作为一种相对比较稳定的民族心理结构,民族审美趣味往往又与民族性格紧密相连,甚至可以说是归因于民族性格的。民族性格,也称为民族的共同的心理素质,也是对民族审美心理特征及民族精神的集中体现。在斯大林所提出的民族四要素中,共同的地域、共同的经济生活是作为形成民族性格的客观物质基础而存在,共同的文化和共同的语言便是作为民族性格的表现形态而存在。因此,民族性格是民族审美心理特征的一种集中性表现,是一个民族在长期的历史发展过程中塑造而成并经过代代相传而形成的一定惯性,同时在新的历史条件下又在不断补充新的特征,同时相对稳定的心理特性总和。

民族性格主要表现在民族的风俗习惯、文化语言习惯以及交往行为等方面,其中也包括民族的审美实践活动。作为民族社会生活的产物之一,"人们的生活方式自然而且不可避免地决定着他们的整个性格"[①],同时又因为在不同的历史条件下,造成了各民族的民族性格特征也不尽相同,从而使得他们各自的审美心理也有自己特色。

民俗即是人俗,即是说每个人具有的人的文化生命的内核。如果说DNA是人的生物基因,那么民俗就是人类的文化基因。当然,人类基因是因人而异

---

① [俄]普列汉诺夫.论艺术[C].曹葆华译.北京:三联书店,1964:16.

的，每个人的文化基因，也相应地会因为其周围生活的环境，以及个人的成长经历及秉性不同而各自不同，因此，每个人文化生命中都有属于自己的民俗库。要勾勒出鲜明的人物形象，或是共同的人物群体性格，就必须关注属于个人的民俗，刻画其所固有的文化基因。而这里所说的属于个人的民俗，绝非浅表层的，而是渗透于人物形象的生命中，融化在其血液里，并落实在具体行为举止上的，民俗的思考原型。正如马克思所说："古往今来每个民族都在某些方面优越于其他民族。"①只有描写出这样的特色，采撷这些具有民俗意味的形象，才是对其民族性格的一种展现，也就是展现出"优越性"的一个方面。而民族性格的特征和优越性是通过审美活动，特别是通过艺术美的创造和欣赏的实践活动展示出来的。作家恰恰是这种艺术美的缔结者，也是对民族性格集中性体现的创作者。

性格是一个人的精神生活的内容与形式综合的构成表现，而民族的典型性格，是在这个民族较核心的民族心理中体现出来的特征。不同民族的人们由于自身习俗传统、生长环境、生活方式以及思想感情的迥异而形成了各自具有标识性的性格特质，这也就是不同的民族性格，这种民族性格不仅是作为特征显现，甚至有时会成为身份识别的标签。例如法国人的浪漫性和趣味性，德国人的严谨认真等几乎是大家的共识，而这种性格特征通常就归因于民族性格。鲁迅就曾说："法人善于机锋，俄人善于讽刺，英美人善于幽默。"②在谈到中华民族的性格时，毛泽东说过："中华民族不但以刻苦耐劳著称于世，同时又是酷爱自由、富于革命传统的民族。"③常规来说，民族性格最集中也最典型的代表，是本民族的劳动人民，因此在文艺作品中对广大劳动人民的集中撰写和特征描摹，是最能体现民族典型性格的。

塑造民族的典型性格，是民族文学的一项重要任务。从文学视角上来说，典型性格是作家、艺术家从一定民族的生活环境中加以选择、提炼、集中、概括的产物。它不仅是生活本质的映像，而且是生活的产物。正如斯大林所指出

---

① 马克思恩格斯全集（第2卷）[C].中共中央马克思恩格斯列宁斯大林著作编译局编译.北京：人民出版社，2005：194.

② "滑稽"例解[A].鲁迅全集（第5卷）[C].北京：人民文学出版社，1998：272.

③ 毛泽东选集（第1卷）[C].北京：人民出版社，1991：386.

的，它是各民族"生活条件的反映"，是民族作家"从周围环境得来的印象的结晶"。一部具体文学作品中的民族性格成功与否，也集中反映了这部作品的民族风格。我们一些同志之所以认为文学民族化的实质在于民族典型性格的塑造，原因大概即在于此。然而，这只能说是看到了问题的表面现象。因为它并不能回答民族性格的所谓"民族性"是怎样来的，怎样才能使人物性格具有民族性的问题。民族性格在文艺作品中，以其栩栩如生、有血有肉的形象显现着。在文艺创作中，作家塑造人物性格，不能脱离特定的历史条件和社会环境。鲁迅曾针对文艺创作题材及生活什么能写，什么不能写的政治问题，一针见血地谈到，关键是作者是否是革命的人。只要是革命者，从有利于革命事业出发，妓女生活等都可以写。鲁迅通过他所创作的作品对中国的"国民性"做了入木三分的揭露和批判，铸就其作品厚重的历史文化价值。在文艺作品的创作中，想要体现出民族化的特征，就必须对于该民族的生活有深切的感受和准确的把握，在此基础上，才为塑造出一个成功的民族典型形象提供了可能。因为，只有真正领悟到了民族生活的实质，才能塑造出带有深厚意蕴和内涵的，彰显民族色彩的典型人物，也才能使这样的典型人物具备内在的区别于其他民族的性格色彩。对于文艺创作来说，民族化的核心问题就是作家必须具备民族精神，塑造出闪耀民族性格光彩的典型人物来。

一、塑造英雄人物，鞭挞民族弱点

民族性格虽然是民族群体的某种典型的普遍的特征的集中性体现，然而并不是某个民族所独有的，在不同的民族之间，仍然存在着相同的特点。例如前面说到的法国人的浪漫和趣味，并非其他民族就不具备。民族性格是一种相对地不同于其他民族的心理表现程度，或者说是相对比较突出的表现特征。中华民族历来就以勤劳勇敢、刚健宽厚而著称于世，同时又具有自立自强、追求自由平等、坚韧不屈、抵抗强暴等等性格特征。《尚书》中有《甘誓》《汤誓》等多篇讨伐誓词，《诗经》中有《无衣》《东山》等大量出征诗篇，从中似乎可以听到咚咚的战鼓声，见到英武的战士形象。《中庸》也说"知、仁、勇三者，天下之达德也"。正是孔孟眼中这种包含价值评判的"勇"，为后世的人们定了基调。汉代史学家司马迁所说的"人固有一死，或重于泰山，或轻于鸿毛"，思想境界即与之相合。勤劳与勇敢原本就是古代人民早已形成的品质，经典不过是将其尽力刻画出来。在这些经典被大力宣扬后，它们得到社会的一致认同，成为民族文化的基因而代代相传，从而形成全民族一脉相承的性格特征。在众多思想家的诠释和杰出人物的指引下，这些特征往往在重大的历史转变时期给民族维系和发展注入无限活力。在抗日战争的艰难岁月，毛泽东在《论反对日本帝国主义的策略》的报告中引导民众认识到"我们中华民族有同自己的敌人血战到底的气概，有在自力更生的基础上光复旧物的决心，有自立于世界民族之林的能力"。2017年习近平总书记在春节团拜会上的重要讲话中指出："中国人民拥有伟大梦想，更拥有为实现伟大梦想而吃苦耐劳、实干苦干的精神。勤劳勇敢的中国人民是中华民族生生不息、发展壮大的脊梁。"由此可见，不管在什么样的时期，文化就是一种生活，文化史就是生活史。一种文化的传承，会形成一种文化传统，这种传统往往决定着这个民族性格的特质。

（一）塑造英雄人物

在文艺作品中，人物始终是艺术审美的主要对象，因此站在民俗的视野和视角，对马识途的文艺作品中人物形象的塑造和刻画进行审视和分析，才能从中找出与之相关的思想价值和美学意义。马识途在一系列作品中主要通过塑造的一批各具特色的正面人物形象来反映民族性格：既是一个坚强的革命战士，又是一个伟大的革命母亲，还是一个多情的革命者之妻的柳一清；机智沉着、坚毅顽强又温文尔雅，不为名利所诱的贺国威；默默无闻、智勇双全的肖强；忍辱负重、出生入死、百折不挠，至死都没有暴露自己共产党员身份的张萍；慈祥温和又爱憎分明的革命母亲老三姐；聪明伶俐的小交通员小丁；憨直朴实又刚韧兼备的王天林；机智勇敢的少年英雄珠珠等。他们有的是富有经验的革命者，有的是追求进步、有着强烈革命愿望的农民，有的与敌人进行着正面交锋，有的却是在那些看不见的战线上与敌人进行着斗争。他们都有着中华民族的性格特征——吃苦耐劳、追求自由、舍生忘死、沉稳干练等等。

这些人物总的来说主要分为两类，一类是以《清江壮歌》中的革命英雄柳一清、贺国威为代表的，他们大多具有正直热情、坚毅顽强，为了坚定的革命信仰甘于奉献自己；一类是以《破城记》中的小卫，《三战华园》里的珠珠为代表的一些小人物，甚至是故事中的配角，他们看似默默无闻，有些年龄不大，但也在贡献着自己的力量，体现出的机智勇敢、大无畏的牺牲精神也是对民族性格的最好体现。

第一类的革命英雄人物中有不少是活跃在各条战线上的女性人物，诸如《清江壮歌》中的柳一清，《巴蜀女杰》中的张萍，《雷神传奇》中的孙春芳，《老三姐》中的老三姐，等等，她们都是一些积极追求进步的女性，她们身上都具有正直热情、爱国爱党的特质及强烈的革命愿望。她们温柔却不失坚毅，细致又不失敏锐，不仅展现了中华女性的美德，还体现出了丝毫不逊色于男性的果敢与英勇。《清江壮歌》是马识途的成名作，也是他的代表作之一，他以自己的妻子刘蕙馨和战友何功伟的革命事迹为蓝本，描述了1940年冬到1941年春之间被捕入狱的革命者们与国民党反动派之间展开的一系列惊心动魄的斗争。柳一清是小说中塑造得比较丰满真实的革命者，同时还是一位伟大的革命母亲，也是一个多情的革命者之妻。她出身于一个小公务员的家庭，少年时代在南京上中学。那时以为只有振兴工业才能救国，于是发愤读书，考进了北平工学院机械系。"一二•九"学生救亡运动爆发后，她从演说和进步书刊中，学习到了真正救国的道理。在农村工作的经历使她坚定了革命到底的意志，树立起了革命胜利的信心。短短五年，她从一名单纯的工业救国论者转变成了一名热心抗日的进步分子，然后在党的教育下，又积极投身无产阶级革命，参加了它的先锋队伍。为了掩饰身份，她穿着"褪了色的老蓝布短袄"扮成了一个普通的家庭妇女；作为妻子，看到平安无事完成任务归来的丈夫任远，她高兴，"但是她有一种女性故有的矜持，按捺住自己胸中正在沸扬的感情……庄重地走到丈夫的面前坐下，冷静地望着丈夫那风尘仆仆然而却是神采焕发的脸，无声地笑着"[①]。面对刚回来马上第二天又要离别的丈夫，柳一清为他收拾换洗衣服，收拾小包袱以后，"又怕草鞋打他的脚，用破布条把草鞋耳子裹了起来，还不忘了要他带着万金油、仁丹之类的时令药品"[②]。作为母亲，她在牢中坚持给自己的小女儿喂奶，即使在绝食抗争中也没有间断，"奶水越

[①] 马识途.清江壮歌 [M].北京：人民文学出版社，2008：41.
[②] 马识途.清江壮歌 [M].北京：人民文学出版社，2008：57.

是淡了，越是少了，小女儿就越是用力地吸，每吸一口，她的心似乎都要被吸出来了。她用意志的力量忍受这种痛苦"①。即使是在受了刑，脸上淌着血，衣服上也有残留的血迹，筋疲力尽之时，仍然想哄哭闹的女儿，她头发昏，眼发花，仍然顽强地撑着自己的身体给孩子喂奶，"一只手撑住头，一只手紧紧地搂住孩子，使孩子仍然咬住奶头……柳一清和她的孩子凝然不动，像一座雕像，在微弱的光线中闪闪发光"②。为了女儿的健康她在狱中竭尽所能，一丁点绿色，一丝的阳光，她都拼命让女儿能领受。即便如此，当敌人准备枪杀女儿逼她写"悔过书"，强逼她在女儿与革命气节之间作出选择时，她毅然决然地强忍内心的痛苦，选择了保持革命气节。常人尚且会心痛，何况是亲生母亲对自己的女儿，然而她为了革命事业，为了更多孩子的幸福明天，唯有毅然克制住常人都难以忍受的伤痛，依然忠于革命。要知道被捕入狱时她才二十六岁，"身材矮小、穿着粗布短棉袄的女难友，毫无一点恐惧和忧虑的神色，眼睛总是那样炯炯发光，转动有神，嘴角总是挂着谨慎的笑影"③。这里说的就是柳一清，作为革命者"她像一颗挺拔的青松，顽强地站在黑暗中，眼睛闪闪发光"④，她不是没有人之常情，然而异于常人之处在于她能超越个人情感，使感情升华。革命者也具有人情味，同时革命者的人格在这里也显得越来越有魅力。其实在刚刚被捕时她还是缺乏斗争经验的，毕竟之前看到的都是源于书本，真正到了自己身上还需要更多清醒的思考和辨识。在错信陈醒明而误以为童云叛变的事件上，她得到了教训，于是在之后接触易师白时，就变得冷静了很多，并最终识破并揭露了他的真实身份。在一次又一次的斗争中她逐渐成熟了，她的人格魅力和精神品质也不断感染着狱友，"她带着孩子坐牢，还是那样无忧无虑，有说有笑，她受到酷刑和野蛮的假枪毙，没有动摇她一分一毫。她又总是不放弃放风的时候，从谷仓里走出来，在土坝里和大家在一起，做体操，说笑话"⑤。她乐观开朗，豁达自信，在与狡猾的敌人一次又一次的斗智斗勇中，她的革命信仰更加坚定，性格也更加坚毅了。她带领大家抵制敌人举办

---

① 马识途.清江壮歌[M].北京：人民文学出版社，2008：175.
② 马识途.清江壮歌[M].北京：人民文学出版社，2008：277.
③ 马识途.清江壮歌[M].北京：人民文学出版社，2008：167.
④ 马识途.清江壮歌[M].北京：人民文学出版社，2008：204.
⑤ 马识途.清江壮歌[M].北京：人民文学出版社，2008：222.

的训练班，组织狱友们学习《革命气节道德教育提纲》，最后她用自己的鲜血和生命完成了自己真诚效忠的革命事业。

《老三姐》中的老三姐虽然与柳一清的成长背景和经历都不太相同，但是她依然是慈祥温和且爱憎分明的典范。她作为烈士的母亲，是具有强烈革命愿望的进步农民的代表，有着激切的革命斗争愿望。老三姐的亲生儿子是一位农民领袖，也是一名共产党员，在一次暴动中英勇牺牲了，因此她对敌人痛恨不已，对革命者却是亲切慈爱。"她衣服虽然很破，补丁压补丁，却是洗得干干净净的。大概由于劳动的需要，没有缠过脚，甚至那双脚大得有些和身体不相称。眼睛转动起来十分精神，老带着笑脸，好似在她面前永远展现着无限美好的前程，只待她走向前去"①。她把党组织安排给她做的掩护工作做得妥妥当当，像对待亲生儿子一样对"我"这个被党派来工作的同志，充满活力又十分热心。到"我"的住地来帮我收拾和打扫，还是一个很出色的好管家，变着法给我做好吃的，菜式花样多，还总替"我"节约钱，"老三姐实在是一个十分有心计的管家，她买些包谷来磨得细细的，筛得干干净净，蒸来吃比白米饭还香些；她得空就在屋前屋后空地上种上小菜，还时常到野地去扯野葱之类的野菜来补充。最好吃的是她泡的咸菜，酸酸的实在有味。假如她能找到一点黄豆，就做成连浆带渣煮青菜的菜豆腐，拌上辣子，真叫作'肉不换'，实在吃得过瘾"②。因为"我"生疥疮，她去找草药给我敷还让"我"用药水洗澡，用硫黄来熏，想尽各种办法治好了"我"的病。虽然她不识字，但是十分健谈，识别出"我"的身份之后还替"我"放哨，对待我教她学习的党课教材和新文字更是努力又认真，学习过程从中显示出她的强烈的求知欲和达观开朗的个性。随着革命斗争深入，她迅速地成长起来，不仅学习了文化知识，还学习了革命道理，"我从来没有见过这样的女人，对于痛苦能够负担得这么重，对于未来美好的生活，是这样的殷切盼望，对于我，这样一个普通革命者，倾注着全部的爱，而一提到敌人却是那样的切齿痛恨"③。然而就是这样的一位妈妈一样的人物，最后却因保护"我"的去向，保护革命同志，被反动派严刑拷打致

---

① 马识途文集 6：中短篇小说 [C].成都：四川文艺出版社，2005：224.
② 马识途文集 6：中短篇小说 [C].成都：四川文艺出版社，2005：228.
③ 马识途文集 6：中短篇小说 [C].成都：四川文艺出版社，2005：229.

死。在长期的农村革命斗争中，老三姐在实践中无形地积累了丰富的革命斗争经验，是她设计提前骗走了敌人，想方设法告知了"我"，"我"才能安全撤离。直到临终前，她依然对"我"曾描述的那个理想社会满怀着憧憬，她相信终有那一天的到来。从中显示出朴实而又坚毅的老三姐对革命终将胜利的坚定信念和达观精神。

除了塑造以上这些革命女性人物之外，还有很多是像《京华夜谭》中的肖强一样的，在敌后默默无闻地英勇战斗的无名英雄的光辉形象。《京华夜谭》是马识途结合自身革命经历，以摆龙门阵的形式描写的一段共产党员潜伏在敌特机关里的故事，作者虽无"匡时救世"的"立言"宏旨，但小说本身绝不仅仅只是一本作为老百姓茶余饭后的消遣读物，而是一部作者在探索雅文学与俗文学相结合的创作道路上做出了成功尝试的著作，它被誉为是"传奇式的通俗文学"①。《京华夜谭》在1987年由四川文艺出版社出版第一版后，读者反响很好，不久还被改编为一本纯粹的章回小说，并改名《魔窟十年》，于1990年由重庆出版社出版，再次受到了广大读者的一致认可和肯定。由此可见马识途在民族化道路上的探索是成功的。

他在作品中塑造的主人公肖强作为一个极具代表性的人物，也有其独特的审美价值。故事中的肖强按照党组织的指示，长期在敌后埋伏，进行地下革命斗争，机智勇敢，出淤泥而不染，品格高尚，坚毅又顽强。虽然故事最后并没有以肖强英勇牺牲作为结局，但在故事的整个过程中，依然展开了具有各种民俗元素的惊险曲折的情节，为塑造人物形象增色不少，其中最具特色的应该是肖强本人的出身背景了。他原本出生于"簪缨世族"，父亲是本县社会上的第一块招牌，可以掌红吃黑，家境富裕优渥不言而喻，继承父亲的袍哥总舵爷的衣钵即可高枕无忧。原本一切顺理成章的，然而他却并没有走这样一条已经铺好的富贵之路，来到成都读书以后，与大多数的进步青年一样，被激起了强烈的爱国之情，开始追求自由、平等、博爱。他参加了抗日救亡运动，并加入了"民先"革命外围组织，并来到了延安，接受了系统的革命教育，逐渐成长为了一名无产阶级战士，后来作为理想人选，被安排回国统区做地下工作。

---

① 秦川、卓慧.马识途生平与创作[M].成都：四川大学出版社，1998：25.

这时，袍哥总舵爷家少爷的身份成了他最好的身份掩护。在这样的背景下，他迅速地成为省城袍哥头子陆总舵爷的乘龙快婿，依靠着自己的聪明才智一步步地打入了国民党中统的省特委机关。这种一步一步的人生选择，看似简单，其实背后透出的是不同于其他不学无术、成天无所事事混日子的公子哥的，出淤泥而不染的性格品质。在时代的浪潮和革命的教育里，他放弃了之前那种为小我，个人安身立命的思想，转而投向了为民族求解放的伟大的革命斗争中。虽然之后接受组织安排，再次混迹于袍哥、官僚、特务之间，喝酒、烧鸦片、"吃讲茶"、"玩滚龙"，甚至逛妓院，但仍然保持着自己高洁耿介的品质，并未真正同流合污，时刻保持警醒的状态，心怀坚定的革命信念，靠着自己坚韧的个人意志力，用极端隐秘的方式，为共产党做了大量的敌后工作。"我出身于他们那最反动的地主袍哥营垒，又是特务科班训练出来的，我是一个台阶一个台阶地爬上来的，而且是受过暗地考察并且立过'功'，有案可查的。我随时都留心着是不是有人在暗算我；我注意喝酒要锻炼得喝得多，似醉而实不醉，装着说胡话却从不漏嘴；我注意和他们过同等的腐化生活而决不堕落；我故意示形于他们，使他们有暗地考察我的机会而无懈可击"①。就是在这样一个危机四伏的环境中，肖强不光洁身自好，更游刃有余地发挥着自己的聪明才智。他一方面利用国民党军统和中统之间，地方和中央之间，袍哥和军阀之间的各种矛盾，另一方面用自己在敌特核心机关工作的特殊身份，为共产党获取了大量的机要情报，救出了不少共产党员和进步人士，为保护共产党的地下组织做出了不少努力。在假借运销鸦片的"中共成都分局一案"中，在巧献"提公因数"法滤掉黑名单上的人以保护共产党员等事件中，都表现出在他的身边埋伏着的是千万支毒箭，一个个都是吃人不吐骨头的恶魔，他的每一分钟都是与这些人在斗智斗勇，然而就是在这样艰险的情形下，肖强依然顽强地进行着革命斗争，挤走了掌握"特情"的特务叶成之，还设计除掉了混进党内的双料特务冯羽飞，给黑名单上的党员同志陈平报信使之脱险，他在敌人面前成功地扮演了一个"真正的忠实的特务"角色。他从一个小书记员，升成特委机关的情报主管，在解放前夕，被调往南京前线的国民党嫡系部队中任副师长。在这

---

① 马识途文集 4：京华夜谭[C].成都：四川文艺出版社，2005：259.

个过程中他一直是一位潜伏在敌人心脏的孤胆英雄,经受了无数次大大小小的考验。最后在与党组织失去联络的情况下,依然执着地战斗,伺机策动所属部队起义,虽然最后起义未果,但他反而成了解放军的"俘虏",传奇般地脱离虎口,得以生还。小说安排了一连串的惊心动魄的情节,营造了艰险的环境,而肖强得以在其中存活并将革命斗争做到底的一个重要因素在于,他一直心怀高尚纯洁的理想,一直有坚定的革命信仰,饱含巨大的对革命的热忱,以及大无畏的勇于牺牲自我的精神。"当他答应潜入敌人特务机关的时候,就下定了牺牲的决心,准备为了革命事业奉献出自己的鲜血和生命,做一个无名英雄。但是他决不甘心失败,他要尽力保护自己,消灭更多的敌人"[1]。这才是一个真正的革命者的表现,随时做好牺牲的准备,但随时保持着警惕,不让自己白白牺牲,不畏惧也不躲避困难,体现出革命时期革命者闪光的人格魅力和撼动人心的英雄气概,也是对中华民族性格的最好诠释。

在肖强这一人物塑造中,提到了在中国近代史上的一个民间帮会组织,那就是四川的哥老会,本地人称之为"袍哥"。袍哥这样的民间组织,在现代警察社会还没有形成的时候,在中国传统的民间社会结构中扮演了重要的角色,它是对传统社会的民间秩序的展现。在其最盛时,四川约有70%成年男子加入,影响遍及全省各地,在川军、湘军中影响巨大,也是清末革命中的重要力量。袍哥对四川社会各方面都有极为重要的影响,甚至至今也能看到它的很多痕迹。这一特点,是中国其他任何地区都从未有过的。应该说,《京华夜谭》对肖强其人的描写中所涉及的家庭背景、成长经历,还有后期他借用自己家族身份进行革命活动,都在不同程度和通过不同角度体现了袍哥这一组织的习俗。例如在香堂里"砍鸡头,喝血酒",坐茶馆里"吃讲茶"、断公案等,也从侧面显示了袍哥成员及其家庭在动荡的大时代中命运的沉浮,是对构建一幅立体生动的近代川西社会图景的有益补充。袍哥的称呼就是极具中国民俗意义的,无论是说其取自《诗经》中的"与子同袍",还是说"袍"与"胞"谐音,都能看出其"讲豪侠,重义气"的特质。当时大量的劳动人民参加袍哥组织,实际上也是为了寻求社会保护。例如加入某个行业,如果没有袍哥背景的话,受

---

[1] 马识途文集4:京华夜谭[C].成都:四川文艺出版社,2005:50.

到欺负毫无办法，因为官府帮不了你，警察也帮不了你，那就只有靠袍哥这种组织。这一点，从肖强依靠自己父亲的势力，首先成了一个小舵爷，再与各方势力接上关系即可看出。文中有不少关于这方面的描述："县里的头面人物，个人在这个权利网上，党、政、财、文、军和坤粮、袍哥各方面占据什么位置，以取得县里的权力平衡，都是早已安排好了的。党、政、财、文、军这是机关，县参议会和坤粮代表法团，袍哥势力代表民众，个人都有自己视为禁脔的势力范围，相安无事。"① 虽然如今袍哥早已经消失了，但他们的许多"黑话"，已经融入了我们的日常语言中。袍哥及其文化对我们今天的生活仍然或多或少地产生着影响。比如"落马"这个词，在过去其实是指袍哥兄弟遇难了，现在指贪官垮台了，这种表述方式已经不仅仅局限于四川，也包括其他地方。再比如前文中提到的肖强"打滚龙"，就是指在底层社会混。这部分将在第四章中详细做介绍。

　　总而言之，对于肖强这一人物形象的刻画，并不是某一个人的功劳，而是民众集体审美的选择。创作一经开始，集体意识和个人意识便已经融为一体。在这一形象的提炼和形成的整个过程里，各种具有民族特色、民族化特征的原型，有些为了革命事业，不惜牺牲自己的青春和爱情；有些为了党的利益，把生死也置之度外的，以及顽强坚韧、小心谨慎、机智顽强、英勇无畏等等精神品质都通过积淀于创作者心灵中的集体意识，以无意识的形式挥发出来了。正如作者在《京华夜谭·后记》中所说，这部小说可能难以被归入雅文学，也很难定义为一部正宗的通俗小说。对于人们给小说和故事寻找的新的定义和界说，以及其他关于小说的社会功能一说，作者表示自己无瑕理会，相反，他表示乐于"跻身于'说书人'之列"②，甚至把自己的作品称为故事或是"龙门阵"也不以为羞，而只要是"沿着'为中国老百姓喜闻乐见的中国作风和中国气派'这条路子走下去"③，便足矣。这一点其实恰恰与他一直坚持的所谓中国的文学，就应该具备中国的民族风格和民族气派，就应该在作品描绘的内容中反映中国人的气质性格、审美情感以及语言韵味的

---

① 马识途文集 4：京华夜谭 [C].成都：四川文艺出版社，2005：158.
② 马识途文集 4：京华夜谭 [C].成都：四川文艺出版社，2005：418.
③ 马识途文集 4：京华夜谭 [C].成都：四川文艺出版社，2005：418.

观点不谋而合。

体现民族性格的第二类是作者塑造一些小人物，有些是故事中的配角，他们看上去可能毫不起眼，然而依然在默默无闻间闪耀着光辉的性格。包括《清江壮歌》中的章霞，《雷神传奇》中的秋香，《找红军》中的王天林，《破城记》中的勤务兵小卫，《三战华园》里的珠珠，等等。

《破城记》里的勤务兵小卫并不是主角，却是跌宕起伏的故事情节中穿针引线的人物。他假借说三个老科员的样子不符合新生活标准，执行了县太爷的命令去请来了剃头师傅，出场时的小卫"平时本来很逗人喜欢，生得聪明，人又和气"①，结果是引来了假视察委员游击队的申队长，先把县太爷狠"刮"了一顿，之后他又故意在众人面前暴露了"视察委员"的假官印，让县太爷自知上当，气昏了过去。等到县太爷想起来要抓"视察委员"的时候，小卫"本来是笑着的，一听就变得很严肃的样子"告诉他"视察委员"已经外出视察去了。当最后真的视察委员终于来了，县太爷却把他当作共产党抓了起来，闹了大笑话。在酒席宴会上，又是小卫引出了假的视察委员游击队的申队长，他不仅把高府的几个马弁灌醉了，为游击队最后破城创造了便利的条件，而且在最关键的时刻也是小卫打掉了高大队长差点暗害了申队长的枪，可以说他在游击队赢得的这场惊险激烈的战斗中功不可没，"原来这一切都是小卫这小鬼头在玩花样哩"②。言谈举止中，行为方式中，显现出的都是一个机智聪明又老练勇敢的小英雄形象。故事极富戏剧性，幽默讽刺意味浓厚，而这一切都与这个提线人小卫密不可分。

《三战华园》中的珠珠，年纪只有十二三岁，不仅表面身份颇具民俗生活意趣，活动的场景也为我们勾勒出一幅解放前夕旧成都的市井民生图。他是一个靠在城市里走街串巷卖香烟、瓜子、花生或者擦皮鞋为生的农村小男孩，而实际上他出身于红军烈士家庭，真实身份是川康特委领导下的小交通员。他聪明机灵，还特别勇敢。华园是一个茶馆的名字，也是他平时常活动的地方之一。卖瓜子花生、擦皮鞋是他隐藏自己身份的方式，因为他年纪小，也没人注意他，正好给了他得天独厚的保护屏障，他一直镇静纯熟地为革命工作联络送

---

① 马识途文集 2：夜谭十记 [C]. 成都：四川文艺出版社，2005：17.
② 马识途文集 2：夜谭十记 [C]. 成都：四川文艺出版社，2005：45.

信，同时还承担着侦察敌人情况、反盯梢、牵制敌人等一系列的工作。卖花生瓜子的提篮就是他一直以来的"斗争武器"，他不仅帮助地下党洪英汉与党组织顺利接头，还为其成功地虎口脱险发挥了成年人难以发挥的重要作用。因为他长期在茶馆这种地方进出，对于分辨特殊人物已经相当有眼力了，瓜子、花生这些在茶馆中常见的小食品，早已成为他日常传话递话的工具，也是对人身份试探以及确认的方式之一。不仅如此，一般大人进不去的川菜馆的雅间，他也可以提着自己擦皮鞋的箱子走进走出。他胆大心细，不仅记性好能识人，还善于隐藏自己不被发现，"珠珠经常在这个旅馆、那个客店里转进转出，根本不惊不诧。他叫唤着'瓜子，花生！'就进了远方客店。随便得很。珠珠在这个房间那个房间叫卖香烟、花生、瓜子，还到那些客人打麻将的桌子边，去给忙着打牌和看牌'抱膀子'的客人装水烟吸"①。他并不是正面硝烟战场上的重要角色，却是在背后的不可替换的小"职业革命家"。在革命长辈老史面前他仍是一个尚带稚气的孩子。然而在他的下级茶房小川面前，他却是一个成熟有经验的小大人。在领着洪英汉脱身时，更是一个身经百战、沉着冷静的革命家。他按照自己的经验，教洪英汉如何易容更衣、如何甩掉尾巴，冷静又不失分寸，"这个小家伙，好厉害，简直像个司令员在发命令"②。随着故事的推演，情节一环扣一环，在不同的环境中，珠珠的角色也在不断变化，然而他富于跳跃性的丰富性格却让人一览无遗，珠珠此人，正是人如其名，像一颗闪耀的明珠一般，完成革命赋予他的使命，其中体现出的机智果敢又不失聪颖，可爱灵活又不失机警是对民族性格的最好体现。

这些在文艺作品中的主角、配角，大人物、小人物，可能身份各异，出身不同，甚至所做的贡献，最后的结局都不尽相同，然而当他们投入革命的洪流中时，他们都将自己的生命安危置之度外；面对狡猾残暴的敌人时，他们都展示出了自己的意志品质和崇高的革命气节。民俗的差异，构成了人物形象性格的民族特征和审美判断的民族特质。马识途深谙此道，他笔下的人物形象，富有浓厚的人情味和民族性，他特别注意在特殊的民俗刻画中写人物、叙人情，锤炼其鲜明的民族性格。作品人物形象强烈鲜亮的民族性格

---

① 马识途文集 6：中短篇小说 [C].成都：四川文艺出版社，2005：215.
② 马识途文集 6：中短篇小说 [C].成都：四川文艺出版社，2005：219.

和民族特征展现,往往是通过在人物形象刻画上精妙地选用民俗素材来完成的,而典型人物的民族性格则是主要借助他的活动方式、举止动作、外貌特征和民族语言表现出来的。在马识途笔下,无论是狱中斗争,还是敌后斗争、农村斗争,又或是城市斗争,都既复杂艰难,又曲折艰险。而这一幅幅丰富复杂的革命斗争图景,就是中国新民主主义革命斗争的重要组成。中国新民主主义革命的胜利,就是通过无数先烈无私无畏的英勇战斗而换来的。马识途着力讴歌他们英勇无畏的英雄风范,表现现代中国革命斗争的曲折而又复杂的历程,作品所弹奏的,正是那个时代的最强音,因而具有较为广泛的社会意义和民族性。

(二)鞭挞民族弱点

在马识途的笔下,除了描写这些英雄传奇人物之外,还有一些反面人物,以及对社会陋俗的体现。他将这些反面人物,也写得斑斓多彩,极具生活的立体感,让人在嬉笑之时,忍不住警醒,这些背后,仍然有着鲁迅所批判的国民的劣根性。《破城记》中只顾着阿谀逢迎,不顾百姓疾苦的师爷;《娶妾记》中荒淫无耻的暴发户王康财;《雷神传奇》中诡计多端、笑里藏刀的大财主王承恩,为富不仁又寡廉鲜耻的巴山县长"巴到烂"等等,他们都是腐朽没落的社会黑暗统治下的产物,并由于传统旧势力的压制和纵容,造成他们的愚昧无知。马识途继承了鲁迅遗愿,继续承担起了改造国民性的课题,揭露和批判了这些人与事。在作品中所揭露的这些软弱无能、昏聩蒙昧的沉疴宿疾,正是国民需要革除的弱点。

在《破城记》中,就有这样一个专出坏主意的"师爷"。他的形象特别有意思:"我们衙门的这位秘书师爷,虽然长得像个无常二爷,瘦得像根光棍,小头锐面,其貌不扬,可是绝不能小看他,他是在什么中央政治大学毕业的,据说在那个大学里是专门学习治人的法术的。他又是县太爷的小同乡,还有沾亲带故的关系。这个人的确学了一肚子烂条,县太爷干的那些乌七八糟的事,没有一条不是他出的点子,他总是在县太爷面前夸口'自有办法',谁要听到他说这几个字，就知道有人该遭殃了。"①这段描写没有绚丽华美的辞藻，用简单易懂的词汇和句子，就描绘出"师爷"的全部，他的长相"瘦得像根光棍，小头锐面"；他的背景"是县太爷的小同乡，还有沾亲带故的关系"；他的学历"是在什么中央政治大学毕业的"，在大学里"是专门学习治人的法术的"；他的口头禅则是"自有办法"。在看似平淡，实则暗含反讽意味的叙述中，这位师爷阴鸷冷酷的性格完全显现出来。

《观花记》里的观花婆狗屎王二，也是在当时的特定风俗下产生的人物，她代表了一批在那个世道的特别产物。当世界上一些国家已经跨入文明化程度很高的社会时，旧中国却还处于愚昧的统治之中，信奉封建迷信。"观花"是说活在阳世上的每个人在阴间都有一棵代表着他的花树，花树的生长状态关系其性命安危。当某人生疮害病或者灾祸不断时，就会请所谓能打通阴间关节的"观花人"去阴间看看他的花树出了什么问题，并加以救治。这是一种骗钱的把戏，迷信者却深信不疑。除了"走阴"，到阴曹地府替世间观花树（即所谓的生命树）为名骗钱为代表的观花婆狗屎王二外，还有一类"经常在大公馆里进进出出，专门给老爷和少爷拉皮条"的人。她们"养成了好吃懒做的德性，口里蜜蜜甜，心中锯锯镰，善于替老爷少爷去四乡寻找漂亮姑娘。只要你肯张嘴喝一口酒，吃一口菜，她就会把迷药和春药叫你吃下肚去"②。更有如被"鼎鼎大名的四川第一号大军阀"请来当他军师的"刘神仙"，一切办事打仗前，均要先请这位神仙在袖中卜卦，才能决定。四川的土皇帝也一样，都很迷信，因为觉得自己的命运难以掌握，所以寄托于神道说教。所以当请来的"半仙"说他的主子大人将来倒霉可能就倒霉在狗的身上时，一场大规模的杀狗运动轰轰烈烈地展开也是完全可能发生的。而当那位"半仙"忽然又觉悟，"这个可以给他的主子带来灾难的狗，也许并不是什么真正的狗，而是一个姓苟的人时，他恐怕杀光了狗还不能解决问题，又建议杀掉一切姓'苟'的人"③。

历史积淀下来的民俗习惯是在社会生活中的固有成分，即使有一些已经接近消失，但是它内聚的依然是现存社会现实生活中本质的一部分。无论在哪个

---

① 马识途文集 2：夜谭十记 [C].成都：四川文艺出版社，2005：14.
② 马识途文集 2：夜谭十记 [C].成都：四川文艺出版社，2005：287.
③ 马识途文集 2：夜谭十记 [C].成都：四川文艺出版社，2005：134.

国家、哪个地区都有这样的糟粕，这些遗留下来的陈规陋俗，虽说注定了是没有出路的，但作为存在的一部分，在一定条件下也是合理的。对这一部分社会区域的民俗深层结构的书写，也揭示出生活本质的某些方面，并形象地展示了这些陈规陋俗必将灭亡的趋势。虽然马识途并未直接用哲理性的语言进行论述，但是在他的创作中已经清晰流露出他对这种陋俗生活态的关注，并揭示了清除社会病根的途径和突破口，唤醒人们的意识。

马识途所构筑的艺术世界，为我们展示出了各种各样生动又扣人心弦的场面，形形色色的各种人物，这些画面涉笔成趣，而各色人物形象惟妙惟肖，既是对原汁原味的生活本色的体现，又是独具特色的艺术典型的塑造。

二、民俗环境与人物

环境作为人物活动的重要场所，是形成人物性格的外在因素之一。在文艺作品中，环境描写是作家们为人物性格的塑造精心布设的场景。在作品中穿插精彩的环境描写，烘托场面气氛，从而很好地映衬人物的性格，是一个优秀作家的经验之谈。情景交融，寓情于景是文艺作品中关于环境描写的境界。在民俗化倾向的文艺中，围绕人物并促使这些人物与他们所活动的环境和人物在审美上具有内在的一致性。对于典型环境中的典型人物的突出再现，是符合现实主义文艺中审美意境要求的。对于典型环境的解读，马克思主义美学认为应该是一个围绕着人物展开，并且促使有所动作行为的环境。马克思在这里所指的环境，笔者以为应该包含环境的三个层面，即作者创作的社会大环境、作品当中的小环境以及作品中事件发生时的人物情景。因此，典型环境应该由这三个层次组成。文艺作品中具体的物象和物象构成的艺术实境与蕴藉于实境中作者所要表现的特定的思想的融洽和谐，即"境"的形、神与"意"的情、理对应或交叉的多层次渗透和浑然一体，一直都是审美追求的理想目标。

富有地方特色的环境描写，也是展现民族风情的重要内容之一。民族的世态相、人情味、乡土气和风俗画，是一个民族物质生活和精神生活特点的鲜明标志。刻画人物形象与展现民族风情的结合，其实是对民族生活状态的断层扫描，对民族生活特点的深刻剖析。英国作家托马斯·哈代一系列的以"威塞克斯故事"为总名的中短篇小说就是以自己生活的英格兰西南部地区为背景，富有浓重的地方色彩。中国现代乡土小说的开创者鲁迅，笔下最多的场景也当属浙东农村。这样的方式在中国文学史上并不罕见，如同苏童的香椿树街、沈从文笔下的湘西，这些环境的呈现，一方面是形成和塑造人物性格特色的原乡，也构建成为作家自身的精神原乡。在这方面，马识途也不例外，他调动了自己所熟知的各种外界环境，对塑造人物形象，展现人物性格起到了相应的作用，同时也结合自身的生活经历和过往历程，以他战斗过的巴蜀地区作为自己笔下主要展现的图景，也是他自己的精神原乡。比如在《巴蜀女杰》《京华夜谭》《三战华园》等作品中描绘的落后、闭塞然而却十分秀丽壮阔的四川景色；《雷神传奇》《接关系》等作品中描绘的重庆和他战斗过的大巴山；《清江壮歌》等作品所体现的湖北恩施等地的场景风貌。

在小说《巴蜀女杰》的一开篇作者便为我们展示出一幅巴蜀秋景："这正是天高气爽的秋天。在川陕公路上有一部卡车在奔驰，正爬上大巴山的峰顶。从这卡车身上沾满的尘土来看，这一定是一部从四川运送货物到了西安，又从西安返回四川的车子。车上只捎带了少量货物，却卖了七八条'黄鱼'（抗战时期的国统区，交通不便，卡车司机常私藏旅客，收取车钱，这种行为叫'卖黄鱼'，旅客便叫'黄鱼'或'黄鱼客'），几天的长途旅行，饱尝了西北的风沙，又经受秦岭和大巴山崎岖山路的颠簸，几个黄鱼客都弄得满身尘土，疲惫不堪。"[①]各个民族在不同的环境中，对不同的现象以及意象会产生愉悦、欢快又或是悲伤抑郁等情绪，同时以环境描写来衬托人物形象也是中国古典小说的一大艺术特色之一。在上述段落中，"黄鱼客"旅途的艰辛通过作者对蜀道之难的描写淋漓尽致地展现出来。秦岭作为中国南北方的分界线，因此南北两边景色迥异，北边可能是漫漫白雪，枯草一片，而南边却是阳光普照，生机盎然。在《巴蜀女杰》中作者通过主人公张萍的视野，也很明显地体现了此时的变化。"又到'巴山蜀水'了，她心里这么说……现在虽然已经是秋天，家乡的山水，还是那么绮丽动人。朝雾像轻纱缭绕在高峰的颈上，恰如缠着一条透明的纱巾，山顶的一片青松，倒像一头秀发。这山峰简直像一个亭亭

---

① 马识途文集 3：巴蜀女杰 [C]. 成都：四川文艺出版社，2005：1.

玉立、顾盼自如的美人。这和秦岭那边看到的落叶萧萧，草枯地黄的景象完全不一样……那远方高耸入云的不是号称天下雄关的剑门山吗？车子将要爬进剑门，跨过涪江，进入千里沃野的川西平原，那锦江边上的古城——成都，她的故乡，她的第一个目的地就要到了"①。文章最后更是通过再一次的环境描写将整个故事发展推到了高潮。"她看到野外的青山和绿水，看到高朗的蓝天，看到水田里有白鹤在飞翔，感到很自在……张萍抬着头，院子门口横枋上有三个大字'快活林'，真有意思，快活林。"简单几句话却让读者对张萍即将被特务杀害前的状态一览无遗，"快活林"一词也与在此即将展开的一场对共产党员的杀戮形成强烈的反讽效果。作者通过对"山水""蓝天""白鹤"等的景物描写烘托人物在就义前并不是贪生怕死、畏艰怕难，而是带着一种近乎豪迈的心理去赴死，怀着一种必胜的信念去面对即将枪杀自己的特务们的，"飞翔""自在"等词语体现出主人公怀揣共产主义理想的高洁心理以及革命必将胜利的希望，同时也与"她多么想唱起来：起来，饥寒交迫的奴隶，起来，全世界的罪人……但是她没有张开嘴唱出声来"的状态形成对比，想唱不能唱，身带镣铐的身不由己和自由飞翔的白鹤形成对比，而之所以想唱不能唱都是因为"他们必须遵守纪律，至死不能叫敌人拿到他们是共产党员的证据"②。在这里，主体意识的高扬，大自然的心灵化、情态化以及审美化，使人物和民俗环境达到了和谐。人物言行的心理动机，就是在自己也说不清的期盼中力图使自己的行为和结果与民俗环境相吻合。

对于民族历史生活的风景画卷和风俗画卷的描绘是组成民族题材的一个非常重要部分。马识途文艺创作中中国特色体现的一个重要方面在于，作者借用了民风民俗的重要作用，将这种艺术处理作为了他自己文艺作品中民族化特色的土壤。这种方式，即使在当代，也被很多青年作家们继承和发展，如笛安笔下的"龙城三部曲"、张怡微描述的上海"工人新村"，颜歌构建起的川西小镇"平乐镇"，鲁迅文学奖获得者马金莲叙写宁夏西海固那片荒芜贫瘠黄土地等。青年作家们跟老一辈的作家一样，也在学习用自己特有的方式去为自己的精神故乡树立坐标，并找到一种适合自身的精神原乡的贴切表达，同时为我们的文

---

① 马识途文集 3：巴蜀女杰 [C]. 成都：四川文艺出版社，2005：1—2.
② 马识途文集 3：巴蜀女杰 [C]. 成都：四川文艺出版社，2005：382.

艺更形象地反映生活，揭示生活本质的一些方面开辟了一条行之有效的道路，为读者也提供了更形象、更典型的生活美的享受。

如果说上面是将人物置于自然风光之中塑造其性格特点，勾勒人物形象，那么在《三战华园》里除了当地的自然风光之外，还有以人文建筑构建起来的社会生活环境。为了生动地勾勒出一个逼真的国民党军统成都站的站长形象，让读者对人物活动的场景知晓一二，清楚地明白究竟我们的共产党员在与什么样的人物艰难地做着斗争，作者并未直接去描述站长本人，而是从一个公馆描述开始："成都少城娘娘庙六十六号有一个相当豪华的公馆，里面有花园、洋楼，不过这只能从远的地方看到，大门口里有一个花坛和照壁遮住了，看不进去。附近的人只听说这个公馆的主人姓牟，是一个做进出口大买卖的经理。"①然而左邻右舍却从未见过这位姓牟的主人，也从未见过他像其他做大买卖的富商一样，夜夜都有开不完的宴会和舞会，还会有不少大老板和阔太太们出出进进。这些都没有，有的只是冷冷静静进出的几个人，而且"通常可以进出少城一般公馆卖点小东西，送去时鲜果菜，或收买破烂的人，都进不去这个公馆，因为看门头一个也不准进去，凶得很"②。不仅如此，这么偌大一个公馆，甚至也没有一个跑腿的，就连随房的丫头和厨房大师傅也是没有的。仅仅只是"有时候有穿西装、戴礼帽、文质彬彬的人，也有穿密排扣子的靠衣打扮的人，鬼鬼祟祟地偷进偷出，有时还看见挂着黑色小窗帘的小汽车和挂着门帘的私包车，直出直进"③。看到这里，兴许大家会与当地的百姓都做出猜想，兴许这是一个做偷运鸦片烟或者走私黄金的投机商人的公馆，或者根本就是某个打家劫舍、杀人越货的土霸王的某个住处。此时作者才为大家揭开了谜底。原来这一个富丽堂皇的公馆背后，是与它的外表极不相称的血腥和残暴，他们的确做的是不要本钱的买卖，因为他们贩卖的是人头，"谁也不知道在花园洋房的后面还有一个专门关押共产党人的密窟。多少好汉在那里受折磨和考验，多少英雄在那里淌尽最后一滴血"④。由此可想而知，在这样一个公馆中活动着的是一

---

① 马识途文集6：中短篇小说[C].成都：四川文艺出版社，2005：177.
② 马识途文集6：中短篇小说[C].成都：四川文艺出版社，2005：177.
③ 马识途文集6：中短篇小说[C].成都：四川文艺出版社，2005：177.
④ 马识途文集6：中短篇小说[C].成都：四川文艺出版社，2005：178.

批什么样的人，他们吃人不吐骨头，干的都是血腥残暴的事，与这样的一批人打交道，犹如行走在钢丝绳上，一个不小心就会命悬一线。而文中与这帮人打交道的，就是共产党人，就是我们的地下党们，其中还包括川康特委的小交通员们，他们有些仅仅十二三岁，还是个孩子。而这批人的头目，也就是这个公馆的老板牟力行，这时才出场，"他是一个其貌不扬的人。大概是把他一身的营养都送进他那秃了顶的脑袋里去，供他制造种种害人的阴谋诡计去了吧。头脑是很发达的，奇怪的大，而身体是精瘦精瘦的奇怪的小"①。有了前面的铺垫，当牟力行最后出现之时，不得不说，联想起公馆的奢华背后的血腥，再看到这样一个阴鸷的人时，让人不寒而栗。正是这样一个人调到成都站工作一两年了，还始终没有摸出共产党的线索来，此次好不容易破译了些有效信息，他摩拳擦掌，准备"钓大鱼"。看到这里不得不为这些活动在警戒区的地下党们捏一把汗。这里通过公馆继而写到的站长牟力行，从另一个侧面勾画出了共产党人面对的敌人。他们阴险残暴、心狠手辣，凶狠悍戾，随时准备将地下党一网打尽。

一个人的生活历练与其性格气质的养成都镌刻着民俗的痕迹，对一个区域的生活再现，对广泛的民族大众的世态人情描绘，也同样离不开渗透于生活方方面面中，在人物活动周遭的风情民俗。马识途的成名作《清江壮歌》中有一系列关于民族斗争的描写，不仅仅反映出作者在20世纪前期曾亲自体验过或耳闻目睹过的民族斗争生活的各个侧面，更体现了在当时轰轰烈烈的民族斗争就是中国人民生活的主旋律。而《雷神传奇》中关于土匪称雄现象，以及《夜谭十记》中官商勾结、禁烟者卖烟、百姓卖女求生等世风人情画卷，也都是那个时代民族生活的缩影。

在俄国作家陀思妥耶夫斯基的《白痴》中有着震撼人心的场面描写，作者勾画出一幅旧俄上层社会的群丑图，对当时的世态描绘可谓是淋漓尽致。他主要是从拜金主义腐朽思想统治一切的旧俄贵族资产阶级出发，对金钱、权势、贪欲统治等充斥魑魅魍魉的黑暗现实进行冷峻严肃而又异常辛辣的讽刺和抨击，嬉笑怒骂无所不用其极。20世纪前半叶的中国，连绵不断的帝国主义侵略

---

① 马识途文集6：中短篇小说[C].成都：四川文艺出版社，2005：178.

战争把中华儿女推到了困苦的边缘，中华民族面临从未有过的生死存亡的严峻关头。轰轰烈烈的民族解放斗争，是这一时期最高亢的时代主旋律。这些客观环境和条件都对马识途的作品民族化特色的体现形成了至关重要的影响。作家对现实生活的思想认识水平的高低，也直接关系着作品主题意义的深浅。作者对生活的认识越深透，就越能准确地把握住时代的脉搏，揭示出生活的本质，其作品也就越发具有深度和广度，从而体现出持久的艺术魅力。马识途的《夜谭十记》是通过十来个"龙门阵"，勾画了一幅20世纪三四十年代西南城乡浮世绘，他的一位革命家的眼光鸟瞰了三四十年代旧中国的社会面貌，真实而生动地勾画出一幅幅社会风俗画和群丑图，展现了丰富生动却又触目惊心的社会生活画面：城市的灯红酒绿，农村的荒凉破败；轰动一时的官场奇案，乌烟瘴气的社会闹剧丑闻；上至达官贵人的钩心斗角，下到市井民众的悲欢离合；三教九流的人物命运，津津有味的街谈巷议，都一一赋之笔端，为今天的读者了解旧中国的社会风俗和世态人情，提供了丰富而形象的参照。

故事是以一群小科员坐在一起谈天说地拉开序幕。这是因为，旧中国社会与旧俄社会不同，旧中国社会沉渣泛起，在马识途长期的革命生涯中，他特别难忘的就是在小衙门和机关里结识的一些小公务员。这些小人物，"既无福上酒楼大吃大喝，又无钱去赌场呼幺喝六，又不愿去烟馆吞云吐雾，更不屑去青楼寻花问柳。他们难以打发这煎熬人的岁月，只好三五结伙，或风雨之夕，或月明之夜，到人家里去坐冷板凳，喝冷茶，扯乱谭，摆龙门阵，自寻其乐"[①]，作者因此被他们纯洁而机敏的灵魂深深感动。故事本身就是中国式的，是中国特定环境下的"人物绘"。其中的各色人物包括党员群众、县长大盗、军阀袍哥。正派反派、主角配角、高矮胖瘦、嘻嘻哈哈、愁眉苦脸，悉数登场。有正面的诸如胆大心细、假冒视察委员智取县城的游击队队长；不得不落草为匪却不失耿直热血的大盗张牧之；命运多舛却始终保持倔强淳朴，最终走上革命道路的铁柱；老实巴交、苦干苦挣、爱牛如命的王子章。也有反面人物比如尸位素餐、蝇营狗苟的县太爷；心狠手辣、相互倾轧的会计主任和老会计；投机倒把、无耻荒淫，一心只想着飞黄腾达的王聚才等。

---

① 马识途文集 2：夜谭十记 [C]. 成都：四川文艺出版社，2005：369.

当然，除了故事中的人物，摆龙门阵的十个小科员也各具特色。不管是家无田地，世代靠一支笔、一块砚盘谋生的"砚耕斋主"，还是大学毕业后求职无门，空留满腹学问的"不第秀才"，抑或是不修边幅的地道山里人"穷通道士"等等，作者在描写他们时往往只是寥寥数笔，却让他们个个立于纸面，带着各自的性格特点讲述着一个一个的故事。这些绝不是单纯地凭想象就行的文学造型，而是得益于作者对生活的细致观察和体验，熟稔于心，才会下笔有神。

环境对人物所产生的深刻影响，无论是有形的风土人情、地域风光，还是无形的历史文化、伦理道德，甚至是宗教迷信等等，都会形成一种集体无意识，沉淀在人所生活的社会环境里面。这种无形的集体无意识虽然看不见也摸不着，却能让人感知到其在潜移默化之中产生的巨大作用。而由作家自觉地揭开人物塑造与环境之间的某种内在联系，起到的震撼灵魂，发人深省的作用不容小觑。

三、人物性格心理

文艺家们在进行艺术创作的过程中，第一步总是试图通过刻画人物的思想性格和命运变化来揭示现实的本质。"任何一个民族的艺术都是由它的心理所决定的；它的心理是由它的境况所造成的，而它的境况归根到底是受它的生产力状况和它的生产关系制约的。"[①]

人物形象塑造的关键是人物性格心理的刻画。恩格斯曾提出著名的"真实地再现典型环境中的典型人物"的美学要求，列宁也提出，"在小说里全部的关键在于个别的环节，在于分析这些典型的性格和心理"[②]。要去评价这些作品中的人物性格心理，就务必要将富有时代气息并具有普遍意义的心理性格的展示，与人物的个性心理的刻画有机地结合起来，并使二者达到高度的融合和统一。每个人都是一个独立的典型，同时是单个的人。对人物性格的时代特征的把握和关注，将典型性格作为时代社会心理的代表，但更要强调人物心理意识

---

① 普列汉诺夫哲学著作选集（第5卷）[C].北京：三联书店，1984：350.
② 列宁全集（第35卷）[C].中共中央马克思恩格斯列宁斯大林著作编译局编译.北京：人民出版社，1992：168.

的个性化。人的性格心理是多样化的，有的人沉默寡言，有的人好动活泼，有的人刚毅冷静，有的人贪生怕死。人物性格的刻画如若缺乏细致深刻的心理描写，就难以达到应有的深度。马识途在文艺创作中，描写了各种各样的人物，展现了各种各样的人物性格，其中最具特色的是，他善于发掘人物的职业特性背后所特有的心理特征，利用这样的心理描写来传达人物内心的矛盾，或表达人物内心的情感等等，并将之作为一种写作素材，以此来展示人物丰富的性格，使人物形象更加饱满鲜活。这种人物的职业特性往往会表现在人物的动作行为，语言习惯等方面。如果从这条线索入手，去探索人物内心世界，剖析人物的性格特点，挖掘人物的灵魂，对塑造和丰富人物的典型形象有着至关重要的作用。

作家作为社会的人，与其他人处在同样的社会环境之中，他个人的心理情况也必然带着社会心理的烙印，同时由于他所从事的文学创作活动的需要，他以自己敏锐的心灵去感知和体验社会现实及社会心理，这样作家的个人心理也就往往成了反映社会心理的一面镜子。甚至可以这样说，马识途用这种性格描写的方式，既从自身个人的平面，又从社会的平面中，展现出了包括自己在内的同一社会类型下的不同人物类型的多样性和差异性。他笔下有一批革命英雄的人物形象，也有一批落后无知的人物形象，这些都是对当时社会现状的集中体现，他们的心理有时代社会心理的共同特征。同时，不仅仅是各类人物之间彼此不同，甚至是同类人物之间，例如都是革命英雄，仍有各自的差别。而这种差别有些源自自身的经历，有些源自伪装的身份，对其细微心理的描写，都是建立在他身份的基础上的，对其心理描写的鉴赏，也是有益于去探索其性格特质的。

例如在他笔下描写的两个小人物，一个是《娶妾记》中小户人家之女张小倩；另一个是《亲仇记》中青年长工与地主女儿之女盼盼。她们都被表面风光富贵，实则都是一些荒淫无度、腐朽乱伦的无耻之徒强抢强娶，更可笑的是这些无耻之徒与她们都有着千丝万缕的联系。究其原因，都是因为旧社会的封建礼教才造成了这些悲剧。强娶张小倩的，竟然是当年早早就抛下她不管不顾的亲生父亲王康才，而张小倩的母亲当年也一样是被王康才强行霸占的。强暴盼盼的就更可悲的，竟是自己同母异父的哥哥罗大少爷，当年父母真心相爱，然而因为身份差距太大，被强行拆散后，盼盼的母亲再嫁他人，生下了儿子，不承想正是自己的亲儿子奸污了自己的亲生女儿。两个都是在封建社会中惨遭欺凌的年轻女性。对于被强暴受压迫的女性来说，羞愤难堪、痛苦绝望几乎是她们共同的特征。然而由于境遇不同，人生经历不同，最后的反应也不尽相同。马识途对两人内心世界的描写不仅仅揭示出她们在遭遇事件之后的愤懑不平、绝望羞愧，而且描绘了在事件之后，两人不同的典型心理，而这恰恰都是关乎两人之后命运的关键。

抗战期间随着母亲从上海逃亡到了四川的张小倩，母亲再嫁了一个老工人为妻，又找到了一份小学教员的工作。而张小倩原本也是来这个豪华公馆里当家庭教师的。母亲觉得她命苦，现在好不容易找了个好饭碗，认为有了靠山，很是开心。左邻右舍也好生羡慕，唯一持反对态度的是自己的继父，他认为为富不仁，而自己穷要穷得有志气。对于张小倩来说，当然也是喜欢这份好日子的，收了很多礼物，这里不能说她贪慕虚荣，但是嫌贫爱富是肯定的。所以当事件发生之后，"张小倩明白在自己身上发生了什么事情了。两三个月工夫，在她那单纯的心灵上建造起来的好心和善良的干爸爸的形象，一下全轰垮了。禽兽！真正的禽兽！她想叫，却叫不出声；她想狠狠打干爸的耳光，手却举不起来；她想挣扎下床，却一点力气也没有了。相反的，干爸那个血盆似的大嘴巴向她亲过来，并且又搂住她，按住她了。她动弹不得，只有眼泪还算听她的指挥，像泉水一般涌了出来。天呀，这世界真有惩治恶人的五雷吗？你为什么也是向着有钱人，一声不吭呢"①。当然，愤怒是有的，痛苦绝望也是一样不差，对张小倩这一人物内心世界的进一步展现，是让这个人物"活"起来，更加立体生动的一种手段，直接心理描写，她内心的慌张与无助，彷徨与挣扎，如同打开人物灵魂窗户的一把钥匙一样。当然她也不是没有想过死，"死，这是最方便的出路，可是在公馆里，众目睽睽之下，也不那么容易。而且公馆里对她好说歹说的说客又是如此之多。干爸爸又是在她面前表示那么虔诚的忏悔，对她又是更加体贴，他提出来的建议又是那么切实可行。她就像一个已经陷入泥塘的人，无力自拔，自

---

① 马识途文集2：夜谭十记 [C].成都：四川文艺出版社，2005：147.

暴自弃，越陷越深了"①。这一段内心戏可以说是入木三分，个性上的懦弱，再加之本身就对富裕生活充满了艳羡，造成张小倩最后半推半就接受了既成事实，而那些所谓的虔诚忏悔无非是为她搪塞自己，半推半就找了一个绝佳的理由而已。到最后甚至还有了身孕，成了自己干爸的姨太太。消息传来，继父被气得七窍生烟，扬言再不承认她是自己的女儿，他认为如果真是被欺侮，为何不上吊寻死，不仅有脸活了下来，竟然还给对方传宗接代。由此可见，在当时的传统社会背景中，以死明志是贞烈的表现，即使没有寻死，也绝不会甘愿给资本家生孩子的。之后当她知晓了自己嫁的人竟然就是自己亲生父亲之后，她"一下愣了，手也松了，呆呆地站住，快要像一片叶子似的飘落到地上去了。但是她到底站住了，眼睛里发出可怕的凶光，像剑一般地刺人。她一步一步地、一步一步地走到总经理面前，站定了，不说一句话"②。这一段内心戏的描写，把一个一步一步陷入深渊之后又陷入不伦境地的张小倩写"活"了。她痛苦至极，又惊恐之极，不能接受，却又不能不接受，这种两难的心理反映她矛盾惶怯的性格。

作者在描写盼盼这个人物形象时，立足点放在了事情发生之后，她责怪自己掉以轻心，防患不严，轻信他人才造成了这样的后果。她痛恨自己，哀其不幸，怒其不争，剖析了她想要摆脱困境，抗争命运，却摆脱不了的异常矛盾和自责的心理，"她恨这个人面兽心的大少爷，她恨这个花言巧语骗了她的张婆娘，她恨她自己这么糊涂地吃了大亏。但是现在悔恨也无用了，怎么还有脸去见人？怎么还有脸去见爸爸、去见大毛哥呢？你没有力气顶得住他们，难道你没有嘴，没有手，没有脚？你不能喊，不能哭，不能骂，不能打，不能咬？就是万般无奈，你不可以寻死上吊，不可以跳楼？可是你却是从下午到晚上，没有喊，没有骂，没有哭过一声的呀；你就是听到了爸爸和大毛哥在墙外哭着喊盼盼，你也没有吱一声、回一声的呀；你的仇人，那个大少爷上楼来，你是稳坐在那里，没有对他抓一把，踢一脚，咬一口的呀；啊，到了晚上，你是自己坐到饭桌子上去，自己张开嘴吞了张婆娘送到你嘴边来的那一杯毒酒的呀；而以后……啊，啊，我的

---

① 马识途文集 2：夜谭十记 [C].成都：四川文艺出版社，2005：148.
② 马识途文集 2：夜谭十记 [C].成都：四川文艺出版社，2005：154.

天"①。很明显，在盼盼的心里，恨的是强暴自己的大少爷，以及自己轻信的张婆娘，还有涉世不深又无法抗争的自己；愧的是一直寻找自己的父亲，还有自己的心上人大毛哥。盼盼长大的过程中缺乏母亲的关爱，父亲是一个忠厚老实又坚贞不渝的人，从未想过要另娶，甚至连有这个念头都觉得对不起盼盼的母亲，连别人对他的劝说，他都认为是对爱情的亵渎。正是他这一系列净化灵魂的方式，他的笃定执着给了盼盼影响，让盼盼也成了一个誓死不二的人。遭遇这等摧残，已经没脸再见父亲和其他人，这世间已经没有给我的出路，而自己也无法带着这样的奇耻大辱活下去，"突然，死，像一个火星落进盼盼的心底。她不感到死的恐惧，反而感到在她走投无路的时候，死为她打开了一条光明大道。死，是那样地闪光，那么富于诱惑力。她突然感到再也没有现在这么轻松了"②。这就是贞烈的盼盼如何从埋怨自己，怨恨强暴自己的大少爷，一步一步选择走向死亡之路的心路历程。自杀的方式虽然难寻，最后终于找到了合适的方式时，她一口气喝下了鸦片烟的水，那种笃定那种坚决，"这一下她才放心了。她高兴得不禁笑了起来，好像她终于取得了最后的胜利，谁也把她没奈何了。她变得非常平静而自足"③。抱着以死明志的决心，死亡好像是她一种合理的归宿一样，她没有一点犹豫，没有一点退缩，与瞻前顾后的张小倩不同，盼盼的内心始终是果决而坚持的，这个人物形象同样因为内心戏的描写而栩栩如生，惟妙惟肖。

在马识途的文艺创作中，每个人物在他自己的地位上都是主角。不管是重要人物，还是那些只出现了两三回的次要人物，一言一行固然形象，但心理活动也为其增色不少，体现气质、个性以及各自的角色特征，给人以鲜明深刻的印象。例如《清江壮歌》的主角贺国威，他牺牲前，任鄂西地下特委书记。他幼年丧母，家境贫寒，是父亲将他拉扯长大，父亲是个乡村的中医生，最讲求的是道德骨气，正直不阿。原本父亲只希望他能子承父业，不曾想到儿子违抗了父愿，参与工人运动，不图治病救人而图治国救人，全身心地投入革命斗争事业中去。被捕入狱以后，更是不惜以生命捍卫革命。他与

---

① 马识途文集 2：夜谭十记 [C]. 成都：四川文艺出版社，2005：289.
② 马识途文集 2：夜谭十记 [C]. 成都：四川文艺出版社，2005：289.
③ 马识途文集 2：夜谭十记 [C]. 成都：四川文艺出版社，2005：290.

自己父亲的关系令人想起高尔基笔下巴威尔和尼罗芙娜的母子关系。在狱中贺国威得知国民党特务把老父亲从武汉千里迢迢地骗来了鄂西,企图用传统伦理意义上的"父子关系"让父亲劝降自己之后,有一段极为写实的心理描写,"贺国威最不愿意看到的事要出现了,他最不愿意参加的斗争要展开了……他的父亲的年纪已经很大,身体衰弱,经历了长途跋涉之苦,还要来忍受精神上的很大折磨,怎么受得了呢?让他那瘦骨嶙峋的身体拖着沉重的脚镣,出现在风烛残年的老人面前,这实在是太难看了。最好是不出去见他老人家,但是能办得到吗?敌人既然已经把他老人家骗了来,一定要把他拉出去见面。再说他老人家既然千里迢迢地来到这里,看不到自己的儿子也是不会走的。他估计敌人一定要动员他的父亲来劝他投降。他的父亲是一个秉性正直的人,从来讲求道德骨气,也许不肯答应他们。但是假使他们威胁他要杀死自己呢?他是非常爱儿子的,他能忍见亲生儿子被杀而无动于衷吗?这一次要给自己带来比以往任何一次更为严峻的考验是无疑的了,贺国威相信自己能够承受住考验。只是他知道他的白发苍苍的老父将要忍受失去儿子的痛苦,这对于他老人家实在是太大的精神打击,但是也说不得了。贺国威的心里虽然难过,但是他不能在处理这件个人私事中失去清醒的头脑。他马上坐下来,努力使自己镇静下来,把自己从感情的激流中拉出来,恢复自己的坚强理智。他想,自己应当有信心说服父亲,父亲是一个懂得大义的人。应当努力争取他同情革命"[①]。革命者也是有七情六欲的人,更何况要见的是把自己养大的亲生父亲。面对威胁利诱的敌人使出的招数,贺国威难过伤感,甚至想逃避抗拒,然而最终他想到的却是应该用如何的方式去说服自己的父亲,争取让父亲理解自己,明白自己,甚至帮助自己。这一纠结矛盾的过程,展现出来的是在他的心目中,革命总是会有艰难困苦的,甚至会为之付出生命,然而胜利才是革命者的最终目标,即使有一些人看不见,但是会有更多的人能看见。对于他来说,为了中国人民的解放,自己一切的付出都是值得的。在如此困苦的牢狱之中,他想到的依然是革命,也只有革命。他最终说服了自己的父亲,父亲不但没有阻止他的选择,反而表示出了更多的

[①] 马识途. 清江壮歌 [M]. 北京:人民文学出版社,2008:374.

同情与担心，他高兴万分，甚至打算让他的父亲为他们做一点事。这一段心理描写写得真切而传神，写出的不仅是贺国威这个人物的典型性格，更是他作为革命党人的崇高气节。

第四节　审美的情感活动

审美的情感活动也是民族审美心理中的一个重要层次。在马识途的文艺创作中，随处可见其"是一个民族在长期的社会生活和审美实践中积淀在民族精神底层的文化心理"①。一方面，作为作家本身因其阶级地位、生活经历、才能气质和艺术趣味的不同而表现出千差万别的个性，以自觉不自觉的方式表现本民族的生活和情感；另一方面，民族情感必须通过作家的创作个性加以体现，民族风格的共性便寓于作家风格的个性之中。只有当一个作者植根于本民族人民生活的土壤中，只有在他深刻地了解了本民族的现实和历史，领会了本民族的心理和性格的基础上，才有可能用自己的眼睛，带着民族的感情，从大家司空见惯的事物中发现出别样的美来，同时用自己的笔，用民族的颜色，去描写生活中的美。这样一来，作品无论从故事的构思、人物的塑造，还是细节的刻画、语言的使用等方面，都能真实地再现民族的特色、习惯，展现出一个民族独特的性格和气派。一部作品，只有同时具有民族的内在特色和外在形态，才能引起人们的共鸣，唤起艺术的美感。在马识途的文艺创作中，审美的情感活动的表现形式主要有：共通的民族情感反应，传情达意的歌谣，民间传说故事和典故。

一、共通的民族情感反应

文艺创作的过程是一个复杂的情感活动。如果在民族审美心理的视野下，对文艺创作过程进行审视，我们会发现文艺家们在进行艺术创作的时候，无论他本人是如何的才情横溢，或者文思泉涌，但总是在既定的界限内活动。作者

---

① 任范松.文艺民族化论稿 [M].吉林：延边大学出版社，2004：38.

在创作中，艺术思维、形象塑造、情节提炼都受到了自己思想情感中深层的审美心理结构的影响。审美感受的一个比较突出的特点就在于，它带有浓厚的情感因素，这种情感本身也就是民族的共同心理因素之一。审美的情感活动是多种多样的，其中最主要的仍然是一个民族在历史发展和社会实践的过程中形成的共同的情绪与情感内容。各民族的情感和为情感所驱使的想象是与民族的共同的生活环境、生长方式以及文化传统基础上的共同心理素质密不可分的。例如，同样是唱《国际歌》，在《清江壮歌》中以贺国威和柳一清为代表的共产党员在被国民党特务行刑前所唱响《国际歌》，与欧洲人唱《国际歌》是不同的。很显然，在马识途的笔下，因为面临的是中华民族遭受阶级压迫和民族压迫的时代，经历的是艰难的牢狱斗争，共产党员即将慷慨就义之时的心境与《国际歌》中所表现出来的悲壮内容融为一体，激愤的情绪油然而生，势必会产生出不同于其他民族的特殊感情。因此一个民族的作家如果要想展现出血肉丰满的民族性格，表现出为本民族人民所接受并赞叹的审美心理状态，他就必须生活在民族共同体中，和人民同呼吸、共命运，耳濡目染，心领神会，完全熟谙民族特有的表情达意的方式，举手投足间都带着这个民族的气质和风度。

马识途的《京华夜谭》之所以为广大人民所理解和喜爱，与其故事背景和情节开展，以及敌后战争的独特气息是有相当的关系的，而最重要的原因在于马识途通晓民族的历史和现状，更能够深入体察人民的曲折心致。他的作品，并不完全是对现实生活的实录，却是以生活为根基，出自他对生活的真实体验和仔细观察。他的作品，或是他亲身经历，或是他亲眼所见，或是他从战友口中得来的，或直接、或间接地，都取自他的生活经验。多年动荡变化、复杂艰险的革命经历和个人深刻的感情体验，构成了他创作中丰富的素材。这与那些短时间地走马观花似的体验生活，甚至是闭门造车都是截然不同的。如果缺少一双"民族的眼睛"去审视生活，那么无论多么丰富多彩的生活画卷都会是平淡无奇的。没有对本民族人民真挚热烈的爱，不管有多么高超的表现技巧，也难以透视民族心灵的深处，展现民族独特的性格。主人公肖强既是一个机智坚毅地战斗在敌人内部的孤胆英雄，同时也是一个有着丰富情感的革命志士。作品在这种审美情感的表达上具有浓郁的时代气息和极强的民族背景。小说在描述肖强的斗争经历过程中，插入了一段关于他与进步女青年贾云英在去延安的路途中相识并相知的故事，然后经历了初尝爱情的美好和甜蜜之后，也与当时时代背景下众多的青年男女一样，二人因为革命工作的需要，不得不分开，不得不将这份真挚的情感深埋心底，到各自最需要去的岗位上继续战斗。"革命连生命都不顾，还能顾及个人纤细的感情吗？"①为了避免感情上的折磨，离别前肖强没有与她再见面，而选择了写信的方式表达了自己的情感，信中对于革命和爱情之间的关系，在革命与爱情之间的选择，情感的交织，可以说把人物的审美情感体验体现到了极致，打上了深深的时代烙印。肖强在信中的一句话，可以作为这种审美情感体现的小结，他说："我们现在悲离了，让我们固守住我们的爱情，也许欢合的日子终将来叩开我们的心扉。让我们坚信并且永远地等待着吧。"②这一段关于感情的描写，清晰折射出革命者丰富的情感世界，那种无私的献身精神，崇高而纯洁的情操，所体现出的坚毅、顽强、高尚，并不仅仅只是肖强一个人，而是在当时的中国社会中，千千万万为了革命，为了国家和民族，牺牲了自己的爱情甚至家庭的革命者们。同时，在字里行间作者也表现了一种革命终将胜利，美好的日子就在前方的坚定信念，当彼此再相聚再团圆的时候，必将是一个不一样的新中国的美好愿望。这种审美情感活动的体现是民族的审美心理长期发展并凝聚的结果，是一种相对比较稳定的审美心理倾向。在审美活动的实践中，特别是通过作家对笔下人物性格塑造和欣赏的实践中体现出了各自不同的审美情感体验，从这个角度来说，"每一个民族的主要光荣，从它的作家中升起"③。

在审美情感活动中所体现出来的民族心理，并非对单一的个体的体现，而是对本民族在某一时期状态下的绝大部分民众情感的反映，这种审美情感是具备共通性的。在《巴蜀女杰》中，马识途正是通过张萍的眼睛，不仅吐露出自己浓郁的思乡之情，也反映出当时社会条件下许多颠沛流离的人们的思乡之情。多年奋战在国统区的地下党人，虽然一头心系远方的亲人们，但因为当时客观的社

---

① 马识途文集 4：京华夜谭 [C]. 成都：四川文艺出版社，2005：125.
② 马识途文集 4：京华夜谭 [C]. 成都：四川文艺出版社，2005：128.
③ [英] 约翰逊. 词典·序言 [A]. 西方思想宝库 [C]. 吉林：吉林人民出版社，1988：1217.

会历史原因，不得不掩藏自己的身份，面对那些残暴凶狠的敌人，完成党赋予自己的任务。坚守党的信念，忠诚无比的革命志士们，为了完成任务，哪怕违心也必须想法利用国民党喜欢并不被他们怀疑的形象与行为来包装自己，唯其如此，才能有效探听到敌人的种种信息。当她终于打入敌人内部，经过一年在训练班的辛苦学习，得到了戴笠的首肯以后，有机会去军统电台时，同样通过环境反差的描写来突出主人公那种努力奋斗没有白费，兴奋惊喜，又明知前路将更为艰险的复杂情感，"她想逃开这令人生厌的拦着铁丝网、堵着高墙的地方，越过树林，跨过小河，到那有着牛羊自由游荡着的绿色原野里去。然后她终于没有到树林里去，也没有到河边去。只在操场边向北方遥望一会儿，咬一咬牙，就回到自己的宿舍去。她的良知告诉她比这更为艰难危险的战斗正等着她呢"[1]。这种类似的审美情感表达不仅仅在《清江壮歌》中，在马识途其他的作品中均有所体现。由此说明民族化的文艺作品之所以获得广大人民群众的喜爱，引起他们的共鸣，主要原因在于他们能从民族化的作品中体会到身临其境的感觉，或感受自己所经历过的生活内容或曾感受到的思想感情。

二、传情达意的歌谣

此外，审美情感活动还表现在对艺术美的兴趣爱好上。美感本来就是一种情感体验，人们在观照或欣赏审美对象中，审美客体与审美主体之间不断互相作用，就产生了情感体验。歌谣作为我国文化的重要组成部分，尤其民间歌谣以其形式活泼、内涵丰富和感染力强等特点，更能够集中体现这种情感体验。通过其中的歌词及旋律，从独特的视角展现社会生活的各个方面，能够传情达意，能够引起共鸣。歌谣本身是一种具有娱乐性的表现形式，车尔尼雪夫斯基曾说过："民歌中有很多新鲜和纯朴的地方，而这足够供我们的美感来欣赏。"[2]《诗经》也有云："心之忧矣，我歌且谣。"不同时期的人民群众，虽然他们大多数并不懂得歌词创作的技巧，也不懂哲学，但是凭借着自身对周围社会环境的深刻认识，他们往往选择了用最简洁生动的词语，利用歌谣这种方式来传达出对生活及不同历史时期的社会环境的深刻认识和理解。歌谣来源

---

[1] 马识途文集3：巴蜀女杰[C].成都：四川文艺出版社，2005：181—182.
[2] 车尔尼雪夫斯基选集（上卷）[C].北京：生活、读书、新知三联书店，1958：40.

于广大人民群众，反映了他们的真实情感，也有着坚实的生活基础。在马识途文艺创作中提及的歌谣所集中体现的，是十分浓厚的爱国热情以及鼓舞人心，加油打气的力量。这种方式在当代作家中也并不少见，例如鲁迅文学奖获得者的阿来，也在自己的数篇作品中有对歌谣的展现。其中祭祀歌谣体现了十分浓厚的宗教观和生命观，也是民间人们最质朴心愿的体现。也就是说，歌谣通过另一种形式再现了传说中的核心元素，与之一起构成了民众的信仰来源，并成了整个民族文化记忆当中相对比较稳固的部分。这种将文化融于文本叙述，无时无刻不传播着民族文化，也是对民族性的体现。这种民族性是存在于我们长时间的民间生活中的，而作家正是通过创作出这些真正鲜活的作品，才彰显出自己具备民族特征的身份。因此不论是作品，还是作家，都被打上了民族的烙印，而绝非一个简简单单的单纯写作活动，更不是整齐划一的，与民间生活完全割裂开的一种活动。

　　马识途在文艺创作中通过歌谣来传递人物内心情感，表达情感的波动，以及展现心情变化过程，同时折射出近代中国历史发展进程中的重要事件，集中体现在《清江壮歌》《巴蜀女杰》《风雨人生》以及一部分中短篇小说中。可以用《风雨人生》中描写迎接解放队伍时老百姓的一段话，对其特征做一个总体性的概括，"过去他们只能用压抑的低嗓子唱《山那边哟好地方》，今天却可以亮开嗓子高唱《东方红》了……看到自己的子弟兵扛着那么多从敌人手里缴来的大炮、机关枪、步枪，在街中间迈着雄健的步伐前进，唱着《解放军进行曲》……"①由此可见，歌谣是中华民族用来表达心境、传递心情的重要方式，不同的场景时段，适合唱不同的歌谣，不同的情形阶段，适合唱歌谣的不同方式。这些歌谣也构成了整部作品不可分割的一部分，对于我们去解读作品的民族性，对其进行民俗审美研究也有着非常重要的意义。在他的作品中，除了已经在民间形成一定气候的歌谣如《五月的鲜花》之外，还有一些是由革命者现创作出的歌谣，如《清江曲》后改名为《清江壮歌》，以及流传于民间的山歌，甚至是即兴创作的歌谣。其有感而发，发自于心宣之于口的特性，一是反映出在当时革命战争时期民间百姓的真实生存状况，以及被捕入狱的革命

---

① 马识途文集9：风雨人生[C].成都：四川文艺出版社，2005：664.

者们在狱中的情形；二是表现人物情感意愿，或欢欣激动，或纪念哀悼，或誓死明志，用于鼓舞激励彼此，或传递沟通讯息，互通有无等。歌词明白晓畅，节奏欢快鲜明，旋律清新，且朗朗上口，体现出强烈的本土风格和淳朴的民族性。

《老三姐》中为了反映出当时山中物资缺乏，生活困苦，老百姓被"一个赛一个凶恶的阎王"地方恶霸们压榨得揭不开锅的情形，专门说到了一首当地歌谣，"山高水险石楸楸，红苕洋芋包谷粑，要想吃碗大米饭，除非坐月生娃娃，等到大米找回来，娃娃已能满地爬"[①]。从歌谣中形象地传递出来自然环境的山高水险，日常的红薯、土豆以及包谷粑粑能吃上就已经很不错了，吃上白米饭简直是一件稀罕事。不仅如此，盐也由于奸商垄断，贵得跟金子一样，很多人家一年也难吃一回。在歌谣中用一种极其通俗的方式表达出，大米这种稀缺物资，如果你想吃到，从刚生下孩子开始坐月子开始，到能找到大米回来时，孩子已经可以满地爬了。很明显，大米的稀缺性一览无遗。《秋香外传》中，与红军大会师的自卫军政治部主任孙春芳，教"丫头队"的姑娘们识字，还结合她们的自身经历，改编了一首当地的山歌的歌词，成了《丫头翻身歌》，里面提到的"挑水煮饭洗衣服，白天黑夜不得闲。吃的猪狗食，睡的灶孔边。挨打又挨骂，成天泪涟涟……过了旧年是新年，巴山出了好天兵。打垮团防就下山，进村闯院救干人。有饭大家吃，有田大家耕。丫头童养媳，一起闹革命"[②]。以及之后孙春芳从川东游击军那里学来的新歌中唱到的："红军来了大巴山，干人心里好喜欢。土豪吓得跳岩坎，财主吓得喊皇天。宣汉有个王维舟，领导干人杀瘟牛。杀了瘟牛炖汤锅，老蒋哭得泪长流。"[③]这完全是唱出了当地女性在"好天兵"红军来临前后的前后反差，之前的被压迫受欺凌，之后的同呼吸共命运。红军不仅打倒了土豪财主，还会带领她们打倒更多欺凌她们的人。其中"瘟牛"是刘存厚的外号，老蒋当然就是指的蒋介石了。这些真实的亲身经历被秋香她们唱出来以后，无疑引起了在场所有人的共鸣，痛苦之时，泪流满面；唱到高兴之处，又眉开眼笑。那些还没有加入"丫头队"的

---

① 马识途文集 6：中短篇小说 [C].成都：四川文艺出版社，2005：228.
② 马识途文集 6：中短篇小说 [C].成都：四川文艺出版社，2005：48—49.
③ 马识途文集 6：中短篇小说 [C].成都：四川文艺出版社，2005：91.

年轻女子们也起了兴趣，跃跃欲试地想参与其中，可见正是这些唱出彼此心声和真实境况的歌谣，拉近了彼此的距离，增进了彼此的感情，在发生共鸣以后产生了共同的内心情感活动。类似这种反映当时社会现状的歌谣还有《巴蜀女杰》中的黎林很喜爱的一首抗战歌曲："河里水，黄又黄，东洋鬼子太猖狂，昨天烧了王家寨啊，今天又烧孙家庄，逼着那青年当'炮火'，逼着老年送军粮，'炮火'打死丢山坑啊，'军粮'累死丢路旁，这样活着有啥用呀，拿起刀枪干一场。"①从歌谣中可以看出当时日本对中国的侵略，看到日军在华期间那些残暴的行径，以及毫无人性的手段。

除了描写当时生活困苦、百姓被欺压的社会现状的歌谣外，还有描写革命者在狱中情形的歌谣，如《清江壮歌》中章霞等人哼唱的《囚徒之歌》："太阳出来又落山，监狱永远是黑暗，守望的狱卒，不分昼和夜，站在我的窗前……"②贺国威改编的《狱中歌声》："黑夜阻着黎明，只影吊着单形，镣铐锁着周身，怒火烧着赤心。蚊成雷，鼠成群，灯光暗，暑气蒸……"③这些无疑都是对当时黑暗牢狱生活的最好写照。

在民间，歌谣或以其生动感人的形象，或以其幽默新鲜的情趣，或以其犀利欢快的言语，或以其深刻委婉的哲理，体现出一定历史条件下民众共同的情感活动状态。尤其是川北的山歌，无论什么职业，无论男女老少，都很喜欢山歌，"真是'这山唱来那山和，山歌滚满十八坡'。过年过节，逢到好收成，大家唱；定亲结婚，或者喜庆日子，大家唱；开山场，赶庙会，大家唱；遇到不安逸的事，心里烦闷，更要唱；想出气，咒骂那些歪人，也要唱"④。

《秋香外传》中，丫头队的姑娘们为了鼓励那些在山路上走得已经疲惫不堪的红军男子汉们继续前进，唱到的"同志哥，听我说。铁脚杆，好爬坡，赶快走，莫歇脚。去迟了，仗打过，鸡肉人家吃完了，你连汤都喝不着，喝不着"⑤。唱的都是一些简单朴素的道理，用直观的"去迟了，仗打过，鸡肉人家吃完了"这种句子来鼓励对方，赶紧迎头赶上，不然就耽误了大事。

---

① 马识途文集 3：巴蜀女杰 [C].成都：四川文艺出版社，2005：44.
② 马识途.清江壮歌 [M].北京：人民文学出版社，2008：234.
③ 马识途.清江壮歌 [M].北京：人民文学出版社，2008：245.
④ 马识途文集 6：中短篇小说 [C].成都：四川文艺出版社，2005：47.
⑤ 马识途文集 6：中短篇小说 [C].成都：四川文艺出版社，2005：90.

正是因为山歌在民间的普及性，在非常的时期，它还成了共产党人隔着一座监狱，传递救援信息，沟通环境情况的重要方式。山歌不仅能更好地掩人耳目，不容易被人注意和怀疑，甚至还提高了信息传递的速度。《清江壮歌》中狱外的共产党人们准备迎接狱中的贺国威、柳一清等人时，采用的沟通的方式就是叫人去唱山歌，"山下那个好人哟……听我说！今夜晚你要上山哟……来找我！山下那个好人哟……听我说！我的那个爹妈哟……不放我"①等等，将准备救援，情况有变等具体情形通过唱山歌这种在当地最常见最不易让人怀疑的方式，传递给了尚在监狱中的战友们。

除了川北的山歌，陕北的民歌信天游也以其高亢入云的声调、激昂的热情打动着人民，信天游"是那么热情，像陕北高原上山丹丹花一样红火。歌声如海浪在互相激荡，一浪高过一浪，鼓动着心潮澎湃的青年人"②。如果说山歌体现的是劳动人民最朴素最温柔的人文情怀，那么民歌与抗战歌曲突出的则是激昂悲壮的家国情怀。尤其是抗日歌谣以其生活气息浓厚、节奏鲜明、语言通俗易懂等特征，深受广大人民群众的欢迎和喜爱，很快在群众中得到普及，成为宣传抗日救亡理念以及美好革命理想的一种极其有效的方式。

《清江壮歌》和《巴蜀女杰》中就提到了不少民歌及抗战歌曲，如《到敌人后方去》《太行山进行曲》《延安颂》以及《黄河大合唱》等。《清江壮歌》在故事的一开头就唱起了饱含深情的《五月的鲜花》："五月的鲜花，开遍了原野，鲜花掩盖着志士的鲜血，为了挽救这垂危的民族，他们曾顽强地抗战不歇。"③这就为整个故事定下了一个壮怀激烈的基调，这是一部清江上游抗战时期革命共产党人的正气歌。作品的标题就是以文中主人公贺国威写词和柳一清作曲的同名歌谣所命名的，《清江壮歌》作为文艺作品不仅代表着一场惊心动魄的狱中斗争，革命者的革命事迹，还代表着谱写词曲的革命者共同的心志愿望，也成为串起整个故事的一条线索。它塑造了以贺国威为代表的一批革命志士的英雄形象，具有强烈的革命性、战斗性、鼓动性和群众性。从贺国威前后新旧不同的歌词，不仅可以看出他在经历了种种复杂斗争之后的心路变

---

① 马识途.清江壮歌 [M].北京：人民文学出版社，2008：411.
② 马识途文集3：巴蜀女杰 [C].成都：四川文艺出版社，2005：44.
③ 马识途.清江壮歌 [M].北京：人民文学出版社，2008：1—2.

化，更能看出那些献身革命的志士们视死如归又充满希望的心境，给其他革命者以榜样的力量，鼓励他们奋勇前行。"清江水，浪滔滔，壮士登山歌且啸。忍看万民陷水火，痛恨虎狼当大道。看那边，金陵春梦暖，认贼作父，沐猴丑戏，唱得正热闹。看这边，峨眉日月长，化敌为友，人肉筵席，摆得兴致高。待何时，猴儿戏打翻，人肉筵推到，旧河山，收拾好？　　清江水，浪滔滔，壮士登山歌且笑。放眼北国烽烟处，抗日英雄意气豪。望华北，铁马挥金戈，风尘薄天，晋冀鲁豫，烽火遍地烧。望江南，战旗卷残云，杀声动地，江淮河汉，樯橹起怒涛。眼见得，金瓯重收拾，人民齐欢笑，新日月，红旗飘"①。歌中的上半段唱到1940年汪精卫投敌叛国建立了伪政权，即"认贼作父，沐猴丑戏"，而国统区的国民党反动派消极抗日，积极反共，并乘机大肆发国难财，即"人肉宴席"；下半段集中反映出的是与之相反的一面，共产党坚持的抗日民族统一战线在全国大江南北积极抗日，挽救民族危亡，拯救人民于水火之中，最后体现了对美好明天的希望和憧憬，以及对理想追求的信念。它首先成了贺国威在狱中的每日晨歌，为狱友们所熟知，并为之后关进牢中的章霞提供了线索，靠着歌声找到了组织，受到了鼓励。之后贺国威新创作的歌曲，同样被称为《清江壮歌》："清江之水浪滔滔，壮士横眉歌且啸。为使人民求解放，拼将热血撒荒郊。东看雨花英魂远，北望长城云梦遥。雾散霞开天欲曙，红旗满地迎风飘。"②这更加成了他在狱中坚贞不屈意志力的表现，同时感染着所有的革命者，无论是在狱中的，还是在狱外为革命事业奋斗着的勇士们。这是一个作为所有人的梦想，也是一份可以为之抛头颅、洒热血的伟大革命事业。同时，歌谣还是柳一清、贺国威用来表达自己欢欣快乐的心情的一种重要方式，当看到壮美的民族风光时，当与敌人斗智斗勇得胜时，"快乐的心随着歌声跳荡，快乐的人们神采飞扬；我们的歌声唤醒了城镇，也唤醒了偏僻的大小村庄；这歌声给我们最大的力量，引导着我们奔向前方，谁永远能跟着它一路前进，他一定永远不会灭亡"③，其中所体现出的力量，唤醒了许许多多正在经受苦难和压迫的民众奋起反抗。

---

① 马识途.清江壮歌[M].北京：人民文学出版社，2008：44—45.
② 马识途.清江壮歌[M].北京：人民文学出版社，2008：362.
③ 马识途.清江壮歌[M].北京：人民文学出版社，2008：39.

除了《清江壮歌》之外，作品中还描绘了在监狱中的难友们共同唱起《茫茫的西伯利亚》来相互打气，彼此鼓励："难友们，不要呻吟，我们得把牙根咬紧，又粗又长的铁链，把我们捆成一条心，我们冒着黑暗前进，我们迎着黎明前进。"[①]就如同那些在风雪弥漫的西伯利亚充军的革命者一样，虽然艰难，内心却是充满了坚定的信心。监狱牢房隔绝的是人与人的身体，但是歌声是无法阻隔的，用歌声来与同志们互通，用歌声来激励同志们与敌人们战斗到底，无疑是一种行之有效的方式。正如同贺国威改编的《狱中歌声》的后半段所唱的一样，"别离为了战斗，再会待胜利来临。谁知未胜先死，怎不使英雄泪满襟？你失去了勇敢的战友，是否感到战线吃紧？我失去亲爱的伴侣，岂不感到征途凄清！不，姑娘，你应该补上我的岗位，坚决地打击敌人！愿你同千千万万的人们，踏着我们的血迹前进！啊，姑娘，天昏昏，地冥冥，用什么来纪念我们的爱情？唯有做不倦的斗争"[②]，这无疑是一种抗议和号召，也是最好的一种内心宣誓。歌谣此时不仅仅成为表达内心情感，宣泄情绪的方式，更成了一种新的与敌人斗争的武器，即使是铜墙铁壁，也不能隔断革命志士们。

另一部描写敌后斗争，同样有反映狱中斗争的作品《巴蜀女杰》，描写了通过歌谣来鼓舞人心，传递信念的情景。当时已经化名为张萍的黎林，在狱中组建了娱乐室，教难友们唱各种抗战歌曲，其中《发出你灿烂的光华》："前途是天上的云霞，人生是海里的浪花。趁着黄金时代，努力向着你的前程，发出你灿烂的光华。"[③]不过简单的几句，却让大家心潮澎湃，一下就传唱开来。歌谣成为了张萍展现自身人格魅力最有力的形式，也是让狱友们对她消除误会，识别她真正品格的重要方式。到了最后时刻，张萍牺牲之前，各个号子的人也都放声唱出了这首歌来为她送别，由此可见歌谣不仅让所有人的心都联结在了一起，还给彼此精神上的鼓舞。歌词中传达出的那种积极乐观的态度、生气蓬勃的状态，无疑是对所有在狱中的难友们精神上的最大支持。另一首由张萍悄悄教小汪唱的《延安颂》也是如此，这首歌也成了她牺牲前，最后唱出

---

① 马识途.清江壮歌 [M].北京：人民文学出版社，2008：244.
② 马识途.清江壮歌 [M].北京：人民文学出版社，2008：246.
③ 马识途文集 3：巴蜀女杰 [C].成都：四川文艺出版社，2005：325.

用以表达心志的歌谣，"夕阳辉耀着山头的塔影，月色映照着河边的流萤，春风吹遍了坦荡的原野，群山结成了坚固的围屏。啊，延安，你这庄严雄伟的古城，热血在你的胸中沸腾"①。

在这里由歌谣所体现出的情感交流，有不少是发生在一个民族的人们与本民族地域环境中的自然景物之间，以此产生了一种在审美中所谓的移情现象。通过情感的中介以及联想的作用，本来并不具备人的思想情感的自然景观，但是在审美主体看来就具备了民族的思想感性，这其实就是大自然的人格化或拟人化的方式。例如歌词中所提到的"清江水""五月的鲜花""天上的云霞""海里的浪花"等等，都是将自己的感情附着于其中，让其展示出理想的情怀与品德。这种方式其实并不罕见，在很多的歌谣中都有所体现，例如中华民族非常喜欢的《黄河大合唱》中的"风在吼""黄河在咆哮"；《映山红》里的"映山红呦映山红，英雄儿女呦血染成"；《我爱你塞北的雪》中"你的舞姿是那样的轻盈，你的心地是那样的纯洁"等，都是人民在同自己所喜爱的自然景物之间进行情感交流的产物。人们在观赏这些自然景观所产生的移情现象并不是简单地把自己的感情"投射"到客观对象中去，而是通过联想与这些景物某些与人的生活相似的特点结合起来，在人们的主观意识中能动反映的结果。当然，自然景观本身就具备一定的固有属性和特征，这是产生移情现象的客观基础，相似性的联想则是产生这种现象的主观心理基础，情感的交流是联结客体特性与主体联想的中介。

审美反应中的情感活动，能够带来赏心悦目的一种相对比较高级的精神享受，这在欣赏以歌谣为代表的审美活动中更为明显。一个民族的人们欣赏由内而外达到民族化的作品时，会从情绪过程中产生一种共同的审美情感，即我们通常所讲到的共鸣。共鸣的产生是一种强烈的审美情感体验，能使人感同身受，唤醒内在隐发的情感，使人的精神得以升华。

在文学的宝库中，歌谣可以算是一朵璀璨的奇葩。它不仅视野开阔，论题广泛，而且体现出的理性观察，感性阐释都是别具一格的，与民族生活和民族精神密不可分。高尔基也曾对全苏联的作家呼吁过："最深刻、最鲜明，在艺

---

① 马识途文集 3：巴蜀女杰 [C]. 成都：四川文艺出版社，2005：326.

术上十分完美的英雄典型乃是民谣、劳动人民的口头创作所创造的。"①歌谣润物无声，影响深远。它联结起的是不同文化水平，不同职业，甚至是不同身份的人群，简洁的语言，深刻的内容，形象生动，音韵和谐，便于诵记，在耐人寻味之余，更能激发人们内心的情感，鼓舞人们的信心，从而使人获得精神上的愉悦和满足，具备相当的审美价值和社会意义。

三、民间传说故事和典故

人类活动的目的，总是从满足基本生存，慢慢过渡到满足心灵、精神，再到实现理想和价值的较高层次。将文学放入到全球视野下，毫无疑问，具有民族性的文学才可能有审美价值，"它们既非现实主义，亦非现代主义，把最洋的与最土的结合，把最传统与最现代的扭合，逐渐形成新的本土化叙述风格"②。这种本土化讲的其实就是民俗在文学文本创作中的有效运用。与民俗相关联的传说故事，从表层上来说是带有地方性的语音语调，而从深层来讲是展现地方特色、民众性格气质以及精神风貌的。以民间传说、故事及典故这些具备民俗因子的表现形式来结构文艺作品，不仅彰显了其本土化、民族化的特征，也构成了文艺民俗审美的基本形态。

民间传说、故事和典故作为中国民俗的重要构成部分，以其丰富多彩的题材、广阔的社会生活内容，在一定程度上反映了民众在生活发展、历史沿革中建立起来的一种习惯的根源，同时还表现出了劳动人民的喜怒和爱憎、寄托与向往等。故事始终都是人们所喜闻乐见的主要文艺形式，说故事、读故事、编故事、传故事一直都是中国人娱乐、审美以及知识教育的主要文化活动。这些故事一方面让他们在现实生活中得到了暂时的慰藉，也为他们的行为找到了合适可靠的理由，更是他们理想的寄托与智慧的展示。马识途文艺作品中的故事主要分为两大类：第一类是经民众们口口相传的民间传说。这些故事大多未在书本之上有明确的记载，然而民间关于它们的传说是经久不衰的。它们有些作为茶余饭后消遣之用，有些则成了号召和聚集群众力量的一种重要方式；另一类是在书本上有明确

---

① 第一次全苏作家代表大会闭幕词 [A]. 高尔基文学论文选 [C]. 北京：人民文学出版社，1958：327.
② 陶东风. 日常生活审美化：一个讨论 [J]. 文艺争鸣，2003（6）.

记载的，例如《三国演义》《五殺大夫》等，用于借古讽今，或是古为今用的历史及典故。无论是口头流传的，还是书面记载的，都是很重要的故事形式，它们互相影响，并相互交融，如同恩格斯所说："民间故事书的使命是使一个农民作完艰苦的日间劳动，在晚上拖着疲乏的身子回来的时候，得到快乐、振奋和慰藉，使他忘却自己的劳累，把他贫瘠的田地变成馥郁的花园。民间故事书的使命是使一个手工业者的作坊和一个疲惫不堪的学徒的寒碜的楼顶小屋变成一个诗的世界和黄金的宫殿，而把他的矫健的情人形容成美丽的公主。"①

《雷神传奇》中比较集中地提及了几个民间传说。打着雷神招募的"天兵"的旗号在山里招兵买马，构建起了一支队伍，就是王天清、丁元平等人利用了老百姓对神话传说中的神灵形象深信不疑的心理特征，才得以实现的。传说中主要是说"雷神在雷神殿显了灵，告诉大家，天上的玉皇大帝张开慧眼，看到人世间恶人当道，好人遭难，发下天兵，加雷神下凡统领，在雷神殿成立了天兵司令部，专门收那些受苦受难的'干人'去当天兵，专门和山外的那些恶人作对，打富济贫，把那些作恶多端的大老财家的粮食拿出来平分给穷人"②，同时，还以雷神之名订下了戒条，凡是违反了戒条的人，会受到雷神的雷打。不仅如此，在大巴山南边落草的团伙，配合天兵与山防局为敌的，就是朋友。"与天兵为敌的，雷神就要下凡带天兵加以惩罚，实行天讨。雷神奉行的都是上天的旨意"③。很明显，这种用传说故事一传十，十传百的方式对当地百姓非常有用，大部分受到地主老财恶霸欺压的农民们都相信了这样的说法，并认为终于天开了眼。传说故事吸引来了不少逃进山来的老实庄稼人来投奔当天兵，还有一些是进山入了惯匪的因为理念不一致也来投奔当了天兵。而真实的被唤作"雷神"的本人呢，不过是借了一个名号给他们，之后"雷神"住的那个无名山洞，也被取名为"神仙洞"，因为山洞冬暖夏凉，床铺桌椅都有，还有喝不完的山泉水，物资应有尽有，符合故事中神仙府邸的标准，同时又是给"雷神"居住的，当然称之为"神仙洞"再合适不过了。由此可见，这些为

---

① ［德］恩格斯.德国的民间故事书［A］.马克思恩格斯论艺术［C］.北京：人民文学出版社，1966：401.
② 马识途文集5：雷神传奇［C］.成都：四川文艺出版社，2005：205—206.
③ 马识途文集5：雷神传奇［C］.成都：四川文艺出版社，2005：206.

民众集体所创作出来的民间传说故事，经过了民众的口口相传，集中地反映出了广大民众的审美心理，代表着他们审美情感活动的发展轨迹，寄托了他们的审美理想。之所以能招募这些英雄好汉，一方面基于他们本身就有抗争的思想，另一方面很重要的是源于这是由"天兵"来招揽的。

《找红军》《禁烟记》里也提到了农民们在晚间歇凉时，聊起来的诸如"什么地方走了蛟龙；什么地方的老黄桷树成了精了；什么人家的老黄牛忽然口吐人言，说上天在七七四十九天之后就要降下刀兵水火之灾，把这一乡的恶人收尽呀如此等等……或者山里头出了神兵天将，把那些可恶的地主、恶霸、贪官、污吏都收拾掉了，田地平分了……"①一系列关于观音显圣、出神兵、走蛟龙的民间传说。在那个时代，很多百姓的生活就如同泥流一样，每个人都在里面挣扎，而这些传说经人传播，就好像一道射到这泥流上的一片光明一样，给生活以滋味、盐分养料，如果没有这些传说口口相传，生活将变得寡言无味很多。《找红军》中的主人公王天林正是在这样的一个场合中，听到了外边的人讲起的川北出了红军，出了共产党的故事，才延伸出了他去找红军的故事。起初他以为这就跟之前听到的那些传说一样，是神话，然而讲故事的人说得有板有眼的，不由得他不信。

这些民间传说是由民众集体创作的文学，通过大众口口相传以后得以保存下来，并在其流传的过程中由大众对其进行了一定的加工和修改。虽然它相对而言，情节过于简单，主题也比较浅显，艺术技巧也远不如作家的作品一样那么精妙。但是由于它集中了民众的智慧，直接表达了民众的社会理想以及生活愿望，更体现了他们的审美情感，因此也具有自己独特而不可替代的审美价值。这些故事大多篇幅都不长，因此具有易诵读、易记录、易传授的优点，这也是这些传说作为民间文学中的一部分，得以大量保存并流传下来的一个重要原因。通常而言，因为它们均为民众集体创作，要靠民众集体传播及保存，所以它必须是为广大民众所普遍接受和喜爱的，否则就无法保存下来。他们的主题和人物形象大多能引起民众的共鸣，能使之感同身受，符合他们的社会理想和生活愿望，价值追求、情节和艺术手法也符合他们的审美情感，并能给予他

---

① 马识途文集2：夜谭十记[C].成都：四川文艺出版社，2005：168.

们一定的精神慰藉。以上说到的这几个故事都有其自身所表现出来的审美的理解和理想，反映出"恶有恶报，善有善报"的符合劳动人民的审美理想、审美情感追求，以及对立阶级之间的关系，同时反映民众对社会、生活、人与人性的审美认识、审美情感、审美理想。这是一种对人压迫人、人剥削人、人残害人的社会现实的一种既清醒又具备着审美情感的认知和评价，其中体现对人性善恶以及贫富贵贱之间的关系的审美认识和审美评价，对理想社会美好生活的向往，对锄强扶弱的平民心理的审美理想。

第二类历史及典故，主要包括《三国演义》《五殳大夫》等。《雷神传奇》中就提到了《三国演义》。雷神与申大少爷相处的过程中，申大少爷想与雷神结拜，他举出的例子就是《三国演义》中讲述的"桃园三结义"的故事，"刘备不过是织席的，关羽是卖草鞋的，张飞却是涿县的富豪"[①]，以此来证明江湖上结拜兄弟，无须顾及贫富尊卑，只要大家彼此谈得来，有福同享有难同当。"桃园三结义"这个故事在各种版本的《三国演义》里面都把它放在第一回，在中国可谓无人不知无人不晓。这三人结义几乎成了整个中国文化中结义兄弟的典范和标杆，在民间也一直被传诵。其间所融入的忠孝节义的传统道德规范，是符合民众的道德审美情感的，再加之此后也有不少的统治者和民间组织对此加以利用和宣传，即使在真实的历史上这个故事子虚乌有，却并不影响它的广为传诵，并成为底层民众效仿的楷模，深入到整个社会，就连梁启超也曾在《论小说与群治之关系》中说道："今我国民绿林豪杰，遍地皆是，日日有桃园之拜，处处为凉山之盟……"[②]

《三国演义》在《风雨人生》中也出现了几处，由此可以说明《三国演义》对作者本人的影响，因为那是他从小就接受的"政治教材"，被父亲强迫了必须要读。当终于有天乘船路过张飞庙时，作者就想起了记忆最深刻的张飞"身在阆中，头在云阳"的故事。"据说是浸在一个大油缸里，平常的人是看不到的，只有两种人能看到，一种人是忠义之士，一种是奸诈之徒。忠义之士到那里向他顶礼叩拜时，张飞的头便浮出来接受叩拜。如果是奸诈之徒去看，张飞的头也会浮起来，可是张须怒目，吓得死人的。所以一般的人，都不敢要求看，怕看到张飞

---

① 马识途文集 5：雷神传奇 [C]. 成都：四川文艺出版社，2005：279.
② 梁启超. 论小说与群治之关系 [J]. 新小说，1902（1）.

的头浮起来,张须怒目,被当众证明自己是奸诈之徒。"①之后路过白帝城时,作者又说到了《三国演义》中刘备向诸葛亮托孤的事。以此引发了关于刘备、诸葛亮等人的一系列的讨论。明末清初文学家、批评家毛宗岗在他的批点本《三国演义》的第四十二回里曾说:"读书之乐,不大惊则不大喜,不大疑则不大快,不大急则不大慰。"这句话不仅道出了《三国演义》故事情节起伏的特点,同时也指出了受众对于文学的审美情感。我国著名剧作家胡可将毛宗岗的观点具体化:"观众喜欢的是百岁挂帅而不是百岁养老,是十二寡妇征西而不是十二寡妇上坟,是武松打虎而不是武松打狗,是木兰从军而不是木兰出嫁。"②由此可见,民众的情感活动的兴趣总是较多地建立在一些不可思议或者是困难的事情上的,越是这样的事越能引起他们的好奇心,激发出人们的兴趣。

除了《三国演义》的历史故事,在讽刺小说《五猪能人》的开篇还提到了《五羖大夫》的典故,《风雨人生》中提到了"天洗兵"的典故,以及《清江壮歌》中提到的"失之东隅,收之桑榆"的典故。小说《五猪能人》讲的正是一个糊涂官做的糊涂事,这糊涂官竟然同意别人用五头猪就换走了自己身边的一个大能人,这个大能人和百里奚那个"五羖大夫"一样,以"五猪能人"闻名。这里谈古正是为了说今。此处用这个典故是想形容一个人在怀才不遇时的境遇,其中蕴含的是英雄的人生悲剧,反映了老百姓对这些无法实至名归之人的同情。这则叙述知识分子遭遇的故事,以典故开头,抒发出的是作者对不重视发挥知识分子作用的官僚主义习气的一种喟叹,以及在非常年代中,对一些社会现象的深刻讽刺。《风雨人生》中关于"天洗兵"的故事是由闻一多在五四运动游行现场讲述的。"周武王决定要起义,要去打倒暴君纣王,出兵的那一天,正像今天一天,忽然下起大雨来,许多大臣觉得不吉利,劝周武王改期。这时管占卜的人出来啦,说这不是坏事,这时'天洗兵',是老天爷帮忙来了,把兵器上的灰尘洗得干干净净,打击敌人更有力量啦"③他用这个故事鼓舞了当时在现场的人,大家都不顾风吹雨打回到操场中,此后的游行也继续进行,因为谁也不愿意在他这

---

① 马识途文集9:风雨人生[C].成都:四川文艺出版社,2005:27.
② 胡可.习剧笔记[M].转引自:剧作艺术论[C].大连市艺术研究所剧作家理论研究组编.北京:文化艺术出版社,1990.
③ 马识途文集9:风雨人生[C].成都:四川文艺出版社,2005:428—429.

个勇敢者面前表露了自己的怯懦。"天洗兵"这个故事记载在西汉史学家刘向创作的《说苑·权谋》中，也称之为"洗兵雨"，后来杜甫等人的诗中也有提及，常用来喻指胜利结束战争。《清江壮歌》中提到的"失之东隅，收之桑榆"，是在陈醒明背叛的事实被狱中的共产党人揭穿之后，特务们想转而去攻破技术迷童云，拉拢他。此处典出《后汉书·卷十七·冯异传第七》。"东隅"是太阳升起的地方，也就是指的东方，一切事情开始的时候。而"桑榆"指日落的场所，事情结束的时候。意即虽然开始失败了，但最后还是成功了。应该说这些典故在中国的古代文献中十分丰富，与民间传说一样，它也具有简洁的形式和精练的文字，同时也蕴藏了无限的意境和审美韵味，反映出的是古人的大智慧。文中提到的"天洗兵"之典，武王出师遇雨，可能大部分人会以为这是不祥之兆，但经武王鼓舞，说这是老天爷专门为了洗刷兵器而下的雨，一举得了胜仗，擒纣灭商，统一国土，战争因此而停息。这其实体现的是一种人与自然之间的关系，在实践的基础上发生的"自然的人化"在人们的情感心理活动中的反映。自然界中风雨雷电原本不可控，是一种自然现象，借用自然界中的现象来喻指或鼓励，取胜的重点仍然在于精兵强将，在于奋勇杀敌的意志。闻一多在游行现场再次提及，其目的也是一样，强调的都是一种人与自然和谐统一，人就是自然的一部分，无论是什么样的天气状况，都可以为我所用，由此产生人与自然统一所达到的一种自然美，与庄子思想中的物我合一有异曲同工之妙。典故的使用不仅使文章添增风趣，形象生动，还留有余味。如清朝文学批评家袁枚在《随园诗话》卷七中所说："用典如水中着盐，但知盐味，不见盐质。"可见用典之妙在于深入浅出，其中记载的故事内涵，与文中所体现出的审美意境紧密相连，十分和谐地融汇在一起，平添了几分兴味。

　　总之，从歌谣、民间传说和典故等艺术形式中所传递出的民俗文化，在平时可以在普通民众中起到安定、自娱等作用，在一些特定历史时期，往往可能成为一种出奇制胜的激活的力量，甚至是革命性力量。

第三章　马识途文艺创作中的民俗意象

对于文学创作而言，生活永远是它取之不尽的源泉。因为生活的丰富性和复杂性，才一直引领着文学焕发着勃勃生机。作家们生于自己的家乡，长于自己的家乡，不论城市，还是农村，不论富贵，还是贫穷，从文字中展现出自己对这片土地的热爱，展现出百姓的生活与情感，是他们创作的首选。他们对传统文化有选择性地继承，将所看、所知、所学、所感综合在一起，进行了很好的转化，推陈出新，形成了具有文艺民俗化特征的文学作品。在当代，无数的青年作家们也一直学习老一辈的文艺家们，以自己对文学的热爱，对生活的深刻感悟，展示出百姓的普通生活。

黑格尔曾特别指出，在文艺的表现中，"一切东西都有地位，一切生活领域和现象，无论是最伟大的还是最渺小的，是最高尚的还是最卑微的，是道德的还是不道德的丑恶的，都有它们的地位。特别是艺术愈变成世俗化的，它也就愈来愈多地栖息在有限世界里，爱用有限事物，让它们尽量发挥效力"①。即是说，无论是在现实生活中，还是文艺创作中，民俗的现象和事象，无论是精神的，还是物质的都有他们的地位，也有各自的价值。中国是个多民族的国

---

① ［德］黑格尔.美学（第二卷）[M].朱光潜译.北京：商务印书馆，1979：365.

家,正是因为各个民族都有符合自身民族表现的,蕴含着独特民俗的文化与文明,才使得中华民族的文化与文明既丰富多彩,又精彩纷呈。

民族化倾向的文艺作品所具备的独特艺术魅力,体现在它构筑起了一个以民俗风物、民俗生活相等一系列与民俗相关的物象与事象为主要元素的审美意境。这个审美意境,物我交融,情景相生,浑然一体。同时文艺作品中这些具体的物象和事象构成的艺术实境与蕴蓄在实境之中的,创作者所要表现的特定的情思也浑然一体。中国的一些著名作家,例如鲁迅、老舍、沈从文、赵树理等都选择了这样的创作方式,他们从自己熟悉的风俗习惯、民情风物入手,去描写广大人民的社会生活,表现其形象气质,可以说这也是一种对文艺民俗学的创作实践和有益尝试。

对于马识途而言,他"是一位经常使人感到出乎预料的作家"①,他所创作的文学作品中的民俗意象,包括情境自然美、民俗生活相、民俗风物,以及最具地方民俗代表性的"茶"的意象。在马识途的文学作品中,故事背景、社会风貌、礼仪习惯、饮食建筑等都透出浓浓的四川民俗文化气息,同时包括他所生活和战斗过的重庆和湖北恩施地区的风物风貌,都体现出与民俗相关的象征意义。在为读者呈现作品的同时,也彰显出他对民族和历史的思考,蕴含着浓郁的本土文化特色。

第一节 情境自然美构建民俗背景

自然作为一种现象,人们在最开始并没有发现其中的美。随着社会实践的发展,人们在改造自然的过程中,它在一定情况下才成了人们的审美对象,这其中所指的自然不仅包括动物、植物,也包括山水等。可以说,自然美是一定历史阶段的产物,离开人类社会,或者说离开了人的种种社会关系,就不可能产生"自然美"。自然的美学意义都是由人类社会实践所决定的,具有一定的社会属性,同时它也作为一定民族的生活环境,为人们提供生活养料和精神食

---

① 陆文璧.马识途专集[C].成都:四川文艺出版社,1988:205.

粮。因此自然美的内涵就关联了自然属性和社会属性，由这两者共同构成了自然事物的美的形象，是这两种属性的具体形象上对立统一的表现。

自然事物的自然属性是构成自然美的客观因素，也是其基本因素，自然美的社会属性寄托于其中。自然属性包括其物理和生物属性，即形状、姿态、颜色等等。例如枫叶的自然美，就离不开它的颜色、形状等方面的自然属性，这是构成枫叶自然美的客观因素。但是，枫叶之所以成为人的审美对象，从根本上说并非取决于它本身的这些自然属性，而是取决于它成了社会生活的一种暗示。枫叶的长成与人的劳动实践分不开，同时它除了用于观赏之外，可以用于制糖，还有疗疾的功用。它的颜色也成了文艺作品中的创作对象，《山海经》中有载，"黄帝杀蚩尤于黎山，弃其械，化为枫树"，这是说其来源，意指枫叶之所以是红色是因为黄帝杀了蚩尤之后，兵器上染了血，变成了枫树。在宋代诗人杨万里那里，"小枫一夜偷天酒，却情孤松掩醉客"，枫叶竟是因为偷喝了"天酒"才被染红的。由此可见，自然属性固然是自然事物能够成其为美的客观因素，但是它的社会属性赋予自然美以社会内容，而二者协调统一在自然物象之中。再如长江三峡的神女峰之所以美，从形态上看，神女峰像是晚唐时期陶俑的"神女"，这固然是它们的自然属性，但是它们之所以能够成为美的事物，仍是因为人们在社会活动中，对这样的山峰赋予了一定的社会内容。神女峰背后有渔家妇女等待着放舟捕鱼的丈夫早点回家的传说故事，于是山峰成了美的事物。而其他的自然物诸如梅兰竹菊，之所以能够成为人们的审美对象，也是因为它们或色彩艳丽、或寒冬开放、或苍翠挺立的特点，与人不畏艰难以及艰苦斗争的生活相似，会使创作者与阅读者们想起生活。它们的自然形态固然是好看的，然而却是因其社会属性，才将其变成了具有象征意味的自然物，从而构筑出美的情景。

人们对自然美的兴趣爱好主要体现在对山水、花草树木等，以及对自己家乡或经常活动地区的土地、自然风光有着特别的热爱和积极的追求。从某种意义上来说，这些自然事物，成了民族美的象征。它们的身上彰显着民族的色彩，通过对它们的描写，实际是对民族和国家的美的描写。也就是说，从这个意义上去谈自然美，并不同于简单普通的自然物体所构建出的环境美，它是民族社会实践的产物，随着人类改造自然，创造世界的实践活动发展，而不断地发展。它代表着民族生活的特定自然环境，成为能够直观自己本质力量的对象，也因此成了民族独特的审美对象。

一、与生活实践相连的情景自然美

自然美的本质主要在于自然事物在一定社会生活的关系中所显示的社会属性方面的特征，也就是与人的社会生活美或者精神美中相似的特征。马识途的文艺作品中的山河原野、花草藤蔓、雾霭星芒，甚至是晨昏朝夕、楼宇屋阁都形象地反映出一个民族真纯和善良的本质力量，或是黑暗即将过去，光明即将来临的美好希望，或是坚毅勇敢的民族精神史，使它们成了民族共同欣赏的美的对象。

一个民族的社会经济越发展，对自己所在区域的自然环境的开发和利用越多，与自然的联系势必越紧密。特定的自然环境孕育着它的民族，如同橄榄之于希腊、仙人掌之于墨西哥。自然之物早已历史地成了生活的一部分，成了他们的文化生活中不可替代的审美对象。再如，长白山，它不仅仅有着自己独特的风景和自然风光，同时大家都会认为这是一座英雄的山岭，革命的圣地。长白山的审美意义，与重庆歌乐山，马识途笔下的"五峰山""大巴山"的审美意义相似，因为在这些地方都谱写了革命先烈们可歌可泣的光辉历史篇章。自然物之所以能够成为民族共同的审美对象，部分是因为自然事物的外部形态是美好的，但是最根本的原因在于这些民族的本质力量外化于这些自然事物之中，或者说赋予了这些自然事物以社会化的象征意义。因此，对自然美的物象的讨论，也是对人的本质的对象化审美研究。

在《清江壮歌》中，马识途反复描写了故事发生的背景地——鄂西恩施。这里在当时不仅是重庆国民党政府的大门，而且蒋介石当时还派了他的亲信——以反共起家的陈诚亲自坐镇。1941年初，在蒋介石发出了全面反共的指令之后，陈诚对所辖地区的共产党和抗日进步分子实行了拉网式的搜捕，疯狂地镇压。故事中的贺国威、柳一清等人，就是以当时的并没有在敌人的压力下后退的中共鄂西特委的何功伟、刘惠馨等人为创作原型的，而之后牺牲的刘惠馨烈士正是马识途的妻子。他们当时一起隐藏在这里做着革命工作，"小竹篱笆院子深深埋在竹林里，前临白浪滔滔的清江，后当青松翠柏的五峰山"①。在《风雨人生》中也有对恩施的五峰山和清江的描述，可以视为补充，"恩施这个城市依山傍水而立，隔江对面是五峰山，五座青峰依次排列，其中一座山峰上还立着一座宝塔，十分秀丽。那条绕城而过的清江，真是清得透明见底，游鱼可数"②。

恩施五峰山之前原本是一座荒山，清朝时期一直是汉军的军马场；民国成立后，军马场废弃了，之后随着当地民众数量增加，五峰山逐渐被垦荒种茶，成了田园；抗日战争时期，中共鄂西特委设在五峰山红岩狮，当时的湖北省教育学院也设在五峰山大垭口；中华人民共和国成立后，这里成了共产党干部的培训基地；2003年，当时的中共鄂西特委旧址复修，作为爱国主义教育基地对外开放；现在的五峰山上有连珠塔、烈士陵园等等。由此可见，作品中关于五峰山的描写，不仅仅是展现了它作为自然景观之美，更多的是它寄寓了不少革命志士的希望和依托，承载着他们的希望。这不仅仅是一座简单的山脉，它还是一座革命之山，也是那一段历史的见证之山，成了当地民众以及曾经在这里从事过革命活动的人们的物质生活和精神生活的对象，因此以它为依托所构筑出的情景带有鲜明的民族色彩。

"五峰山顶上的浓雾已经散了，太阳还没有升起来，那明亮的霞光映照着山顶上的青松翠柏，使五峰山在早晨清新的空气中，显得特别秀丽。一条薄薄的雾带在半山上横抹过去，假如那山顶上青得发黑的松柏树林像五峰山的一头秀发的话，那么这条雾带就像一条透明的纱巾，缠在五峰山的颈上，把五峰山打扮得越发漂亮了。清江绕着五峰山脚下流了过去，但是山脚下的浓雾还没有退尽，只听到江水咆哮的声音，却看不见白浪滔滔的景象。江边城楼还只能见到模糊的轮廓，从那上面传来一声两声凄厉的号音，使人感觉冬天山城的雾越发变得滞重而寒冷了。然而那江边山村里的雄鸡，却是那样热闹地叫着，此起彼落，发愤要驱赶尽这一江浓雾，迎来冬天的朝阳。"③"寒冷而潮湿的雾向山谷里退去了，有几分血红颜色的太阳挂在东边天空里，温煦拂人。清江曲处的滚滚白浪已经看得十分清楚了，正在峡谷里奔腾叫嚣，向江边的石崖撞去，爆

---

① 马识途.清江壮歌[M].北京：人民文学出版社，2008：44.
② 马识途文集9：风雨人生[C].成都：四川文艺出版社，2008：242.
③ 马识途.清江壮歌[M].北京：人民文学出版社，2008：29.

发出愤怒的浪花,卷向前去,后面的浪又跟着闯上来了。在那白崖顶上屹立着一块巨大的红色石壁,那块石壁在太阳光下闪闪发亮,柳一清总把它认作一面永不收卷的红旗。"①作者寥寥数笔中勾勒出来的革命者生活和战斗的地方,五峰山与五峰山下的清江水一起构成了他们所思所感的情景,在他们的视野中,江水是"咆哮"的,白浪是"滔滔"和"滚滚"的,甚至是"叫嚣"和"愤怒"的,就连雄鸡的鸣叫也是"热烈"的,红色的石壁也是"闪闪发亮",是"一面永不收卷的红旗",这一切都与他们内心的情感交融在一起,"心里像清江的怒涛翻滚起来了,一种莫名的力量在他的心中冲动……"②这也是《清江曲》,即《清江壮歌》这首歌谣的创作来源。此时的五峰山已经不再是单纯的山峰,它体现的是在革命斗争视野下的战斗情景。拟人等修辞手法的使用,使它饱含审美情韵。所以在这个意义上提及的五峰山所展现出的自然美是与生产生活实践关联起来的,具有社会意义的自然美,同时五峰山上的一草一木也与作家、故事中的人物、读者们一道构建出了具有民族气息的审美情景,尤其是读者可以将自己置身于生活实境中与故事中的人物一起去感知、去审视、去领悟、去探索、去领略内里含义。

在《巴蜀女杰》中,为了构建起这样自然美的情景,唤醒读者的共鸣,作者采用了两组对比,一种是自然风景上的对比,另一种是城市街景上的对比。这两组对比都是通过张萍来完成的。作者描绘了沿途的风光,张萍之前生活的家以及所在的城市的变化和那些依旧不变的景象,构建起的一种由自然美所带来的情感张力。

第一组对比是将嘉陵江景、歌乐山景、川西平原景等放置在一起构筑的革命党人活动地区情景,从中所体现出来的是张萍的心态变化,以及在革命中成长的过程。张萍从延安返回家乡时,一路上经历的是,"嘉陵江边的景象,一如既往:蜀水滔滔,巴山青青,暮云蔼蔼,斜晖脉脉"③,以及川西平原那"熟悉的千里沃野,这满地金黄的稻田、青翠的竹林、弯弯的流水,比西北黄土高

---

① 马识途.清江壮歌[M].北京:人民文学出版社,2008:38.
② 马识途.清江壮歌[M].北京:人民文学出版社,2008:44.
③ 马识途文集3:巴蜀女杰[C].成都:四川文艺出版社,2005:38.

原的风光秀丽得多了"①。再重走来时路,回到自己熟悉的家乡时,风景是不变的,嘉陵江景象是"一如既往"的,家乡的田园依然是"比西北黄土高原的风光秀丽得多了",然而此时此刻的张萍已经完全不同于刚从家里出来的大小姐的样子了,无论是外表和内心都发生了巨大的变化,甚至陪在自己的身边人也已经更换了,自己的身份当然也相应地发生了变化。景色中的"不变"与人物的"变"形成了鲜明的对比,构建出以自然美生成的审美情景。在这个情景中,人物与环境发生了互动、交织以及融合,作家、读者、人物角色共同承担起了这样的起承转合,由此给景物添加上了民族的色彩。而之后作者在描写被捕入狱的张萍时,干脆直接地用自然美来连接人物情感变化,"张萍看周围有那么多松树林,后面矗立着歌乐山。就在那边,几天以前,他们还来参加过联欢晚会,跳过舞。她曾经是美国人的座上客,现在却成为这里的阶下囚"②。这里的描写极具讽刺意味,不光表现了国民党反动派翻脸不认人,同时风景依旧、记忆依旧,然而人物待遇却千差万别所表现出的滑稽感,让人忍不住扼腕叹息。这里提到的歌乐山,与之后张萍离开重庆被转去贵州息烽监狱时再次提到的歌乐山一起,成了见证人物命运转折点的自然之物,"多么青翠的歌乐山,被撒上一层阳光,生气勃勃的。谷里的薄雾飘荡着升了起来,多美好的早晨"③。这里的歌乐山是"青翠"的,"生气勃勃"的,这个多么美好的早晨,对于张萍他们一行要被转运的"政治犯"来说,这之后会遭遇什么,面临什么,会再次经历什么样的斗争,谁都不清楚,然而有一点是可以肯定的,那就是势必与之前的待遇千差万别。歌乐山传说因大禹治水,召众宾歌乐于此而得名,因长篇革命小说《红岩》描写了这里抗战时期的陪都遗迹和白公馆、渣滓洞监狱而闻名。现在的歌乐山上有烈士陵园,体现的除了自然之美外,还有革命志士们在此英勇不屈斗争的精神之美。

第二组对比是将张萍曾居住过的家与被日本列强侵袭过的成都街景相对比,同时与重庆郊区达官贵人等居住的公馆相对比,从中体现了表面轻松平静下的暗流涌动,城市的破败,以及百姓与官商生活的巨大差别。

---

① 马识途文集3:巴蜀女杰[C].成都:四川文艺出版社,2005:100.
② 马识途文集3:巴蜀女杰[C].成都:四川文艺出版社,2005:282.
③ 马识途文集3:巴蜀女杰[C].成都:四川文艺出版社,2005:304.

"太阳已经落进西山，一片灰蒙蒙的夜雾升起来，缠绕在一堆一堆的竹林上，那黄昏里的田野，多么恬静，那路边青翠的竹林盘和映照在竹林里的农舍又是多么舒适"①。就是在这样的一个安宁之处，"她的爸爸就住在那个竹篱农舍里，周围有青葱的竹林，在前院有小晒坝、牛栏和爬在篱笆上的豆荚，还有牵牛花开着红色的、紫色的、白色的小喇叭花"②。这里所描写的就是张萍的家乡四川成都，它是"恬静"的、"舒适"的，是被开满了各色的牵牛花所围绕的农舍之景。如果不是因为战争，可能这样的景还会一直维持下去，而那时在这样的田园之景的另一端，是破败不堪的公园，是民不聊生的街头巷尾，"少城公园早已不是原来那个老样子了，由于日本飞机的疯狂轰炸，变得更为破败了。池塘和穿过公园的金河绿压压的，完全变成臭水塘和臭水沟了"③。公园尚且如此，那之前的核心区域热闹的春熙路就更见惨败之相了，"她随意走到过去最繁华的春熙路一带看看。但是除开看到商店不断在改写货物牌价表，升斗小民在排队买平价米，满街的流氓特务像野狗一样在乱窜，流浪儿童在伸手乞讨，这样一些所谓大后方的标准风景线以后，实在没有什么可以看的"④。就是这样民生凋敝之下，就是这样"大后方的标准风景线"，隐藏着多少悲愤，隐忍着多少屈辱。与它形成鲜明对比的是另一头的陪都重庆公馆里外的繁华和歌舞升平，"这一代林荫道两旁的公馆真多，在小山的里面，小溪的旁边，葱茏的树林后，不时出现小巧玲珑的红楼绿窗的别墅。这都是一些达官贵人或者发了国难财的巨商的金屋藏娇之所，在那里面大概都有明眸皓齿、巧笑倩兮的玲珑小妇人，在准备迎接主人和客人，开始灯红酒绿的舞会"⑤。不得不说，繁华是这样的一场假象，歌舞升平的背后是满含的眼泪，作者在这样的自然美所构建起的对比情景中，挖掘出了内里深意。景物不再是简简单单的景物，楼亭屋阁也不再是简简单单的建筑，它们承载的是历史变迁、革命战争，它们记录的是百姓的悲苦、敌人的残暴、革命者们的意志精神。

在《风雨人生》中提到的扬州风光，作者同样用瘦西湖的美景风光对比了

---

① 马识途文集 3：巴蜀女杰 [C]. 成都：四川文艺出版社，2005：105.
② 马识途文集 3：巴蜀女杰 [C]. 成都：四川文艺出版社，2005：102.
③ 马识途文集 3：巴蜀女杰 [C]. 成都：四川文艺出版社，2005：104.
④ 马识途文集 3：巴蜀女杰 [C]. 成都：四川文艺出版社，2005：105.
⑤ 马识途文集 3：巴蜀女杰 [C]. 成都：四川文艺出版社，2005：129.

扬州城里的破败古迹；又用扬州城外的田园风光对比了深入到庭院深处去的颓败不堪。"瘦西湖真是瘦得可爱，有的地方是一湖汪洋，有的地方是一塘清波，有的地方则只是一条小溪，蜿蜒曲折。只听到摇桨声和人语声，却不见人，要待山回水转，才看到咿呀小船擦肩而过。举眼四望，到处青山绿水，垂杨拂人"①。这里的瘦西湖迄今都是扬州的美景之一，其中古往今来的多少历史故事，引来了后世许多诗人的凭吊。瘦西湖的"可爱"与扬州城里的古迹，也形成了鲜明的对比。"扬州城里更有许多吸引人凭吊的古迹。虽然大半都已经破败，但还是看得出昔日作为中国第一繁华大城市的遗韵。看那寻常巷陌中已经倾塌的水磨花砖的门楼和那长满绿苔的有镂空女儿墙的高墙，那里面尽是褪了漆的楼台亭阁的雕梁画栋。当年那日掷千金的盐商们已不知何往"②。此处的繁华盛世是指历史上曾盛极一时的扬州绮丽风光，素有"淮左名都，竹西佳处"之称的扬州是一座拥有2500多年建城历史的古城。自吴王夫差开邗沟、筑邗城以来，扬州几经兴衰，尤其是在隋代开通京杭大运河以后，凭借便利的水陆交通，扬州成为我国古代重要的交通枢纽和盐运中心。这里曾富甲天下，人杰地灵，声名海外，一幅国际大都会的繁荣盛景。可惜今时已经不同往日，在历史的更迭中，往日的繁华一时早已不复，取而代之的只是那些褪了色的"雕梁画栋"，唯有在瘦西湖的风光中依稀能品出往日盛世之景，悠闲和从容的自然之美构筑起来的梦幻般的往日繁华的眷念。

扬州城外，也是"一派绝不亚于江南的田园风光，到处是竹篱农舍，到处是小桥流水。一到春天，更是桃红柳绿、草长莺飞的繁华景象"③，然而与这样的景象形成鲜明对比的，"要真正深入到那深深庭院和竹篱农舍里去，那将是一种什么样的悲惨景象，就不是我们能够想象的了。我从上海出版的学者们的调查报道中看到，那里不是天堂，而是破败不堪的地狱"④。屋里屋外，美景繁华与内里破败，两相对比之下构筑出的意境，形成了一种特殊的情景自然美，体现本民族的人们在欣赏这些自然美时的触景生情，思绪万千，从而产生出的

---

① 马识途文集9：风雨人生 [C].成都：四川文艺出版社，2008：70.
② 马识途文集9：风雨人生 [C].成都：四川文艺出版社，2008：71.
③ 马识途文集9：风雨人生 [C].成都：四川文艺出版社，2008：71.
④ 马识途文集9：风雨人生 [C].成都：四川文艺出版社，2008：71.

一种对祖国和民族，以及对乡土的深厚感情。

在《回来了》中同样采取了这样对比的方式，来展现"我"所看到的那些恬静的田园风光之下所隐藏起来的悲伤和泪水，痛苦与仇恨；用"我"那不可捉摸的甜蜜幻想与实际完成山村任务工作中的艰难困苦相对比，构建出一幅山村革命斗争的实景图。"看那屋前满树夕阳渐渐消逝，天上的几片红霞，一瞬间变紫、变黑，融进青色的天空里去，青灰色的雾像轻纱一样，慢慢从山谷里拉出来，盖住了山村。四围十分寂静，只听到田野里的秋虫在唧唧地叫，远远听到赶牛回家的'呵呵——叱——'的声音"①。这一切的美景和那些看似无忧无虑玩乐的孩子们和动物们是被美景同化了的"我"内心充盈的"荒唐的一种知识分子的梦幻"，其实与真实的农村现实生活有着天差地别的距离。"我"以为的美景那不过是粉饰太平，浮华本质，对比着内里隐藏的"永无休止的辛酸和屈辱的生活"，以此来说明并提醒，"我"在这里是有任务的，这任务就是要将这些美景背后的悲伤和眼泪转化成愤怒和复仇的力量。随着革命工作的进一步深入，"我"也在成长并时刻保持警惕和警醒，在清理组织的过程中，我在山路上奔走，"一路上，我经过了多少竹篱茅舍，多少小桥流水，在幽静的山道上听到多少小鸟在歌唱，特别是看到一片两片枫林，那霜叶在太阳光下，红灿灿的，十分耀眼"②。这一切自然之景又让"我"开始陶醉并再次沉迷于自己的梦幻之中，并憧憬革命胜利之后的愉快之境，然而现实很快地将"我"拉了出来。梦幻之境与现实中"我"被几个凶神恶煞的士兵拦路检查。他们强取豪夺，构筑出的仍是一个"人吃人的世界"，这样一个世界让"我"幡然醒悟，风景固然是美丽的，然而斗争依然需要，并格外地艰难。

车尔尼雪夫斯基说过："人一般地都是以所有者的眼光去看自然。他觉得大地上的美的东西，总是与人生的幸福和欢乐相连的。"③站在民族的角度，百姓一方面以个人的眼睛去看自然，另一方面通过作家的勾勒，意境的创建，用整个民族的眼睛来看凸显着民族色彩的自然美。这些自然美与一定民族的幸福和欢乐相连，与繁华和盛世相连，通过作家的描绘，从而激发出读者对国家和

---

① 马识途文集 6：中短篇小说 [C]. 成都：四川文艺出版社，2005：312.
② 马识途文集 6：中短篇小说 [C]. 成都：四川文艺出版社，2005：330.
③ [俄] 车尔尼雪夫斯基. 生活与美学 [M]. 北京：人民文学出版社，1962：11.

民族的深爱之心。

二、饱含心情投影及象征意味的自然美

自然美之所以能够带上民族的色彩,具有民俗的审美意义,其对象描写绝不同于简单的描写江河山川、日月花草这些客观的纯自然景物,因为这些景物本身并不能具备象征的意味,这其中一定需要具有主体精神的人加入,赋之以人类社会所独有的精神因素才可能。因此,单纯的客观自然景物必须与民俗化特征相联结,如果离开了主体和作品所构筑的具体情境是无法单独存在去观照人生的。

马识途笔下描写的自然物的某些特征、某种状态与一定民族的生活情感以及精神指向具有相似之处,也就是说这些自然物"因为当作人和人的生活中美的一种暗示,这才在人看来是美的"①。这种暗示可能与自然的一些特征相关,例如雄伟险峻,又或者是苍劲有力等等,一方面它是某地特有的民俗风光的展现,另一方面它可以唤起与民族生活或者民族精神指引的联想,于是这种自然之美就带上了民族的色彩。

《巴蜀女杰》中的剑门关,"两边坚硬的黑色石壁,直上青天。望剑门下边,一片苍茫云雾,这真是一个'一夫当关,万夫莫开'的雄关。更叫人惊奇的是在黑色的石壁上,爬着很多藤萝,在深秋的西风中抖动着艳丽的红叶,真是好看极了"②。剑门关,曾为蜀国之要道,是"蜀北之屏障,两川之咽喉"。享有"剑门天下险"之誉,俗称"天下第一关"。李白曾叹其"一夫当关,万夫莫开",杜甫诗云"惟天有设险,剑门天下壮"。自古以来,剑门关一直是兵家必争之地,也是文人骚客神往之处。梁武帝曾在此出家修行;唐玄宗曾经过此地到四川避难;张载、李白、杜甫、白居易、岑参、骆宾王、陆游等都曾到此游历,并留下了脍炙人口的诗篇。在众多的文艺作品中构建出了它的象征意义,剑门关的巍峨险峻是象征着一种守护精神,而遍山的石砾、裸露的峭壁则是刚健勇敢的象征。文中提到的藤萝以及艳丽的红叶,也与剑门关和周遭峭壁一起,共同构建出了自然美的象征意境,是一种生生不息的精神引领和指

---

① [俄]车尔尼雪夫斯基.生活与美学[M].北京:北京:人民文学出版社,1962:11.
② 马识途文集3:巴蜀女杰[C].成都:四川文艺出版社,2008:16.

向，也是一种坚毅的驻守和保护。

《清江壮歌》中当原本是家庭妇女的章霞知道自己有机会入党，有机会像自己的丈夫一样变成一个真正的革命者时，她愉悦又欢快的心情投射到沿途的景物中去，"射在橘树林上的太阳似乎也比往常明丽一些，那橘树叶似乎也比往常青翠一些，新鲜一些，连那叶子上的露水似乎也比往常晶莹一些，更不消说那挂在橘子树上又红又大的橘子了，是那样的红，像火一样，不，更像在书本上看到的红旗那么红呢"①。同样的一片柑橘林，在《风雨人生》里这样描述，"五峰山下沿江边是一片果园和一个柑橘林，青翠欲滴。中间一条石板铺的官道爬上山垭口，直通三里坝的省政府"②，将两处关于柑橘林的描写加以比较可知，前者很明显带着人物的情绪，因此就连橘子的颜色也与红旗的颜色相同，足见章霞对自己即将能够加入这个革命者的队伍心情有多么激动。景物相同的，在《风雨人生》中作者写出了这片柑橘林而已，用上了"青翠欲滴"这样的形容词也只是描述整个柑橘林的盛况，但是在《清江壮歌》中由于将章霞这个人物的心情投射进入了景物中，于是景物有了比平时更甚的美丽和清亮，甚至一切相似的颜色都能使人念及革命，因为红色在这里就是对于革命的象征，无论是红旗、红橘，象征着的都是伟大的革命事业。

不仅具有象征的意象构建出的情景体现自然美的情致，在城市风景图中也构建出自然美的象征意境。《清江壮歌》与《巴蜀女杰》中都提到了一个共同的城市——抗日中心延安。《清江壮歌》中借贺国威的视线转换，点出了城市中的标志性意象，以此抒发对前方革命志士的景仰之情以及党中央的运筹帷幄更让人为之努力前行的决心和信心。"望远处，那白云缭绕，掩盖住祖国的多少好山好水呀。他极目向东方望去，似乎望到吴头楚尾，望到钟山下的石头城，那里是他蹲过几年牢的地方。望到雨花台，多少自己亲密的战友，在那些黎明前的夜晚，被拉到这里，唱着《国际歌》，把他们的鲜血洒在祖国的土地上。现在这个城市，连这个雨花台，都落到敌人的铁蹄下去了……在那巫山秦岭的背面，就是中原和长城内外了，想象那里烟尘滚滚，当是抗日的兄弟们在纵马驰骋吧。他更极目从西北方一块白云的空隙里望去，那里该是延安了，那

---

① 马识途.清江壮歌[M].北京：人民文学出版社，2008：37.
② 马识途文集9：风雨人生[C].成都：四川文艺出版社，2008：242.

抗日的中心，革命的圣地……"①白云是无法遮盖住好山好水的，很明显在这里，作者道出的是革命志士的心头之伤、丧国之痛和革命力量之振奋。敌人的烧杀掳虐，让人憎恨；战友们的鲜血却让人铭记。同时，"在延安，那宝塔山上夕阳的重光，那延河边黎明的轻雾，那夜幕下窑洞的灯火，那山路上飘荡的歌声是多么醉人。在华北的烽火前线上，在黄河岸的窑洞里，白发老将军们正在运筹帷幄，准备决战千里，抗日英雄骑着烈马正在平原烽烟里奔驰，在太行山上的密林里游击战士正在伺机突击而下，长城上风烟滚滚，渤海边波涛汹涌"②。在这里，延安已经成了共产党革命精神的代名词，各个烽火前线成为英勇不屈、顽强拼搏的象征地。轻雾、灯火、歌声、烈马、风烟、波涛等景象构筑出的是一幅战火纷飞中革命精神生生不息的图景。各种景物因人物的心境和经历，带着感情的色彩，有了自己的所感所想所悟，也有了自己所象征的精神意境。

《巴蜀女杰》中同样借张萍的视线，通过对秋夜山城的描绘，体现以张萍为代表的一批革命者坚定不渝的意志和为革命奋斗，甚至不惜牺牲自己的信念。"月亮还没有出来，秋夜的星空却是这样的明净，辽阔。繁星在闪烁，像无数脉脉含情的眼睛；秋虫在她脚步声中沉默了一下，现在又在脚边唧唧地唱了起来，它们不是在哭，是在歌唱。往山下望去，夜重庆是这样的美丽，一片一片的灯火和天上的星星交相辉映，远远的南山顶上黑黝黝的松树林，连绵不断，有如一匹骏马背脊上的鬃毛，嘉陵江无声地向东南方流去……领略到秋夜的星空，像一个透明的玻璃体上嵌着无数闪光的宝石，是这样的晶莹剔透。忽然有一颗流星，在透明的天空划了过去，悄然无声，那明亮的尾巴拖得长长的。虽然很快消逝了，但是它是竭尽全力把它最后一点光亮奉献给夜晚的"③。因为张萍已经发现敌人开始动手了，但是自己心意已决，做好了与敌人继续做斗争的准备，所以听到的秋虫"不是在哭"，而是在歌唱，秋虫其实象征的就是她自己，面对即将来临的更为艰险的斗争，她没有害怕没有退缩，而是迎难而上，以极其坦然的态度去面对要来的一切。而之后随着她的视线，转移到了秋夜的星空，在山城的夜景中不仅有转瞬而逝的流星，也有北斗七星和北极

---

① 马识途.清江壮歌[M].北京：人民文学出版社，2008：44.
② 马识途文集3：巴蜀女杰[C].成都：四川文艺出版社，2008：334.
③ 马识途文集3：巴蜀女杰[C].成都：四川文艺出版社，2008：262.

星,"在黑夜中,人们在陆地上走路,或者在海上航行,就是靠这颗北极星指引方向。她在延安的时候,听过许多战友朗诵诗歌,歌颂这一颗星,对它有无上的崇敬"①。北极星很明显象征着共产党的理念和革命的方向,引领着无数进步的人们为之奋斗。流星同样是张萍自己的象征,在投入革命时她就早已做好了随时牺牲的准备。在她心里,能将自己的光和热都献给革命事业,奉献出自己的一份力量,就如同这颗"竭尽全力把它最后一点光亮奉献给夜晚的"流星一样,璀璨夺目,不虚此生。

同样是对重庆自然之美的描绘,《三战华园》中选择了书写山城重庆早春的清晨:"早晨的山城,揭去浓雾的被,她苏醒过来,明晃晃的太阳照在她的头上,暖意洋洋。南山的松岭,浮在乳白色的雾带上,显得特别青翠。碧绿的江水,从她的脚边流过,泛起一片片耀眼的粼光。早春的确已经来到山城,不仅报春花早已开放,连朝天门万人践踏的土坡上和石梯缝里,野草也顽强地伸出头来,向长年在那里爬上爬下的干人和苦力问好。河坝边一串串纤夫在吆喝着雄壮的号子,在悬崖下坎坷不平的江边小道上挣扎前进。"②这里描写的重庆景色很明显受到了历史背景和主要人物的影响,与《巴蜀女杰》中的重庆迷雾重重的深秋之景不同,此时此刻的重庆虽有雾,但随着"暖意洋洋"的太阳,就算是松岭也"特别青翠",那是因为主人公洪英汉在一个月前,连续打了几个胜仗,此时此刻解放全中国的战斗即将开始,解放自己家乡的日子指日可待了,所以那长在被"万人践踏的土坡上和石梯缝里"的野草都随着报春花的开放长了出来。这些野草无疑是对百折不挠、毫不气馁抗争着的无数进步青年、革命志士和老百姓的最好象征,因为他们同样顽强不屈,同样坚贞不移。而喊着号子拉着纤的纤夫们当然象征着仍然在负重前行的革命党人们,道路虽然是"坎坷不平"的,但是都在"挣扎前进",因为,前方有着大家共同追求和信仰的革命事业和伟大信念。

自然美还可以象征着爱与自由。马识途笔下重庆的夜象征革命者的精神和意志,而在《风雨人生》中的南京晓庄的夜则象征革命者在共同的目标下,彼此情投意合,碰撞出的爱情。"晓庄的夏夜则特别美,天上闪烁着星星,四围

---

① 马识途文集3:巴蜀女杰 [C].成都:四川文艺出版社,2008:262.
② 马识途文集6:中短篇小说 [C].成都:四川文艺出版社,2005:169.

静悄悄的，只有群蛙在池塘里鼓噪，夏虫在水边低唱着，晚风吹来，驱散了白天的热浪。我们好像过着一种令人沉醉的田园牧歌式的生活"①。其实晓庄的夜之所以"特别美"是因为"我"遇到了与自己情投意合，有着共同革命理想的美丽姑娘。无论是夏夜，还是星空，无论是群蛙，还是夏虫，构筑起的这样"令人沉醉的田园牧歌式的生活"无比让人沉醉，此时的自然美构筑起的是美好甜蜜，是进步青年之间朦胧的好感，是心心相惜的爱情。

《清江壮歌》中，"在小窗外高墙上停着的几只麻雀，看到这一对母女的欢乐，用它们那并没有音乐修养的嗓子喳喳喳地唱起来，表示庆贺……让小女儿尽情地呼吸窗外的新鲜空气，欣赏窗外的自由生活，看那墙上的小草和红花在蓝色天空背景上摇动，听那铁窗边爬着的绿色野藤的窸窣低语。那悠悠的白云多么自在地飘过去了，那山后苍劲的古松传来多么古老的歌声"②。窗外的叽叽喳喳的麻雀用拟人化的手法象征着为她们庆贺欢乐的旁人，小草、红花、野藤、白云等一切的景象都是对自由的象征。

黑格尔曾说过："自然美还由于感发心情和契合心情而得到一种特性。例如寂静的月夜，平静的山谷，……这里的意蕴并不属于对象本身，而是在于所唤醒的心情。"③这里谈到的其实是移情作用。对心情的感发是针对无生命的自然风景，自然风景"并不是有机的有生命的形体，这里并没有由全体有机地区分成的部分，根据它们的概念，显现为生气灌注的观念性的统一体，而是一方面只有一系列的复杂的对象和外表联系在一起的许多不同的有机的或是无机的形体，例如山峰的轮廓，蜿蜒的河流，树林，草棚，民房，城市，宫殿，道路，船只，天和海，谷和壑之类；另一方面在这种万象纷呈之中却显出一种愉快的动人的外在和谐，引人入胜"④。自然风景是外在于人的、不受美的理念所统摄的、纯客观的审美对象，说明"这里的意蕴并不属于对象本身，而是在于所唤起的心情"⑤。

以风景的自然美来展现民族风情，以自然意象象征社会生活中的百姓与官

---

① 马识途文集 9：风雨人生 [C]. 成都：四川文艺出版社，2005：121.
② 马识途. 清江壮歌 [M]. 北京：人民文学出版社，2008：310.
③ [德] 黑格尔. 美学（第 1 卷）[M]. 北京：商务印书馆，1979：170.
④ [德] 黑格尔. 美学（第 1 卷）[M]. 北京：商务印书馆，1979：170.
⑤ [德] 黑格尔. 美学（第 1 卷）[M]. 北京：商务印书馆，1979：170.

僚政府,也是马识途文艺作品中自然美构筑意境的一个特色。《巴蜀女杰》中也提到了重庆,与《三战华园》不同的是它写的是雾都重庆深秋时节,展现出一幅国民党政府所在的陪都的社会实景图。"十月的重庆,并没有寒意,也看不到一点深秋的景象,然而有名的雾却一天一天地变得浓重起来。每天一大清早,整座山城就沉浸在一个奇大无比的雾海中。血红的太阳,好不容易在这雾海里挣扎半天,时近中午,才升到天空中去,却又被一堆一堆的白云给埋葬了。十月的重庆几乎每天都是这样,直到下午都是这么阴沉沉的,永远就是这么阴沉沉的"①。在作者笔下的雾是有意指的,不仅仅只是一种简简单单的天气现象,它象征在当时笼罩着重庆,甚至是笼罩着整个中国的一种压抑沉闷的气氛,这种气氛不是轻易可以打破,即使是"血红的太阳"也"挣扎"了好半天才升到天空中去,结果除了浓雾在前,还有白云遮挡在后,这种"阴沉沉"的天气状况象征在白色恐怖时期民众看不到希望的生活,他们挣扎在死亡线上,到处充满着压迫和剥削,欺瞒和谎言,荒淫和无耻。

陪都重庆是被浓重的迷雾所包裹的城市,而在《雷神传奇》里的巴山县城则是被重重叠叠的群山包围着的。"那白雪皑皑、那郁郁苍苍的、那重重叠叠的、那八面威风的、那剑锋插云的,都是山、山、山!左一座山,右一座山,前一座山,后一座山,横一座山,竖一座山,数也数不尽的山,看也看不透的山"②。被群山紧紧包围着的这个县城,是一个山高皇帝远的地方,与雾海笼罩的重庆一样,人民被一个"坐在大堂上,打老百姓屁股"的县大老爷管辖着。"这个巴山县城坐落在群山之中。虽说它是一座县城,管辖方圆几百里,顶得上一个小小王国的首都,却实在不大。它只有一横一顺两条街,假如那可以叫做街的话。在街的两边,有稀稀落落两排房子,假如那可以叫做房子的话。那两排房子萎索索地站在那里,好像自知罪孽深重,随时准备接受上级处分的样子。有的房子,大概站的年代久远,实在累了,歪歪倒倒地你挤过来,我挤过去,在打瞌睡的架势。在这个县城中心,朝正南站着一座大房子,你不要看它烟熏火燎得黑咕隆咚的,像一座多年失了烟火的冷庙,它却是威风凛凛地掰开架子,大模大样地站在那里,严厉地望着前面左右的矮房子,好像说'道理都

---

① 马识途文集 3:巴蜀女杰[C].成都:四川文艺出版社,2008:215.
② 马识途文集 5:雷神传奇[C].成都:四川文艺出版社,2005:8.

在我这里了。'你再仔细听听，从那大房子的大门里正传来劈劈啪啪的声音，你才明白，哦，这个黑房子原来是巴山县的县衙门"①。浓郁的四川乡土气息，层层叠叠的山围绕着的县城，"萎索索"的房子。"歪歪倒倒"的房子都带着明显的情绪化，代表广大百姓，而那个县中心的大房子"威风凛凛"的样子，恰似那欺压百姓的"巴到烂"县太爷。这里通过各种自然环境的描写，为此后雷神的出场营造了极具民俗特色的地方环境，同时传递出只可意会难以言传的心境、意蕴和情致。

　　自然美的民族色彩和民俗审美意义需要联系人类社会生活的发展，以及自然物与民族生活的关系才能探索其根源。对于民族的共同地域环境中的自然物而言，他们在历史发展的长河中，能够成为体现民族情思的对象物，必定是因为他们被打上了民族的烙印，具有一定民俗的基因、民族智慧、思想感情等，才能承担起构建自然美的审美情景的任务。日本著名的风景画家东山魁夷曾谈到，自己之所以能够领略这些风景之美，很大程度上从中国人民所展现出的性格及精神去理解的，"风景之美不仅意味着自然本身的优越，也体现了当地民族文化，历史和精神……谈论中国的风景之美，同时也是谈论中国民族精神的美"②。由此可见，自然之美的内涵，与构筑起它的环境和人民是分不开的，想要真正理解它，就必须先理解这个民族的性格特征及精神实质，反之亦然。

　　方志敏烈士也在自己的绝笔《可爱的中国》里，把祖国的大好河山比作母亲的肌体，"雄伟的峨眉，妩媚的西湖，幽雅的雁荡，与'秀丽甲天下'的桂林山水，都十分令人称羡。中国是无地不美，到处皆景……我们的母亲，她是一个天资玉质的美人……"在这里祖国象征我们的母亲，而祖国的山河象征我们的母亲用无穷的乳汁哺育着我们。对祖国山河的热爱，其实就是对母亲的热爱，对整个中华民族的热爱，这其实是爱国之心的一种最好体现。马识途的创作中所展现出的山河百川、花鸟草木，充盈着的都是中华民族的色彩，体现出的都是中华民族的伟大精神，以此构建出的审美情景，给予我们美的享受。无论是动物，还是植物，无论是山川美景，还是雾霭黄昏，都与人的某一刻思想

---

① 马识途文集5：雷神传奇[C].成都：四川文艺出版社，2005：8—9.
② [日]东山魁夷.中国风景之美[J].世界美术，1979（1）.

感情相契合，或承载着人物内心激荡的情感，或承担着喻指某种精神的象征意义。一方面，这种表现固然是对象所固有的；另一方面，这种表现联系到人的观念和人所特有的心情，因此从某种意义上来说，自然美也是主体情感和客观审美对象相互作用的结果。

第二节 民俗生活相

从民俗学的角度看，所谓的生活相"也应该包括除有形物质民俗生活相（衣食住行及其器物用具）和无形心意民俗生活相（精神生活中的民俗形态）、行为的社会民俗生活相（固定的仪式、动作、程序、娱乐等生活场景）等等"[①]。应该说民俗生活相是民俗在一定的现实环境中所体现出来的生活状貌。它是一种不成文的生活规矩，习惯性的生活方式，构成的一种涉及面相对比较宽广的特定生活状态。在这个意义上说，民俗生活相是融合在整个社会生活之中的，伟大的事件和生活中，本身就脱离不了具体民俗生活相。不仅如此，具体民俗生活相的挖掘和描述，同样可以切入社会的主流生活，拨动时代主旋律。比如鲁迅写小说，据他自称，是向来"不去描写风月"的，但是鲁迅却从未忽视对社会风俗的描写。诸如《社戏》等篇章，还专门以社会人情风俗为题材，描绘了江南水乡风光，其他如《祝福》中的鲁镇年终大典，就与祥林嫂的悲剧命运一样，读完以后令人难以忘怀。

文艺离不开生活，同时也离不开民俗，蕴量极其丰富的民俗生活相为文艺本身提供了创作的源泉，也为文艺反映和表现现实题材的民俗生活提供了广阔的空间。各民族的历史传统和社会生活本身就具有各自独特的民族属性，选择一个具有民族特色题材的意义，以及它可能会对该民族的广大人民群众所产生的影响力和感染力，有时可能超过作家自己原本的写作目的和意图。无疑，民俗生活相是其中一个比较好的选择，马克思主义经典作家在评论文艺复兴时期的各国文学特点时也强调，正是由于在当时特定历史时期中，生动的民族生活

[①] 朱希祥、李晓华．中国文艺民俗审美［M］．上海：上海文化出版社，2009：79．

和席卷的革命热潮，才造就了一大批文学大师，也才使他们创作出一批蕴含着深厚民族特色的作品。"他们的特征是他们几乎全部处在时代运动中，在实际斗争中生活着和活动着。"①

一、有形的建筑生活相

民居、宫殿及园林等都是中国建筑文化中比较重要的形式。从中国建筑的文化发展过程可以看出，中国古建筑文化作为物质文明和精神文明流传至今，所表现的是一种巨大而宏伟的空间文化形态。不论是雄伟壮丽的万里长城，恢宏璀璨的北京故宫，还是意境深远的园林建筑，朴实平凡的居民建筑，都在历史的长河中给人们以深刻的思考，诉说着属于我们民族的独特文化。在文艺作品中将之放于各自不同的历史时期中，体现其在当时当地的民俗意蕴，不仅是对民俗文化的一种展现，也是民俗生活相中的重要组成部分。

各种建筑形式都是环境的产物，有什么样的环境便有什么样的建筑形式。建筑本身的精神意向，正是民族性格、伦理思想、价值观念、审美趣味等通过建筑来表现。它凝聚着一个时代民族的特定心理情节，沉积了人类历史文化的记忆，展示着民族文化的发展历程。而环境描写，是体现本土风情，中国气派的最重要的方面之一。马识途的作品，不仅有民族世态相的描绘，也有民族民居及园林建筑，包括民众居住环境的描绘。这些具有地方特色的场景描写，所展现出的乡土气和风俗画，不仅是民族风情的重要内容，也是对民族生活状况的断层描写，对民族生活特点的剖析，更是一个民族物质生活和精神生活特点的鲜明标志。主要分为以下三类：

第一类是亲切宜人的民居建筑。民居，是指中国各地的居住建筑，它属于建筑艺术史上出现最早、数量最多和分布最广的建筑。由于我国各地不同的自然地貌和人文习俗，民居在我国古建筑艺术史上也展现出了多样化的面貌。在马识途的作品中，主要提到了四合院以及与之相关的八字大朝门、牌匾等，以及堡垒式建筑等。

在《京华夜谭》中多次提到肖强的老家成都，描绘他所居住的院子就是典

---

①《自然辩证法》导言[A]. 马克思恩格斯文集（第3卷）[C]. 中共中央马克思恩格斯列宁斯大林著作编译局编译. 北京：人民出版社，1995：446.

型的民居形式四合院。"几年不见，山还是这么青，水还是这么绿，在石拱桥头的石头小土地庙也没有变，小溪边有牧童牵着水牯牛在吃草，那么悠闲自在。这儿那儿的竹篱茅舍点缀在绿油油的稻田中间。一弯溪水的后边，靠着一个小山丘，有一片树林，白粉墙和石头台阶掩映其间，那便是我家的老屋了。我顺着西边石板路向那石头台阶走去，那里是我家的八字大朝门"①。这一段描绘出四川地区独特而优美的田园风景，水牯牛、牧童、稻田、溪水、山丘、竹篱茅舍、朝门，在马识途的笔下，俨然构成一幅生动的民俗的画卷。其中提到的"八字大朝门"，在《接关系》里的大巴山区王家场王大老爷的公馆也有出现。与肖强家所居住的四合院一样，王大老爷的公馆位置是在这个山区政治中心所在的大庙斜对面，也有着旧时公馆的特色，标志性的"八字大朝门"立于其中，那是"一座新油漆过的八字朝门，门的上面有一块金字大匾，上写'五世其昌'四个大字"②。所谓朝门，也叫八字朝门，特点在于它的八字形。多置于庭院外面入口处，以进出方便与正屋相衬而定。八字开的朝门两面是八字形的墙，朝门进来，正面是正房，两边是厢房，与正房相对的是对厅，形成一个四合天井。

之后《京华夜谭》中描述了给父亲祝寿的场景中也同样提到了四合院和八字大朝门，"我们把四合大院收拾得一干二净，八字大朝门上挂上彩虹，所有可以作客房用的房子都腾出来，安上床铺家具。大朝门里的大厅和大石坝上都摆上席桌，有好几十桌，够一轮坐几百人上席了"③，同时还提到了来往客人按照等级地位的高低，分住在不同位置，"在后花园的西花厅有几间宽大的书房，十分幽静，这是准备迎接重庆、成都来的总舵爷们和他们的随从的"④。除了留宿客人分等级高低之外，客人们所送礼品也一样分地位高低依序而放置，在作品中我们可以发现，在大朝门外，是石梯，朝门里安置的便是"礼房"，专供收礼使用。四合院里四边为墙，可以挂彩幛和喜对，其中位置也是有相当的讲究的，"按送礼的客人的社会地位而依序从行礼的堂屋的两边大墙

---

① 马识途文集 4：京华夜谭 [C]. 成都：四川文艺出版社，2005：153.
② 马识途文集 6：中短篇小说 [C]. 成都：四川文艺出版社，2005：281.
③ 马识途文集 4：京华夜谭 [C]. 成都：四川文艺出版社，2005：175.
④ 马识途文集 4：京华夜谭 [C]. 成都：四川文艺出版社，2005：176.

挂起，挂到上房外墙上，然后是两边厢房的墙上，然后是朝门内大厅的南墙上。上上下下，一片红光"①。由此可见，大户人家的公馆多以四合院的方式建造，且豪华气派，可用于各种宴会请客吃饭等，房屋众多，且一样体现了等级制度。

《亲仇记》提到的罗家大院子，也是一座白墙黑瓦的四合院，"一道朝门是下马的地方，一坡梯子上去才是八字大朝门，大朝门上挂了一块金灿灿的金匾……大朝门进去是一个大敞厅，再进去是大石坝，两旁是厢房和客房，再上几步石梯是正屋外的宽廊，然后才是堂屋和左右正房。正房东西都被一个大花园包着。后花园里，水池假山，楼台亭阁，游廊花厅，一应俱全。还有一座别致的读书楼，雅号叫'小雅楼'"②。除此以外，在整个大院的后门附近，后花园深处还有一座逍遥楼，就是罗大少爷用来禁锢盼盼的，在逍遥楼上可以看到"有一个敞轩十分明亮，敞轩外面有带座位的栏杆，栏杆下是一个堆有假石山的水池子，水池子外边便是各色的花草树木，弯弯拐拐的小路，穿过一道道的圆门、方门，花瓶形、梅花形的小门，十分幽雅。在楼的东面是一间书房，书桌上、书架上都堆满了古书和新书。在楼的西头是一套卧室，雕花的大床上摆着鸦片烟盘子，烟灯还亮着呢。新鲜的水果装满盘，放在烟铺上"③。此处金匾彰显的是身份，敞厅、后花园、游廊花厅无一不是身份地位的象征，就算是罗大少爷的逍遥楼，各种设施配给也一应俱全，完全是封建社会时期地主老爷家生活相的展现。

在《夜谭十记》中由正直老练、乐观豁达，资格最老的科员"峨眉山人"带来的《破城记》又让读者与主人公一起看见"高公馆的后花园里到处挂着的汽灯"，以及那个假山后边古雅别致的大花厅，都让人为当时这样的庆功宴和接风宴叹为观止。高公馆的富丽堂皇从花厅便可一览无遗，"在上手一个大雕漆花屏风，屏风前面摆着一把沉香木雕的大躺椅，铺着虎皮，前面摆着大理石镶面的踏凳，踏凳旁边摆着茶几，也是沉香木雕的，茶几上放着亮晶晶的白铜水烟袋，地上还有古铜色的痰盂……花厅那一头摆着一个古色古香的檀花木雕

---

① 马识途文集 4：京华夜谭 [C].成都：四川文艺出版社，2005：176.
② 马识途文集 2：夜谭十记 [C].成都：四川文艺出版社，2005：273.
③ 马识途文集 2：夜谭十记 [C].成都：四川文艺出版社，2005：283—284.

长供桌，上面摆着香炉和各色古董玩意儿"①。如此一来，将一个当时中国特定环境下的地方土豪的奢侈铺张的景象展现得淋漓尽致，为描绘出一幅虚伪矫饰的官场交易图做了铺垫。

除了以上四合院式的公馆等民居建筑外，在《秋香外传》中还描述了大巴山地区的王家场场镇中的堡垒式建筑，"王家场是一个堡垒式的场镇，寨楼高筑，寨墙结实，特别是金门墙高院深，戒备森严，院里转弯抹角，机关很多"②。其中那位金门老爷，也就是《雷神传奇》中提到的王大老爷，他被称作是金门老爷也是与民居建筑有关。金门，指的就是这个王大公馆的大门，而称之为金门不仅仅是因为"他的公馆的大朝门上悬着一块金光闪亮的'赐进士'大匾"③，还因为来来往往的人太多了，楠木做的门槛有了很多缺口，在师爷的建议下，用铜片重新包了门槛，铜片被进出的人踩得亮晶晶的，像金子一样，有文人就给门槛取了"金门"之名，老爷自然也成了金门老爷。金门老爷不仅包了门槛，还"在他那间黑咕隆咚的大卧室里的大床下面，修了一条地道，直通王家场外一个古坟包下，那里有一道暗门通出去。金门里面修了好多机关，转弯抹角的复道，收藏财宝的暗室"④。这里无论是密室暗道的修葺，还是铜片门槛的包装，体现出的都是地主老财们的穷奢极欲。尤其是这些地道，除了几位老爷之外，一般无人能知。一方面在早期是防备流寇入侵时如果攻破大门，就赶紧从地道出去逃生；另一方面在封建社会，官场险恶，一旦获罪则有灭门之祸，为了延续香火不断，紧急时可将幼年子女从暗道送出去。而此处很明显，正是这个地道让王大老爷得以逃出升天，自卫军们扑了个空，才有了后续的故事。

建筑是一种借助空间和形态来表现一个民族的心理状态、审美追求和哲学理念的文化现象。世界上各个民族的建筑所体现的是不同环境下人类的生存智慧和审美取向，其中民居所代表的是最大众化、社会最普遍的审美情趣和价值取向。四合院作为中国庭院式住宅中具有代表性的典型，不仅是北京人的传统

---

① 马识途文集 2：夜谭十记 [C].成都：四川文艺出版社，2005：32—33.
② 马识途文集 6：中短篇小说 [C].成都：四川文艺出版社，2005：2.
③ 马识途文集 5：雷神传奇 [C].成都：四川文艺出版社，2005：11.
④ 马识途文集 5：雷神传奇 [C].成都：四川文艺出版社，2005：5.

居住生活方式，而且也是一部中国人居住生活的历史。四合院不仅在北方各地都能见到，在我国西南的四川也有四合院。四川的四合院规模比北方的小一些，比江南大一些，既有北方封闭型的四合院特色，又兼有南方的敞厅、敞廊和封火墙。有的大型四合院还有花园露台和家庭戏台等建筑。这种"天井"式建筑是四川民居的一大特色，既采光，又通风，是纳凉歇息的"共享空间"。到了近现代，特别在民国期间，四川修建的很多公馆，一般是在传统四合院的基础上，吸收了一些西方建筑的特点，颇具中西合璧的特色，既有中国封建豪门府邸的遗风，又有欧洲古典建筑的特色，是我国四合院建筑的新发展。此处说的大四合院即是如此，这种大四合院是主院，通常由大朝门进去经屏风墙大圆门，上八步台阶就进入四合院下厅，过四角天井再上四步台阶就来到上厅。四角天井两侧为厢房，楼上为绣花楼，是大家闺秀所住闺房。应该说，无论从建筑美学的审美语态，还是从四合院独特的审美文化来说，它都具有其独特的民族审美风格和价值追求，彰显了中国人独特的生存智慧和审美价值取向。

第二类是秀丽华美的宫殿和园林建筑。马识途在《风雨人生》中从红墙黄瓦中的"天安门城楼"说起，天安门是明清两代北京皇城的正大门，也是现在故宫的大前门，可谓城门五阙，重楼九楹，"天安门城楼高耸在开着五座朱漆大门的红墙上，十分巍峨，虽然金漆已渐剥蚀，还是可以想见当日的富丽堂皇……我们看了华表，踏上金水桥，从中间开着的大门望进去，一重一重的城门楼，深不可及"，其中就有小说里常提到"推出午门斩首"的那一个午门，再往里走，"便是三大殿和左右的西宫东宫了。要游完那重重大殿和千门万户的后宫，没有三天是不行的"①，足见宫殿建筑之宏大，建造之华美，以及等级制度之森严。天安门最初名为"承天门"，寓"承天启运、受命于天"之意。它位于整个北京皇城的中轴线上，过去只有皇帝才有资格由此门出入。天安门城楼为中国传统的重檐歇山顶建筑，故有"八檐九脊"之称。

《风雨人生》中还提到了享誉盛名的北海，这原是辽、金、元建离宫，

---

① 马识途文集9：风雨人生[C].成都：四川文艺出版社，2005：38.

明、清辟为帝王御苑，是中国现存最古老、最完整、最具综合性和代表性的皇家园林之一，后来开放为公园，"那巍巍白塔，那绿水涟漪，特别是那汉白玉石拱桥，那满山松林中精巧的楼台亭阁，那隔水相望的五龙亭，都是见所未见的皇家林苑景象，足以让人流连忘返"①。中国皇家园林的历史至少可以上溯到三千多年之前，在《诗经》中就有周文王建造灵台并在灵囿中游赏的记载。皇家园林宫苑的形成则是从秦朝开始的，它起源于中国独特的宗教神话艺术。北海这座极具代表性的古典皇家园林的建筑就是根据我国古代神话故事《西王母传》中描写的仙境建造的，并历经了辽、金、元、明、清五代，才逐步形成了今天的格局。它是中国古典园林艺术中的一件璀璨的瑰宝，在文学作品将之记录和呈现出来，也是对民族文化的最好体现。

第三类是一些比较特别的建筑。如抗战房子、假洋房子等背后标志着特殊的历史时期的建筑形式，它们与当时的社会现状有紧密的联系，是在特定的历史条件下的特定的产物。

《三战华园》中提到的"假洋房子"，那是一种"用竹片木板抹上水泥竖立起来的假洋房子，洋房子的橱窗上贴着大减价、买一送一、买一送二的招徕顾客的广告，有的用废钞票连串起来拼成减价图案"②。"假洋房子"是当时的一种俗称，所谓"洋房子"是指建筑风格具有西式风格，中西合璧式的一种建筑，这里的"假洋房子"是成都的一个银圆市场，应该说它反映出的是在中国的一段历史时期中受到的外来文化输入的影响，包括了建筑居住、交通服装、语言文化等，是一部活的历史教科书，具有典型的时代符号意义。现在在湖北、重庆等地都还存有这样的"洋房子"建筑形式。

"抗战房子"跟"假洋房子"一样，顾名思义，反映出的也是在抗战时期一种常见的供公务办公使用的特殊的建筑形式，通常作为政府机关的办公场地、特务培训机构等，是一种"木穿斗竹编泥壁，瓦顶或草顶的简易房子"③，就是这样的一处简易房子却是省政府的所在地。与《风雨人生》中提到的这处房子类似，看上去一样的简陋，位置是在距离重庆不远的綦江县，"在就地打

---

① 马识途文集9：风雨人生[C].成都：四川文艺出版社，2005：39.
② 马识途文集6：中短篇小说[C].成都：四川文艺出版社，2005：206.
③ 马识途文集9：风雨人生[C].成都：四川文艺出版社，2005：242.

的石条基础上,立几排简单的梁柱和屋架,盖上瓦片,一周围用竹片编成墙,糊上泥巴,钉上门窗就成了"①。至于为何要叫这样的名字,跟当时的历史时期有着密不可分的关系。抗战时期,这种房子几乎因为造价便宜,工期较短,成了很多地区最为常见的一种房子。与恩施的那一处"抗战房子"不同的是,此处不是省政府的所在地,这里的"抗战房子"屋顶上还"立着横七竖八的天线",是《巴蜀女杰》中张萍即将开始地下工作的地方,是国民党军统特务办的无线电培训班所在地。

在《清江壮歌》中还提到了一种比较特殊的建筑——天主堂。这是小说中主要人物之一陈醒明活动的一个重要场所,因为他的哥哥就是天主堂的神甫,国民党反动派正是利用了这层关系,最后得以在天主堂中困住了他,并劝降了他。"天主堂坐落在城边不远的地方,风景十分优美,那教堂高高的尖顶上有一个发黑的十字架"②。在元朝,天主教传入中国,到明清时期,开始兴建了各种天主教堂。当时的中国由于长期处于封建社会而发展滞后,西方传教士来华传播上帝的福音,并带来了各种各样的西方元素。从一开始购买当地民居改建传教场所到逐渐引进西方建筑艺术,并与中国传统建筑形式相结合,中国天主堂建筑受到了欧洲中世纪教堂建筑的影响,主要也以罗马式天主堂和哥特式天主堂为主,其中也有不少是中西合璧的,而十字架都是它们的标志。在"每一个天主堂都有这么一间黑暗的密室。据说教徒在这间密室里,可以把自己一切不可告人的秘密哪怕是心中偶然一闪的邪恶的思想,对神甫讲出来,神甫绝对保守秘密,并且可以替他们向上帝祈求转祸为福的办法"③。这个密室常常称为忏悔室,用处就是用来"做告解"。正是因为"告解室"这样的密室环境构造,原本国民党想利用"做告解"这样的方式诱使陈醒明说出自己的秘密,掌握其身份,然而并未如他们所愿,于是他们又选择了新的方式,不断想从陈醒明的身上找到突破口,由此突显出其险恶用心。

这些在文艺作品中描绘的极具民族色彩与地方色彩的建筑形式,往往因为自己生长在那里,看惯了,可能未必会觉得特别,但通过文艺家们对民俗生活

---

① 马识途文集 3:巴蜀女杰 [C].成都:四川文艺出版社,2008:133.
② 马识途.清江壮歌 [M].北京:人民文学出版社,2008:78.
③ 马识途.清江壮歌 [M].北京:人民文学出版社,2008:81.

相进行了艺术的概括之后，更贴近五彩缤纷的社会生活，进一步地缩短了其中的距离，打破了间隔，更减少了斧凿之痕，读者感到真实可信之余，还开阔了眼界，增长了知识。同时，经过了民俗生活相提炼了的文艺作品，也打上了民族传统的标志烙印，彰显出独特的民族气质。

二、行为的礼俗生活相

礼俗生活相是指随着生命的流程，在一些关节点上出现的周期性礼俗生活，其中主要包括了从出生开始，婚、丧、寿等生活形态，以及日常生活中人生的礼仪、习俗、习惯，同时也包括一些家族、家庭以及帮会中流行的群体性习俗。例如巴金的《家》《春》《秋》就是以传统民俗家族制生活相作为其题材的。

应该说对生活形态各个方面都有反映的民俗生活相中，一样包含了重大的社会主体，而其中一些壮烈的社会生活往往容易孕育出有内涵、有意蕴的文艺作品。硝烟弥漫的战争风云，风雷激荡的社会变革，酿就了马识途所写作的《夜谭十记》《京华夜谭》《巴蜀女杰》等一系列作品。这其中，不乏日常生活的场景，相沿承袭又让人司空见惯的民俗生活相是不少佳作中不可缺失的部分。礼俗生活相中往往包括固定的仪式、动作、程序组成的生活场景，是一种习俗特征相对比较显著，辐射面也相对比较广的社会习惯生活形态。马识途的文艺作品主要包括了以下几类礼俗：

第一类是与人们出生相关的各种礼俗，包括求子、"洗三朝"、满月酒等习俗。《雷神传奇》和《生儿记》里都提到了民间"洗三朝"的习俗，《生儿记》中还提到了人们求子心切时，会去庙里求佛烧香拜神，而"幺叔幺娘的诚心，硬是感动了菩萨，他们做梦，梦见送子娘娘抱一个男娃娃来了。果然，十月怀胎，一朝分娩，生下来一个儿子"[①]。在中国民间自古以来都存在着重男轻女的思想，多子多福的文化观念也是深入人心，百姓们会采用各种各样的方法表达自己求子的心愿，而一旦得偿所愿，生了男孩子，当然就会认为是因为菩萨显灵了，而且"儿子生下来的时候，他就是在那屋里，但见得满屋的红光

---

① 马识途文集2：夜谭十记[C].成都：四川文艺出版社，2005：318.

闪现，无疑问是送子娘娘抱着儿子降临了"①，一个赶快跪下去叩头感谢菩萨，另一个甚至高兴得昏死了过去，足以说明一个儿子对于家庭的重要性。这关系到了香火是否能够顺利延续下去的问题，对于这样一个得来不容易的儿子，"她决定不仅在儿子'洗三朝'（孩子出生的第三天早晨，要用温水洗一回）和命名的时候，要好好庆祝一番，吃满月酒更是要大办一下，亲戚邻里都要请到。至于幺叔过去在这个庙那个庙许的愿，特别是幺娘在观音庙送子娘娘面前许的愿要还，那是自不用说的了"②。由此，足以可见，一朝得子对他们的重要性和冲击力，有的甚至足以改变妇女从此以后的家庭地位。很可惜，这样难得的一个儿子，最终夭折了。马识途借此人生礼俗的表现，讽刺了封建社会中男尊女卑的情况，以及封建观念对人精神的摧残，对幺娘的境遇寄予了深切的同情。她原本性格温婉柔和，却在延续香火的观念支配下，连生了五个女儿，精神萎靡不振，好不容易一朝得男，却不幸夭折。在丧子之痛的打击下，幺叔看破红尘出了家，而幺娘却始终无法面对现实，长期疯疯癫癫的。这里的幺娘让人不禁想起鲁迅《祝福》里的祥林嫂，幺娘丧子之后日日四处寻子，始终不肯接受儿子夭折的事实，整日呓语着孩子的名字，让他回来，与祥林嫂失子后的呼唤如出一辙。这两人原本都是正常人，却因封建观念扭曲了她们的灵魂。

《清江壮歌》以要给柳一清女儿祝满月酒为名，召开了特委会，因为"头一胎孩子满月，怎么穷也要给孩子做个满月酒，还请了城里的几个朋友来吃满月酒。伍大哥伍大嫂认为这是理所当然的事"③。即便这是一个为了开会而对外宣称聚会的理由，但同志们都还是纷纷对孩子表示了祝福之情，包括还不够资格来参会的童云的妻子章霞，送了一筐橘子给柳一清表示祝贺。来参会的陈醒明准备了红封，提了腊肉，还带了一顶十分漂亮的红丝绒小帽。所有人对"满月酒"的反应表现出这个仪式在民间的重要性，因为这是孩子出生后度过的第一个难关，同时也为之后她随母入狱遭受了无比多的挫折和苦难，以及更多的难关埋下了伏笔。

---

① 马识途文集 2：夜谭十记 [C].成都：四川文艺出版社，2005：319.
② 马识途文集 2：夜谭十记 [C].成都：四川文艺出版社，2005：319.
③ 马识途.清江壮歌 [M].北京：人民文学出版社，2008：28.

第二类是各种婚嫁礼俗。《雷神传奇》中对结婚这样的大喜事做了具体的描述,那是有一套固定的礼节的,"事先要布置新房和新家具,自不必说,还要缝制一年四季春夏秋冬穿的戴的,铺的盖的,还要制备梳妆打扮的一套,玩的乐的一套,吃的和喝的一套,屙屎屙尿的一套,无所不备。要举行婚礼了,打扫房舍,张灯结彩,广发请帖,喜迎贵客,相应地自然要建立账房,接受礼物。还要请一堂全套的吹鼓手,以便贵客临门,吹吹打打地欢迎。还要悬挂鞭炮迎神驱鬼。至于杀猪宰羊,全鸡全鸭,办九大碗的酒席,让客人吃个够,喝个够,不醉不休,是自不必说的了。结婚日子要按老规矩用大红轿子迎接送亲,挂红拜堂,牵入洞房,喝交杯酒,晚上还要闹洞房,不分大小,总要把一切恶作剧演完,大家弄得筋疲力尽,才让新人圆房。三天后还要回门,小两口回到娘家去"①。当然这样的婚礼,如此复杂的过程定是有钱人家才置办得起的,贫穷的百姓们自是尽自己所能,红红火火即可,比如雷神和秋香的这场婚礼,新衣服自然是必须要准备的,除此以外,"新房弄得红红绿绿的,大殿也打扫得干干亮堂,连雷神菩萨的身上也打扫干净,挂上红彩,神台上放了一堆大红喜烛。准备照规矩拜堂,入洞房,喝交杯酒,晚上要闹房,图个吉利"②。

《风雨人生》中也描述了两次婚礼,这两次婚礼都是发生在物资非常匮乏的时候,而且局势动荡。一次是在农村,那是"我"与小刘结婚时的新房,床是花床,农村里结婚用的那种,"虽然陈旧了,那木架上刻满吉祥的花样,倒也合我心意"③,而最让人欣喜的是,"被面和枕巾上还绣着大红大绿的花呢"。这花被面正是用来在结婚中图个吉利的之用,即使生活再艰难困苦的,也都会尽力准备,以示对这样值得庆祝和祝福的事的慎重。第二次是小刘已经牺牲数年之后,"我"与志同道合的亲密战友王放的婚礼,说是婚礼,其实不过是王放别出心裁的只属于两个人的结婚仪式,"她买了一张红纸,不是剪成通常的'囍'字,却是剪成两个套在一起的心,两颗心里都有一颗五角金星,这意思是不言而喻的",仪式是在晚上进行的,虽只有两个人,但是仍然庄重

---

① 马识途文集5:雷神传奇 [C].成都:四川文艺出版社,2005:356—357.
② 马识途文集5:雷神传奇 [C].成都:四川文艺出版社,2005:358.
③ 马识途文集9:风雨人生 [C].成都:四川文艺出版社,2005:243.

而严肃，"在梳妆台的镜子上贴上我们的心，点上一对红烛。我们没有穿上新衣服，也没有什么红盖头，自唱自和地站在梳妆台前行礼如仪……我们对着贴在镜面上的两颗红心，庄严地举起拳头，念了最后一节的誓词……那快乐恐怕不是大排场的婚礼可比的"①。

结婚礼仪古今中外都是人生礼仪中非常重要的一项。婚礼一直与婚姻制度有着密切的联系，从另一个侧面反映出了人们的文明教化程度，这里无论是《风雨人生》中"我"的两次婚礼，还是雷神与秋香的婚礼，展现出的都是志同道合、心心相印的结合，而不是古人认为家族和血统的延续。因此，无论准备的物件再简朴，婚礼仪式再简单，甚至无人观礼，但因为缔结的两位新人同心合意，所以满目都是幸福与喜悦。《风雨人生》中还从婚礼中展现出了革命者们的意志坚决，婚礼起誓都是以大家共同的革命理想作为共同一致的心意誓言，"永不做逃兵"一语双关，一方面不做彼此感情的逃兵，另一方面也不做革命之路上的逃兵。《雷神传奇》中同样从婚礼中体现了秋香在历经波折之后的苦尽甘来，诠释出了封建社会受苦受难的妇女们只有自己醒悟过来才能救自己的真理。

古代中国是一个宗法社会，人们特别重视婚姻，也由此而产生了许多封建迷信的思想。因为民间在婚姻缔结之初往往就寄寓了包括求子求福在内的许多期待，因此古代男女婚配前要请算命先生看双方八字和属相，不仅如此，一些家庭还会让家里久病不愈的人寻找合适的人结婚，用这样的喜事来"冲"掉不好的秽气，以期能够治疗疾病，改善运道。在《牡丹亭》《红楼梦》中都有对这种习俗的描绘，但实际上这是极不科学的一件事，也是对女性极大的不尊重和伤害。

《清江壮歌》中的章霞就曾给人做过童养媳，结果未婚夫早夭，她成了"扫帚星"下凡，之后又被算命瞎子算出自己命大还可以镇家宅，可以赶走缠在富裕农民家儿子身上的妖魔。于是她"又糊里糊涂地被人家按进新媳妇轿子里，抬到那家去'冲喜'"②，不料拜了天地，入了洞房，被来闹新房的人们灌酒取笑一通之后，她的丈夫越发奄奄一息，没几天还是病死了。结果就是

---

① 马识途文集9：风雨人生[C].成都：四川文艺出版社，2005：568—570.
② 马识途.清江壮歌[M].北京：人民文学出版社，2008：302.

章霞的"冲喜"并没有达到预期的效果，治好丈夫的病，反而再次成了"扫帚星"。这里作者通过对迷信风俗的揭露，同样展示了当时农村妇女社会地位低，深受封建礼教的残害，同时为之后她嫁与有知识有科学素养的小学教员童云，并经过了学习和教育，意识到了自己及身边人曾经的愚昧无知，理解了妇女解放、民族解放以及社会解放的道理做出了对比，展示了革命的力量和信念的伟大。

《沉河记》中同样也提到了"合八字"与"冲喜"，当时吴公子想要娶小老婆，然而自己的夫人却是上孝公婆，下敬丈夫，并未犯"七出之条"，家规又不允许他再接姨太太，于是他为了与自己的相好做长久的夫妻，去鼓动了长年重病在身的另一户少爷来娶自己的相好用于"冲喜"，"接着就有媒婆拿着王馥桂的'八字'到病少爷家里去对'八字'，接着又有算八字的瞎子出来证明，这两张'八字'相生不相克，是天生一对，抬王家姑娘到家一冲喜，准保少爷病就会大好"，其结果当然与章霞一样"冲喜"失败，病少爷没几天也一命呜呼了。这样自己的相好就顺理成章成了一个誓不再嫁的贞洁寡妇，一方面受到乡里的敬重，另一方面当然是依旧与吴公子暗度陈仓。这里强烈地谴责了封建婚俗制度，尤其是讽刺与抨击"冲喜"这种封建迷信思想，揭露其是封建社会中地主土豪们手里用来欺凌妇女的一种手段，甚至不惜颠倒是非，不分黑白。

具有民族特色和特征的自然风貌、风土人情、礼仪民俗是一个民族物质生活和精神生活所独有的特色化反映，同时也是培育和塑造民族精神和民族性格的起源。大凡成功的文艺创作，总是能通过对一片特殊地域里随时代变化而变化着的民族风情、自然风貌的描绘，在揭示民族精神，刻画人物性格的同时，再现出大时代、大社会的流动、发展和走向。这一点，无论是《沉河记》里最终被人揭穿了丑恶面目的吴老太爷，还是《观花记》里被一群好奇又调皮小孩拆穿把戏后，流落街头靠乞食度日的狗屎王二的境遇都可以看出来。但是在这些故事的结尾，作者都暗示：穷苦人民只有抱成一团，拧成一股绳，在党的领导下进行斗争，才会有苦尽甘来之时。

第三类是与祝寿相关的各种习俗。寿礼，俗称"过生"或"祝生"，作为人生礼仪风俗的重要组成部分之一，它除了体现了人们彼此之间真诚的祝愿之外，还体现了人们对生命的珍惜，以及对生活的期望等等。在中国的传统礼仪中，一般在五十岁以后才举行大型的祝寿活动，年纪越长，仪式也随之越隆重，特别是每一个整十岁的生日庆祝活动，基本上是最为盛大，参与者最多，喜庆色彩也最厚重的。

马识途在《京华夜谭》中描述了肖强为自己的父亲——一位袍哥大爷祝寿的场景，不仅呈现出民间祝寿的盛况，还展示出袍哥这一组织中的礼节习俗。为了祝寿，家里不仅做了贴金的楠木寿匾，准备好了筵席，而且在"寿辰的头一天晚上是家里的人向我父亲拜寿。他端坐在堂屋正中，几支红色大寿蜡，燃得红火闪闪。我们按辈分一批一批地进去给他老人家叩头，祝他长命万岁。正式寿辰的那天，一大早晨，大朝门外，石梯边的布棚里，几拨吹鼓手和锣鼓，轮流地吹吹打打。不大一会儿就听到朝门一串鞭炮震天价响，吹鼓手使劲地咿咿啦啦地吹，这表明一拨祝寿的客人到来了……朝门里便是专收礼物的'礼房'，来客到礼房交了礼，礼房的管事便在大红礼簿上登记上，并且立刻在一张红纸条上写好礼品的种类和数目，贴到显眼的粉墙上去。那些不住翻飞的红纸条在粉墙上贴一大溜，这正是荣耀的记录"[①]，而所有的这些吹唢呐、放鞭炮、唱名道礼等等都不算最红火的，最高潮的部分是成都的陆总舵爷主持的挂寿匾的典礼，"当我的父亲陪着陆总舵爷走进堂屋正中，举手拉去盖在寿匾上的红绸，显出金光灿烂的四个大字和陆、龙两位总舵爷的名字的时候，鞭炮齐鸣，锣鼓喧天，唢呐呜呜呜地吹个不停，堂屋里里外外一片欢呼声，我的父亲登上了光荣的顶点了"[②]。共同地域是民族形成的条件之一，地方习俗礼仪能激起人们对国家和民族的深厚感情，引人无限感怀和遐想。在作家的视野中，寿宴中出现的这些客观元素都被涂抹了情绪色彩，使作品也随之呈现出独特的民族色彩和地方风韵。同时，恰是这场寿礼带来了与肖强接头的同属地下党的革命者，对方竟是成都陆总舵爷的交际秘书。也恰是这场寿礼使肖强拜在陆总舵爷名下当徒弟，经过了一系列的仪式，拿到了有陆总舵爷名讳的折扇，凭此扇大家都知道他就是陆总舵爷的贴心人，为他到成都开展革命活动打下了根基。这场盛大的寿宴给予了肖强与组织接头的机会，由此生发出此后一系列的安

---

① 马识途文集4：京华夜谭 [C].成都：四川文艺出版社，2005：176.
② 马识途文集4：京华夜谭 [C].成都：四川文艺出版社，2005：178.

排，展现的是革命党人善于利用各种有利的契机，隐藏自己的身份，并随时随地利用自己的聪明才智开展各项革命斗争活动，从中体现的是革命党人不畏艰难险阻，为实现革命理想奋进拼搏的精神。

第四类是丧葬礼俗。自古以来它都被视为人生最后一项"通过礼仪"，标志着人生的终结，是古代"凶礼"的一种。为了纪念亡故的亲人，希望他们在另一个世界得到幸福与安宁，并保佑家人兴旺发达，民间不乏各种仪规繁缛，同时因为贫富差距的原因，这也与婚礼一样，成了富商大贾和官宦人家赌豪竞奢的一种方式。而民间的丧礼，往往表达了自己的追思，无论是亲人还是志同道合的战友，最后的礼俗都寄寓了对他们最后的祝愿和希望。

《秋香外传》中，秋香他们从敌人那里抢回了自己姐妹的尸体，还在于团长的帮助下抓到了三个追赶她们的敌人，于是为了送这两个被敌人们折磨致死的姐妹最后一程，"秋香她们在看守所里设立了一个灵堂，把两个姊妹的棺材放在中间，丫头们的头上都系上白帕子，点上香烛，烧了纸钱，点了鞭炮，大家齐齐展展地跪在地上叩头，有的丫头早已呜呜地哭了起来"①，那三个被抓回来的敌人在被枪毙之前，也被迫戴上了孝帕，跪在了灵前，一样叩了响头，这是作为对冤死的丫头队姐妹最后的交代，展示出丫头队成员同仇敌忾，坚决打击敌人的信心。虽然这种方式违反了上级规定，却反映了她们身上可贵的品质，那种因为出身贫寒，领教过地主恶霸们的凶恶，由于自身经历产生强烈的复仇愿望，以及粉碎敌人的狂热，并展现了真实可信，活生生的以秋香为代表的丫头队队员们的形象。

在小说《五车书不如一本书》里提到的丧葬礼俗有关的"选阴宅"事宜则透出了浓浓的讽刺意味。满腹经纶的于夫子居然凭借着一本毫不起眼的地摊货《阴宅指南》上的陈词滥调，赢得了县教育局局长的青睐，更是将他当作了深谙"堪舆学"的专家，来为自己刚刚过世的母亲择福地建阴宅。阴宅选得好，不仅逝去的人能入土为安，还能庇佑活着的人升官发达，这位龙局长据说就是因为当年得了高人指点，说他先人的坟地是块风水宝地，做了许多努力之后才得以坐上局长的宝座。这里展示了丧葬礼俗中的一个民俗生活相，揭示了民间

---

① 马识途文集 6：中短篇小说 [C]．成都：四川文艺出版社，2005：105．

满腹才学学富五车之人想要得志，最后居然靠的是一本不足挂齿的地摊货中所谓的"堪舆学"，极具讽刺意味。

最后一类是民间团体形成的一些固定礼俗礼制，包括前文提到的《京华夜谭》中的肖强拜在陆总舵爷名下为徒弟的仪式，还提到了帮会规矩，不够朋友的，做错事的就会"三刀六个眼"等等；《夜谭十记》中也提到了关于当地劳动生产中的一种风俗，体现出的是地主老财们虽然富裕，却吝啬小气，他们"总不想多请长工多花钱，总喜欢在农忙的时候请临时短工。这样，没有固定的活路，也没有固定老板，可供雇佣的流浪汉到处都是"①。当然也正是因为这样的习俗，在秋天时节，打零工的男人们成群成伙，从南到北，虽然辛苦，却能吃饱饭，甚至还能结交一些朋友，故事中的铁柱也成了其中的一员，并以这样的方式养大了自己的女儿盼盼，足见当时底层劳动人民的辛酸苦辣。

在《雷神传奇》中，马识途描述了不少当地民间固定的礼仪民俗生活相，其中包括在雷神殿开天兵成立和宣誓大会。大殿上的雷神菩萨被新挂上了红绫神幔，"两旁还插上红色、黄色、蓝色云旗，更显得庄严肃穆。在大殿外的两根刁斗旗杆也刷成红色，准备挂上天兵大旗。在山门口，两边各挂一串鞭炮，准备升旗时点放。在雷神大殿上的大香案上有一个铁香炉，插着许多点过的香扦和烛杆"，这些香烛是用来给所有入伙的天兵们在雷神菩萨面前叩头并赌咒发誓的，"烧纸钱，喝血酒，发的誓就是前面说过的那五个'不准'"②，民间自古以来就有歃血为盟的做法，这里也是一样，而且百姓也自来对"善有善报恶有恶报"的说法深信不疑，因此这样的仪式绝不是仅仅走走过场而已，是有一定震慑人心的作用。仪式正式开始时，依然遵循了民间一贯的礼俗，有专门的司仪，行的是叩头礼，也同样有"三牲八品"的献祭，当然最后也有为了让在场投天兵的兄弟们更加深信不疑的，"请雷神爷正位显灵"的中心仪式，仪式是根据民间大家早已熟知的显灵过程由王天清、丁元平、丁元明几个组织者早已排练好了的，其中还包括早已准备好的仪式道具，"黄纸天书"所代表的"雷神爷送下来的戒条和派令"，其目的当然是为了让大家相信，自己来投

---

① 马识途文集2：夜谭十记 [C]. 成都：四川文艺出版社，2005：260.
② 马识途文集5：雷神传奇 [C]. 成都：四川文艺出版社，2005：213.

天兵，其实原本就是雷神爷安排好了的，就连各自的职位等也都是上天的安排，而现在不过是顺应天意。最后上操整队，升旗，鸣炮，敬礼，宣誓，礼成。其中升起来的两面旗子喻义深刻，"两面旗子颜色不同，一面是杏黄色，长条形，上面绣着两个大字'天兵'；另一面旗子是红色的，在绣的雷车和闪电的图案上绣着一个斗大的'雷'字。这就说明是雷神领导的天兵了。如果说杏黄色表示神圣的话，那么红色想必就是象征雷霆万钧了"①。在雷神殿举行的天兵成立及宣誓大会不仅号召了广大受苦受难的农民，从精神上引导并团结了他们，还在一定程度上震慑了欺善凌弱的那些地方恶霸们。虽然其中也有类似《观花记》中说到的显灵情节，但是其目的和初衷是为了让来投天兵的人万众一心，同时让他们秉承"天条"，也是建立奖惩制度，形成必要的团队，这对追求进步，有一定革命精神的地方农民团体来说，还是值得肯定和鼓励的。

《雷神传奇》中还提到了一种类似今天传递名片或者是明信片一样的方式，在当时叫作"飞帖子"。这种名片在当时十分流行，"在有一点身份的人之间交往，常常是交换名片，在名片上也可以简单地写上几句话，盖上私章"，以示郑重。这样的帖子，作为一种个人的身份识别和地位彰显十分有用，比如"雷神"李天林就是因为与申大少爷交好，因此申大少爷给了他好几张申大老爷的盖了私章的名片，他才得以借其之名，与各路人马搭上关系，以其名之便利办各种事宜。由此展现出在当时的社会中，身份地位的重要性。

除此以外，最后一段关于"雷神"行刑前的描写，展现出正是因为这些一直固有的当地民俗，金门老爷们无法制止，而百姓们却因为此次对象是雷神，而布置得比平时更为风光的景物，百姓们摆香案、请喝酒、烧纸钱，在当地杀人也是有专门的规矩的，"是要吹吹打打游了街，才绑赴刑场问斩的，所以正街的两面都站满了送行的老百姓，还摆了不少的香案。每一个香案上都点上香烛，摆上水酒，还有雷神过路时要给他烧了送行的纸钱"②，而这一切原本就是当地风俗，谁也无法禁止，这样的场面反衬那些摆杀场的金门大老爷们，杀场

---

① 马识途文集 5：雷神传奇 [C]. 成都：四川文艺出版社，2005：218.
② 马识途文集 5：雷神传奇 [C]. 成都：四川文艺出版社，2005：560.

虽然威武，然而依然掩饰不住老爷们内心的恐惧，反而是雷神比较淡定，"他看到有的铺门面前摆着方桌，方桌上闪动着明亮的蜡烛。看雷神走过来了，有人就把桌上的酒碗端起来，送到雷神的嘴边，流着眼泪说：'请好汉喝了好上路。'雷神就碗一饮而尽，细声说：'谢谢。'就这么一路上喝了十来碗酒。人群里在称赞：'真是好样的。'有的人说：'不惊不诧，真是值价钱。'当雷神一走过，在他后面烧化了纸钱，这是送给他的买路钱，祝他一路平安。这是风俗，薛大爷也禁止不得，只是催快走"①，到了杀场中央，那里铺的是百姓们凑钱为雷神买的红毛毡，以示对他的敬重之情，这依然是无法被禁止的，因为这也是当地风俗。"每逢杀人的时候，有些乡邻自动约起来斗钱给牺牲者买一块毛毡，等待杀了以后，就把尸首裹起来，送到官山上去埋了，这便积了一份阴德。据说被杀了的人都会变成厉鬼，常常出来祸害人，积了阴德的人就可以得到保佑，免受其害"②。这一切"无法被禁止"的习俗体现出的是这位深得民心的雷神虽还未被行刑，但百姓却眼见着这位曾经叱咤巴山南北，一心为民的"雷神"如今不幸落入虎口，将遭屠戮，自发地为他送行的那种尊崇之情。

《风雨人生》中在讲到"我"陷入牢狱之灾时，进了牢房遵从自己听来的江湖规矩，给其他大汉们散烟点烟，但是仍然遭到了这些人按照狱中规矩，见面礼的对待。一样的有香烛神台，"神台上供着一个面目狰狞的红莲菩萨，大概就是狱神吧。我按他们的命令下跪三叩首，烧纸钱"，然而之后却遭到了由老大带头的一顿暴打，这也是一种青帮规矩，是一种对"我"的考验，以这种方式给新来的人一个下马威，震慑住"我"。由此可见，在当时社会一片混乱的情形中，无论是牢里还是牢外，都不乏各种隐形的规矩礼俗，除非能熟知它们并为我所用，否则不仅不利于自己开展各项工作，还容易暴露自己的身份。

古往今来，优秀的作家们在选择社会题材时都善于从常见的民俗生活相中挖掘出那些具有社会主旋律基调的素材，或抒发情怀，或寄托理想，或针砭时弊。礼俗生活相应该是在社会民俗生活相中最能扣人心弦的异彩部分，具有丰富的文化内涵，引发人们的思绪之余，还能触发作家创作的灵感。因此在这类

---

① 马识途文集5：雷神传奇 [C].成都：四川文艺出版社，2005：561.
② 马识途文集5：雷神传奇 [C].成都：四川文艺出版社，2005：562.

文艺作品中,既有多姿多彩的民族文化风貌,又有深刻的意蕴寄寓其中。又因为它们多对综合型生活场景进行展示,如《京华夜谭》中寿宴生活相的场景,还包括了宴会、拜礼、拜师等等一系列的具体民俗生活相的展现,更进一步地丰富了创作的内涵和形式。整个仪式生活的本身就是一幅具有浓厚艺术风味和民族风情的画卷,再将之进一步进行了艺术加工,将个人的个体感受与群体的文化成果融为一体,交织升华,从而显现出民俗的深厚度。

三、无形心意民俗生活相

民间习俗是一种"活着的传统",文艺作品对其展示不仅仅是一种记录,更重要的是对当时民众生活方式的最好呈现。其中所记录的民间信仰,是指在长期的历史发展过程中民众们因为生产生活等原因,自发产生的一套对神灵崇拜的观念、行为习惯以及相应的仪式等。现实精神生活中的传统的无形心意民俗生活相主要有以包括信仰民俗在内的各种无形的形态,信仰的内容极其丰富,种类也各异,其中有对生育神、图腾、祖先神等信仰对象的民俗;人界与神界之间进行沟通和联系的如算命先生、灵媒、阴阳先生等的信仰媒介民俗;以祭祀为主要表现方式的信仰方式民俗。

这些民俗生活相其中一部分固然有着其荒诞、迷信的一面,然而由于人类社会精神生活发展不平衡,在某些社会形态中,它们仍然是现实存在的,而且也具有一定的合理性。尤其是在新旧交替的社会中,在传统文明向现代文明急剧转化时期,在中国半殖民地半封建社会时期,更为突出。以上所谈到的这三类民俗生活相在马识途的文艺创作中均有不同程度的体现。

在《沉河记》中就展示出了在偏远又荒僻的乡村,那些信仰对象的民俗生活相。当地乡绅吴老太爷就是对三从四德、贞节崇拜的最佳"护卫者",他遵循当地的乡村风俗,坚持要对追求自由婚恋的青年施以沉河的刑罚。故事中通过立贞节牌坊这件事表达出了中国古代传统意识中的贞节崇拜。贞节崇拜起源于父权制的建立,在封建社会中,一方面一夫多妻,另一方面却一直对女性要求贞洁。文中通过此事的描写暗含讽刺意味,当年与吴老太爷偷情的王馥桂成了守节几十年的贞洁寡妇吴王氏时,她再次成为吴老太爷在晚年时维护礼教的工具,为她立一块贞节牌坊成了吴老太爷的重要事业。立贞节牌坊在吴氏宗族中是一件具有重大意义的事，还要举行盛大的揭碑典礼，然而就在此时牌坊工程出了事故，有块檐石掉了下来，"按照我们那一方的礼俗，贞节牌坊是不能修倒塌的，连掉一块石头也不容许。因为据说这是神的谴责，证明这个女人不是纯洁的，所以立不起贞节牌坊来"①。当然，为了把这块贞节牌坊竖起来，民间还有几种补救的办法，其中最为直接的办法就是这个寡妇立刻自杀，以死殉节；另一种就是如果能经由当事人自己承认确是有过不规矩的行为，但是之后又能经过此后几十年守节的考验，改正了这些问题，那还是可以补救的，但要办一个手续"由这个寡妇自己用纸扎一个男人，如果有几个相好的男人呢，就扎几个男人，模样要尽量和有过的情人一样，由她用背篼背起来，送到牌坊下面烧了，表示绝了邪念。这样就可以得到神的谅解"②。当然之后的吴王氏并没有自杀，而是真的在众目睽睽之下烧了一个纸人，而牌坊也真的在工匠的努力下立起来了，吴王氏的头上戴起了节妇的光荣圈，而吴老太爷也做了礼教的卫护神。由此可见，封建旧礼教对人们，尤其是对妇女身心的伤害是何其巨大，通过这样一个偏远闭塞乡村的"竖牌坊"的事件，嘲讽了旧的封建礼教。这里提到的立贞节牌坊其实与鲁迅的《药》描写江浙一带旧时民间"土药方"的民俗生活相——人血馒头治疗痨病的习俗一样是陋习陋俗，原本这样的习俗在当时当地的农村是大家司空见惯的现象，并不以为意，然而作家们借这样的陋习陋俗，深刻地讽刺了封建礼教的制度，还展现了群众对此各种冷嘲热讽的态度，敏锐地抓住了问题的实质，试图用这样的方式去唤醒民众的觉醒与支持，因为这才是革命能够成功的关键之所在。因此在这一普普通通的陋习陋俗的生活相中，引发出了不少发人深省的革命道理。

《观花记》里的主角"狗屎王二"的名字体现出的也是民间的一种最简单的信仰风俗。在城里，一个女孩子生下来绝不可能取这样的怪名字，但是在乡下就不同了，"除开福命很大的地主老爷们的子女外，一般人家都生怕自己的孩子一生下来，就罪孽深重，长不大，赶快给孩子取个名字，叫狗、牛、猪、和尚，以致石头、木棒之类，以表示他们的轻贱，而轻贱的东西是照例容易长大的。据说这样一来，那些从阴曹地府来阳世间捉人的无常二

---

① 马识途文集 2：夜谭十记 [C]. 成都：四川文艺出版社，2005：193.
② 马识途文集 2：夜谭十记 [C]. 成都：四川文艺出版社，2005：194.

爷、勾魂使者，以为他们是下贱的牲畜，或者是无生命的东西，不在他们的逮人职权范围之内，就不会把他们捉走了"，这样体现出来的信仰，与民间一些以五行缺行的取名有异曲同工之妙。例如在鲁迅的小说《故乡》中所提到的闰土，就是因其出生于闰月，而五行缺土，才取了这样的名字，以免其命途多舛。无论是哪一种取名法，体现的都是民间对生命的崇敬，特别是灾难深重的普通百姓，用这样的名字来给自己的孩子命名，以期能躲过灾祸，健康成长。

马识途的文艺作品中也提到了不少关于算命、占卜等信仰媒介民俗生活相，有些是作为要上路之前的占卜，有些是为了求得心理安慰去寻找灵媒一类的方式，还有就是那些行走江湖的阴阳先生。在《雷神传奇》中专门有一小节讲的就是"神算子算计如神"。在刚刚成立的天兵队伍的第一场仗之前，军师王天清让自己的心腹下山去打探消息。消息摸清楚之后，这位心腹始终不放心，最后仍然求助了民间最流行的"算命先生"，算命先生给他测了字，卜了这一次"买卖"的吉凶。他放下心来，因为他随意抽出来的一个纸卷上的字，竟然是一个"雷"字，正是这一个字，不仅让神算子认为是个好兆头，也让他理所当然地认为是个好兆头。从占卜这种行为，方式的选择，以及结果，我们不难看出，这是一种在当时深入到百姓生活中的一种行为。这种对占卜、算命等信仰民俗的描绘在不少文艺作品中均有展现，前文中提到的《观花记》"冲喜"之前专门找算命先生来算两人的八字。陈忠实的《白鹿原》中写到的朱先生就会打卦占卜，且预言如神，不仅如此，他还设计了一座六棱塔来镇压亡灵，根据国旗来预言以后的江山归属，甚至能预知自己的死期，提前做好准备；林海音的《城南旧事》中的主人公英子也是被算命先生下了决断的，这是一个以后会"做女校长"的小女孩，以此来体现她的聪慧、有想法；张爱玲的《十八春》中的女主人公曼璐也是被算命先生说过她有旺夫命，最后嫁给了祝鸿才以后果真丈夫的生意越做越大；当代作家阿来的获奖作品《云中村》中也展示在汶川大地震之后，藏族祭师阿巴占卜，因为他想挑个好日子出门，以免碰上余震。由此可见，占卜、算命等这一形式是在中国民间自古以来再常见不过的一种信仰传统，通过它体现着人们对于一些未可知的事件的一种敬畏。在这种敬畏之情的引导下，他们以期通过一些方式来达到求救或援助的心态，抛开唯心甚至是迷信不谈，其间表现出的那种超自然的幻想与理想，确实是与审美意识的产生有着相当密切的关系。

在马识途的作品中除了这样借用各种媒介表达信仰方式的民俗以外，还展现了各种祭祀祭奠的方式。祭祀是信仰民俗生活相中一个非常重要的形态，它既表达人们对某种不可理解或难以表达的事物的崇敬信仰、求援仰助的心态，又有着某种象征性、模式化的动作和行为的表现形态。《左传》有言，"国之大事，在祀与戎"。对于一个国家的政府而言，无非是内政和外交两件事。春秋时期，祭祀就代表了内政最重要的部分，足见在中国古文化中，祭祀的地位和作用。经过上千年的历史发展和文化积淀，仍留存下来的祭祀仪式无疑是民俗深层模式的展现。而在民众的精神世界中，祭祀是他们的精神寄托之一，它起着直接和间接的表现作用，同时还对民众的行为规范和道德标准起着评判作用。"民俗是一种最具原生态的文化意识。它是现实的民众生活的模式化写照。这就是它最能体现生活真实性的根本原因。"[①]

祭祀作为一种信仰活动，是华夏礼典之一，也是儒家礼仪文化的重要组成部分，包括敬神、求神和祭拜祖先等。而民间祭祀主要有几种方式，例如对古代舍神，也叫土地菩萨，土地公公的祭祀；还有灶神，也与百姓日常相伴；关公，是中国人的道德偶像，也有供奉。应该说中国的传统祭祀文化非常丰富，各地有各地的特色，各地有各地的信奉，马识途的文艺作品主要展现的是以川渝地区为主要核心的民间祭祀的方式，以此辐射全国，体现在当时社会时期中一种信仰的生活相。《生儿记》中描述了当地村民对土地公、土地婆的供奉场景。当地百姓在村外的大路边专门为他们修建了土地庙，期望他们能保一方平安清泰，"逢年过节，不论贫富，每家都要来给两位老人家上供，如果没有洗刀头肉，总要送一碗冷豆腐"[②]。这种对土地菩萨的供奉应该说是中国民间最常见的供奉形式之一，表达出民众最普遍，也是最朴素的心愿。

"敬天尊祖"历来是中华民族固有的一种信仰，源于天性，成于习惯，流为风俗。一个氏族，一个家庭，如果对祖先无虔诚纪念，此氏族或家庭精

[①] 朱希祥、李晓华. 中国文艺民俗审美 [M]. 上海：上海文化出版社，2009：263.
[②] 马识途文集2：夜谭十记 [C]. 成都：四川文艺出版社，2005：313.

神即会若有所失，即可谓"家礼祭祀既已废而不行，必然为神道所惑"。因此，在一些固定的节日时段，人们必在桌上设天地神牌，用牲果祭祀祖先。民间的祭祀礼俗代代相传，很大一部分沿袭至今。一般百姓家，在自己的正房里都设有家堂，叫作堂屋，堂屋里设有神龛，左边供奉神位，右边供奉祖位。堂屋所供奉的神灵，一般五位："天地君亲师"，祖位供四代，即从父母往上数四代。人丁兴旺的家族更好祭祖，往往建有宗祠。比一般家庭的神龛更有规模，更大，更有序。有宗亲会的，更加大，一般把历史上关联的若干姓氏连宗。这种宗祠的祭祀，一般春秋两祭最为重要。《雷神传奇》中就提到了王家宗祠举行的祭祖大典，而在每年中元节时，王大老爷还会给他的祖辈人烧"纸钱包袱"，以此祭奠祖先，而百姓们在逢年过节的时候也会"端一方冷猪头肉，提一篮香烛纸钱，到这个庙那个寺里去向玉皇大帝、阎罗星君和他们的各级部下，这个菩萨、那个神灵去上供"，以求保佑。"烧包袱"是祭奠祖先的一种形式。所谓"包袱"，也作"包裹"，是指孝属从阳世寄往阴间的邮包，将纸钱一叠一叠地包起来，写上祖先的名字，供在堂屋，献了祭品，行了礼之后，再送到野地里去焚化，据说这样就是将钱送到了阴曹地府交给祖先了。

《沉河记》中还专门描述了维持着一乡风俗礼教的吴氏大宗祠的族长，吴老大爷家中堂屋中的神龛。在他的神龛上供着"天地君亲师之神位"，神位前供奉着万岁牌，"虽然他早已不知道这位万岁爷到底是谁，只要有万岁牌就得到安慰了。隔些日子，他怕这个万岁牌蒙了尘，要斋戒沐浴后，把这个牌子请下来，刷洗得焕然一新。因为这是他的唯一的精神支柱"[1]，甚至于他对"民国"深恶痛绝，反对将牌位上的"君"改为"国"，"在人与鬼神和与祖宗的往来中，在一切正式的祭祀大典上，比如老祖宗上供时烧的纸钱包袱上"，他都坚持写着大清的年号。以此勾勒出了一个典型的憎恶一切与"新"有关的事物，维护一切与旧礼教相关的事物的人物形象。

除此以外，还写到了百姓们对牺牲了的革命烈士们的追思和表达崇敬纪念之情的方式。《老三姐》中老三姐的儿子是为了革命牺牲了的烈士，在他的周

---

[1] 马识途文集 2：夜谭十记 [C]. 成都：四川文艺出版社，2005：185.

年祭日时，虽供不起三牲八品，但身边的那些进步农民们仍然处决了当时队伍里的叛徒，以此来祭奠烈士的亡魂，同时香烛纸钱也是必不可缺的，"我的孙子爬到神龛上把我儿子的灵牌拿下来擦得干干净净的，放在正当中，另外几个人把香烛点起来"①，对这位烈士致以最崇高的敬意。《清江壮歌》中也提到了在五峰山烈士墓园中，"春兰在一心一意用野花编织一个花圈，她编好后，放在墓前，还作古正经地举手行了队礼"②。

祭的本义，无非是"追养继孝，君子将以祭之也"。祭礼的本义，则是"报本追远"。其背后蕴含着两层意思：一是此身得自祖父母，又依赖先人之泽，才能享受余庆，平常朝夕奉养承欢，而一旦故去，无法尽生孝之责，心中悲思无以寄托，所以就借助祭荐之礼以申子孙孝道之情；二是做子孙的因为贫贱而不能在生前供菽水，尽孝道，如今自己已经发达鼎食，而亲人已不再能享受，心中悲思莫及，所以借助祭荐以志子孙悔悟之情。

马识途的作品中对祭祀等信仰礼俗行为的描写，展现了它作为一种中国民众在相当长的一段时间中反复表现出的原生形态，读者从中深刻了解并感知到这样一种现实且日常化的礼节习俗和情感心态，以及与此相关的伦理道德、思想意识。从文艺民俗审美的角度来说，这些各种民俗生活相展示的都是维护人类生存的重要方式和联结人际关系的文化纽带的形式和方法，更是个人身份的一种彰显和识别。

四、社会交往民俗生活相

在马识途的文艺作品中，社会交往民俗生活相主要包括两种，一种是以游艺娱乐活动为主要表现形式的，目的是消遣休闲，调节身心健康，这一生活相中娱乐和快乐的场景，体现了中国百姓乐天安命的生活状态；另一种是以人们在社会交往活动中依靠的各种不同工具和方式的交通民俗，它与人们的生产和生活密切相关，还产生了"在家千日好，出门一时难"等俗语。

《亲仇记》中展示了关于游艺娱乐民俗生活相的内容。其中一个类似于现在傣族的泼水节，是当时为了解决长期的干旱问题，而采用"游水龙"的方式

---

① 马识途文集6：中短篇小说[C].成都：四川文艺出版社，2005：232.
② 马识途.清江壮歌[M].北京：人民文学出版社，2008：17.

来求雨。这个"办法是用麦秸扎成龙头、龙身和龙尾,用布条连接起来,这就叫旱龙。找几个青年把旱龙举起,到附近深谷里的乌黑的深水潭边去请水龙王。老人们带着保长和老百姓一块儿去。经过请来的法师在那里叩头作揖,烧香烛纸钱,嘴里念念有词,终于把在深潭里潜伏的水龙王请了出来,依附在草把旱龙上,然后由青年们举起龙神,一个村一个村地游下去。无论到了哪一家,都要把家里所有的水挑出来,一桶一桶地泼在水龙身上,自然也就泼在举水龙的青年们的身上。据说这样,龙神感动了,就会去东海请示他的老祖宗龙王爷,兴风布云,降下雨水来"①。至于最后结果如何,据说是看诚不诚心,如果没有落雨,是因为百姓们不够诚心,但是如何来衡量是否诚心,却没有一定的标准。于是到了最后,很多当地青年反而把它当成了一个有趣的游艺节目,而不再是个求雨的仪式了,变成了青年男女们联欢的盛大节日了,或者说是一项在夏天乐此不疲的游艺活动,更类似于现在傣族的泼水节,"举着水龙,到这个院子、那个地坝,接受一场凉水的洗礼,在这么炎热的夏天,是最舒服不过的事了。许多青年都争着要去参加。谁能抢到玩龙头或者玩龙尾,更是莫大的幸运。因为玩龙头玩龙尾的人,不但会受到更多的凉水的倾注,而且认为这是最英雄的,会受到青年们的崇拜。连那些闺女们,也往往要多看他们几眼"②,由此可见这个活动本身给当地的青年男女们带来了多大的欢乐,泼水又是百无禁忌的。在这个意义上来说,它早已脱离了最早求雨抗旱的意义,已经变成了一种民间社会交往的重要活动,拉近人与人之间的距离,而在此却是引出"玩龙头"之人,故事的主角之一铁柱,这样一来,读者们对这个人物角色有了形象的认识,因为毕竟要是"最英雄"的人才能玩龙头。

铁柱不仅参加过"游水龙"这样的游艺活动,"他自己在过年过节玩狮子、龙灯的时候,也编过一些顺口溜",他的二胡弹唱又加上自己女儿的小鼓,还有牙板和签子的配合,铿锵有力还很有节奏,这样的搭配"真比城里戏台上唱清音的姑娘还强得多"③。看起来热闹当中,又带着一丝悲凉,既是生

---

① 马识途文集 2:夜谭十记 [C].成都:四川文艺出版社,2005:221.
② 马识途文集 2:夜谭十记 [C].成都:四川文艺出版社,2005:222.
③ 马识途文集 2:夜谭十记 [C].成都:四川文艺出版社,2005:264.

活所迫,也是环境所逼,这父女俩真的就是走上了走街串巷卖艺的生活之路。在乡下,"除开逢年过节,看玩狮子、龙灯和花灯彩船,听打川戏围鼓,或者有幸去远地赶庙会看热闹",毕竟在平日的生活中农村里也没什么文化娱乐活动,"只有烧香叩头,求神拜佛,看端公跳神驱鬼,算作一种文化活动",除此以外,如果运气好的话,年轻人还可以跑远一点去看看耍猴戏的。无论是耍猴戏的老头,还是被耍的猴子和狗,都是被饿得无精打采的,瘦得前胸贴后背的。而那些出不了远门的乡亲们,娱乐节目就是听那些说"圣谕"的以及来讲"善书"的,这就算在山村中相当高级的文化享受了。从简单的娱乐活动说明,在这样的偏远地区,哪怕是上演着这样一出惨绝人寰的悲剧,却也极少为人所知,到头来也是山高皇帝远,被地主恶霸压榨欺凌,展示出一幅令人切齿痛恨,又深怀哀怜的真实社会图景。

如果说《夜谭十记》中展现的是乡村的游艺娱乐形式,那么在《京华夜谭》和《风雨人生》中就描述了在抗战时期的大学生们在学生生活中所进行的各种各样的娱乐方式,诸如打牌、跳交际舞、郊游会、联谊会等,"最流行的就是打桥牌。这是一种高尚的智力竞赛,联大的同学几乎没有人不会这种高级娱乐的。而且玩时,完全用英语叫牌,这几乎成为知识分子品牌的标志"[①],这些娱乐方式表面上看上去是为了交际应酬,娱乐休闲,实际上却是议论时事,交换阅读进步报刊,甚至是开各种地下会议或者用于交换情报的一种不被人怀疑和注意的最好方式。

在交通民俗生活相中主要反映出来当时百姓的社会生活条件,不管是陆地交通、还是海上交通等,其实都从另一侧面展现出了社会的经济条件,以及民生疾苦。例如在小说《接关系》中就描写到了"巴山虎"在这个偏僻的山区场镇中对当地人民的统治压迫,他的出场和他横行霸道的嚣张气焰恰恰跟展示出来的交通工具有关,"这时,忽然看见坝坝上拥挤的人群忙乱地奔跑躲避,一会,就让出来一条大路。只见几个提着手枪的马弁气势汹汹地在前面开路,大声叫骂'爬开!爬开!'一面喊着,一面就用皮鞭向赶场的人没头没脑地打去……在这些开路的马弁的后面跟到来了一乘四人换抬的凉轿,像飞一般地从

---

① 马识途文集9:风雨人生[C].成都:四川文艺出版社,2005:355.

任道的面前过去了；隔着凉轿的黑色羽纱窗子，隐隐地看到坐在里面的是一个白白的胖子。在凉轿后面跟着两个兵，一个背着一挺花机枪，一个提着精美的鸦片烟匣子，在肩上也挎了一杆枪——鸦片烟枪；他们都跟着跑得上气不接下气。任道心里想：这个人好威风！正想着，就看见那乘凉轿抬进前面那个大朝门里去了"①。这位地方一霸"巴山虎"，未见其人，先闻其声，出场方式都与其他人不同，其飞扬跋扈、欺压百姓的恶劣行径都从他所乘坐凉轿，以及凉轿前后的人员安排及分工展现得淋漓尽致。而王二木、"一阵风"等革命者们正是在这样的偏远地区，恶霸反动势力又如此猖獗的环境中从事着艰险的地下革命活动。当然，也正是因为这样横行霸道的行径才点燃了农民们强烈反抗恶势力的革命的导火索。

再如《笑死人的故事》，其中提到了在那个时代中的马车。马车在那时是进山的最主要方式之一，虽然已经有了自行车了，但是很明显，自行车的货运能力不行，容易出事故，在这种时候马车反而是经济又安全的一种选择，可是故事里的这辆马车，"假如可以把它叫做马车的话。在两只用硬胶皮钉的铁轮上架着一个用旧木板钉的箱子，这便是我们要坐的车厢。马车前头有一匹瘦得不能再瘦的老马，无精打采地低垂着头，无力地甩动尾巴，驱赶那顽固地飞来叮它的牛蝇。这显然是一匹超龄服役的老马"②，与这样的马和这样的马车搭配的赶车人也是差不多的干瘦，年龄也很大了，而这恰是与故事同名的"笑死人老汉"的韩大爷了。当然整个故事基本都发生在赶马车的过程中，就连整个故事的节奏也与马车上下的马和人的情绪节奏相关，故事讲到难过处，马是懒洋洋，半睡半醒，故事发展到最后，赶车人的开心也传递给了老马，轻快地前行。可见，这个故事中马车不仅仅代表了当地的生存条件，更多地也与百姓生活息息相关。

除了陆地的交通民俗外，马识途也展示了不少关于水路的交通，《巴蜀女杰》一开篇就说到张萍在船上的情形，《风雨人生》中是提到了"我"从石宝寨出来乘坐的交通工具是木船，而木船在滚滚的激流中向下游疾驶而去的场景恰恰象征了"我"此后的人生道路，"木船快到湖滩时，但见前面波涛汹涌，

---

① 马识途文集 6：中短篇小说 [C].成都：四川文艺出版社，2005：282.
② 马识途文集 7：讽刺小说及其他 [C].成都：四川文艺出版社，2005：191.

那是一个有名的险滩。船主照常规把船停靠在岸边,叫不愿意过险滩的旅客下船,从旱路走过湖滩再上船",而此刻"我"人虽然随着一批旅客下船走路前行,但望见的恰是"那木船在汹涌的大浪里沉浮,一会儿挣扎在浪峰中,一会儿没入浪中,似乎沉没了"①。那时的"我"可能只是简单感知到,从家中出来后的未知的生活,似乎就如同这艘在风浪之中的木船一样,惊心动魄,似在刀尖上行走,在波涛中"讨生活"了。

由于以上的这些民俗生活相本身就具有浓郁的地方情调和深沉的意蕴,因此作者在这里根本就不需要蹙眉感叹,更无须奔走疾呼。只要他客观冷静地描绘出这些生活相,就完全能够达到渲染、点化出特定氛围和境界的效果。民俗生活相是由各个时代的各种形态各异的人类群体,在自己的生活中自然而然形成的。传统的民俗生活相在现当代人类群体生活中,除了一定的传承,同样也会适应新情况而产生变异衍化。它类似一个动态的空间形态,既有时间和空间中的传承,也具有趋向统一的横向传播,以及可变的弹性以及被再创造的被替代性。由此,历史的和当今民族的民俗生活构成了一个又一个的环扣,而文艺家们的使命之一就是艺术地揭示出这种环扣,将传统的民族文化和当今生活紧密结合,又能彼此隔空对话和高度融合。

民俗生活相兼容了生活与文化的双重特征,其中蕴含并存储了民族固有的意象信息,以此作为文艺创作的源泉,不仅可以展现出所塑造人物形象深层的民族心态和性格,还能展现出一段时期的社会风貌,记录历史。即使是伟大的事件和生活中,也脱离不了具体民俗生活相的糅合。《静静的顿河》反映了苏联革命初期哥萨克地区革命斗争的生活,其中蕴含了不少哥萨克传统民俗生活相的描述。《清江壮歌》也是一样,描写了鄂西地区的革命斗争,在革命斗争生活中也充盈着当地民俗生活相的各种情景和意象。因此民俗生活相的艺术概括,为文艺贴近和反映五彩缤纷的社会生活,进一步缩短了距离,打破了其中的隔阂,减少了斧凿之痕,使读者读来更觉真实可信。而正是因为作者笔下这些由民俗生活相提炼的文艺作品,天然地就打上了民族传统、民族气质的烙印,读者一看,一目了然。反映了民俗生活相的文艺作品,也就相应地具有了

---

① 马识途文集 9:风雨人生 [C].成都:四川文艺出版社,2005:17.

鲜亮的中国气派和地方民族特色。

第三节　民俗风物与民族情思

  风物是赋有风土人情内涵的有形民俗景物，情思则是无形的精神气质。因为风物自身具有特定的内涵，所以它在现实中就是一个含有固定意蕴指向的审美象征物。高明的文艺创作者往往会利用这一点，选择一定的风物，加以具体描写，构筑出一种民俗的氛围，从而传递出作者的主观情思，体现出民族性的色彩。这一点，无论中西方，都是如此。比如屠格涅夫的小说背景里，就有很多农村小贵族乡间宅院等。这些被烙上地方印记的风物，凝聚了种种典型的情感意象，引领着读者去到了一个个新奇的审美体验的境界中去。由有典型性民俗审美意义的风物构筑起来的环境，例如老舍笔下的那些北京风物，茅盾所写的蚕乡风土等等。这些环境自然美的体现，一方面有着传统共通意义上的民俗实境，另一方面，风物景观与纯自然的景观有所不同，它是凝聚了一定时代文化、心理、技艺以及固定的审美习俗等固定的指向。作为构筑起这样的标志性景观的风物意象来说，它是一种"有意味的形式"，它对人物性格以及他们在现实中的行为活动，具有特定的象征意味。通过这些客观事物的象征性意义，表达出作者对社会生活的认识和理解。

  在马识途笔下，通过口齿木讷，文笔却不俗的无是楼主讲述的《亲仇记》，我们从"那山脚下的小溪边，或者在那山顶的大路边"升起诱人炊烟的马店，观赏到川西平原牧歌一般的生活。南方的雨季雨一下好几天，马帮不能前进，路人也只能待在马店里，因为"说不定在哪里会碰到拦路抢劫。把你的东西拿了倒没有什么，要是一刀把你砍了，推下岩去，就谁也不知道你的下落了"①。赶马帮的脚夫们是不烦闷的，因为他们已经习惯了这种艰苦的旅途生活，心安理得地待在马店里等好天气。此时，读者又顺着马夫们的视角，也一同享受到了那"可口的又酸又辣的小菜"，以及让人甘心醉死的"浓烈得几

---

① 马识途文集 2：夜谭十记 [C]．成都：四川文艺出版社，2005：214．

乎不能入口的烧酒",当然还有帮你下酒的"豆腐干、盐黄豆甚至腌山鸡、酱兔子或熏火腿",再加上在马店的小院里"抽着呛人的叶子烟",或是"很有味道地品尝新上市的嫩叶香茶",再或者喝一口"摆在小桌上谁都可以舀一碗来喝的老鹰浓茶",就算你不会"打叶子牌",也不会"赌红宝,争输赢",而"走象棋"又感觉无味的话,还可以加入摆龙门阵的一堆里去。从围坐在火塘边摆谈的人们口中,你会听到很多千奇百怪的故事,还能从中找到极大的快乐。那些故事里惊人的情节,深刻的哲理,朴素的语言,生动的描述,那些让人笑得前仰后合的趣话,那些震动灵魂的悲哀和痛苦,都深深地蕴含了让人难以忘怀的民族情怀。

马识途的一系列作品除了为我们展现了具有民族色彩的社会生活、自然风貌外,还为我们描绘了带有民族烙印的生活方式、风情习俗,其中不乏标记着地方烙印的风物,蕴含着种种典型的情感意象,创造了一个个新奇的审美境界。与单纯的状物写景相比,风物构造出的意境更具有社会风貌和时代气息。风土人情、道德观念的内涵性意义,它们成了"中介"沟通的方式,从更深的层次连通了现实、历史和未来,让作品本身的情致内蕴得到了纵深的拓展,不再局限于当下描绘的现实,而是一个民族历史文化传统和心理素质的具体体现,开拓了作品的艺术效果。所谓一方水土养一方人,风物的产生还需要具备相应的物质条件和活动性质,因此常常还会被视作识别民族的重要标志。正如安·莫洛亚评述屠格涅夫小说时所说:"比浩瀚冗长的俄罗斯历史更能使我们懂得1830年的俄罗斯的情况。"[①]也如鲁迅小说中江南水乡的菱角、茭白、香瓜;茅盾笔下蚕乡的蚕花、蚕房;孙犁描写的有着革命历史的白洋淀、采蒲台的苇、荷花淀的荷花、劳动号子一样,有着它们固定的风物意象的指向性意义,透过这样的风物,读者可以领会和触摸到内在隐蓄的情思。

一、民俗生活画卷之酒文化

将自身的情思与情绪寄寓在风物之中,比在一般的自然景物中寄托情感,要更为真实而生动。生活中,人们的一些情绪往往无法用言语直接表述出来,

---

① [苏]安·莫洛亚.屠格涅夫的艺术[J].世界文学,1981(5):261.

如对自然万物的感受，往往通过景物来比喻、象征、烘托、暗示等。清代学者刘熙载就曾在《艺概·诗概》中说："山之精神写不出，以烟霞写之；春之精神写不出，以草树写之：故诗无气象，则精神亦无所寓矣。"用烟霞、草树等实景来表达山的精神、春的精神、人生情感等，确实是人类审美意境的一大创造。古人在这方面已经积累了丰富的经验和感受，托物言志、借景抒情就是常见的手法。风物景观已经凝聚了一定时代文化、心理、技艺、审美习俗等固定的指向。风物景象是有意味的形式，对人物现实活动和性格赋有特定的象征性和效应性。借助对客观事物的象征作用，表达作家对生活、人生的认识和理解。作为审美主体的作家来说，他是经历了社会实践之后，在此基础上形成的具有稳定且比较完整的性格的人和具有较丰富、全面而深刻的感觉的个体存在，具有"音乐感的耳朵，能感受形式美的眼睛"，"人的感觉、感觉的人性，都是由于它的对象的存在，由于人化的自然界，才产生出来"[①]。马识途将自己敏锐的艺术自觉与长期存储在记忆中自己生活过的城市，与革命经历的审美经验和自身真实情感一并诉诸笔端。他用文字构筑起来的四川风物景象是对现实生活的揭示和表现，以其独特的笔调和方式找到了社会和历史的切入点，形象而生动、真实而直接地反映出当时社会时期中的人与人之间、人与自然社会、各类人群与革命运动之间的种种关联，他的作品承载了社会现实的感性生活，也是反映人物心理变化历程的一幅人文民俗风情画卷。

酒文化是民俗生活画卷中非常重要的一个部分，它是一种多维的社会文化现象，蕴含着人类文明与智慧的长期积淀。围绕酒所产生的一系列与酒相关的酒俗、酒类、敬酒、喝酒、酒宴席等等各种风物故事，都是带有时代民族气息的。若从民俗审美的角度和层面去考察，其中体现出的是真、善的非功利性的审美价值。酒本身就是带有本土风物特征的意象，再通过作者的环境构建与描述，渲染出特定的氛围和境界。作为一种独特的审美现象，酒文化通过其丰富的内容、形式和功能化的意义，人与物、人与人之间通过酒作为中介构成亲和和中和的审美意义，体现出酒这种风物独特的民俗审美价值。

酒自马识途的成长时期就一直伴随着他，在《风雨人生》中他提到过：

[①] 马克思恩格斯全集（第四十二卷）[C]. 中共中央马克思恩格斯列宁斯大林著作编译局编译. 北京：人民出版社，1979：126.

"我家祖传的这个马家烧酒坊,在我们乡里过去是小有名气的,取名叫'扶风记'。据说我们是汉朝伏波将军马援的后代,马援是陕西扶风人,所以取这个名字。"①酒是一种具有特殊功能的饮料,也是人类长期劳动实践的产物和智慧的结晶。对于中华文化中的酒文化来说,许多酒都有其独特的文化内涵在其中,命名、工艺、技法流程等等,在潜移默化中都能让人感受到历史的积淀和文化的传承。无论是酒色、酒香,还是酒味,四川名酒五粮液都是其中有代表性的一例。宋代诗人黄庭坚,曾称赞过早期的五粮液(姚子雪曲):"杯色争玉、白云生谷","清而不浊、甘而不哕、辛而不螫",在这些诗句中浓缩了古人对五粮液美酒的审美感受。它不仅仅只是一个酒的品牌,还有在漫长的历史发展过程中,形成的独具特色的五粮液酒文化——和谐是其重要内涵。马识途专门有一篇以此为名的小说《五粮液奇遇记》,一开篇就以拟人化的手法用"五粮液"自述的口吻,讲述了自己的历史,"我名叫五粮液,出生在天府之国四川。四川是一个山明水秀、物产饶的天国。我家在四川也算得上是名门望族了。我家的子弟无论到了哪里,都被人待以上宾之礼。我出去总是被人欢迎进高级宾馆,高踞于小卖部的货架上最显眼的地方。谁见了我都不免要对我行注目礼,连外国人也要多看我两眼。我得意透了。有人说,你在四川关起门来自吹自擂,称王称霸,有什么了不得?你比得过茅公吗?哦,你是说的贵州的茅台老公公吧?我承认茅公是中国的世代簪缨之族,他那古拙的样子,叫人一看便会肃然起敬……"②这里还说到了中国国酒茅台酒,接着铺陈了故事的背景,说起了五粮液的历史,古今中外的诗文对五粮液的描绘与歌颂,极尽铺陈了风物背景之后,才开始以自叙的方式讲述了这个"奇遇"的故事,原来这几瓶五粮液是作为开后门的"集束手榴弹"被扔来扔去,最后被扔回了原处,而五粮液此时内心剖白"我愿意给穷教员消愁解闷,一洗他们心中的痛苦,我相信特曲老兄也愿意这样"③,讽刺的笔调中揭露的是官场中行贿受贿的现象,讽刺的是以权力为中心的一种商品交易关系。而五粮液作为四川名酒,与其所经历的一系列事件形成的对比构建起了一个以风物形象为文化基础的有张力的审

---

① 马识途文集9:风雨人生 [C]. 成都:四川文艺出版社,2005:14.
② 马识途文集7:讽刺小说及其他 [C]. 成都:四川文艺出版社,2005:73.
③ 马识途文集7:讽刺小说及其他 [C]. 成都:四川文艺出版社,2005:82.

美意境，带着五粮液本身的历史文化内涵，又有着其现代运用下的特定氛围下的象征意义。《京华夜谭》中同样提到了五粮液，它不仅仅是人与人之间沟通情感，交流聊天必备的佳品，还有自己的名字及品牌，所承担起的还有品牌背后的内蕴及丰厚的故事内涵。肖强与"我"夜谈了多次，基本都提前备好了好菜好酒，五粮液是其中必备的佳品，也是衔接上下文的线索之一；第二回在肖强家夜谈结束时，就专门提及了下次再聊千万别忘记把这瓶没有喝完的五粮液带着；在第三回一开头，果然就提到了如约带上的这瓶五粮液。可见酒在此处已经不单单只是酒，更是与人物主体和作品具体情境相关联的文化存在，衔接了彼此的情谊，故乡的思念，往昔的回忆，也通过有情韵的风物拉近了人与人之间的距离，显示出酒在人们日常生活中所具备的独特意义。

除此以外，酒还可以是离别之酒、欢乐庆祝之酒、接风之酒，还是身份地位的象征，更是暗流涌动酒桌文化的集中体现。《京华夜谭》中于同作为与肖强长期联系的上级，奉命即将调离成都。两人皆是不舍，于是肖强提议喝一场告别酒。到了草堂酒家，"一瓶老窖大曲已经打开了，香气四溢了"，两人一起开怀畅饮。"他过去常和特务们在一起打闹饮酒，那好像是为了发泄和麻醉，喝在嘴里麻麻的，其实无味。只是今天和上级坐在一起，好似回到了自己家里，喝起酒来又香又甜"①。在这里，酒象征了离别，喝进口里的是酒，实际是同志之间的情谊，共同革命理想的惺惺相惜。把酒言欢，酒逢知己千杯少，古已有之，同样是酒，与特务们一起喝的是应酬之酒，须时刻提防他们的暗算，步履维艰中显示的是肖强过的在刀锋上行走的生活，而与自己的上级饮酒则不然，心灵的归宿和轻松愉悦，让这样的离别之意都淡了几分，展示出的是革命者感时愤世、省悟人生的审美情趣。在《风雨人生》中提到的那历史时刻——1945年8月15日，日本宣布无条件投降。全城的人都在庆祝胜利，"许多馆子的门打开，到处听到开酒瓶的砰砰声，用酒瓶相碰的叮当声。一把一把钞票摸出来放在柜台上，大叫着：'酒！酒！'"②此处同样是酒，蕴含的感情却已不同，渲染了极尽欢腾的气氛。此时的酒象征的是民众们激动的心，迫切期待庆祝、表达欢愉之情。与"但求一醉"的西方酒文化不同，中国是从"酒中

---

① 马识途文集 4：京华夜谭 [C].成都：四川文艺出版社，2005：316.
② 马识途文集 9：风雨人生 [C].成都：四川文艺出版社，2005：430.

有深味"的精神内涵,逐步渗透到了文学艺术、政治伦理等领域。带着对黑暗现实的即将改变,民众改变和拯救可期的希冀,具有"崇高"的美学意义。

在《破城记》和《臭烈士》中展示出的酒,则是满足了士大夫阶层以及知识分子们的审美情趣和文化心理。《破城记》中视察委员到来之后,众人围坐入席并轮番敬酒。视察委员向大家敬酒后,"一饮而尽,当然大家跟着一饮而尽,并且把酒杯倒举起来亮底,这不仅是因为喝的是上等大曲酒,而且是对老太爷表示恭敬"①。《臭烈士》中展示的接风宴,"服务员已经从窗前小桌上排满的各种样式的瓶酒中选出几瓶,把大家的三个杯子分别斟满啤酒、葡萄酒和曲酒,金书记已经起立举起曲酒小杯向老书记说了两句欢迎词……张、李副局长一饮而尽,咂嘴品位,不禁赞叹:'好酒!'周区长马上举瓶给大家再斟满曲酒,举杯向张、李两位副局长说:'就凭你二位说的这两个字,我敬你们三杯,我们这个曲酒牌子虽然还不响亮,但我们这里有老龙洞流出来的龙涎,时新名词叫矿泉水,酿出的好曲酒。'"酒席上的菜肴十分丰盛,"在这么鲜美的佐酒菜肴面前,就是不喝酒,也要喝两盅葡萄酒或啤酒或者本地新出的汽酒,何况一日不可无此君的张、李二位副局长呢,更何况又遇到周区长这个不相伯仲的酒朋友殷勤劝酒呢?须知'酒逢知己千杯少'呀"②。中途来了一个为周区长救驾的人,"一看那个人的红红的酒糟鼻子,就知道那是用酒精浸泡过的"③,此人号称陈酒坛子,一来就将张、李二人手里的小瓷酒杯换上了高脚玻璃杯并倒上了曲酒,双方就这样举着"大觥杯子"。新开的五粮液和泸州老窖特曲的香味,又极具引诱力,就这样东摇西晃地互相祝酒中结束了这场宴席,两人落进了粪池里,最终溺毙而亡。而《臭烈士》中不仅提到酒本身,还谈到与之相匹配的器皿,这也是构建起审美意境的重要因素。盛酒的器皿品种繁多,造型与结构、色彩与纹饰都带着中华民族所特有的风格,亦具有鲜明的时代特征,从"小瓷酒杯"到"高脚玻璃杯",再到人物的外号"酒坛子",所体现出的都是不同时代不同地方的风土民情和审美意趣,而形象的"酒糟鼻子",又为这样一个意境增添了别样的风趣,整个场景无疑是时代政治、经

---

① 马识途文集 2:夜谭十记 [C]. 成都:四川文艺出版社,2005:35.
② 马识途文集 7:讽刺小说及其他 [C]. 成都:四川文艺出版社,2005:158.
③ 马识途文集 7:讽刺小说及其他 [C]. 成都:四川文艺出版社,2005:157.

济、文化的缩影图。

酒文化在作者笔下出现的种种场景，为作品提供了一种风物所构建的场景的"意象"，其中蕴含着丰富的社会意义和民俗色彩，独特地反映出时代思潮、国民心理以及生活生存的方式。由酒这样的风物所构成的审美主体和审美对象之间形成相吸相引、相聚相合、相融相会的审美境界，换言之，酒是构成这样人与物、人与人之间同构同化的审美现象和审美境界的重要媒介。同时，作为一种历史文化现象，通过作家将之作为一种风物媒介，融入了自己丰富的情感和审美经验，并与主体一起成为完整的审美系统。

二、民俗生活画卷中的其他风物

契诃夫有几句名言："要是您在头一章里提到墙上挂着枪，那么在第二章或第三章里就一定得响。如果不开枪，那管枪就不必挂在那儿。"[①]这话就是创作细节描写典型化原则的体现。作家选择这管枪，把它挂在墙上，绝不是任意而为，而是有目的地叫它起到自己应起的作用，否则这管枪就是多余的。枪是物，在作品中是个细节，只有当它服从于作家整体艺术构思的需要时，它才算得上是典型的，有意义的，不是可有可无的。"越是有天才的诗人，他的作品越普遍，而越是普遍的作品就越是民族性的、独创的"[②]，而"越是具有民族特色就越是具有世界性，越能走向世界"[③]。杰出的语言大师老舍就通过他的作品生动地为我们展示出这一点，并为之做出了一个极好的范例。正因为《骆驼祥子》《四世同堂》《茶馆》等一系列的作品中所显示出极具中国民族民俗风格的风物，并将中国老百姓的语言气质都融合于其中，体现了中国人民的"精、气、神"，才能雅俗共赏，得到中国老百姓们的喜爱。马识途正是在作品中汲取了老舍作品之所长，以及对于戏剧冲突的表现手法，以物为情节发展的支点，来描绘生活中各种矛盾斗争，刻画人物之间的相处冲突。这一点不管是《破城记》中的那一纸"委任状"，还是《亲仇记》开头结尾贯穿全篇的"二胡"，都很好地体现出来。

---

① 契诃夫论文学[C].汝龙译.北京：人民文学出版社，1958：408.
② 秦川，卓慧.马识途生平与创作[M].成都：四川大学出版社，1998：130.
③ 马识途文集4：京华夜谭[C].成都：四川文艺出版社，2005：419.

生活中有各种各样的物，它们都是没有生命的东西。可是在文艺创作时，物被赋予了生命，起着揭示故事的矛盾冲突，贯穿情节的发展线索，以及深化作品主题一系列作用。二胡，作为我国独具魅力的拉弦乐器，在《亲仇记》里，是一种独特的民俗风物。它不仅承担了串联整个故事线索的作用，还在故事不同的阶段，不同的情景下起到了不同的寓意作用，同时更是展现人物情感的载体。在故事开篇它是随着一个到处漂泊卖场的流浪艺人出现的，这时的二胡仅仅是一个孤苦老人求生的工具，借二胡演奏的曲子又铺陈出了内里的委婉有致、峰回路转又荡气回肠的石破天惊。小说中的"物"，作为一种典型细节，不但要为揭示人物的个性服务，还要为具备深广的社会内容，为深化作品的主题服务。最先出场的二胡，不过是一个情节发展的道具，然后随着故事的推进，它已经与故事的主人公铁柱融为一体，这是一把能够拉出他心灵声音的二胡，在地主孙大老爷家时，正是二胡的欢快音符使他赢得了地主女儿孙小芬的心；孙小芬被关在观音阁时，二胡是他们互通消息的手段；而孙小芬远嫁，投水自杀后，二胡又成了他排遣胸中积怨和哀伤的唯一出口。一路的颠沛流离并未结束，二胡很快成了他为免女儿被逼婚而带着女儿盼盼再次流浪的重要行李。此后游村串院的卖场，二胡是求生的工具，在给长工朋友们演奏时，他们虽然不是音乐欣赏家，但是琴声却又能带给他们一丝慰藉。"那凄婉的声音不断从铁柱的二胡琴弦上流了出来，在那夜空里盘旋，飞向黑暗的远方"[1]。日子刚有些安稳，故事再次峰回路转，原本打算把靠山场和茗香茶馆当作他最后靠船的码头时，偏偏事与愿违，女儿盼盼居然被自己同母异父的弟弟罗大少爷看上了，并且还惨遭奸污。"铁柱忽然把二胡拉得飞快，高亢激越的声音，传入夜空，倒好像有千军万马杀奔过来，那么暴烈、愤激"[2]。故事在这里发展到了高潮，投水自杀未遂的孙小芬、被奸污的盼盼、拉着二胡四处寻女的铁柱以及不认生母、霸奸亲姐姐的大少爷终于在一间房里会合。最后，孙小芬母女一起含恨自尽，"她要向爸爸、向大毛哥告别，没有别的办法，只能随着爸爸拉的二胡，唱起一段悲惨的往事"[3]，而悲愤的铁柱亲手杀死了罗大少爷，虽已年过

---

[1] 马识途文集2：夜谭十记 [C].成都：四川文艺出版社，2005：261.
[2] 马识途文集2：夜谭十记 [C].成都：四川文艺出版社，2005：261.
[3] 马识途文集2：夜谭十记 [C].成都：四川文艺出版社，2005：292.

半百,不得已再次背起二胡开始流浪,二胡此时已经成为老人唯一的念想与依靠。本以为故事到这里就结束了,可是作者笔锋一转,重新流浪的铁柱居然利用自己游乡串村的机会帮助了共产党与失去联络已久的游击队建立了联系,在稀里糊涂混了几十年之后,终于找到了正道,改名王国柱。而二胡,当然还是跟随着他,因为铁柱依然是一个流浪艺人,只是随着主人的际遇多添了一个新的身份——一名共产党的交通员最好的身份掩护工具。"这是血与火在飞溅,这是生与死在决斗,这是命运的呐喊,这是复仇的号召,这是巨雷的滚动,这是闪电在飞刺……"①这些有关物的典型细节的描绘,都蕴含着极其深刻、厚实的社会内容,耐人咀嚼,发人深省。

　　风物所构筑的情景环境则不然,例如一些具有独特地方特征以及民族特色的动植物、建筑物等,它们蕴含着人们世世代代物质生产活动与精神意识活动沉淀下来的产物,它本身具有丰富的历史传统的内涵意义,即使与作品中的人物活动分离开来,也是完全能够独立存在,并仍然发挥着自己的象征意义的。当然,如果它与现实人的活动相结合时,作为一种古老而又现实的生产和生活方式的物化形态,重新释放出自己新的象征意义,成了在一定程度上可以制约人物言行举止的具体生活环境和事件。

　　《风雨人生》中就提到了在新旧一炉的学校学习的时候,既有"身穿长袍马褂、头戴瓜皮小帽"的古文老师,也有"身穿制服、头梳短发"的维新老师;既会在孔子诞辰日去孔庙祭拜,也会去读新书和各种新小说。后来又来了新教员,穿着"时新的制服",提倡搞课外体育运动,还让大家排练新话剧。而"我"则顶着的是代表着土气的"毛儿盖"的头发,来到了有着可口的炒面和香味特重的香菜汤,以及啃起来费劲的大饼但就着"大葱面酱"吃别有一番风味的北京,这里有驾驶员踏着叮叮当当的铃子的电车,有可以泡香片茗茶的澡堂,还有"门口不住转动花灯柱"的理发店。很明显,这些独具典型历史特征的风物构建出了一幅图景,首先是在新学潮流下的私塾,接着是在风雨飘摇时的中国大都市首都北京的景象。还有解放前的成都,"大街小巷的茶铺、酒楼、饭店、戏园、影院、鸦片烟馆,供他们享乐的舞厅、妓院……最负盛名

---

① 马识途文集2:夜谭十记[C].成都:四川文艺出版社,2005:261.

的织锦机房、金丝银丝作坊等,是为有钱人的生活服务的。城内大量的黄包车夫、搬运力夫等等下力人也是大半依存于他们的消费生活的"①。

《报销记》中则记录了所谓的《厚黑学》和"豆芽账",此《厚黑学》非彼《厚黑学》,这里是讲的某国立大学的名教授所著的一本书,名为《厚黑学》,其中内容是专门研究人们如何厚脸皮、黑心肠,以求达到升官发财目的的学问。而"豆芽账"是指日常工作中零星杂支账,属于日用杂支的报销账目,而非紧要的粮食进出账,足以可见虽然是个公务人员,却只是一个在乱世之中稳定清闲,不至于饿死的小职位。这些风物或大或小,包罗了社会生活中的许多方面,囊括了社会图景中的街头巷陌,作者笔下的历史并非期望中的"宏大历史",而是属于这一代的人们所共同拥有的生活记忆,这些记忆中具有鲜明标识的就是那些极具历史气息或者生活意味的民俗风物。对此时此刻参与并经历体验的书写,这些在当时正在进行的历史,那些零碎意象及风物事件拼凑起来的,就是一幅生动而又有体温的历史画卷。

民俗文化是一个国家民俗精神的主要组成部分,是民族文化的重要基石。中国民俗是中华民族传统文化的重要载体,它传承着我们民族数千年来的文化血脉。在经济一体化和文化趋同化大潮的冲击下,如何保护我们的本土民俗文化,如何使之更好地展现、传播、延续,这已经成为摆在我们这一代人面前的一个不容忽视的课题。这种写作方式在当代也被许多当代作家利用和展现,周嘉宁的获奖作品《基本美》中就展现了许多21世纪以来的很多风物意象:国营单位、博客、摇滚乐、通宵营业的网吧、音乐节、论坛等等,这些意象虽零散,但却从另一个角度清晰地记录了新世纪开初的日新月异却又转瞬即逝的历史;徐衎的《心经》展示了民工潮、空心村;孙频在《松林夜宴图》中触碰了历史大事件与当下民俗生活中的青年一代之间内在关联这样一个大命题,其中囊括了相当多有辨识度的时代场景风物,黄土崖、土窑、黄沙;东北作家班宇以《冬泳》为代表的作品展现了各种东北意蕴的民俗风物,在漫天大雪之中的"旧厂房"、铁轨和烂尾楼以及工人村、易拉罐天线、电厂、变压器厂等烙刻着鲜明时代印记的风物,俨然一幅在20世纪90年代的下岗潮时期,以沈阳为

---

① 马识途文集9:风雨人生[C].成都:四川文艺出版社,2005:673.

代表的社会画卷，指向时代的价值观、精神资源和社会症候的全面更迭；海南本土作家林森在《海里岸上》铺陈了最突出的文明象征——祖辈相传的罗盘和《更路经》，同时也有对更先进的渔船、卫星导航系统的描述。在古朴传统和新潮先进的碰撞中构建了文学的张力，折射出海洋空间里的家国情怀，显示了小说中民俗传统的真切回归。

　　随着对本民族的历史文化生活、风土人情以及自然风物等审美对象的认识而产生出的民族情思，是一种非个体的存在审美情感，在一个民族中具有共通性的。因此，在对社会生活尤其是对自然风物的描摹中，只有注意到人情是灵魂，从而努力地从中表现独特的民族情感和心理情趣，抓住人物的独特个性及心理特点，才算是抓住了民族生活的本质方面，才有可能创造出动人的艺术形象，也才能体现出浓郁的民族情思。对于一个作家来说，虽然可以自由地选择文艺创作的题材，但是对于自己生长的环境是无法摆脱的，这就好比子女无法选择父母一样。对于马识途来说，哺育他的根就是他最为熟悉的这片巴山蜀水。所以，如何将自己对历史、现实的反思在作品中显示出来，从而在文艺创作中展现出开阔的国际视野和对本土文化的自信，体现出本土文学作风、民族气派，才是我们应该思考的问题，也唯其如此本土文学才可能有所突破，否则便只能是井底之蛙，顾影自怜。

第四节　马识途小说中的"茶"

　　中国传统的饮食民俗对中华民族群体的生存、繁衍以及发展起到了至关重要的作用，也成了区别于其他国家和民众，立于世界之林的一个重要的民俗化的标志。茶文化作为其中一个非常重要的文化元素和意象表达，自古以来一直与文化、文学、文人的关系十分密切。唐宋时期，文人们皆善品茗斗茶，到了近代，鲁迅、闻一多、周作人、林语堂、郭沫若、老舍、汪曾祺等文人也都钟情于茶。他们以茶抒怀，以茶寄意，创作了茶诗、茶词、茶书、茶画等许多种形式的文艺作品，可以说在中国，茶已经成为文人外在的生命符号和内在性文化素养的体现。他们深受中国传统文化浸染，热爱茶，更爱写茶。茶这个意象以其特有的习性、品种的多样性、使用的普及性成了众多文艺作品的重要元素，有些甚至成了故事情节中的关键环节。在马识途的笔下，多是"柴米油盐酱醋茶"的茶，他写茶馆里的人和事，写平常茶人的平凡人生。茶文化被融入市井百姓日常生活的点点滴滴，成就了他独特的民间叙事风格，寻常却又别有情趣。

马识途是重庆人，自古川渝不分家，他的主要活动经历在重庆、四川以及湖北等地。在他的成长过程及之后的地下革命工作中，一直受茶文化熏陶，特别是茶馆文化的影响。他所处的时代又正是茶馆文化在四川盛行的时代。四川成都的每条街道茶旗高悬，上至达官贵人，下至挑夫走卒，都有进茶馆喝茶的习惯。坐茶馆是四川人若干年来形成的一种生活方式，因此在他的小说中有大量对茶文化的描写，很多人物活动是以茶馆为背景的，《三战茶园》更是直接在标题就以茶馆为名。马识途写茶可谓之"茶馆之茶"，他也是比较钟爱写四川的茶馆生活的，从他的作品中可以看到茶馆里聚集了各式各样的人，同时也是"吃讲茶"、评事理的地方，还是地下党们接头的地方。在这里可以观察到四川的世态人情，风土习俗。在他的笔下，建构起了一个以茶馆为核心的叙事空间，并在这个空间中将四川的"茶文化"演绎得淋漓尽致。不仅描写出的茶的各类形式、品种以及与茶相关的种种活动和风物，还将茶馆当成了解生活的对象，并赋予了茶馆民间日常生活再现，以及具有四川鲜明个性的风土人情展示的意义。这是对民俗生活相以及风物的综合应用和展现，其中体现出了"茶文化"在现实中所具有的群体凝聚力和整合功能。

一、茶趣与茶人

川人好茶，自汉唐至今，长盛不衰。西晋文学家张载《登成都白菟楼》有云："芳茶冠六清，溢味播九区。人生苟安乐，兹土聊可娱。"诗中所述，四川的香茶在各种饮品中堪称第一，盛名享誉天下，可见在当时成都饮茶已成为百姓生活中的乐事。茶圣陆羽在《茶经·七之事》中亦节录了该诗的下半部分，用以说明巴蜀茶饮流播九州的情景。到了唐朝，四川的茶叶生产已经成为全国之冠。陆羽的《茶经》载："剑南：以彭州上，生九陇县马鞍山至德寺、堋口，与襄州同；绵州、蜀州次，绵州、龙安县生松岭关，与荆州同，其西昌、昌明、神泉县西山者，并佳……"可见茶已在人们日常生活中占据了相当重要的地位，四川饮茶风气历来很盛，受乡情民俗的影响，喝茶亦是马识途的爱好。

随着茶的日趋普遍，与茶相关的活动也日渐丰富，采茶、制茶、煮茶、品茶、赠茶都慢慢成了文学作品的写作对象，而"茶"这一意象也得以进一步的丰富。从古至今的文人们也从未掩饰他们对茶的喜爱，无论是以茶会友，还是对茶叶本身的热情赞颂，他们都不吝笔墨。这其中除了茶本身风物美以外，更得益于文人之茶，或与其内心情感相契合，或具有某方面的象征意味，又或者与其人格理想相契合，展示了以"茶"为核心意象的茶趣和茶人，是对民俗生活审美意趣的体现，同时也是一种民俗叙事独有的视角展现。

（一）茶趣——民俗生活的审美意趣

陆羽《茶经》中谈道："茶之为用，味至寒，为饮最宜精行俭德之人。"即是说，茶是最适合生活俭朴且志趣高尚的人饮用。"以物载文"历来是中国文化的一大特点，指的是在某种物质中寄寓和承载了某种精神和理念，蕴含着某种文化。马识途笔下的茶俗，包括茶类、饮茶等，从中我们可以感受到他的审美意趣和人生态度。

马识途的作品内容除了描写革命斗争以外，也有相当一部分是写城市中一些小人物的生活，而写作的方式常会以川人最喜爱的"摆龙门阵"的方式来进行，茶正是其中必不可少的。例如他的《夜谭十记》，就是由几个围坐的人，在"心远居"这个公馆里，大家坐着冷板凳，边喝冷茶，边自寻其乐地以"摆龙门阵"的方式讲出来的十个故事。在那时，"茶楼酒肆还是那么划拳行令，呼五喝十"[①]，而对于这些坐冷板凳会的穷科员来说，是没有那个闲钱去酒楼吃得酒醉饭饱的，于是就只能靠"喝冷茶"，开"冷板凳会"来彼此交流。在开讲之时，"会长已经安排好了神位，点了大蜡，中间插上升起袅袅青烟的一炷香，桌上摆了一个古色古香的大茶壶，一溜摆着十只已经倒满茶水的陶茶杯，桌前散放着几条木板凳。会长率领大家一字站开，面向茶壶。大家跟会长

---

① 马识途文集 2：夜谭十记 [C]. 成都：四川文艺出版社，2005：4.

学，举起茶杯，用指头蘸起一滴茶水，弹向空间，这表示献给在天上巡游值班的过往神灵；然后把茶杯里的茶水倒一点在地上，这表示献给当值的土地公土地婆。会长口中念念有词，大概是祝告上苍和过往神灵、土地公婆，保佑我们人在家中坐，不要祸从天上落吧。然后会长端起茶杯，一饮而尽，我们都照办了"[1]。由此可见此中茶俗，是对民俗民间生活的真实反映。吃茶作为一种日常的生活习惯逐渐演变为四川民俗文化的一部分，"特定区域内民俗事象，经过多年的历史积淀，不少已成定格，深深印在人们的脑海中，成为该区域的人文或某一方面的代表"[2]，正所谓一方水土养一方人，四川人对吃茶的痴迷与上瘾使得四川茶俗成了民俗文化中的重要元素之一，并感染着四川人的生活方式。这些特定区域内的风俗习惯，无论是自然形成的，还是人们约定俗成的，都在一定程度上反映了一个民族对生活的挚爱，对"活着"所感到的欢愉。他们把生活中诗情的一部分用一定的外部形式固定下来，并相互交流，融为一体。可以说，地方性的风俗习惯中始终保留着一个民族的童心，并对这种童心加以圣化。正是这样的风俗习惯的传承，才使一个民族永不衰老。

《京华夜谭》故事的发生地也是在四川，其中描述了许多关于"茶"的意趣习俗。于同与上级约在公园的茶座见面时，清茶配的是瓜子，这在当时几乎是公园茶座的标配。之后于同为了完成上级交办的任务再约见冯羽飞也是在晓春茶楼，虽然已经知晓了对方双料特务的身份，但是他还是与过去一样，"迅速带着冯羽飞走出城去，到草堂寺一个僻静的茶座里坐下来"，而冯羽飞则"热心地去买来花生、瓜子和点心"，来招待上级喝茶。肖强与贾云英交流谈话也有数次是边喝茶边聊天。肖强约朋友见面，开展自己的各项工作活动也多与在茶楼喝茶联系在一起，甚至连醒酒，也是可以用喝浓茶来解决的。可以说，故事中的情节，都与茶有着千丝万缕的联系。更重要的是整个故事与《夜谭十记》一样，也是通过"夜谈"的方式讲述出来的，因此文中每每开始讲故事之前，总会写到"我"与肖强聊天的情形，与聊天相匹配的，当然也还是"茶"。无论是"我"与肖强第一次见面，泡着真正的龙井茶，夜谈故事，还是之后"我"又为肖强带去的四川名山的蒙顶茶，并告知他不比龙井差，这

---

[1] 马识途文集 2：夜谭十记 [C].成都：四川文艺出版社，2005：7—8.
[2] 叶春生.区域民俗学 [M].哈尔滨：黑龙江人民出版社，2004：2.

在过去是专门给皇上进贡的茶。喝茶、品茶、聊天,几乎贯串了整个故事,每一章节的开头几乎都会提到,其中不仅有龙井茶,还有为了配合各种好茶的茶具。两人喝茶的杯子用的就是"四川特有的古色古香的盖碗茶杯",由此可见喝茶的讲究。《盗官记》中也提到在"绿荫阁"中,"摆着茶桌和躺椅,既可以悠闲地喝杭州龙井、苏州香片、六安毛尖,还可以叫来可口的甜食点心、时鲜瓜果,真可算是洞天福地了"[1]。在马识途如行云流水般的叙述中,对茶类、茶俗、茶具等的一一展现,我们可以真切感受到马识途不仅仅是个革命作家,他的骨子里还带着中国传统文人士大夫的情怀。两人对坐,他们喝的不单单是茶,还有清雅的意境和情趣,也是古朴宁静的心境,更是属于巴蜀的传统味道和中国饮食的历史文化气息。

四川一直都是中国的一个主要产茶区,蜀中盛产名茶,因其雨水充足、光照适宜为茶叶种植提供了得天独厚的自然条件。北宋四川籍文人范镇在《东斋记事》中就有记载"雅州之蒙顶、蜀州之味江、邛州之火井、嘉州之中峰、彭州之堋口、汉州之杨村、绵州之兽目、利州之罗村"[2]等八地均为四川的主要产茶区,正是因为茶叶的自给为四川地区饮茶的风俗提供了丰富的物质保障。陆羽在《茶经》中也提到过四川茶饮制作过程以及品茶场面,其中就有前文中提到的不输于龙井,也一样扬名在外的蒙顶山茶,"扬子江心水,蒙顶山上茶"足以吸引茶客驻足品茗。

除了讲述故事的人饮茶叙事,故事中的人物也少不了喝茶,根据情形不同,茶也有了不同的意趣形式。《风雨人生》雅乐工委的书记陈俊卿,脚上穿的是草鞋,风里来,雨里去,"渴了喝路边不要钱的'老鹰茶',饿了就在街边的小摊上吃小菜下'冒儿头'。一路有时还喊几句高腔,自得其乐"[3]。由此展示出这位"特种材料做成的人"为了掩饰自己的真实身份,在生活中不拘小节的形象。他原本出身于一个殷实的家庭,参加革命斗争以后,伪装成了一个穷而无告的失业小学教员,长期在农民中做工作,常常与农民们一起参加生产劳动,只有与他们打成一片的举动和行为,才更有利于他去开展工作,也才是

---

[1] 马识途文集2:夜谭十记[C].成都:四川文艺出版社,2005:71.
[2] [宋]范镇.东斋记事[M].北京:中华书局,1997:46.
[3] 马识途文集9:风雨人生[C].成都:四川文艺出版社,2005:503.

他行走的最好身份标识。《亲仇记》中也提到了"刚上市的嫩叶香茶"和"有助你消化饮食，正如摆在小桌上谁都可以舀一碗来喝的老鹰浓茶"，这里的老鹰茶，在四川是与火锅成为绝配的一种茶，四川人素有自采自制自饮老鹰茶的习惯，因它清热解渴，且物美价廉，深受当地民众的喜爱。

在这些衔接文章段落的只言片语中，在人物形象构造、故事背景建设中，我们都不难发现，茶俗这种四川民俗风情标识几乎充盈在了故事发展、人物建构的角角落落，不论民间百姓，还是上层官僚，无一能脱离茶这种饮品。在《巴蜀女杰》里的审讯场面中，当时张萍已经被抓进监牢，特务们依旧给她摆了凳子，甚至还泡了茶给她。足见茶这个意象，作为四川的一种风物，映现出一种习俗风貌。再之后，因为张萍等人的问题，戴笠去见蒋介石，蒋介石对他即使再不满，但是对他的忠心耿耿还是如意的，于是招呼随从给戴笠送茶，就"送茶"这样一个简单的吩咐，本来心理七上八下的戴笠立刻"就像吃了定心汤圆一般，天大的事，都会冰消雪解，不用担心受怕了。茶送进来，放在他旁边的茶座上，其实他哪里敢放肆得去端起茶杯来喝"[①]。只是一件简单的如送茶这样的小事，但在这里却显示了态度，也摆出了姿态。可见茶俗之中蕴藏几千年来中华民族的传统文化，是对民间生活的真实反映。茶礼和茶俗已融入民众们生活的点点滴滴，它是增进情谊促进人际关系的纽带，同时也是中国人生活不可分割的一部分，甚至有时候会成为别有用心之人溜须拍马、阿谀奉承的一种手段。

在马识途揭示领导机构内部问题的讽刺小说《对策》中，主人公康建行绰号叫"康二甩"，游手好闲又不务正业，是靠拍老书记的马屁才当上了副厂长。其中也有一个泡茶的细节，虽没有一句谩骂的叩问，也无花哨的语言，但却讽刺了其"马屁精"行为，塑造出了一个习惯了为老上级服务的人物形象。"胡书记站起来，慢慢吞吞，到洗手间去洗了手，走回客厅。康二甩早已赶在前头，给首长重新泡好了茶，放在沙发前的茶几上。胡书记坐下来，端起茶杯，揭开盖子，那袅袅飘起的热气中飘来龙井的香味，这是康二甩不久以前出差去杭州，顺便给他带回来的。胡书记用嘴吹开浮在茶水上的

---

① 马识途文集 3·巴蜀女杰 [C]. 成都：四川文艺出版社，2008：301.

茶叶，呷了一口，满意地咂咂嘴皮。这也是他无论上班或在家，每天早上必有的享受"①。寥寥数笔，仅是冲茶、泡茶、喝茶的一系列动作，便勾勒出一个如何溜须拍马、百般逢迎，而另一个又是如何理所当然、乐于享受的官场现形记。

马识途笔下，无论是街边常见的老鹰茶，还是龙井、蒙顶茶等等，这些茶有一个共同点，即都是民间寻常百姓常喝的茶，也都是粗茶。他以一种温情的民间叙事态度，将各种茶俗茶礼茶趣融入作品中，对民间生活进行了诗意的呈现，在他笔下的民间生活看起来充满了勃勃生机，生动有趣，同时还成了塑造人物形象的一种手段，使之立体而又生动，平凡而又朴素。各类茶事成了他描写民间生活的意趣底色，不仅能让读者体会到浓厚的民俗生活气息以及强烈的生命精神，还传递出一种审美意趣，展现着一种民间文化的精神。

（二）茶人——民俗也是叙事视角的介入

茶人，此处并非指采茶或制茶之人，而是泛指一切热爱茶和喜欢喝茶，甚至是需要喝茶的人。中国的茶，常分作两类：一类是在文人手中的茶，大多以讲究品茶，或借茶遣兴，或以茶抒怀为主要表现，总之是充满了诗情画意的格调意境；另一类是在平凡百姓手中的茶，既无唐人的浪漫或宋人的礼仪，仅是如家常便饭一般地喝茶，散发出寻常人家的世俗烟火味道。马识途描写的茶，自然属于第二类。

马识途笔下与茶有关的人物大致分为三类：一类是民间一些微不足道的小人物。这些人并非精英知识分子，不是财大气粗的商人或振臂一呼的政治家，他们就是普通的山野茶房，或是仅能养家糊口的茶客，又或是在茶馆等生意做力气活的"背二哥"，他们平淡自足，热爱山野或市井生活，并接受生活给予的一切。对他们来说，喝茶不过是喝个味道，或仅仅就是一个谋生的工具，他们喜欢的是在茶馆中广知天下事，又或者在喝茶中闲谈各种传说故事的感觉，在这其中并无任何特定的人生理念。甚至茶水的温度、茶具的精美、环境的优雅，都不是他们所在意和考量的，然而正是这样的一些人物，他们构成了整个

---

① 马识途文集 7：讽刺小说及其他 [C]. 成都：四川文艺出版社，2005：85.

故事情节的必要节点,缺了他们,可能会影响相关革命工作的顺利开展,或者导致一些必要的信息无法散播。总之,他们是看上去毫不起眼的小人物,然而却缺一不可。

例如《京华夜谭》鸡鸣旅馆的茶房小任,他虽然只是游击队派到三河场来打探消息的坐探,但是冯羽飞等人到来的消息以及之后几天的详细行踪,一直是他留意、跟踪并及时汇报上去的,所以还未等见面,他们的行踪其实于同等人早已了如指掌,之后见面时的问话,无非是例行公事而已。如果没有这样打探消息的"茶房",游击队也不可能及时掌握第一手消息。而在《小交通员》中的这位茶房比较不同,"这种茶房我见得很多了,无论是年老的或年轻的,都是那样热情、有礼貌而又有几分狡猾的样子。他们无例外都是一乡一镇新闻方面的权威人士,在他们的脑子里存得有一部乡土编年史,只待你去翻看。他们无例外都很会摆龙门阵,似乎哪一个要不会用那些奇闻逸事把旅客逗得喜笑颜开,他就不配领受乡镇栈房的茶房的光荣称号。这个栈房的茶房姓周,和我坐下就摆个不完,正好,这可以帮助我了解这些地方的情况"①。这个看上去并不起眼的小人物,却是让"我"对小丁这个"壮丁贩子"形成第一印象的关键人物,可以说不是这位茶房老周配合,小丁即使有"我"的帮助,可能也难逃被抓壮丁;如果不是这位茶房,"我"当然也就不会好人做到底给小丁衣服还有钱;当然如果不是这位茶房的描述,对小丁这个"壮丁贩子"惯犯的形象做了铺垫,之后当"我"再次见到他时也不至于那么惊讶于他交通员的身份,更不可能因为之前对他的耳闻目睹而看不上他。当终于通过老胡之口解除了误会,"我"这才恍然大悟,原来这并非茶房口中那所谓的"专门给人家顶替壮丁卖钱又脱逃回来再卖的壮丁贩子",而是为了给穷兄弟顶祸事,或赚了钱救兄弟的行侠仗义的烈士后代。如此一来勾勒出的形象,前后对比之鲜明,人物形象之具体,如非之前那位茶房口中的描述做铺垫,仅是平铺直叙出来小丁其人,绝不会达到如此的效果。

对于当时的许多人来说,到茶馆喝茶消费本身其实并不重要,更大的意义在于在茶馆中可以获取许多新闻信息。通过茶客之间的人际往来,三教九流聚

---

① 马识途文集6:中短篇小说[C].成都:四川文艺出版社,2005:264.

集在茶馆里讲述所见所闻,议论时下热门事件,也不乏有心之人利用茶馆这个空间传播相关的信息。"少城一日坐,胜读十年书"说的就是当时成都少城公园的茶馆,那是文人墨客、政府官员人际交往的必去之处,也是探听消息的最佳地方。《雷神传奇》中那些"街头巷尾的茶馆里都在说"的关于雷神的传说正是通过茶馆中的茶客们广为传播出来的,以至于巴到烂老爷根本查不出到底是谁第一个讲出来的。每一个茶馆中的茶客在此时都更像是一个口头文学家一样,对自己听到的进行艺术的加工,将故事传说得越神越好,"说的人都是装得那么神秘而又喜笑颜开,对着别人的耳朵说悄悄话的样子,可是那声音却大得十个人也能听得清楚。听的人笑着,一面在作精神享受,一面却留心在对方的传说中寻找闪光点,以便在自己去传说的时候,可以进行深度加工,说的更活龙活现一些"[①],正是因此,很快就传进了地主老爷们的耳朵里去了,让他们宁可信其有,想赶快筹钱修整好雷神殿,以免雷神真的会下山"显灵"。由此可见,茶客们的威力和功效,实在是让这些地主恶霸们也胆战心惊。当然,除了那些普通的茶客们,"在茶馆里三州六县的人都有,喝起茶来就神吹乱说,交流他们在路途中听到的各种各样的消息"[②],而且这里也有不少在茶馆里一边喝茶一边等生意的"背二哥",正是因为这样一群人的存在,在之后才让雷神得到了山防局准备派人上山暗杀他的情报,而另一方面也让山下的人听闻了不少雷神骑马杀人、惩强扶弱的事迹。因此不管是普通的茶客也好,还是这些"背二哥"也罢,他们都是来自社会最底层的人民,他们以口口相传,道听途说为生活的乐趣,正是这样的特性,成了信息传递的最好的途径和方式。

第二类是诸如联大学生之类的民间知识分子们。联大学生"泡茶馆"这一现象,不仅在马识途笔下有提到,在汪曾祺等文人笔下均有所涉及。《风雨人生》中"我"与同寝室的同学天天去泡茶馆,并在茶馆里做作业和闲谈中,有意识地结识了一批思想进步的朋友。当时"'泡茶馆'在西南联大是任何同学每天的生活日程中不可缺少的活动"[③],因为学校教室较少,图书馆也没有足

---

① 马识途文集 5:雷神传奇 [C].成都:四川文艺出版社,2005:15.
② 马识途文集 5:雷神传奇 [C].成都:四川文艺出版社,2005:197.
③ 马识途文集 9:风雨人生 [C].成都:四川文艺出版社,2005:354.

够的位置用于自习,宿舍就更不可能了,"于是在大学附近的小街上便应运而生地开了许多小茶馆。同学们一下课便三五成群地抱起书本到茶馆里去,只要花大概只相当于今天的一两角钱,就可以泡上一杯清茶,坐上半天。大家就可以就着小桌读书做作业了。可以说,西南联大的大多数同学,每天都有几个钟头消磨在这样的茶馆里。许多的学业成就于此,许多学术论文和文学作品产生在这样简陋的茶馆里。自然,这里也是同学们娱乐的地方。除开在茶馆里读闲杂书消遣,可以纵横天下大事,高谈阔论外,许多同学便在茶馆里下棋、打扑克"[①]。西南联大时期,正值中国抗日战争时期,当时不乏怀揣爱国热情投身革命战争的学生,马识途在这里描述自己的经历,也写出了与他一般在严酷的政治环境里过着普通生活的同学们,虽然这里暂时还没有出现为抗战呐喊,为启蒙呼救的场景,看上去他们与任何时代的学生无异,一样的读书、聊天,甚至玩乐。作者从民俗的视角切入,还原了在战争时期中,普通学生们的生存状况和个体意识。这种还原,更多的是一种对民间精神的还原和"人"的本性的还原和展示。这一点倒是如汪曾祺所说:"那是一个污浊而混乱的时代,学生生活又穷困得近乎潦倒,但是很多人却能自诩清高,鄙视庸俗,并能保持绿意葱茏的幽默感,用来对付恶浊和穷困,并不颓丧灰心,这跟泡茶馆是有些关系的。"[②]

还有一类与茶有着重要关联的人物是马识途的讽刺小说中出现的官场之人。他们有的来自农村,有的就是生长于城市,不管他们的背景如何,成长经历如何,他们有一个共通性就是现在不大不小都是个领导,因此在那些所听、所想、所观、所感中,茶是一种身份的象征,也是一种信号的展示,而喝茶不仅用于消磨时光,更是一种有格调有品位生活的暗示。

《学习会纪实》就展现出一个局领导班子的一次学习会的场景:主角常书记,靠说空话、"炒陈饭"过日子,他开会时端的是一个精致的瓷茶杯,这是"别人转送给他的陶瓷厂试用新产品——夹层瓷茶杯,放进他特别托人从杭州顺便带回来的高级龙井茶,泡上水,端起来闻一下龙井茶散发出来的香味,并

[①] 马识途文集9:风雨人生[C].成都:四川文艺出版社,2005:355.
[②] 汪曾祺全集[C].北京:北京师范大学出版社,1998:374.

且品了一口，看一看瓷茶杯上金色的兰花"①，而与他一样，迟到的赵书记也是端着一个描金瓷茶杯，泡好了茶才进来的。这些领导们大多饱食终日，无所事事，在学习会上身在曹营心在汉，不是埋头批阅公文就是谈论私事，泡茶这件事与上厕所、工间操一起成了大家中间暂时离开学习会现场的借口。这各色人等聚集在了一个小小的局机关中，这样的一次学习会，彷如一盏强烈的聚光灯，照出了个个懒散、骄奢又懒惰的一批领导班子原色。

在《我错在哪里》中讲到的Y副县长，是从农村提拔起来的干部，自身行为有诸多自我矛盾之处。早上一进办公室，"趁公务员才提来的滚烫开水正适宜于泡茶的时机，急忙泡好他的三级花茶。他坐在床边的藤沙发上，端起他做过相当大的投资的宜兴陶胎、套以镀金外壳的茶杯，欣赏一会儿，看那茶杯里的水汽在太阳光下悠然升起，一股香气扑鼻而来，真叫人心旷神怡。他满意地呷了两口茶，然后站起来提起喷壶，给摆在窗口亭亭玉立的君子兰浇上一点水"②。君子兰与茶一样，是他东施效颦般学着省城那些首长们的雅兴，好让自己看起来像那么一回事，就连在做报告之前，他并非有着喝茶的习惯，而是突然"想起为了声音洪亮，必须润一润嗓子。他端起刚泡好花茶的茶杯，吹开叶子，呷了一口"③，才开始继续读起手上的讲话稿的。如此，一个行为举止并非符合自己性格特点的，而是有意而为之的干部形象油然而生，于是也就不难理解这样一位Y副县长，为何会一边做着"五讲四美"的演讲，一边还会随地吐痰，结果在引得哄堂大笑之时竟不自知错在何处了。

这些茶人茶事，既不浪漫也不优雅，更谈不上高尚或是完美。他们都没有轰轰烈烈的人生机遇，也没有做出过多么大的贡献。马识途以民俗的视角切入了这些茶人的人生，叙述了其间发生的各类茶事，没有直叙他们的不幸或是不争，更没有试图去改造或启蒙他们。他笔下的这些普通茶人在生活之中展示出来的或纯良宽厚或骄奢懒惰表里不一的品性，都是他们在当时的那段历史时期中，生存的一种方式。茶客们让我们看到的是市井百姓内在的坚

---

① 马识途文集 7：讽刺小说及其他 [C].成都：四川文艺出版社，2005：53.
② 马识途文集 7：讽刺小说及其他 [C].成都：四川文艺出版社，2005：137.
③ 马识途文集 7：讽刺小说及其他 [C].成都：四川文艺出版社，2005：144.

韧与美好，机关中的领导们让我们看到的是腐朽的官场之气，但是无论是什么都是每一个时代中必然发生并呈现出的一种人与事，是一种对历史的自然描述、记录和展现。

二、茶馆——民俗叙事空间的建构

巴蜀的地域风光与历史文化积淀，一直是影响本土作家们创作思维方式和价值取向的重要因素。周作人曾在《地方与文艺》中指出："风土与住民有密切的关系，大家都是知道的，所以各国文学各有特色，就是一国之中也可以因了地域显出一种不同的风格……在中国这样广大的国土当然更是如此。"①吴越文化之于鲁迅、湘西文化之于沈从文、北京文化之于老舍等等，皆因作家本身不同地域文化背景而呈现出文学的风格差异性。同样的，文学艺术空间的构建也离不开社会环境普遍存在的主要特征，茶馆这一在中国各地大小城市都存在的公共空间，也同样因为不同的地域文化的影响，从而造就出了茶馆不同的民俗风情和社会现象。如老舍的《茶馆》，汪曾祺的《如意楼和得意楼》，鲁迅的《药》等作品，就写到了北京的茶馆，扬州的茶馆以及绍兴的茶馆。同样茶馆也是川籍作家们展示四川生活不可避开的空间形态，它身为四川环境中不可或缺的一部分，尤其在成都，"坐茶铺，是成都人若干年来就形成了的一种生活方式"②，茶馆是四川地域集体群像的集合地，通过茶馆景象的描绘不仅能体现当时四川社会的生活境况，也能更直接地传达出作家自身立足于本土的创作诉求。而"坐茶馆"作为四川人的一种生活方式，是了解四川社会文化及历史的一扇重要的"窗口"，也只有通过这个"窗口"，打开这个"窗口"，才可能更深刻地了解四川历史的变迁以及文化的沿革。

川籍作家们尤其擅长于描写四川的茶馆，并以茶馆为依托展开不同方式的叙事，例如四川的哥老会、保路运动、抓壮丁、卖官鬻爵等社会事迹都在茶馆里发生，文人们用自己的笔墨方式营造出了四川茶馆的时代面貌和传统空间情调。由此展现出的民俗生活相及风物风景成了民族性、国民性特定内涵及气质

---

① 周作人散文（第2集）[C].北京：中国广播电视出版社，1992：212.
② 李劼人选集（第一卷）[C].成都：四川人民出版社，1980：340.

的一部分，尤其是川人气质的一部分。这为文艺创作中民族性格的塑造以及作品的民族化表现，提供了纯正而又悠长的生活之源。例如沙汀的《某镇纪事》《风波》《公道》《淘金记》开篇就是以茶馆为背景，《模范县长》《在其香居茶馆里》更是全文以茶馆为唯一环境进行文学创作；李劼人《死水微澜》《暴风雨前》《大波》展现了茶馆在时代中的变迁，同时也通过茶馆的变化隐射时局的动乱以及川人生活心态的起伏；马识途的《清江壮歌》《巴蜀女杰》也都出现了各种与茶馆相关的情节，《京华夜谭》和《夜谭十记》更是通篇以"喝茶"为串接的线条，《三战华园》整个故事是以茶馆为背景讲述茶馆中发生的其人其事。这些文学作品不仅仅展现出了茶作为饮食文化中的"饮"文化的内涵意义，更丰富了"茶"之所在地茶馆的各种功能性意义，再与喝茶的形式，喝茶的习俗一起共同构成了以"茶"为核心的"茶"文化风情图卷。

　　如前文所述，马识途的作品主要包括三个主要的叙事空间，一是四川，二是重庆，三是鄂西。因为他生活与工作的主要经历，其中浓墨重彩的空间核心放在了四川成都。以当时成都的茶馆情况，"茶馆共计454家，省城街道516条"①，即是说在最鼎盛繁荣的时期几乎平均每条街道至少一家茶馆。在他的《京华夜谭》中就提到老陈再次与肖强接头时，去西门外花园坊茶社去坐茶馆准备接头，喝了茶，再坐一坐，出了茶社，"径直往西走到茶店子，找一个清净的茶馆再坐下来"②，继续未说完的话。足见当时成都茶馆之密集的情况。除了茶馆的数量之多，茶馆与人们的生活关系也是极为密切的。马识途曾在《四川的茶馆》一文中说道："四川的茶馆和四川人的生活，有不可分离的关系。有人说四川人一辈子有十分之一的时间泡在茶馆里，这个话在解放前来说，并非夸大之辞。那个时候，城乡各地，遍布茶馆，不要说成都、重庆的大街小巷找得到大大小小的茶馆，就是在偏僻的乡场上，也必定找得到几家茶馆。如果是赶场天，比成都的茶馆还要热闹一些，茶桌子一直摆到街沿上来"③。也正因此，茶馆几乎成了马识途大部分作品中的"标配"，构建出人

---

① 傅崇矩.成都通览[M].成都：巴蜀书社，1987：25.
② 马识途文集4：京华夜谭[C].成都：四川文艺出版社，2005：351.
③ 马识途.四川的茶馆[J].茶博览，2010（9）：3.

物活动环境的重要空间。叙写故事情节中均能见到"茶馆"的踪迹,无论是对四川日常生活的描述,还是对四川鲜明个性的风土人情展示,茶馆都是关乎这两者的标志性符号。

(一)个性化的民俗叙事空间

四川茶馆作为川人的日常生活场所,同样在地理环境的影响下保留了其特有的巴蜀地域内涵。"四川的茶馆,其实发挥着多功能的作用,集文化、经济以至政治的功能于一体。茶馆是大家喝茶、休息、亲谈、消遣、打发时光的好地方,也是作各种文化艺术享受的地方。在那里,你可以听到川戏,四川清音,说唱,摆龙门阵,扯乱弹,以至皮影木偶表演。当然,那里也是人发挥讲演天才的地方。在那里,大家可以高谈阔论大小事情,只要你不触犯墙上贴的'休谈国事'的禁令。在那里,你可以听到各种绘形绘声地描述着的大道小道消息"①。正如马识途自己说的那样,他将茶馆当成了解生活的对象,也是一个集文化、经济、政治功能于一体的地方。同时也正是这种在茶馆观察人生的视角,形成了其独特的民俗叙事视角,不仅是对四川民间日常生活的一种再现,也是对本土民俗风情的一种空间展示。在现代文学中,茶馆与胡同、寺庙、家等一系列的空间结构形成了一个具有中国传统文化表征的空间意象群,在这个群体中的每个个体空间意象都有其独特的意义和价值,"在这些文学叙事中代表着边陲、内地中国的空间环境与意象里,还出现和存在着更具体、更深层地承载和寄寓主题的空间意象群落"②。茶馆空间以其丰厚的"地方性"特色成为构建四川地域民俗风情的最佳空间选择。作者所塑造出的各式茶馆空间,往往渗透了其本身对四川社会本土风情的自我判断和理解,从而形成了多角度的茶馆空间意象。

《三战华园》是马识途创作的一部以茶馆为背景的小说,是一场在成都东大街有名的华园茶厅展开的殊死斗争,表现出城市中惊心动魄的地下革命斗争。故事围绕三次在华园茶厅发生的战斗,描述了一系列以茶客、茶人、茶事为主旋律的惊险曲折的情节,让一场原本平常的"接头"扣人心弦。一战华园

---

① 马识途.四川的茶馆[J].茶博览,2010(9):3.
② 逢增玉.现代文学叙事与空间意象营造[J].文艺争鸣,2003(3):11.

中描述了茶厅的位置和茶厅的规模,"地处闹市中心,四通八达,附近有许多大小商场、银行和交易所,还有许多旅馆、饮食店、澡房,隔寻欢作乐的天涯石街也不很远。这个茶厅的规模宏大,房屋高敞明亮,进门一连三个大厅,中间隔着天井,里里外外都摆上茶桌,可以坐二三百人喝茶,这里用的茶叶是每年由名山贡茶专门焙制的,茶味香醇,茶具也很考究,一色白瓷盖碗和铜茶船。一进厅门,便可听到到处是茶倌吆喝'开水'之声和铜茶船当啷的响声,接着就可以欣赏茶倌提起大铜壶向茶碗掺开水沏茶的高级技术表演,他提起茶壶居高临下,掺水恰到碗边,不多不少,桌上一滴也不抛洒。这里与别的茶馆不同,还有专门擦脸手巾送给茶客擦洗,手巾上印得有星期几的红字,既证明这里手巾是每天更换,十分卫生,又让你顺便知道今天是星期几。这个茶厅还挂了许多名人字画,格言谚语,供你欣赏。正因为这样,这个茶厅每天一开门,就人进人出,热闹非凡,大半是做生意买卖的,还有调解纠纷的,说和官司的,也有独自闲坐品茶的,或者三朋四友碰头说话的,三教九流的人都在这里混进混出。国民党广的和土的特务在这里不断进出,共产党当然也利用这种繁华之地来碰头约会。至于卖报刊的、卖香烟瓜子的、卖甜咸小吃的、算命看相的、擦皮鞋的,还有'包医梅毒'的,径直在茶座中间穿来穿去,当然有时还能听到卖唱的咿咿呀呀的夹着哭腔的歌声:'月儿弯弯照九州,几家欢乐几家愁……'"[①]在茶馆这样一个鱼龙混杂之处,上演了一出特委副书记老史与敌人之间斗智斗勇的好戏。他不仅在伪装成小茶倌的珠珠和小川这两个小交通员的帮助下成功地给地下党的同志传递出信息,避免其掉入敌人的陷阱,还将计就计戏弄了敌人一回。二战华园,在华园茶厅中首先演了一场让敌人相信的李代桃僵的好戏,与假扮的"洪英汉"接头完毕之后,老史去了"春熙路南段的饮涛茶楼"假装喝茶,实际是为了诱使跟踪自己的特务露出马脚,进而"分梢",接着老史继续又去了春熙路北段的"漱泉茶楼",之所以选择这里,因为"这是一个开在二层楼上的茶馆,一南一北有两个楼梯上下。附近的岔路很多,可以往大街北去,可以往大街南去,可以往对面三益公小巷穿出去,也可以钻到隔壁的基督教青年会里去,还可以从青年会隔壁卖花的铺子锦华馆钻进

---

① 马识途文集 6:中短篇小说[C].成都:四川文艺出版社,2005:191—192.

去，出后门转到科甲巷"①，而且在这个茶馆中，还有"摆得很密的茶桌"，在那些茶桌中间还有不少"转来转去的卖花生瓜子香烟的小贩和看相的老头"，很明显，利用这样的一个具有天时地利人和条件的地方来"丢梢"是再合适没有了。三战华园才轮到了真正的洪英汉出场了，敌我双方都在茶馆中与他接头，在这个人头钻挤的大茶厅里不断上演着"盯梢与反盯梢""接头与传信"等各种戏码。茶客不是简单的茶客，可能是武工队员，也可能是盯梢的特务，也可能是真正与洪英汉接头的人。最后通过在茶园中假扮成擦皮鞋的小交通员珠珠，将洪英汉从茶厅引回到了客店，最终在老史等人的帮助下，得以成功救出洪英汉，并顺利地完成了接头任务。在整个过程，茶馆这一区域显示出了四川茶馆所独特的公共社会功能。茶馆除了喝茶以外，还售卖香烟瓜子、花生等零食和甜咸小吃，还是各类服务行业的聚集地，算命看相、擦皮鞋、掏耳朵等流动性的劳动者都可以在茶馆里随意进出买卖，这都是为了方便茶客享受到茶馆的舒适。这些活动项目是茶馆经营手段，也是茶馆主要功能——消费娱乐的集中体现，也正是因为这些功能，才为地下党人的活动创造了天然便利的条件。在马识途的不少作品中，茶馆常常作为接头商谈、传递信息的一个最佳活动空间存在的，在某种意义上，茶馆成了革命的传播地，由此可见茶馆对中国革命事业的成功起着至关重要的作用。

  茶馆中进行的各项活动在文艺创作中对文学文本的叙事结构以及情节发展同样起着关键的作用。因为四川地域环境的原因以及现代历史时期特定的一种社会因素，从而演化出了个性特征明显的茶馆叙事空间。在四川，坐茶馆这件事已经变成了一种日常普遍行为，因此茶馆这个空间成为文艺创作中重要的叙事空间主体也是顺理成章的。在文学文本中给茶馆这一空间的定位不再局限于是一个提供客人茶水茶座、休闲享受的空间结构，它具有多重空间功能。但是首先茶馆是一个服务空间，它满足人们的各项消费，这些附加服务都是招揽茶客、提高茶馆收入的手段。如《三战茶园》中提到的供烟、开水、擦皮鞋等有偿服务之外，还有说书、清唱等民间表演艺术，形成茶馆、戏园、说书场的完美结合。《亲仇记》中就讲到了铁柱带着盼盼走街串巷地以卖唱为生，当他们

---

① 马识途文集 6：中短篇小说 [C]. 成都：四川文艺出版社，2005：203.

"眼见茶馆里坐满茶客,这是最好的演唱地方。铁柱和盼盼走进一个叫'茗香'的茶馆里去"①,原本开始只是茶馆老板出于一片怜悯之心,心肠好让他们来求碗饭吃,可不料给了他们卖唱的机会以后,盼盼"亮开歌喉才唱了几句,马上把满座的茶客吸引住了。茶馆里原来是闹纷纷的,现在却一下变得清风雅静,都把头转了过来,望着盼盼。为她那嘹亮的清音吃惊了。一个小曲过去,满堂喝彩"②。这样一来,茶馆老板不仅过来给他们泡了两碗润喉的茶,还带头给了他们赏钱,并留他们在茶馆里休息。因为他们在茶馆里的精彩表现,让老板看到了商机,因此把他们留了下来,谈妥了条件,开始了他们的驻唱生涯。但是在这期间仍有一些当地的痞子们到茶馆起哄,"或者入了'流'的歪人,到茶馆来消遣,硬要盼盼唱什么'五更花调',故意拿盼盼取乐"③,而张老板也尽力地去处理解决这些事,因为盼盼父女俩在茗香茶馆的说唱表演,茶馆的生意也越来越好,他们的名声也越来越大了,"就是不大到这种三等茶馆来落脚的绅粮们,也有时到'茗香'来歇歇脚,泡碗茶,其实是为了听盼盼的演唱。更不用说那些绅粮财主们的少爷们了。有的在茶馆里包了桌子,来不来都给钱。他们来听了盼盼的演唱,给的赏钱也很大方。其中有些浮浪子弟,一天闲得发腻,就把到'茗香'来听盼盼清唱,作为他们寻欢取乐的最好去处"④。还有一些甚至花大钱,在茶馆关门后,要他们唱专场的。由此可见,"解放前成都是所谓消费城市,既然是消费城市,想必是游手好闲的人多,坐茶馆混日子的人多,因而茶馆也就多"⑤。许多茶客们喜欢把闲暇时光耗在茶馆里,"有着上等职业和没有所谓职业的杂色人等,他们也有自己的工作日程,而那第一个精彩节目,是上茶馆。他们在那里讲生意,交换意见,探听意见,探听各种各样的新闻。他们有时候的谈话是并无目的的,淡而无味和繁琐的。但这是旁观者的看法,当事人的观感并不如此,他们正要凭借它来经营自己的精神生活,并找出现实的利益

---

① 马识途文集 2:夜谭十记 [C]. 成都:四川文艺出版社,2005:267.
② 马识途文集 2:夜谭十记 [C]. 成都:四川文艺出版社,2005:268.
③ 马识途文集 2:夜谭十记 [C]. 成都:四川文艺出版社,2005:269.
④ 马识途文集 2:夜谭十记 [C]. 成都:四川文艺出版社,2005:269—270.
⑤ 巴波. 坐茶馆 [A]. 茶之趣 [C]. 彭国梁主编. 珠海:珠海出版社,2003:294.

来"①。对他们来说,茶馆一方面是用来打发无聊时间的一个公共场所,同时也是获取精神安慰和心理需求的重要空间,茶馆里各种各样的消费选择,尤其是说唱表演有一定的吸引力,于是使得茶馆成了人们闲适生活中不可缺少的部分。

其次,茶馆还充当着餐馆、旅馆的角色。茶馆不仅允许客人们带吃食进茶馆,也会自己准备餐饮以备客人所需,《三战华园》中提到成都锦江边一个大川菜馆竟成园,同时附设有茶园;《京华夜谭》中提到双方接头的地址是在外西高陞茶园,肖强住的小旅店本身就附设有茶园,相当地方便。"我吃罢饭没有事,从房间走出来,就坐在茶园里喝闲茶、翻报纸或看闲杂书。这样连坐几天也不会有人怀疑的"②;之后还写到当时成都很阔气的"沙利文"茶座,"连美国军官都常在这里出入,喝酒取乐,逗女招待。于同这么说,不过是叫茶客们听到,知道他们并非无事可做,只能在这种二三流大众茶楼里消遣混日子的闲散军官,而是高级茶座沙利文的顾客呢"③;《清江壮歌》中陈醒民到东大街"且宜居"茶楼去接头时,茶座"隔壁是大包间,一间一间的包房正在热闹地进行着酒宴"④。当然虽然茶馆具有其他的一些空间功能,但也都以茶馆本身的休闲消费的空间属性为基础来完成与实现的,这也是作者描述茶馆空间的主要着力点。

茶馆在文学文本中体现为一个聚焦的空间形式,即是说作者在叙述茶馆这一场景时,茶馆是主体空间,茶馆之外的空间环境被分割模糊,成了单一的叙事空间,由此作者可以利用茶馆叙事空间主体实现对真实生活的多方位映照。《三战茶园》正是如此,从这篇具有典型性的茶馆空间的作品可见,茶馆在产生休闲消费性能的同时,反射了难以言喻的社会影像,展现出独特的文学风采与魅力。同时它在文学中也是一个局部的空间形式,当茶馆成为文本中的一个空间单元时,它就不再是唯一的空间主体,仅是故事情节发展中的一个空间设置,例如《京华夜谭》中的高级茶座就与"餐馆的雅座、黑暗的电影院"以及

---

① 沙汀文集(第二卷)[C].上海:上海文艺出版社,1986:205—206.
② 马识途文集 4:京华夜谭[C].成都:四川文艺出版社,2005:195.
③ 马识途文集 4:京华夜谭[C].成都:四川文艺出版社,2005:266.
④ 马识途.清江壮歌[M].北京:人民文学出版社,2008:70.

"游乐场以至高级的鸦片烟馆、妓院"等空间一起成为掩饰肖强身份与地下党接头的地方。它们都有一个共通性，那便是人多，易于在有任何突发情况下逃走。它们都是作品中的空间单元，这些空间单元的组成与切换都与故事情节的推演有着密不可分的联系，运用叙事空间的变换呈现出一个多中心的时代空间背景。20世纪20年代到40年代茶馆空间的如火如荼与硝烟弥漫、局势紧张的战争环境形成了鲜明的对比，在成都，无论是经历了保路运动，还是遭受了大轰炸，去茶馆的人依旧络绎不绝，茶馆数量依然居高不下，"成都的茶馆之多，有如巴黎的咖啡馆。初见成都的人，第一个印象便是茶馆太多"①。茶馆景象的繁荣兴旺与时局的动荡对比形成反差效果，在一定程度上更能反衬出社会的动荡不安，以茶馆中喧哗热闹的乐景衬托出人们慌乱、悲苦的哀情，人们需要依赖某些物质消费或精神享受来暂时逃离现实困境并解脱自我、规避现实，在茶馆这一空间中的对照下反而透射出社会多灾多难的本真状态。

（二）茶馆空间的延伸功能

茶馆聚集了当时社会中的各色人等，作为他们理想的休憩场所，它以最大程度上对社会阶层关系的简单化来满足了大部分人获取茶馆空间和谐感以及自由感的愿望，再加之茶馆本身贴近普通民众，契合中下层人民的消费水平，与舶来品咖啡馆相比，物美价廉的茶馆无疑更符合民众的消费理念。就茶馆空间叙事目的而言，马识途的茶馆空间叙事模式主要分为两类：一类是纪事型叙事；另一类是隐喻型叙事。茶馆作为物质消费空间，主要还是满足人们对物质生活的追求。人们到茶馆喝茶聊天，抽烟看戏等这些娱乐活动都是在茶馆消费中的重要项目，也是人们日常生活的常见状态，马识途作品中展现出了四川社会的真实景象，其中不少篇幅描写了成都的生活场景，街道、餐馆、茶馆、酒馆等都是他笔下描写的空间形象，新南门、努力餐、春熙路、人民公园、晓春茶楼、涤茗茶馆、漱泉茶楼等都是马识途作品中出现的文学空间，四川社会的面貌更迭就浓缩在这些空间形象的演进中。《巴蜀女杰》中因为卡车抛锚，于是所有人一起下了车，首选便是"相约上街坐茶馆"，说闲话。《清江壮歌》

---

① 秋池.成都的茶馆（上）[N].新新新闻，1942年8月7日，第7版.

中十里铺正街的茶铺,是任远和王东明接头的地方,这是一个"半大不小的茶铺。他走进去,选一个既不当道也不太偏的茶座坐下。刚好今天逢场,一会儿街上就热闹起来了,到茶铺来喝茶的人着实不少。他一面听五颜六色的人摆各种各样的奇闻趣事,一面暗地留心进来喝茶的人"①。

茶馆作为文学文本中一个容纳众多"巴蜀意象"的空间,马识途利用其中铢积寸累的情感成像,构造出了民族情感态度的生发地,借此书写隐蔽情感欲望和表达立场诉求,这就是隐喻型叙事。隐喻型叙事其中一方面是就茶馆空间的延伸功能而言的,它是茶客消磨光阴的栖息之地,也是买官卖官、"吃讲茶"、袍哥权势活动等的中心。它是当时四川社会现状中丑陋现实的会合场,为揭示社会封建、落后以及政治黑暗的弊病,人性麻痹、颓丧、丑陋提供了别有风味的叙事空间。

凡人说起中国的茶,大都会想到四川的茶馆。四川的茶馆和四川人的生活,有着密不可分的联系。茶馆在四川的历史文化中一直经久不衰的主要原因,并不单单只是在于它的休闲娱乐性,还因为它在交往关系中往往会形成一种公众舆论,而在其背后蕴含的复杂政治文化形态才使其成为作家笔下展现四川风貌不容忽视的重要叙事空间,也相应地形成了丰富多彩以及描写立场也各不相同的多重茶馆主题。四川的茶馆不仅仅是用来喝茶消遣,在政治活动中,比如卖官鬻爵之流,茶馆更是进行讲价的好场所。《盗官记》这个故事就是从少城公园里的鹤鸣茶社开始讲起的,而这里也是卖官鬻爵的内幕发生地。"少城公园里有一个鹤鸣茶社。在那里有一块颇大的空坝子,都盖着凉棚,面临绿水涟漪,是个好的风景去处。凉棚下摆满茶桌和竹椅,密密麻麻坐满喝茶的茶客,热闹得很。到处听到互相打招呼、寒暄问好的声音,到处是茶倌放下铜茶盘叫着'开水'的声音。这是一个普通的茶座,那些做小生意的,当教员的等等小市民们,就在这里来谋事、说合、讲交情、做买卖、吵架、扯皮,参加'六腊之战','吃讲茶'……在这里商量买卖,研究机密,揭人隐私,搞阴谋诡计,都是很理想的地方,当然也是公开卖官鬻爵的好地方了"②。不仅如此,马识途还在《四川的茶馆》中谈道:"那些黑社会势力更是以茶馆作为

---

① 马识途.清江壮歌[M].北京:人民文学出版社,2008:124.
② 马识途文集2:夜谭十记[C].成都:四川文艺出版社,2005:71.

他们的大本营,许多有点名气的茶馆,本来就是黑社会势力的头子们开的。他们窝藏盗匪,私运枪支和鸦片,买卖人口等等罪恶活动,都是在这种茶馆里策动和进行的。有时候那里也是那些黑社会势力之间进行妥协谈判的地方。他们叫做'吃讲茶',谈得好倒也罢了,谈不好往往就叫枪杆子发言,在茶馆里乒乒乓乓地打了起来,血肉横飞,殃及无辜的茶客,真正想寻找清闲的茶客是不到那种茶馆去的"[1]。在这一段对茶馆功能的描写中,延伸出对四川袍哥的展现。袍哥与茶馆的密切联系是四川社会特有的现象,这与四川社会公共生活及其空间的变迁是息息相关的。四川袍哥以下层民众为主体,囊括了士农工商各阶层。作为基层社会的管理者,袍哥对公共事务的卷入程度、对民众公共生活的参与度都是一般江湖组织无可比拟的。在马识途的作品中便展现了当时茶馆一个重要功能是作为袍哥组织或商业帮会聚会、办公之地,也正是四川独特的社会和政治环境才生出了这样别具一格的公共领域。其中很有代表性的一处:"在我爸爸的势力的卵翼下,我这个小舵爷在县城里也慢慢吃得开了,可以坐茶馆'吃讲茶',断公案了。"[2]茶馆是集会与评理的地方,无论何事,只要需要众人商议,均可约至茶馆来讨论。若双方有争执,中间人可在茶馆中调解,输的一方需向对方赔礼道歉并支付茶钱,这就是"吃讲茶"。而袍哥作为调解人在公众聚集的茶馆中会尽力做到公正及客观的评判,但同样的,一样存在着亲疏远近或者利益大小之分,权力的滥用和有失公允的裁决同样是一个不可否认的事实。马识途通过对茶馆中其人其事的描写,用如"枪杆子发言""可以坐茶馆'吃讲茶',断公案了"等表述形象地展现出其传神之韵,充分传达出其内在精神,表达出袍哥这一在特定历史时期产生的帮派组织习俗习惯,刻画出其不同的民族性格,展现民族的世态相。不同的茶馆之中,无论是茶座,还是茶桌的位置及选择都是消费者身份的标志,地位的显像记号。虽然茶馆自身包容性让它一直容纳着来自各行各业的人物角色,但坐茶馆本身是人的一种行为活动,选择来此就代表着一定的意识判断与心理接受指向。因此,不论男女,不同阶层的人们在对不同茶馆空间的融入程度上是有所差别的,由此形成的各个不同茶客群体、阶层,也让茶馆成为势力斗争的另一擂台。这从另一个

---

[1] 马识途. 四川的茶馆 [J]. 茶博览, 2010 (9): 4.
[2] 马识途文集 4: 京华夜谭 [C]. 成都: 四川文艺出版社, 2005: 156.

方面折射出人民的思想、感情、愿望，充分印证了别林斯基曾援引果戈理的话：真正的民族性不仅在于描写农妇穿的无袖长衫，而在表现民族精神本身。

三、三位川籍作家笔下的"四川茶馆"

中国的茶馆作为一个公共的区域空间，为众多的现当代作家书写过其不同层面的样式面貌，他们从各自独特的视角，展示着不同的空间寓意。鲁迅写作的茶馆，可以视作旧中国宗法制社会的一个缩影；老舍笔下的茶馆，承载了三个时代的变迁；周作人笔下的茶馆，散发着"得半日之闲，可抵十年尘梦"[①]的文人情怀；汪曾祺笔下的茶馆，是平凡人生中的点滴生活；沙汀笔下的茶馆，蕴蓄着对人性痼疾的批判。在百年多的历史中，四川的茶馆从未随着时间的推移而消失，直到今天，它依然是四川的一道亮丽风景线，也是不少当代作家书写的对象。

文学"白话"运动推动了文学品格和趣味的通俗倾向，四川作家在这场文学运动潮流中也是一样。文学内容上体现了对现实社会的关注，对市民生活的反映，体现了作家们的通俗文学视野。而茶馆作为普通市民公共生活的首要选择，一方面，它是四川土生土长的作家们生活中必然存在且不可或缺的社会活动场所；另一方面，茶馆在创造四川公共空间中的重要性，必然使得茶馆成为作家文学题材摄取的首要对象。在这一点上，李劼人与马识途是一致的，他们自幼的成长经历决定了他们对民间文化的主动接受以及对民间通俗文化的喜爱，而与茶馆生活的相接近也为两人积淀了对四川社会风貌以及民俗人情的把握与了解，同时促成了他们文学创作风格的民间性与通俗化。

（一）以"茶馆"为主要叙事空间的作品比较

同为描写四川的茶馆，在马识途的书写中，茶馆并不是纯粹的休闲，更非"浴足保健"的霓灯闪烁，它有其深藏而伟大的革命性及民间风味的丰富性，带有抗战时期革命党人的血性与刚健，以及百姓们的民间生活风貌。他为茶文化构建出了一个时代的独特意味，也使茶馆所在城市的文化基因更加

---

① 陈平原. 茶人茶话 [M]. 北京：三联书店，2007：210.

丰厚和健全。

沙汀的茶馆书写则主要集中在以茶馆这一故事背景及空间环境中的人、事、物，来挖掘出隐藏在社会各个角落中的黑暗腐朽、落后又悲凉的现实人世。在《三战华园》和《在其香居茶馆里》同样两篇全文以茶馆为主要背景的文章中，它们的共性在于两则故事都是发生在四川成都，两人笔下所描述的茶馆都展示出四川特有的地方文化。通过作者的描写，我们不仅可以看到四川的各式风土人情，还能领会其不同的功能性意义。作者通过茶馆这一空间显示出了其他地方不可替代的文化积淀。同时在他们的语言表述中，也都凸显出四川人的麻辣火爆以及爽直坚韧的性格。

不同之处在于：一是茶馆所在区域并不完全相同。其香居茶馆在四川的回龙镇上，而华园茶厅是在成都市区中；二是主旨不相同。沙汀的《在其香居茶馆里》讲述的是土豪邢么吵吵因儿子被抓为壮丁与联保主任方治国说理，曾是哥老会头目的新老爷作为调解中间人三人之间发生的故事。通过他们在茶馆中的表演，他们的音容笑貌、言行举止，刻画出的是贪婪无比的方治国与蛮横无理的邢么吵吵，隐射背后袍哥地方权力之大，并对"吃讲茶"的实质是依照实力强弱评判对错进行了无情的揭露与抨击。马识途《三战华园》展示了当时的共产党人是如何利用四川茶馆这一独特的空间，进行接头、传消息、保护同志，同时体现了地下党人对周遭环境之敏锐，善于利用各方面资源之聪慧，以及敌人的险恶用心和暗流涌动的斗争之复杂；三是依托茶馆为背景叙述的立足点不同。《在其香居茶馆里》的立足点在各种各样的人物，无论是故事的主角，还是看客们均放置进了茶馆这个空间中，一方面让茶馆这个空间发挥出自己本来的功用，另一方面借助这个空间的成像来揭露社会结构的松散、风气的颓败。《三战华园》却更多在描摹茶馆整体环境以及周遭环境本身，一方面突显出茶馆鱼龙混杂，人员样式复杂的地域环境，另一方面体现的正是这种环境才能为我所用，不光以此为手段打击了敌人，同样的，因为地下党人的聪明机智和随机应变，才保护了己方的同志，并达到了最初"接头"的目的。

与马识途和沙汀相比，另一位川籍作家李劼人则更倾向于通过不同时代的茶馆空间书写来构建出作品宏大历史叙事。他的代表作《死水微澜》，虽在内容上同样与活动在茶馆中的袍哥组织有关，袍哥头目罗歪嘴、教民顾天成及蔡大嫂等人，各有其质，人有其形。但李劼人主要将大量的笔墨放在写袍哥组织的活动上，茶馆作为其重要的活动场所也使这部小说成为中国最具代表性的茶馆文学的力作之一。在《死水微澜》前记中李劼人谈道："把十几年来所生活过、所切感过，所体验过，在我看来意义非常重大，当得起历史转捩点的这一段社会现象，用几部连续性的长篇小说，一段落一段落地把它反映出来。"①由此可见，对四川重要社会事件的记叙是李劼人创作《暴风雨前》《大波》等作品的主要原因，而对茶馆这一空间的叙事是对四川民俗生活与社会历史变革记叙中不可或缺的一部分。

（二）茶馆不同的功能性主题意义

从《死水微澜》中传统朴实的茶馆独占鳌头到《暴风雨前》新式精美的茶馆出现，再到《大波》里新式茶馆的繁荣，在李劼人的作品中展示出了茶馆空间变化，并从一个侧面见证了四川社会的时代变迁过程，他从正面直接立体地塑造了一批如罗歪嘴、郝又三、楚子材等一代代茶客的茶馆生活，以此描绘出了四川的历史沿革。作为接受过欧美现代思想教育的新式知识分子，李劼人与沙汀一样，对"吃讲茶"这种民间自我调解的方式持否认的态度，在《暴风雨前》中，他一样暗含讽刺地写出了在茶馆里，争吵的双方是由哪方人多势众就判哪方赢的，这明显不是一种公平的处理方式。他否认了"吃讲茶"的正面功能，并与沙汀一样对这种现象予以批评。

在沙汀的其他有关茶馆的作品中，如同样讲述"吃讲茶"评理的《淘金记》引来了无数百姓的关注，借此显示自己的袍哥身份和地位。《还乡记》《公道》《呼嚎》中基层乡镇官员在茶馆设"公断处"，以及《磁力》表现对理想和光明的向往等等作品，其主题核心都在于沙汀对四川社会生活散漫怠惰，人们普遍缺乏革命热情的一种谴责，尤其是在《磁力》中将有革命情怀的爱国青年小袁与众多只知八卦新闻，全然不顾革命战斗意义的茶客们进行了对比，展示出他对民族革命战斗前景的忧虑和担心。

而马识途则与沙汀认为茶馆是滋生人们不思进取之心，碌碌无为逃避现实

---

① 李劼人全集（第九卷）[C].成都：四川文艺出版社，2011：241.

之行为，消耗人们意志的地方不同，与李劼人通过展示茶馆的空间变化，反映社会变迁也不同，在他的笔下，更多地将茶馆当成是革命的一种手段和工具，是一种隐藏自己身份，并与敌人斗智斗勇展现革命党人机智勇谋的方式。就连"吃讲茶"，也与另两位作家讽刺的意味不同，倒是符合王笛讲的"吃讲茶"，在当时的成都社会中，"吃讲茶"是有着相当的稳定的作用，"成功地在茶馆解决纠纷是一个常态"①。在马识途笔下，《京华夜谭》中的肖强开始在茶馆中"吃讲茶，断公案"也是一种身份地位的象征，是对其真实身份的掩饰，展示的是对革命工作积极的作用，与沙汀的批判并不相同。即使是在同样表现茶客们众说纷纭，传故事讲传说的《雷神传奇》中，也是对茶馆这样的传言渠道赞赏有加的，因为这使那些地方恶霸们查不出传言的源头，并感到害怕与恐慌。

（三）围绕茶馆的不同茶客与茶房

三人的作品中，亦都围绕茶馆描述了相关的人物，沙汀描摹了一些"闲人"，这些茶客们在街上闲逛或在茶馆中吸着烟袋打发时间，不管有事无事，茶馆都是在他们生活中占据了许多时间的一个区域，甚至成了他们生活中不可或缺的一部分。如《淘金记》中的为排解心中不快到茶馆找人替他挖耳的白酱丹；《困兽记》中在吵嚷之下怀着闷气在茶馆里坐了一上午的田畴等，展示了茶馆这样一个为各式各样的人们提供疏解情绪，或排忧解难的场地。

李劼人的"大河"小说系列，则围绕辛亥革命，从三个阶段描写了独具个性的人物群像，围绕着茶馆这一活动中心的包括具有民间势力的袍哥大佬、奉行洋教的平民、安于守旧的官绅、爽直泼辣的民间妇女、针砭时弊的官家太太等等，上至达官显贵，下至平民百姓。李劼人在处理这些人物群像时，让他们悉数登场，并展示出他们因各自利益的不同形成错综复杂的矛盾推动社会日常生活的变迁，然后又悄然消失在历史的后台，勾画出"大河"小说系列的民间世界和人物的复杂性。比较有意思的是在他的小说中勾勒出了一批在茶馆中的女茶客的形象，这在当时封建礼教制度下的社会中，出现在公共空间中一批比

---

① 王笛.茶馆：成都的公共生活和微观世界［C］.北京：社会科学文献出版社，2010：342.

较特殊的群体。《暴风雨前》里伍平带着妻子伍大嫂去悦来茶园看戏,男女是分坐的,伍大嫂作为女宾坐在楼上,而伍平坐在楼下正座看戏;郝又三与妹妹香芸、香荃游青羊宫劝业会,在茶铺中歇脚,茶铺"向左是女宾坐的,凭中悬了一条短幔,但家属男女,也可坐同一处,这也是会场中的一个特点"[①]。虽然茶馆中不乏各种女性顾客的进出,但那些"不过打扮出众、穿着考究的上等社会的太太奶奶们,还不肯放下身份,在这些地方进出"[②]。即使是《大波》中的黄太太这样一个敢爱敢恨、性格泼辣爽直之人,由自己的情人楚子材带到商业场的宜春茶馆吃茶时,仍旧犹豫不决,最后坐在特设女宾座上,面对楚子材的同学来打招呼,她神色紧张摇头拒绝握手,更是在他相邀一同饮茶时直接离开茶馆。由此可见,即使是她这样一个不甘受婚姻束缚的女人,在以男性为中心的茶馆里,她的思想依旧停留在传统的价值观念中,潜意识中认为公共的茶馆属于男人的世界,并非有身份地位的女性应去之地。

马识途则不然,在其革命文学的背景下,他所展现出的茶客不一定是普通的茶客,背后可能是多种身份的云集,稍微缺乏理智的判断,或忽略了细节,导致的可能是生命的危险。除此以外,茶客们在茶馆中往往都是各取所需,喝茶是他们的一种伪装,真正的目的是开会谈事,聊天接头,又或者利用茶馆这个有利的空间,传递着相关的信息,从而更好地为革命工作服务。另一方面,他笔下的女性茶客也与李劼人笔下的女性茶客有相似性,只不过他描写的是那些到茶馆中卖艺的女性,她们多为生活所迫,尽管她们拿到进入茶馆的"通行证",但由于社会中男女的差别待遇以及女性现代思想的浅薄使得她们依然没有主动实行权利的勇气,比如《亲仇记》中的盼盼,盼盼在茶馆中卖唱的过程中也多次受到了男性茶客们的调戏,以及不同于其他男性表演者的差别对待。由此得见,尽管女性的社会地位在不断改变提升,但是女性自身对茶馆的态度、对空间活动的认知度依然有限,她们仍然表现出了对茶馆这一公共空间的胆怯与排斥,这一点无论是女招待、卖艺的女子还是女茶客,都是一致的。

除了茶客,沙汀与李劼人笔下都描写出了热情地招呼客人,及时掺水倒茶,快速地清理桌子茶具,且眼观八方,即时响应顾客需求的茶房们。特别在

---

① 李劼人全集(第二卷)[C].成都:四川文艺出版社,2011:130.
② 李劼人全集(第四卷)[C].成都:四川文艺出版社,2011:1185.

"收茶钱上"对顾客们的了解程度。在成都,一个茶房经常遇到茶客争付茶钱的情况,也被称为"招呼茶钱",即帮其他茶客付茶钱,是四川茶馆的民俗风尚之一,也是表示人际关系亲疏远近的一种礼节形式。"喊茶钱"的人同时也能感受到自己被尊重。喊的人越多,那么那人就越风光。《在其香居茶馆里》最能展现四川人对"喊茶钱"的卖力,当作为中间调解人的"新老爷一露面,茶客们都立刻直觉到:么吵吵已经布置好一台讲茶了。茶堂里响起一片零乱的呼唤声。有照旧坐在坐位上向茶倌叫喊的,有站起来叫喊的,有的一面挥着钞票一面叫喊,但是都把声音提得很高很高,深恐新老爷听不见。其间一个茶客,甚至于怒气冲冲地吼道:'不准乱收钱啦!嗨!这个龟儿子听到没有?……'于是立刻跑去塞一张钞票在堂倌手里"①。沙汀描写的这一段尤为精彩,展示出喊茶钱的原因是新老爷,他既是秀才又是原哥老会头目,从辈分和地位来说都是镇里的重要人物,所以当他进茶馆时大部分的茶客都在忙着喊茶钱。喊茶钱的茶客越多则代表这人地位越高,但这里其实喊茶钱就是一种形式表现而已,并未真正要付茶钱,仅仅只是出于礼貌"深恐新老爷听不见"而已。有经验的茶房一定是明白应该收谁的而不该收谁的,他们一定要区别出那些真心付钱之人,和为了面子不得不做出姿态之人。因此需要茶房们根据经验从人们的语言、姿势、表情等去判断。李劼人在《死水微澜》中也写到袍哥余大爷每日清晨都会到华阳县常坐的茶馆吃茶,他去茶馆里吃茶就常有熟识的人喊茶钱。除了给位高权重的人物"喊茶钱"外,茶客们还会为自己的亲朋好友"招呼茶钱",《大波》中的傅隆盛与陈荞面就是好友,两人在吃夜茶时会相互给茶钱;郝又三与吴凤梧、伍平到新式茶馆第一楼,便是由郝又三招呼茶钱。"喊茶钱"是一种茶馆礼节,只要双方关系亲近或某一方位高权重,都会"喊茶钱",这也是示意友好、防止双方关系恶化的重要方式。

与他们两位作家通过茶房展示"喊茶钱"的习俗不同,马识途笔下的茶房们无论是《三战华园》里的珠珠和小川,还是《京华夜谭》鸡鸣旅馆的茶房小任等,茶房都是他们掩饰自己真实身份,给予行走便利的一个职业,但是有一点共通的是他们都具备眼观六路、耳听八方的侦查能力,茶厅中什么位置坐着

---

① 沙汀文集(第二卷)[C].上海:上海文艺出版社,1986:8.

特务，什么位置坐着需要留意的人，"即使他们装扮成生意人，还是从他们的眉眼和举止神态上，看出他们是这里的特殊人物。这样的人物，在茶厅当茶倌的小川一眼就能看出"①，他们对周遭环境的敏锐程度，对茶客们身份样貌的熟悉，对各种人群的熟知分辨，察言观色的能力，一方面是他们安身立命之本，另一方面也是革命身份与革命任务赋予他们的。因此，在马识途笔下的茶房们，仍然与其革命文学的特征密不可分。

比之于以开放与广泛为主要特征的海派文学和京派文学不同，四川本土文学在立足本土进行文学思考与创作的过程中，更关注的是对四川本土的民俗风情、精神风貌和四川的人文道义的描述。本土文学的产生总是与对本地区及本民族的文化的深刻认知有着密不可分的联系，"从某种角度说，文学的发展在很大程度上有赖于地域文化的丰富多样性"②。四川的茶馆文化以其本土化和民族化的特点成了作家作品创作素材的源泉，并丰富了文化韵味，造就了一个属于四川茶馆的文学空间。对茶馆的描绘和叙写，无论是在创作表现中，还是对空间功能文学意义的展现都彰显着本土色彩。茶馆作为一个汇聚三教九流之处，让人们得以在此休息、做生意，并成了平凡人谋生的搏斗场。在茶馆里可以看尽人间之事，听遍天下，人生百态。

---

① 马识途文集6：中短篇小说[C].成都：四川文艺出版社，2005：192.
② 王祥.试论地域、地域文化与文学[J].社会科学辑刊，2004（4）：126.

第四章　马识途文艺创作中的民俗结构及川味语言

　　形式的民族性是文艺民俗化的又一个重要方面，内容和形式之间存在着必然的联系，内容与形式的民族化也是相辅相成的。我们不仅要看到内容是重要和主要的方面，也必须看到与之相映衬的形式，以及它的相对独立性。富有色彩的语言表达，跌宕起伏的叙述风格，抑扬顿挫的叙述模式，都为故事画面的瑰丽，情节的引人入胜起到了不可抹杀的作用，从而引起读者的兴趣，激发读者的感情。文艺民族形式的形成同样与民俗有着很深的缘分。民俗形态，广大人民群众的欣赏习惯，直接制约着文艺民族形式的生存和发展，民间文艺各种体裁的富有生命力的表现手法，又为文艺民族形式提供了丰富的养料。所以民俗的欣赏习惯和表现手法的继承和运用，成为检验文艺民族化的又一标杆尺。

　　民族形式主要表现在语言和表现形式上。中国文学不仅具有独特的气质神韵，也同样表现出其特有的境界之美。王国维的境界说，司空图的韵味说，无一不认为境界之美是文学艺术追求的最高目标。而马识途自言之"娓婉有致，引人入胜"，便是有格调，含蓄韵致之境界美。作品的体裁样式、趣味及语言技巧等等，都能体现出一种民族独有的情调，将之与风尚习俗有机地融合在一起，才能显现出真正属于中国的一种情调特色，而民族的作风才能自然流出而独具神韵。

在具有民族特色的优秀的文学艺术作品长期熏陶下，中国人民形成了自己独特的审美情趣。广大老百姓们是否喜欢一部作品，必然关系到民族形式如何使用的问题，即是说不管创作一部怎样的文艺作品，仅仅只是满足于内容为广大人民所接受是远远不够的，除此之外作品形式上的接受也是极其重要的，作品形式是不是也有民族特色的体现，能够满足老百姓的审美意趣，也是不可忽视的。"崇高的思想内容和优美的艺术形式的统一始终是一个作品追求的理想，不讲究二者的统一，只强调二者的任何一面，都会出岔子。"①

马识途的文艺创作中的民俗结构与情节设置、地方特色的叙事语言以及幽默和讽刺的叙事风格等方面，体现出自己对民族形式所做出的具体诠释。在他不同题材、体裁、体式的文学作品中，无论是对传统叙事结构的承袭和翻新，还是以民谚、古语、方言口语"摆龙门阵"以及白描淡写的叙事风格都体现出区别于其他作家，尤其区别于其他四川本土作家的独特文化艺术特色。

第一节　民俗结构与情节设置

俄国文艺理论批评家杜勃罗留波夫提出了衡量作家或者个别作品价值的尺度："他们究竟把某一时代，某一民族的（自然）追求表现到什么程度。"②在文学创作的艺术原则各方面弘扬民族特色、展现中国作风和中国气派，绝不意味着对传统形式、传统手法、传统技巧的照搬照用。今天人们的审美心理、审美需求随时都可能被烙上"现代""后现代"的印记，因此，作为文学"民族形式"的传统形式、传统手法、传统技巧也必须与时俱进，使自己既不失传统的血脉，又秉有现代的素质。在形式上，既要不拘泥于本民族传统，广采博纳，探索创新，又不能跟在别人后面亦步亦趋地去模仿。正如鲁迅所说："采用外国的良规，加以发挥使我们的作品更加丰满是一条路，择取中国的遗产，

---

① 周立波选集（卷6）[C].长沙：湖南人民出版社，1984：489.
② 杜勃罗留波夫选集[C].辛未艾译.上海：上海译文出版社，1983：400.

融合新机，使将来的作品别开生面也是一条路。"①融合新机而不拘泥传统，使民族文学传统发生创造性的转化，乃是文学民族化的一条必由之路。

一、承袭翻新的叙事结构

小说如何结构，从某种程度上来说代表着作家对世界的态度，它的叙事方式展现了作家对世界生命以及人生意义的认识和理解。在中国古典小说中大都采用线性结构，各个情节连贯的、逻辑严密的，组成部分按时间的自然顺序或事件的因果关系连接起来的，整个故事呈线状延展，有开端、发展、高潮、结局完整的小说。但是这种故事的结构形式，显然不太适宜当下复杂的社会现实背景，尤其在资讯网络发达的今天，世界充满复杂性和无限可能性的时代对小说的建构提出了一些新的要求。尤其对于长篇小说而言，传统的线性结构在对应当代这个充满偶然性和旁逸斜出的时代，更需要作家们在创作一部作品之前进行清晰而深入的理性思考，才能真正触摸其核心价值，不光能打通个体与时代和历史之间的关系，同时还有鲜活具体的人物形象使读者能看到作者眼中的世界。即是说，小说作为一种叙事文学，只有具备引人入胜的艺术魅力，才有可能赢得读者的青睐。

马识途的小说结构模式仍然受到了传统小说的影响，大多以线性结构为主，但推陈出新是艺术发展的必然规律，在对传统继承的基础上，融入一些符合时代潮流变化，立体更新的现代谋篇布局方式也是必须的。其中以《京华夜谭》《雷神传奇》为代表的作品体现出的对章回体结构的承袭翻新，虽沿用了章回体的结构形式，但同时又做了一些自发性的改变；以《夜谭十记》为代表的作品所体现出的形散而神不散对框架式结构的综合运用，是其结构上展现出民族形式的重要表现。这种结构模式将民族化的艺术形式很好地与小说的内容、题材契合起来，从而起到了发挥传播文化意识、倡导民族风尚的作用。

章回体是我国古典长篇小说的主要结构形式，是由宋元讲史话本发展而来的。章回小说因为其脉络清晰、主旨明确、回目工整且故事情节扣人心弦而深受广大老百姓的喜爱。马识途曾明确表示过，他是喜欢这种中国古典小说的结

---

① 鲁迅全集·第六卷 [C]. 北京：人民文学出版社，2005：50.

构的,其情节的丰富性和故设悬念的安排使整个故事读来更加引人入胜。有些人只要提及民族形式,就会把有开头结尾的、故事情节生动以及大团圆结局与民族形式画等号,认为封建文学和章回体就是民族性的表现,这其实是不正确的。因为,不只中国小说有章回体,在外国小说中也有类似的结构形式,比如英国作家亨利·菲尔丁的长篇小说《汤姆·琼斯》。这部小说共有十八卷,每一卷前面都有一篇序文,作者通过精巧的布局,有条不紊地为我们展现了一幅广阔的18世纪英国社会的现实主义画面。

《京华夜谭》讲述了共产党员肖强受命打入国民党特务的要害部门,潜伏工作多年,为党获取重要情报,保护党组织的传奇故事。最后,他又戏剧性地成了解放军的"俘虏",才脱离虎口,得以生还。马识途不仅精心选择了具有时代意义和现实意味的题材,还直接用传统章回小说的结构模式构建小说。小说共分为十回,前有"楔子"开头,最后有"幺回"作结,且每回的回目标题对仗工整,主旨鲜明。小说设定的回目是传统式的,每回开头讲述人肖强和"我"的交流对话,也似传统章回小说的"得胜头回"[①],承上启下,使前后内容环环相扣。从表面上看来文章时空转换很大,忽而现在,忽而"文革",忽而解放前夕,忽而又抗战时期,通篇时空交错,其实这只是因为作者虽在结构模式中采用了传统小说的形式,但是却又并未完全按照传统小说那样按时间顺序去顺叙故事,展开情节,而是打乱了时空顺序。小说通篇都采用了现代小说的倒叙手法,在倒叙中又套有插叙,除了第九回是比较特殊的一回以外,其他各回都是采用讲述对话的方式倒叙故事。第九回不是谈话的记录,而是肖强手写的稿件,经过了"我"的加工,显得更为紧张曲折了。《京华夜谭》不仅每个篇目结构上采用了倒叙,整篇文章本身作者采用的就是一种倒叙的手法,这一点从文章最后就能看出。当最后一回叙述完毕,肖强办妥手续,准备由重庆去往南京,从时间上来讲,本该是故事的完结,但其实此后仍有延续,到了南京以后的故事早已在前面的第二回和第三回就已经谈过了。至于插叙,也是在文章结构中作者数次使用到的一种手段,例如在第四回中,"我"与肖强阔

[①] 出自宋朝无名氏《错斩崔宁》:"且先引下一个故事来,权做个得胜头回。""头回"即"前回"。宋、元说书人的术语。在开讲前,一般都要先说一段小故事做引子,谓之"得胜头回",取其吉利之意。

别六年之后再次相见，聊得正酣畅淋漓之际推门进来了一位陌生的女同志，这让本以为回来之人是肖强夫人陆淑芬而正打算开口问好的"我"惊讶万分，当然，与"我"同样对此感到诧异且感到无法理解的还有看到这里的读者。故事的情节在形式意义上便是冲突，没有冲突，也就没有情节。在传奇性的小说里，为情节而冲突是常见的。在这里，情节的设置看似是不经意的一笔，但其实这恰恰是作者故意而为之，为的是从中带出主人公人生经历中非常重要的一段，而故事的参与者正是这位推门而入的"陌生女性"——她不是别人，正是肖强在陆淑芬去世之后再度结婚的妻子贾云英，而她并不是一位"新人"，而是早已与肖强认识四十六年之久，更重要的是她和肖强一起从四川到的延安，是"我"续写肖强故事不可或缺的一段。按照主人公肖强自己的说法，"没有这一段，也许我根本就不会到敌特机关去活动，这是决定我的一生命运的一段生活呢"①。于是作者在第四回中，也就顺理成章的插叙了一段肖强与贾云英的感情，这也是肖强在踏进敌人心脏工作之前的重要故事，对于表现肖强其人的人物品格有着重要意义。为了故事的完整性，作者还在这一回的最后插叙了一段贾云英与肖强因为革命而分离之后的故事，直到叙述到两人于多年之后意外重逢，并在儿女的鼓励下再续前缘为止。这段爱情佳话，不仅仅极大地丰富了小说的故事性，还清晰地折射出革命者丰富的内心情感世界，让人物显得真实可信又丰满富有张力。情节设置上丝丝入扣，回环完整，起落有序，整个故事可读性极强。除此之外，文章中故事每回开头的一段"小引"，既是导入故事正题的闲话，类似传统的"入话"，却又不仅仅是传统"入话"的劝善讽恶之语，而是紧扣主人公的活动线索，是对整个故事来龙去脉的补充说明。虽然时空转换较大，但线索清晰明朗，即是主人公肖强一生的革命经历，重点是他在敌人心脏内冷静从容地进行革命活动而演绎的一幕幕惊心动魄的故事，故事情节设置曲折而迭宕，每一节发展都扣人心弦。

与《京华夜谭》的开篇方式类似，《清江壮歌》也是以"重逢"起笔，区别在于，前者是老战友的重聚，而后者则是父女的再相见。《京华夜谭》为了增强读者的亲历感，几乎在每一章的一开头都会提到与老战友的追忆性片段，

---

① 马识途文集 4：京华夜谭 [C]. 成都：四川文艺出版社，2005：98.

回忆与当下现状相联结，续写重聚的话题，提及文本素材的来源；而《清江壮歌》则是以父亲回忆的形式直接切入了故事正文，在结尾才重新拉回了当下，这种虚实交错，并重叠交织的描写手法，显然也是一种推陈出新的结构方式，也增强了读者的体验感。

《雷神传奇》与此结构方式类似的一点主要表现在标题处。《雷神传奇》共二十五章，但章节标题却并未按照传统模式那样工整统一的回目，而是选择了白话语言的方式，其中还不乏口语化的语言表述方式，让人耳目一新的同时也一目了然。例如几个以"神算子"为核心主题的标题，"神算子算计如神""雷神下山找神算子""神算子的神机妙算""神算子大显神通"等，一方面体现出来简单直接的叙事方式，让人看小标题时就明白人物特性及人物关系，另一方面也突显了其鲜活灵巧的格式，使得作品更像一个现代版的"龙门阵"系列。

这样的一种结构形式对传统的继承，也是对传统和现代相结合的有益尝试。用他自己的话来说是"旧瓶装新酒"[①]。酒是新的，叙述的都是他亲耳所听或亲眼所见的故事。而装酒的瓶子也不完全是旧的，外观模样虽然古旧，但花纹却是现代的图式。这种为本民族所喜闻乐见的艺术结构形式安排处理得自然而得体，开篇的导入引人入胜，在有条不紊又顺理成章的情节发展叙述中，合情合理地回应此前留下的伏笔，使作品的结构首尾呼应，这正是构成民族所特有的审美理想的一部分，对于文艺创作民族化的展示有重要的意义。

另一种比较有代表性的创新性结构方式表现在形散神不散的《夜谭十记》中。就全书结构而言，似乎仅仅是一个又一个有独立故事情节的系列情节组合，甚至可以说，抽出任何一个独立章节都不会影响全书完整性，但如果将这样一部含有一个个独立故事情节全部连续看完之后，我们会发现，作品就是对社会的种种弊端，对社会中各个阶层的人物从行为到思想的受到了畸形社会影响的"群丑图"。这种结构类似于《儒林外史》的"蜂巢"式的结构方式，"蜂巢"式的结构是适合于以社会中常见的现象而予以夸张丑化来进行绝妙的讽刺与主体思想的突出。《夜谭十记》在结构形式上似散文，但形散而神

[①] 马识途文集 4：京华夜谭 [C]. 成都：四川文艺出版社，2005：419.

不散，以一群小科员聚在一起谈天说地拉开序幕，十个小科员是"引子"，也是小说中的"牵头人"。十个人讲十个故事，就构成了"十记"。每个人讲的故事都各有头绪，记与记之间在内容和情节上没有连续性，然而十个故事都是围绕的同一主题。在正题之外，作者首先呈现在读者面前的就是这十个性格迥异、身世阅历皆不同的小科员形象。他们虽不是故事的主角，却是小说缔造故事的始作俑者，是小说前后连贯的横线。黑格尔反复强调艺术的形式和内容的相融合相一致，所以作品内在的精神一定要通过外在的生活情况和形式、方式等表现出来，马识途在《夜谭十记》中表现出来的这种体例，便是极具民族形式的，它脱胎于民间说书艺人的话本，保留着民间文学的特色与痕迹，这种形式是对传统结构方式的另一种承袭翻新。虽有近于薄伽丘的《十日谈》和阿拉伯故事《一千零一夜》等外国文学体式的借鉴，但它那富有故事情节的、段段都有悬念的、叫人拿起来放不下的故事，它那将复杂的生活素材和神奇的社会内容包括在一个统一的框架内，匠心独具的形式，不得不说是为我国多数读者所欢迎的一种传统与创新结合的民族化表现形式。

　　这种形散而神不散的结构形式不仅体现在全书的结构形式上，也体现在各个故事中。《盗官记》中，讲述"土匪"张牧之买官进城当县太爷之前，从县长上任落水溺毙、师爷冒充县长搜刮民脂民膏说起，引出成都鹤鸣茶社买官卖官的勾当后，才逐渐说到故事主人公张牧之身上，开始介绍他的身家背景、如何当了"土匪"，逐渐拉开故事序幕。在这过程中，还顺带介绍了黄天霸这样的土豪劣绅在收租、放债之外，还"放棚子"（走私鸦片、抢劫路人）的土匪行径，使读者对当时的时代背景有了更深入的了解，会觉得这个土匪当县长的故事并不荒唐，不过是那个荒唐时代的必然产物，从而增加了张牧之这一人物的真实性，增加了读者对他的认同感。而另一个故事《娶妾记》的"入话"则是从与主人公看来毫无联系的"天府之国盛产军阀"说起，特别提到某"更富于浪漫色彩"的军阀剪人长袍、满城屠狗、收集姨太太等种种荒唐事，对当时统治阶层普遍存在的荒唐无耻状态做了一番描述后，才话锋一转，讲到故事主人公上海一破落户王康才身上，开始讲述他是如何在这个荒唐时代里顺应"潮流"而从王康才变成"王有财"的。

　　"古代话本和拟话本的入话，是为了适应说书人镇场的需要而设置的，多以诗词或小故事组成，与正文有着相似或相反的意义上的联系，可以互相引发"①。它有着引人入胜的艺术效果，而马识途在创作时巧妙地借用了这一程式，并对此加以了创新。《夜谭十记》这种不拘泥于现有结构模式，而是适应群众的艺术兴趣和欣赏习惯，多采用说书人讲说评书的结构形式展开全篇（第七记《亲仇记》由于"无是楼主"有生理缺陷，难以口头演讲而采用书面体除外），在叙述方式上便给读者一种似曾相识之感，又以第一人称手法叙事的艺术视角和表达方式，向旧小说那种全知全能的叙述模式发出了强有力的挑战，再辅之以新奇而有趣味的内容以及作者自己进行革命活动和旧社会生活几十年的许多经验和素材。这种别开生面的艺术结构，引人入胜的传奇情节，如散文般形散而神不散，显示出它独特的艺术魅力，从而使作者鲜明而强烈的爱憎感情得以传达。从前记里的不第秀才来叙述冷板凳会缘起，到第十记《踢踏记》同样由不第秀才来终了这个"冷板凳会"，通过峨眉山人、三家村夫、巴陵野老等一群饱尝官场冷暖、历尽人世沧桑的小科员之口，以第一人称叙事视角来讲述故事，并用他们各自的眼光来观察和评论社会人生。这并非作者在语言上刻意地玩花样，而是出于一种文学的自觉。从叙事学角度讲，通过第一人称叙事视角的使用，可以使叙述者"我"和人物"我"之间达到一种"零距离"的贴合，"我"构成了小说中的人物同时还参与了故事叙述，成为一个不断被修正和建构的形象，从而获取了一种营造主题的便利。不仅为我们展示旧中国的社会面貌和世态人情，同时也体现出中国小说源自民间、流行于民间，其写作手法、语言表达、情节安排等都牢牢地贴近广大民众，与民众生活的相近，与民众的喜怒哀乐情感相契合的特征，即赛珍珠所说："中国小说主要是为了让平民高兴而写的。"中国小说就是"这样默默地通过在茶馆、乡村和城市贫贱的街道上，由一个未受教育的普通人对平民讲故事的方式出现"②。马识途在这里验证了民族形式在当代的艺术生命力，并在小说的民族化、群众化上做了有益的探索和尝试。

韦恩·布斯说："不管一位作者怎样试图一贯真诚，他的不同作品都将含

---

① 孙学军.新时期市井小说的美学品格[J].齐鲁学刊，1997（1）.
② [美] 赛珍珠.中国小说——1938年12月12日瑞典文学院诺贝尔文学奖授奖仪式上的演说[A].大地三部曲[C].王逢振等译.桂林：漓江出版社，1998：961.

有不同的替身，即不同的思想规范组成的理想。正如一个人的私人信件，根据与每个通信人的不同关系和每封信的目的，含有他的自我的不同替身，因此，作家也根据具体作品的需要，用不同的态度表明自己。"①由此可见，小说的人称问题绝非是一个简单的称呼，它是一个小说家用来表现生活的突破口，同时更关系到如何提炼题材的问题。在《夜谭十记》中，为了能使小说能更好地表达其深层思想意蕴，每一个故事作者都以第一人称叙事视角为透视点，灵活变化角度，或直接描写，或曲折反映。"我"作为叙述人不仅具有叙述形式的功能，而且"我"把小说作者马识途的价值观、情感世界以读者更能接受的方式带到小说的叙述中去了，既达到了对小说人物冷峻审视的效果，同时也形成了一种对叙事者本身的反讽结构。同时这种叙述实际又是以一种委婉有致、引人入胜，摆龙门阵的口气，让人读来毫不费力气，随时随地都可以拿起来看一看，看了后却又忍不住一口气读下去，"常常叫人在听他讲极惨痛的故事时也不能不笑出来"②，从而达到"文艺的潜移默化的功能"③。而正是因为作者在作品结构、叙事手法上，沿袭和延续了中国传统小说的艺术风格和审美情趣，才使小说保持了其自身独有的风采和魅力，也正是因为作者尽量将中国民间文艺的精华吸收到自己的作品中，将这些民间传统与属于世界进步的文学影响结合在一起，才形成既具中国特色的民俗风味又有更广泛影响的民族化作品。

二、构建情节的民俗纠葛

文艺作品来自社会生活，是对我们现实生活形象的反映。一方面社会生活中的种种民俗事象理所当然与之发生了千丝万缕的联系，另一方面，现实生活中的矛盾和冲突也成了构建文艺作品中的情节不可或缺的一部分。作为高尔基所说的"文学的第三个要素"，情节被作家们艺术地安排在了文学作品中，它符合社会生活的客观规律，囊括了人物之间的各种联系与矛盾，展露了各种性

---

① [美]W.C.布斯.小说修辞学[M].华明、胡晓苏、周宪等译.北京：北京大学出版社，1987：81.
② 韦君宜.读《夜谭十记》随笔[J].文艺报，1984（7）.
③ 陆文璧.马识途专集[C].成都：四川文艺出版社，1988：99.

格的人物背后独特的成长史及其身处的历史境遇。在这其中，与之息息相关的民俗事象是不可或缺的因素之一，而那些"与人终生相伴的各种民俗事端、观念、形态等引起的矛盾和冲突，即所谓的民俗纠葛"[①]，也随之成了作品情节中的重要角色之一。民俗纠葛构成了情节发展中主要要素，围绕它展开故事、刻画人物，并利用民俗纠葛来设置小说文本的情节，是中外作家们在文艺创作中的一条成功经验，如著名剧作家莎士比亚的一系列作品，加西亚·马尔克斯的《百年孤独》等，我国作家鲁迅、茅盾、沈从文的作品等都是对此的有力实践的佐证。

马识途的文艺作品中亦充满了强烈的民俗气息，彰显着其独特的民族气质，这符合他一直所追求的"中国作风与中国气派"，与他一直竭力从民间汲取营养密不可分。例如他的《夜谭十记》正是他将在民间广为流传的故事加以改造加工，借讲述者之口，融进了自己对于世界的认知和对人生的思索，从而形成的作品。他的作品中的有一些情节，则需要读者首先深切地了解作品情节展示出的民俗深层内蕴，才能对作品审美做出应有的崇高评价。由于家庭教育背景，生长的社会环境，以及职业经历等民俗氛围的千差万别，人与人之间接受的民俗信息都存在着不同程度上的观念及层次上的差异，而由这样的观念错位和从此高低所形成的情形，就是构成人与人之间冲突的重要内因。在他的《观花记》中"走阴"的习俗，《沉河记》中立贞节牌坊的习俗，以及《京华夜谭》中关于袍哥这一社会组织中的习俗习惯等等皆是如此。文艺作品中的情节并不一定都是一定的审美意识派生出来的观念，有许多都是人间世态中人情的一个属性的展现，尤其是小说中的悲欢离合，甚至是巧合、高潮、悬念等等，都是来自生活，也是在生活中会发生的种种事件。在人们的民俗生活中，所出现的矛盾纠葛往往也构成事件的组成部分，而正是这样的与人们如影相随的俗事，经过作者的提炼和艺术加工，出现在文艺作品中，便增加了浓厚的生活气息，达到了生活与艺术真实的高度统一。读者读来不仅身临其境，更易接受，还能产生情感共鸣，感同身受。再如他在数篇作品中均有所涉及的遍布大街的烟馆，在烟馆中的那些烟

---

① 陈勤建.文艺民俗学［M］.上海：上海文化出版社，2009：308.

民，《禁烟记》就是专门以此来结构全篇，展现的刚直不阿的禁烟官员与贩烟者之间的矛盾冲突，批驳了鸦片让人利欲熏心，禁烟总署实为运烟总署，贩烟者甚至将活人杀死，利用棺材来装运鸦片等罪恶又腐败的种种勾当。另外诸如"壮丁"事件、"金门客"、"黄鱼客"等，这些故事情节的起承转合，行为结构都与民俗纠葛有着千丝万缕的联系，读者如果离开了当时的民俗环境，离开了对民俗纠葛的认识，则难以理解全篇。

《巴蜀女杰》中一开篇就提到了在返回四川的车上，货物只有很少，但却有几条"黄鱼"，正是在这一些满身尘土又疲惫不堪的"黄鱼客"中出现了故事主人公张萍，凸显其与众不同的特性。与此相似的"黄鱼客"，《三战华园》中的洪英汉也做过，他费了千辛万苦才在重庆找到了"黄鱼车"，在成渝道上风雨里当了十几天的"黄鱼客"才到了成都，由此可见，在抗日战争时期的国统区中，交通之困难的社会现状。

除此以外，在抗战时期大后方的国统区，为完成征兵任务，制定了一系列兵役法规，而"壮丁"就是出现在国统区特有的代名词。"'壮丁'是指国民党政府兵役法规定的年满18 岁至45 岁的男子，凡在该年龄内的男子称为'兵役 及龄男子'，简称为'役男'或'壮丁'"[①]。但是由于当时战争的惨况，导致了教育、政治、经济等各方面不平衡的问题，以至于兵役过程中出现了上层阶级用钱买卖壮丁的情形；贫民阶级想方设法逃避壮丁；官僚阶级则武力强拉壮丁及阿谀奉承上层领导等弊端现象。由于各阶层逃避兵役服务，于是为了补充兵役人数，就出现了用武力强迫壮丁服兵役的现象，也就是俗称的"拉壮丁"或"抓壮丁"。这在当时给抗战时期的人们留下了极其痛苦的回忆，甚至成了国统区一道特有的风景线。文人们用各种方式责备、揭露各阶层徇私舞弊的逃兵现象，其中在大后方四川，就有沙汀的《在其香居茶馆里》，重庆刘盛亚的《两代》等等作品，都用文学的形式来揭露和讽刺国民党兵役制度执行中的各种腐败现象。在马识途的《小交通员》《清江壮歌》《京华夜谭》等作品中也出现了"壮丁贩子""抓壮丁"等场景，构成了精彩的故事情节，对展现人物性格，烘托表现主题，也有十分重要

---

① 龚喜林. 抗战时期大后方"拉壮丁"现象研究 [D]. 武汉：华中师范大学，2011：27.

的意义。

《清江壮歌》中描述过在大街上唯一显示着抗战气氛的，就是"那一串串用绳子穿着、被鞭子赶着从大街上穿过去的'壮丁'"①。同样的场景也出现在《三战华园》的一开篇，1947年早春二月的重庆，不仅有着一串串喊着号子的纤夫，还有在"停靠在朝天门码头的一艘登陆艇，挤格密格地装着一船壮丁，说是'壮丁'，实在不壮。在艇上军官的皮鞭挥舞和恶骂声中，在岸边站满的宪兵的监视下，登陆艇开出了朝天门码头"②。而《小交通员》中"我"与小丁的第一次见面，也是因为他为了"逃壮丁"而躲进了"我"的房间里，"国民党要打内战，到处抓壮丁当炮灰，老百姓千方百计逃壮丁。逃不掉被抓了去的，用绳子一串一串地穿起来，牵着绳子走，像赶牲口一样，又是打又是骂；白天净叫吃些清汤寡水的稀饭，饿得你三魂丢了二魂，晚上关在屋里还不放心，把你的裤子都脱了收起来，叫你跑脱了，光屁股也不好走路。至于捉到了逃跑的壮丁，重则枪毙，轻也要打个半死。像这样被拖死、饿死、打死的青年不知有多少"③。正是基于这样的原因，《京华夜谭》中的肖强才会选择陈自强来当自己的勤务兵，一方面是因为他们是同乡，另一方面因为他是一个"被拉壮丁来的兵"，让他觉得可靠，也才能在这样的虎狼之穴中，收为自己完全能支配的心腹之人，不仅可以在紧要关头保护自己，还能作为紧急情况下的联络人。《风雨人生》中"我"与闻一多先生一起在路上也发现了一个被打死了的壮丁，"穿着一条短的实在不能再短的草绿色短裤，仰卧在沟边，骨瘦如柴，两个眼睛暴突着，两只枯藤般的手向天空高举着，好像是在对天抗议……最后的一件上衣也被剥去，肉体被掀在路边沟里。可以说这是这一带的'城市风景线'，已经引不起更多的人的注意"④。而对这样所谓的"城市风景线"，闻一多先生也回忆到当时看到街边那些"用绳索捆绑骨瘦如柴的'壮丁'，一路上眼见'壮丁不断倒毙，或者被当场打死，还剥去衣服'"⑤，即使遭到抗议了，也没有丝毫反应，周围的人也麻木不仁地看着这一切，剩下的壮丁队伍也在依

---

① 马识途. 清江壮歌 [M]. 北京：人民文学出版社，2008：69.
② 马识途文集 6：中短篇小说 [C]. 成都：四川文艺出版社，2005：169.
③ 马识途文集 6：中短篇小说 [C]. 成都：四川文艺出版社，2005：265.
④ 马识途文集 9：风雨人生 [C]. 成都：四川文艺出版社，2005：390.
⑤ 马识途文集 9：风雨人生 [C]. 成都：四川文艺出版社，2005：384.

旧前行。

　　马识途的新作,亦是封笔之作的《夜谭续记》同样如此,援引了《夜谭十记》之名,作为续作,沿袭了《夜谭十记》的惯例,仍立意于川人用川话讲四川故事,谈笑风生的情节之间流淌出的是四川的风土人情,行云流水般的语言之中闪露的是作者嬉笑怒骂的风格。全书分为新旧两次龙门阵茶会,以中华人民共和国成立作为时间分界线,分为上下两卷,即分为新旧两次龙门阵茶会。旧记中讲故事的人除了之前读者们已经在冷板凳会中所熟悉的三家村夫、羌江钓徒、山城走卒、砚耕斋主外,还有已故野狐禅师的后人野狐禅子;新记中从讲故事者的名字来看几乎都是新面孔,其中包括之前参加过冷板凳会的无是楼主因为最"有出息",现在已经改名为今是楼主,先人曾在之前的冷板凳会占有一席之地的,已故会长峨眉山人的后代没名堂人,以及完全新加入新龙门阵会的三位,学着参与老龙门阵会的各位各取了一个雅号来讲故事的水月庵姑、镜花馆娃和浣花女史。继而通过一个个乡野山林、宗祠楼阁、大杂院、筒子楼之中发生的种种故事,描绘出了以黄老太爷、赵大老爷、张家大老爷等土财乡绅们为代表的旧式思想与接受了新学的新式教育的后代们之间,在婚姻、生育等种种生活琐事上发生的矛盾冲突,演绎了一出又一出由洋布长衫礼帽和西装皮鞋共同构建的"乱谭"好戏……如作者所说,"虽不足以登大雅之堂",但足以供你我消痰化食之余,对中华人民共和国成立前后的四川的风土人情,民间风俗礼教窥探一番。作品中的诸多情节均与四川民俗有着千丝万缕的联系,例如在《狐精记》中的"跳大神",《天谴记》中的请神算子算命等,其中最为突出的是多个故事均集中围绕婚育民俗构建了民俗纠葛的情节。在这些极具地方特色的场景中,不仅展现中国几千年来的封建宗法制下的家族血缘承续的重要性,以及古老的婚姻观对宗族子嗣繁衍的意义,同时由于婚育礼俗也是婚姻礼仪与风俗的缔结物,因其对人生的重要意义,加之日常性的特点,也使其具有独特的文艺民俗审美意义。

(一)物质民俗纠葛中凸显的民俗传播者

　　民俗纠葛的构建是以一定的民俗背景和场景、民俗氛围以及民俗活动为基础的。而物质民俗纠葛主要是指在有形的物质民俗生活相中,如服饰、建筑、妆容装束上等方面所形成的各具地方色彩的特点。在《狐精记》《树精记》《借种记》《天谴记》等故事中以婚育为核心构建起的民俗纠葛中，集中体现了《夜谭十记》中羌江钓徒、山城走卒、砚耕斋主以及野狐禅子的父亲野狐禅师等人所经历的袍哥青帮、地主老财的旧社会，与没名堂人、野狐禅子等人迎来的新学洋学、西装礼帽等的新社会之间发生的激烈矛盾冲突。其中，《借种记》中由黄老太爷去庙里求签拜佛才得来的宝贝独子黄大老爷，一共经历了三次婚礼，其目的是为了接续黄家的香火，他是中国古老传统的婚育观最直接的接受者，也是传播者。在以他为开端，之后的三次以婚育习俗为核心构建起的民俗纠葛中，集中展现了服饰、建筑等一系列冲突，成了推进故事、演绎情节、塑造人物群像的重要因素，亦体现出在新旧思想的交替中，在物质民俗的传承和扩布上起着主导型作用的一批人群。无论在有意识还是无意识间，山野乡民们、当地百姓们都成了在如婚礼这样重大且盛大的场合中的传播群体，其中传播者和接受者的关系既保持了一般传播中的对等协调，同时也有着在长期历史沿革中所形成的习惯势力的制约。

　　《狐精记》与《借种记》中为我们展现了"新旧合璧的婚礼"的样貌。其中《借种记》在婚礼之前先进行了几次铺垫，文章一开头就讲述了黄家大财主的背景，无论是百多年历史的大院所体现出的居住民俗还是"八筒花的缎马褂"的服饰民俗都为之后的冲突做了铺垫，所以当出去见了大场面的黄小宝黄大老爷，穿着"洋马褂"也就是西服，系着领带衣锦还乡之时，首先就与穿体面长衫和穿短褂长裤的"同一个祖公几代传下来同宗的伯叔弟兄"起了第一次因服饰上的不同而造成的民俗纠葛。表面上的议论纷纷，虽然并没有真正传入大老爷黄小宝的耳朵里，但是"穿着皮鞋走路梆梆响"的他却已经引发了不少争议。

　　继而是作者对黄小宝婚礼新房的描写，在黄小宝的视野中，"这间屋子的窗户前头立着一个精巧的妆柜，挨着一排大衣柜、但最扎黄小宝眼睛的是靠里面墙的一间新床，与其叫床，还不如叫房。它就像一间方正的小房，三壁封死，那件横竖都能伸直脚躺平的大床，叠着不晓得有好多床锦缎花被，大床前的两头还立着灯柜和马桶，最前面才是木雕精致的木门帘，金纸木雕是象征多生贵子的花草,这门帘还是可开可关的"①。然而面对着这一间父亲费了许多心思,请了高手为自己准备结婚的婚房时,黄小宝只给出了两个字的评语——"多事"。婚房且是不能动的,但是重新修整过的自己的住房还是可以摆弄的,因此黄小宝取缔了一切"老古板"的摆放方式,将书桌、座椅、茶几等都按照"大城市北平规矩"斜放起来,"阅读写作正对窗外射来的光线",再加上自己带回来的洋玩意儿留声机。这是因为新旧建筑居住不同而起的民俗纠葛,显而易见,这一次的冲突势均力敌。

经过层层铺垫之后,最终到达这场经过父母之命、媒妁之言的门当户对的婚礼当天,现场呈现九大碗、送礼的红纸条、女方声势浩大的嫁妆队伍等情景,而花轿来临之时,两父子还在为是穿西服还是穿大红长衫挂上大团红色礼花争论不休,此时以婚育习俗为核心构建起来的民俗纠葛将故事推向了一个高潮,乡村与城市,新与旧之间的矛盾冲突到达了一个白热化的阶段,而最终的结局与前一次的结局一致,双方各让一步,"黄小宝按他爸的意思穿上大红长衫,黄老太爷允许儿子戴从北京带回来的深灰色宽边礼帽,脚蹬皮鞋"②。就这样,看似不中不洋,但其实仍然是以典型的中式婚礼为主要流程,还辅以四川乡间特有的规矩,"新娘只准坐在床沿等候,红盖头是不能自己揭的,要等到晚上睡前,由新郎来揭盖头"③。其实受了风气之先影响的黄小宝在结婚中的穿戴有了洋味是不足为奇的,但是却受到了传统思想护卫者的父亲强硬阻拦和反对,服饰作为在各民族的行程和发展中具有自身独立且明确的心理状态的视觉符号的体现,也在此展现了传播者自身的体验与感受。最终的妥协虽然看似是装束上的协调,其实不如说作者展示了封建传统孝道对子孙的规束。

在《狐精记》中,还为我们展现了因地域性不同而带来的各种冲突,展示出来自于不同地域的人们都在有意无意间成为各自区域的民俗传播者。以不同地方特色的民俗事象所体现出的是各自不同的体会与理解,而将之集中在婚礼这个仪式空间中时,便体现出相对稳定、持续的特点,也具有一定的典型性意

---

① 马识途.夜谭续记[M].北京:人民文学出版社,2020:134.
② 马识途.夜谭续记[M].北京:人民文学出版社,2020:137.
③ 马识途.夜谭续记[M].北京:人民文学出版社,2020:137.

义。正所谓一方水土养一方人，虽为同一个民族，但也会因地域区域不同而有着各自不同的饮食、建筑等习俗习惯，当文艺作品将之体现出来时，就产生了奇妙的魅力。例如虽然同在上海接受了新式教育，但是扬州姑娘杨小红很明显与来自四川的丈夫赵进义有着种种不同，当她随着这位赵二老爷回到他四川乡下老家时，且不说赵进义西装皮鞋的打扮，单是杨小红"波浪形的烫发"就足以让头上没什么珠翠的她夺人眼球了。作为被带回老家的新媳妇，却因地方水土不同产生了种种不适，"那硬木板凳子和硬木板大床，的确不招上海姑娘的喜欢。至于桌子上那几盘菜，几乎每一盘都总要带上点乡土的麻辣味，更叫江南人难以下口"①。当然这只是初见面时第一次的冲突，跟着接踵而至的习俗差异，将城市与农村地域民俗的不同所产生的一系列民俗纠葛推到了顶峰。看到结婚的枕头上绣着"寻好梦，梦难成，有谁知我此时情"的杨小红并未想到正是这样的诗句一语成谶，一切按照四川农村的规矩举行的婚礼，让陌生的新媳妇六神无主。因为无论是吃、住、行，还是各种细枝末节所造成的差异都在提醒着她，这里是一个与她之前的认知完全不同的世界，而这里却也是极为真实存在的有着四川特有民俗风情的世界。在这里乡村与城市紧密地连接在了一起，它不再是孤立而单纯的地理空间概念，而成为"不仅代表人类生活和工作的不同环境，同时还指向不同的文化空间、不同的生存方式和人生态度"②的深刻体现。由此可见，在以婚礼为核心构建的民俗纠葛中，所融汇的包括服饰、饮食、建筑居住等一系列的民俗元素与故事情节的起承转合，行为结构有着千丝万缕的联系。

（二）心意民俗纠葛中的经历者

"由禁忌、信仰等形成的民俗纠葛都是心意性的民俗。这些民俗纠葛设置的情节之所以能形成非情节性的淡化表象，关键在于这类民俗纠葛自身展现的形态就是无形的心意性行为冲突"③。在婚育习俗中所体现出来的无形的心意

---

① 马识途.夜谭续记［M］.北京：人民文学出版社，2020：38.

② 张岚.本土视阈下的百年中国女性文学［M］.北京：中国社会科学出版社，2007：136.

③ 陈勤建.文艺民俗学［M］.上海：上海文化出版社，2009：321.

民俗,体现出了由信仰崇拜、图腾禁忌等一系列在长时间沉淀积累于人们的心理结构中的传统心理思维定式所形成的理念观念,展现了人们的生活态度。因此在作品中主要以观念的冲突为主要展示,是由单一个体的内心在其长时间的成长过程中形成的习以为常的心理思维惯式,与外界客体行为之间发生碰撞所产生的事件火花。它会通过人物的表情、动作或一系列的行为表象来构建起民俗纠葛,构建起人物性格的鲜明特征,亦可能表面只是留下伏笔,为之后的转折、矛盾的升华、冲突的白热化甚至是整个事件的高潮部分的来临做好铺垫和预期准备。

《夜谭续记》中的多个故事,仍围绕着婚育民俗这一核心民俗纠葛,展现出了一系列因乡村与城市的不同、传统礼教与新学不同、信仰禁忌不同等所造成的无形的心意民俗纠葛。在心意民俗中与婚育民俗有关的主要包括有对生育神等信仰对象的民俗;人界与神界之间进行沟通和联系的如算命先生、灵媒、阴阳先生等的信仰媒介民俗;以女性贞操贞洁观以及传宗接代等为主要表现方式的信仰观念民俗。虽然其中一部分有着其荒诞、迷信的一面,然而由于人类社会精神生活发展不平衡,在某些社会形态中,它们仍然是现实存在的,而且也具有一定的合理性。尤其是在新旧交替的社会中,在传统文明向现代文明急剧转化时期,在中国半殖民地半封建社会时期,更为突出。其中特别是作为生育礼俗体验者的女人更是在这种冲突中的一个非常重要的角色,马识途在作品中将这些经历者纳入了自己的文学考查视野,并借助相较于男性,女性这一民俗更为直接的群体平台,在纠葛冲突中展现了其独一无二的体验话语,从而展现出独具特色的地方人物群像图景。

《树精记》中为了突出人物奇特的个性与之后经历的转折,故事开篇就讲到了与生育、求子相关的信仰民俗。乡间的黄葛树成了精,可以送子,受了传宗接代思想影响的妇女们争相烧香拜树精老爷,许多人都得偿所愿。但不料隔了几年后却突然被来取证的警察告知,根本没有什么树精,而是一个走乡串户善于做木匠活的手艺人白天躲在黄葛树后偷听了妇女们的话,夜晚悄悄做采花大盗的结果。知道真相的民众们纷纷清理起了门户,将不是自己的子嗣送的送,卖的卖,而在后续故事中的王天地就是这其中之一。长在只会刨土种地的农民家的儿子王天地从小就酷爱木工活,成年之后虽然家庭环境一般，但是眼界和心气一直特别的高，最后这位从未结过婚的老实巴交的农民之子，挑来挑去的结婚对象居然是邻村的小寡妇陈秀秀。这让人大跌眼镜的婚姻中所显示出来的就是"贞操节烈""门当户对""寡妇改嫁"等民俗深层心理观念的冲突，在一个深受这些观念影响的乡村，这样的举动无疑本身犹如一个巨大的惊雷，甚至发展至今，这些观念仍影响着相当一部分人群，深藏在心里，成了他们观察和处理事务的准绳和尺度。而陈秀秀其实也是"买卖婚"的受害者，之所以从福建被花重金买来其实是为了"冲喜"的，却不料"冲喜"失败，结婚当晚新郎便一命呜呼了，新娘一夜之间成了从未圆房的小寡妇。面对执意要娶一个寡妇的儿子，父母自然是不同意，究其原因，陈秀秀吸引他的并非相貌容颜，而是在当天送亲队伍中的一堆雕龙描凤做工极佳的陪嫁箱子。也正是因为这一个图案与他用左手完成图案极其相似的箱子，吸引了王天地，最终让他娶了带来箱子的人。父亲临终时，他终于知晓自己并非父母亲生的，而是为了给王家传宗接代花了两千元买来的时，他与妻子一同回到了福建老家，在这里，阴差阳错的，遇到了这只陪嫁箱子的制造者，经过一番了解，发现对方与自己一样，对木工活有着天然的爱好和兴趣，而最后的DNA鉴定结果是父系血缘的匹配度极高，于是两人一起最终找寻到故事开端所说的那棵黄葛树，还合影留念。这其中所体现出的婚育民俗观，以及民间求子的信仰崇拜等，与最后现实结果之间所产生的种种矛盾冲突，无疑是构建整个故事情节的桥梁，作者虽没有正面抨击，却在字里行间通过民俗纠葛的构建，强烈地谴责了封建婚俗制度，尤其是对"冲喜"等封建迷信思想的讽刺与抨击，以及对沦为牺牲品的妇女们的深切同情。而前序故事与后续故事之间将时代的变迁，动荡人生中坎坷的命运，倾注在一系列的以婚育民俗为核心的民俗纠葛中。

《天谴记》中大财主温大老爷连娶好几房姨太太，好不容易最终得子，传闻说是上天赐来的，取名旺才。但这位大少爷得到父亲好色基因的遗传，干尽了作践黄花少女的龌龊事，最后他与下江逃难来的卖唱少女吴小玉的婚事，受到了"神算子"的劝阻，神算子算出了两人的前世今生和来世，劝说两人吃斋念佛，以赎前罪。但两人均不以为意，盛大的婚礼依然按一个比神算子还神的算命瞎子算出的黄道吉日进行。婚房、婚床，还有"从各大城市定做的时新的男女新式服装"和"各种新式的男女皮鞋"与嫁妆抬盒上"一块验证少女贞洁的白绸"之间形成了鲜明的对比；这个黄道吉日当然也与雨季中常有的雷雨交加形成了鲜明的对比，并为之后两人的结局埋下了伏笔；婚礼上象征喜庆的喇叭声和鞭炮声与人们私底下议论认为天兆不吉利的话语亦成了对比。然而等一切尘埃落定之时，仿佛是要应验神算子的话一样，刚刚成为新郎的温少爷在婚床上被雷劈中，一命呜呼了，而被抢救过来的新娘吴小玉最后真的如神算子所言，削发为尼。这一经历，是艺术的概括和提炼，不仅展现出四川当时生活习尚的真切缩影，也有着新旧观念之间的对比，更揭示出人物的内心世界，引导读者去品鉴内心细微的激荡。

除此以外，心意民俗纠葛还体现在信仰和禁忌的习俗中。《狐精记》中在上海受了新派教育的赵二老爷与扬州姑娘杨小红回到四川乡下老家举行婚礼时，也是如出一辙的体现。两人已经在上海领了结婚证，举行了婚礼，原本杨小红仍准备穿上在上海结婚时的婚纱，然而婚纱的颜色引起了赵大老爷的严重不满，"说这是白色的丧服，如此不吉利怎好拿出来，赶快收起来，重新做婚服！结婚一定要用大红颜色嘛。一切带红色喜庆的物件，雕花六柱架子，复杂的化妆梳洗柜，大小花柜箱笼，桌椅板凳，和红色的便桶（乡下没有自来水）也已经摆放好。大红丝帐，床上叠着不知多少床的盖被，绣花枕头……"①从传统汉族的婚俗来看，红色历来是象征吉祥幸福的颜色，对红色的崇尚是具有民族性特征的，而以法国人为代表的西式婚礼则是崇尚白色。白色在西式婚礼中，意味爱情的洁白无瑕，象征着纯洁。阎纯德在《在法国的日子》里描写奥·琳娜的婚礼中写道："我们刚走出大门，迎面是另一对被前呼后拥的新郎新娘。新娘穿着洁白的细绢做成的拖地古式连衣裙，头系白纱同新郎携手踱步而来。那些随从的车辆和男女，也都扎着白色的绢条或绢花。"同样的，传统的汉族婚俗期望着结婚这一天是个大晴天，而在法国结婚这天如果遇到雨，便会被认为是吉祥之雨，是上帝在考验爱情忠贞的雨。由此所展现出的鲜明的民族性，亦是构成民俗纠葛，体现张力的重要方式。

---

① 马识途.夜谭续记[M].北京：人民文学出版社，2020：40.

"张力"由美国现代诗人、批评家艾伦·退特提出来的，最开始是用于体现诗歌的意义，与我们在诗歌中所能看到的全部外展与内延的整个整体有关。后来经过新批评理论家将之扩展到了诗歌的内容与形式等方面。"张力"这一艺术效应用来表示两个对立因素之间所产生的艺术效果，在文艺作品中为情节的推进演绎，气氛的烘托塑造都发挥着极其重要的作用。《狐精记》作品中女主角杨小红之所以极具感染力，与四川乡村中的"闹婚"、立"贞节牌坊"等一系列男尊女卑思想冲突中的民俗纠葛所形成的这种悲剧的"张力"是密不可分的。随着故事的推演，赵二老爷的去世，杨小红的个人内心感受也与当地的婚育习俗之间的矛盾越发尖锐，张力的推进也不断加深着文本的悲剧氛围。这一点在《天谴记》中也是一样。温大少爷与吴小玉最后的结局都应验了神算子的论断，婚姻并未有好的结局，随着温大少爷新婚之夜被惊雷劈死于床榻，吴小玉出家为尼，最后两人各自修行，以赎前罪，度人度己，正是对悲剧故事的深层体现。亚里士多德曾指出：对于一个整体的悲剧而言，应包括六个决定性的成分，即情节、性格、言语、思想、戏景和唱段。而由于悲剧本身就是对行动的模仿，因此，在这六个成分中，"情节"又最为重要，可以说它是悲剧的根本，亦是悲剧的灵魂。按照这一定义和理解，《天谴记》中最终促成两人悲剧的因素是围绕婚育民俗纠葛所展开的各种情节发生、发展与演进。而两人自身的心理感受也是随着这一交织着婚育民俗纠葛的情节传达给读者的，因此人物的悲剧意义随着情节的不断发展而被推向了高潮。

（三）仪礼民俗纠葛中的执行与接受者

仪礼本身就体现了统治阶级的意志以及封建等级制度的核心，它是由统治者制定的用以规范其内部的行为和等级。而风俗又将之大众化和通俗化。在民间，仪礼与风俗的规范共同缔结了婚姻。因此，对婚姻的一些礼俗习俗的表现，展示出了在婚育习俗接受者各自不同的个体意识。

《借种记》中在大城市求学归来的黄大少爷黄小宝，回乡第一件事是被父亲拉着去了大堂屋给祖辈人叩头谢恩。当要对着堂屋正中墙上的神龛神牌祖公画像等象征祖上之物行礼时，"黄小宝有点迟疑，穿起这身西服，啷个好下跪磕头呢，只应该三鞠躬呀"①，而一旁的父亲黄老太爷却斩钉截铁地阻止了他的迟疑："在家里就要照老规矩，磕头！"因此，最后的结果是"黄小宝听他爸这样说，只能是身不由己地跪下磕头了。拜完祖上后，黄小宝很自觉地向坐在供桌两旁两把黑木椅上的父母亲磕头"。长期受着封建礼教思想教育长大的黄小宝虽去了大都市，见了大世面，但在回到家乡之时，仍不由自主地遵从于传统礼教礼俗。这是第二次因为礼俗礼教所构建起的民俗纠葛，很明显，这一次，旧式礼教取胜了。在之后婚礼中，旧时传统礼教礼俗也展现出其绝对的强势，以"哭喜"的嫁女礼俗为代表的传统婚礼礼俗铺天盖地地占领了整个婚礼现场。刘师亮曾在《蜀地竹枝词》云："装嫁新娘作泪痕，红毡铺桥说回门，回盘礼物知多少，外搭红甘蔗几根。"其中的"装嫁新娘作泪痕"就是指的哭嫁的习俗，即是文中所说的"哭喜"，在川西也称为"坐堂"。此种形式说法各异，一说与婚姻的居处关系有关，出嫁女子即将离开自己居住的氏族之地，沦为男子的私有财产，因此出嫁时用痛哭的方式表达悲伤之情。另一说，这也体现出对封建家长制社会中包办婚姻的控诉。

《狐精记》中所展现出的婚礼中的敬酒、祈子、闹婚等一系列与婚育习俗有关的仪礼习俗也构建出其特有的民俗纠葛。在这里，一对新人不仅需要在大坝上的宴会为每一桌的客人敬酒，还要在天黑后面对所有不分辈分人的"闹婚"，"无论平辈、长辈和小辈的人，都要来洞房祝贺，所谓祝贺其实就是不论辈分大小，不讲礼貌地胡闹，掀了盖头的新媳妇，任由大家说笑推搡，估倒灌酒"②。而放在婚床上表示早生贵子的红枣、花生、桂圆和瓜子更是让从上海来的新娘杨小红惊诧不已。孝义孝道是影响四川地区婚育习俗的重要思想根源，受"多子多福"的传统观念影响，民间的百姓们对子嗣的繁衍非常重视，撒帐习俗因地不同，但都带着强烈的地方特色以及传统的民俗文化因子。这些陌生的礼俗礼仪已经让杨小红又羞又气了，没想到更夸张的还在后面。夜深人静时，两人松口气准备睡觉了，忽听床下有人在敲床板，竟有人偷偷藏在床下"听房"，这是当地一个重要的闹婚节目。如此种种将四川农村"欢乐而野蛮的婚礼"与"上海的文明婚礼"之间相去甚远的矛盾推到了顶峰，为之后处理

---

① 马识途. 夜谭续记 [M]. 北京：人民文学出版社，2020：134.
② 马识途. 夜谭续记 [M]. 北京：人民文学出版社，2020：41.

田产、"跳大神"驱妖等一系列的事件铺垫了氛围,并让错综复杂的情节故事更显情致。

其实"闹洞房"的风俗古已有之,在传统婚礼中是不可或缺的。这一习俗主要以新娘为主要的逗趣对象,因此又被称之为"闹新娘",旧时还称为"戏妇",明朝时期四川某地就流传过这样一首《新房曲》:一看新娘手,二看新娘脚,三看新娘腰……足以可见此中滋生出的一些乖情悖理的举动。虽然在民间说法中认为,这是为了保护新娘免于受到妖魔的侵害,防鬼怪进入洞房的一种保护措施,可通过众人的"闹"驱魔辟邪,正所谓"人不闹鬼闹",来保佑新婚夫妻。但据汉末仲长统在《昌言》中的记载:"今嫁娶之会,捶杖以督之戏谑醴以趣之情欲,宣淫佚于广众之中,显阴私于新族之间,污风诡俗,生淫长奸,莫此之甚,不可不断之也。"可知,其实闹房从其出现伊始,就被视为一种陋俗恶习。

由于对鬼神之说,迷信思想的崇信的社会风气长期潜移默化的影响,虽然受到了西方文化和现代科学技术的影响,但是在四川民间,尤其是乡村中,始终保留着根深蒂固的传统神灵的信仰意识,即使是现在,也依然有不少地方秉承着"宁可信其有,不可信其无"的理念,而这其中女性是最直接的信仰活动的主体。在马识途的作品中,将这样的信仰民俗纠葛融进在事件发生发展的进程中,展示了人物对象复杂又纠结的心理,以及富有内蕴的人生态度。

在19世纪末,西方的礼仪礼俗传入了中国,同时中国社会也不断发展变化,学习了新学的人们在社会生活的许多方面都将中西礼法融合了,其中突出表现在婚礼上便是慢慢形成了一套有着中国特色的"文明结婚"的仪式,它既有西式婚礼的简洁、热烈,又保留了中国的传统的婚俗。这样的"文明结婚"最初见于东南沿海的大都会与商埠中,《清稗类钞》上描述了当时的"文明结婚":"迎亲之礼,晚近不用者多。光、宣之交,盛行文明结婚,倡于都会商埠,内地亦渐行之。礼堂所备证书(有新郎、新妇、证婚人、介绍人、主婚人姓名),由证婚人宣读,介绍人(即媒妁)、证婚人、男女宾代表皆有颂词,亦有由主婚人宣读训词,来宾唱文明结婚歌者。"很显然,作品中所展现的恰是接受了新学的教育之后,受了所谓外界文明影响的黄小宝所代表的一批年轻人，与乡间的大财主父亲所坚持的旧式礼教思想习俗之间所产生的重重叠叠的民俗纠葛，并将这样的民俗纠葛构建建立在了乡土和城市，这一组在文艺作品中一直经久不衰的对立又和谐统一的主题上。以此联结起的是作家的创作灵感、成长记忆与由社会发展所带来的现代气息与西方文明。

　　以上种种，有些是出现在故事发展的背景中；有些是作为故事的铺垫；有些则是塑造人物性格的关键情节，这些构成文艺作品中的情节冲突的要素，并非作者认为的牵强附会，而是生活中平凡而常见的民俗矛盾纠葛场景，成了使文艺作品波澜起伏，扣人心弦的关键情节。在这些读者们日常耳濡目染、见怪不怪的俗事中，暗嵌的正是你我他曾经的经历或当下的经历；那些悲欢离合、巧合悬念原本就是生活中发生过或正在发生的事情。马识途在自己的文学实践中也一样恰到好处地利用起了这些民俗元素，经过一番采撷、提炼，再进行了艺术的加工，汇集成文，造就的文艺作品无疑充满着浓郁的四川生活气息，为丰富作品的内蕴，激发读者的兴趣以及增强作品的可读性、吸引力有着极大的渲染作用。更为重要的是，通过民俗纠葛去构建情节，对于突出主人公的生命内核意义，塑造人物形象，以及勾勒出在新旧社会更迭之时，时代动荡中的一批人物文学民俗群像也有着举足轻重的作用。这样使文艺作品更加贴近生活，更真实地反映人生，成了真正的表现广大民众生活的文艺形式。同样的，作为阅读者来说，也只有理解这些民俗纠葛，才能对故事的前因后果清楚明白的理解。

　　文艺创作不需要为博眼球，刻意制造的"奢华包装"，更不能只言一己之悲欢，脱离大众也脱离实际环境。真正优秀而经典的文艺作品，诚如百岁老人马识途所作之"记"，怀着对广大人民大众的崇敬和生活的热爱，怀着对社会变革的参与及对文艺创作的敬畏之心创作出来的作品，通过作家的笔触真正达到了生活真实与艺术真实高度的概括和统一，方能体现其民族的标识度，唤醒读者的认同感，欣赏接受产生共鸣之余，才能赏其崇高的体验，亦才会在经久不衰的口碑中，沉淀于历史的脉动与社会变革的底蕴中，成就经得起时间和人心考量的经典之作，甚至成为时代的精神坐标和民族的集体记忆。而这与如今网络上纷飞的机械化生产、快餐式消费的文学文本相比，无疑有着本质的差别,更值得我们欣赏、挖掘和品读。

第二节 独具地方特色的叙事语言

人类社会是以民族形态而存在发展的,文学作品的民俗体现和其民族特色的彰显都离不开民族形式。因此文艺创作和艺术欣赏必然受到了一个民族独特的心理素质、文化传统等因素的影响,这些因素也是在人们长期的生活中积淀而形成的,文艺民族化包括诸如民族风情、民族性格、风俗礼仪等内容方面的问题,但在文艺作品中,艺术形式也是一个重要方面,在艺术形式中方言俗语的运用和语言风格的形成,是文艺民族特色的一个鲜明的体现。语言不仅是文学的第一要素,也是民族形式的第一标志,更是加深民族形式不可缺少的手段。它既是作家反映民族生活、塑造民族性格的基本方法,又是沟通作家与读者思想感情的重要媒介。中国的小说因为源自民间又流行于民间,因此不管是情节安排、内容意蕴还是语言表述都极其贴近老百姓,与广大民众的生活相近,也与民众的喜怒哀乐之情相契合,这是中国小说所独有的一个特征。可以说,任何一种民间文艺的样式都是与广大民众的生活紧密相连,并成为其中的一部分。

马识途曾在自己的创作谈中说道:"我就是喜欢冷静地、用事实本身进行讽刺和幽默。幽默有趣,这算不算中国人民的气质?不说一般城市老百姓,就是文化较低的农民,特别是四川的农民,你与他们相处久了就可以发现,他们说话总不是那么平直,不是那么直截了当的,不像我们有些作品写的那种平淡的知识分子腔,而喜欢转个弯,有时喜欢挖苦人,他们的言语中总带有盐味。"[1]关于这一点,老舍先生也曾说:"我认为民族风格主要表现在语言上。除了语言,还有什么别的地方可以表现它呢?"[2]由此可见,方言俗语是极其典型的民俗语言。作为川籍作家,马识途在文艺创作中不仅仅以巴山蜀水作为故事发生的背景,也因为他对四川这片故土的深厚感情,在作品中加入了很多极

---
[1] 马识途文集 11:文论·游记 [C].成都:四川文艺出版社,2005:26—27.
[2] 李润新.文学语言概论 [M].北京:北京语言学院出版社,1994:34.

富四川地方特色的语言,这些四川民间的俗语、谚语、口语被作者提炼后加以运用,使之读来极具亲和力的同时,又添几分幽默风趣的意味。

不同程度的方言、俗语等带有四川地方特色语言的采用,同时穿插了传统的古诗词,使之成为委婉绵密的文学语言,从而增添作品的生活气息,也在字里行间透射了相应的地域文化,是马识途作品中一个极大的特色。马识途是四川作家,他受到生于此、长于此的故乡环境的语言影响,因此,在遣词用字上也有意识地大量运用四川方言来体现其作品的亲和力。由于方言俗语本身便是最具典型性的民俗语言,那些生活中常见方言俗谚的运用不只给作品增加了一种独特的地域文化韵味,读来别具一格,回味无穷,而且更重要的还对推进作品情节的发展也起着非常大的作用。

一、诗歌——诗化的语言

民族语言在语音、语法以及基本词汇方面都有自己标志性的特点,从而形成了独特的语言风格。因此作为语言艺术的文学作品,也相应地会受到语言风格的影响。对文艺民俗审美的研究,首先是诗歌。诗歌是最先发生的文艺作品的形式,而且诗歌起源于民俗中最基础也是最本源的因素——劳动。"诗歌的产生是由精力充沛的具有节奏感的身体动作、特别是我们称之为劳动的身体动作所引起的,这不仅在诗歌的形式上是正确的,而且在内容上也是如此。"[①]由此可见,诗歌的特征与民众们生存民俗中的劳动特征是有机地融合在一起的。同时由于诗歌创作的本身就是"性情之发",不管是"诗言志"也好,还是"诗缘情",也都充分说明一点,即诗歌与作者的思想感情是联系在一起的,代表着对祖国和乡土的热爱之情。其中所展现出来的抒情性是时代和生活,在诗人心灵中唤起的诗性,是诗人本身情思激荡的一种真实体现。将诗歌穿插进小说中,在小说里借以诗歌的语言来表达内心传递情感,传递信念,不仅是一种诗化语言的表达,同时也是将诗歌的民俗性与小说的特性相结合的一种方式,增强了小说语言节奏的韵律,也让文本不论是内容还是形式都洋溢着民间气氛和民俗意蕴。

---

① [俄]普列汉诺夫.没有地址的信:艺术与社会生活[M].曹葆华译.北京:人民文学出版社,1962:39—41.

马识途的多部小说都体现出这样诗化语言的特征,其中比较突出的是《巴蜀女杰》和《风雨人生》这两部小说。

《巴蜀女杰》的主人公张萍本就是一个对诗歌等各种文艺形式都充分满了狂热爱好的一个人。她积极主动追求上进,疯狂地痴迷诵诗、唱歌、舞蹈等一切可以用来表达内心情感的文艺形式。从路过剑门关的石碑上的陆游的《剑门道中遇微雨》开始,诗歌就成了她与丈夫黎木初相识时拉近彼此距离的最好桥梁。除了古诗以外,现代诗歌也是两人共同的喜欢的,围绕着诗歌,两人前期发生了不少事件,艾青的《太阳》《火把节》等,张萍看到激动之处,全然忘记了自己的处境,还是被黎木及时发现了诗集,藏起了书,才未被检查站的特务查出端倪,保护了她。也正是因为行程中的种种事件,艾青的诗歌点燃了两人之间感情的火焰,而之后为了更好地隐藏自己而埋葬诗集的举动,更是让两人惺惺相惜,就着诗冢,两人都分别作了诗,"嘉陵江水呜咽,巴山沉默无言,秋风扫落叶,晚霞满西天。捧一鞠热泪倒进沙坑,抽一束愁丝裹紧诗卷,剪一块暮云飘做丧幡,撒一片落晖掩盖慌坟。我歌,我哭,我呼喊,我徘徊在黄昏的江边,告别我的诗魂。啊,安息吧,我的诗魂,我将回来,总有一天,我要把你的雄魄,铸进我战斗的宝剑。别了,我的诗魂。"① "蜀水碧如凝,巴山青无言,江岸埋诗卷,美人泪满襟。何处是诗魂,沙冢夕照明。我欲哭兮无泪,我欲歌兮无声。何日迎朝霞,携手拜诗魂?"② 诗歌一直是衔接张萍与黎木感情之间的桥梁,当两人离别之后,为了革命工作独自上路,张萍想起的仍是黎木念的诗歌"明日巴陵道,秋山又几重"。苏东坡的"人生到处知何似,应似飞鸿踏雪泥。泥上偶然留指爪,鸿飞那复计东西"使张萍沉浸在自己艺术的世界,用此比喻自己与黎木的一串足迹。

张萍思想上的进步和改变也与诗歌有脱不开的联系。最初开始在无线电训练班学习时,她依然充满着对艺术的狂热,虽然有着革命的积极性,但是很显然对革命的残酷性以及各方面的认知准备都还不够,这样的思想苗头暴露在她的一首短诗:"我即便是一颗小小的露珠,也要在朝阳里闪烁一回,给世界添

---

① 马识途文集 3:巴蜀女杰 [C].成都:四川文艺出版社,2008:27—28.
② 马识途文集 3:巴蜀女杰 [C].成都:四川文艺出版社,2008:28.

一片绚丽的色彩，才甘心坠入黑色的泥层。"①然而经历了亲密战友小赵的牺牲，训练班主任及黎木的一番帮助和疏导之后，她的思想发生了巨大的转变，人生道路也开始了新的旅程。她虽依旧热爱文艺，却将之藏在了心里，一种无形的力量在鞭策她前进。在经历了一系列的训练学习，并领受组织交给自己的任务，明白其艰险与严重程度和危险程度以后，她带着"风萧萧兮易水寒"的气概，是对革命工作的前赴后继，虽然这里不同于硝烟弹雨的前线，但这里是另一条与之一样重要的无声战线。成功考进军统办的无线电训练班，并通过培训之后，张萍再次念起了自己在中学时代作的诗，"前途是天上的云霞，人生是海里的浪花。趁着黄金时代，努力向着你的前程，发出你灿烂的光华"②，这是她即将迎来的战斗的哨声。在被敌人抓捕后，姐姐来劝说她时提起了父亲，而张萍却说自己的骨气才是最重要的，如父亲从小教授给自己的《正气歌》，"天地有正气……凛烈万古存……当其贯日月，生死安足论"的精神。在狱中，她劝说鼓励狱友小汪，说要做"生当作人杰，死亦为鬼雄"那样的人。在禁闭室中，她思念自己的丈夫黎木和战友们，虽然她没有机会和他们一起并肩作战，但是她同样为革命的胜利，与敌人展开着殊死斗争，无论她表面的身份是什么，她都无愧于共产党员的称号，"剪一片从铁床飞出去的闲云，没有笔，就贴上自己的心。让它飞去吧，远远地飞去吧，告诉正在北国风尘中奔驰的战友，就是在这死亡深谷里，我也没有忘记向你们祝福呵"③。张萍用自己年轻的生命书写了革命斗争的心志，如同她在训练班的毕业晚会上念的一首《这样的人》一样，这首诗既是对小赵的怀念，同时也是托物言志，坦明自己的心志，作为对大家的临别赠言："在宇宙里，有这样的星，不惜自己陨灭，向长夜洒出一片光明。这样的星，它的名字叫彗星。在人世间，有这样的物，不惜自己化为灰烬，去照亮别人前进的路。这样的物，它的名字叫红烛。在世界上，有这样的人，甘愿自己牺牲，给世界带来永生；为了人类的天堂，勇敢叩开地狱的门。这样的人，他的名字叫共产党员。"④张萍在牺牲之前，又再

---

① 马识途文集 3：巴蜀女杰 [C]. 成都：四川文艺出版社，2008：61.
② 马识途文集 3：巴蜀女杰 [C]. 成都：四川文艺出版社，2008：178.
③ 马识途文集 3：巴蜀女杰 [C]. 成都：四川文艺出版社，2008：334.
④ 马识途文集 3：巴蜀女杰 [C]. 成都：四川文艺出版社，2008：88—89.

次念起了这首诗，她将自己的信念和心得传递给了狱友小汪，也将革命教育传承了下去。小汪给这首诗加了一句"这样的人，她的名字叫张萍"，呈现出对她的肯定和鼓舞之情。在文末，革命已经胜利，小汪为张萍扫墓时又再次对着同是扫墓的小朋友们念起了这首诗，诗歌代表着像张萍这样的共产党员在革命斗争过程中的奉献和牺牲。而她正是在自己短暂的一生中，"发出我的灿烂芳华"，那意味着革命并非无谓的牺牲，而是指不管在什么岗位上，不管在什么时间什么地方，应该为自己的祖国做出自己应有的贡献。

小说《风雨人生》则是以屈原的"路漫漫其修远兮，吾将上下而求索"开篇，作为全书的基调，显示出长路漫漫中自己一生的追求和探索；以"慈母手中线，游子身上衣。临行密密缝……"表达了母亲对我的关爱；坐船过三峡，"千里江陵一日还"以及"巴东三峡巫峡唱，猿鸣三声泪沾裳"，是对风景的书写；"相逢却是离别时"是恋人久别重逢后再相见，却即将再次因为工作而分离；参加革命以后，"我"在四川朝阳湖的古庙里写下抒怀的诗篇"我来自海之角兮天之涯，浪迹江湖兮四海为家。韬光养晦兮人莫我识，风云际会兮待时而发"借以明志；之后"我"与爱人小刘结婚时，专门作诗《我们结婚了》，表达两人的誓言和坚定的决心；后因爱人被捕并英勇就义，用诗歌来表达心情，"卿今骑鹤扬州去，后死何处觅香居"；在聆听闻一多先生的教诲时，接收到了田间的诗歌《多一些粮食》中那鼓舞振奋人心的力量，闻一多称这些诗歌是时代的鼓声，激昂奋进；昆明街头大示威游行时，闻一多也用诗歌表示自己内心的喜悦，"你们看，我们的队伍这么长！这是人民的力量。因为是人民的力量，所以它是伟大的，谁也不敢抵挡！这是时代的洪流，它要冲垮一切拦在路上的障碍……"[①]；听说抗战胜利了，"我"看到闻一多先生的状态就好似杜甫的《闻官军收河南河北》时的情景；在尾声解放成都一节的小标题中，再次采用的"锦江春色来天地"中的"锦江春色"为题，与第一章遥相呼应，展现出一场血雨腥风之后终于即将迎来解放；"我"看着头发已经花白了的自己的老上级钱大姐送别我时，心中是一种"风萧萧兮易水寒，壮士一去兮不复还"的感情；而当我与自己的亲密战友王放结婚时，又再次念起了当初书

---

① 马识途文集 9：风雨人生 [C]. 成都：四川文艺出版社，2005：415.

写的那首《我们结婚了》，虽然时过境迁，当初与"我"一起书写的人已经阴阳两隔，但这依旧是最庄严的誓言，"我们永远不做逃兵，我们永远不会离分"。

在马识途的其他小说中，诗歌也一直是暗嵌文中的一种重要的语言书写方式。《京华夜谭》与《风雨人生》小标题命名方式相似的，第一回的标题是在《红楼梦》"满纸荒唐言，一把辛酸泪"的基础上联想而来的，遂为"十年荒唐梦，一把辛酸泪"。《清江壮歌》中"岁寒知后凋，时穷节乃见"是任远与柳一清以诗阐明对革命的心志，无论何时何地，特别在困难的斗争环境中，更要做一名坚定的革命战士。不掉队，不做逃兵，不当俘虏。《京华夜谭》中"商女不知亡国恨，隔江犹唱后庭花。人生难得几回醉，得风流时且风流"，是田道坤与肖强两人用诗句言心志，而正是此举，让田道坤自以为看透了肖强的心情，暂时放下了对他的怀疑。诗歌不仅可以用来言志，还能表情，肖强与贾云英之间的感情，就可以用秦观的《鹊桥仙》："两情若是久长时，又岂在朝朝暮暮"，"飞星传恨，银汉迢迢暗度，柔情似水，佳期如梦"，而阔别几十年后再重逢的命运，正是当时两人书信中"人有悲欢离合，月有阴晴圆缺。此事古难全，但愿人长久，千里共婵娟"的最佳展现。《夜谭十记》中开篇，老学究写的一首《礼赞冷板凳会》："你来海角我天涯，乞食八方人冷衙。忍看青天飞魑魅，何嫌大地走龙蛇。白天无事翻陈报，夜晚有闲喝冷茶。同病相怜冷板凳，管他娘的国和家。"①野狐禅师在讲完他的故事后，也作了一首打油诗来助兴，"月落星稀夜已阑，野狐禅师扯乱谭，王侯卿相笑谈中，几人解得语辛酸"②，展现出的是一帮小科员在当时社会现状下开"冷板凳会"的复杂心境。

当然，除了言情明志之外，诗歌也与当地环境、风物现状结合在一起，用这样诗化的语言形式来体现独具民风风韵的一面。《禁烟记》中将"山外青山楼外楼，西湖歌舞几时休？暖风熏得游人醉，直把杭州作汴州"③的诗句改了几个字，将西湖改成嘉陵，将杭州改成山城，汴州改成石头，用讽刺的笔调表

---

① 马识途文集 2：夜谭十记 [C]. 成都：四川文艺出版社，2005：9.
② 马识途文集 2：夜谭十记 [C]. 成都：四川文艺出版社，2005：181.
③ 马识途文集 2：夜谭十记 [C]. 成都：四川文艺出版社，2005：164.

现出的是在当时抗战时期的陪都重庆被日寇飞机炸得一塌糊涂的惨状。《雷神传奇》中形容在群山之中的巴山城的地理环境，用的是李白的诗："山从人面起，云傍马头生"，从中不仅展示出"蜀道难"的崎岖和险峻，还形象地描绘了这样一个山势陡峻、云雾缭绕之间的县城风貌。诗歌还是用以传递信号的有利形式，《清江壮歌》中通过贺国威的父亲给狱中的柳一清等人带来了一首任远写的诗，实际是通知他们准备劫狱，以诗歌"沉重的锁链将被打掉，牢墙将要一下子崩塌，自由将在黎明中向你问好，兄弟们交还你的宝剑"[①]说明了联络信号、越狱工具等，要他们赶快准备，注意发出的信号。

二、民谚、古语、歇后语

在民众人生经验和生活实践教训中总结出的艺术哲理以谚语等形式体现出来了，这些不可胜数的谚语在另一方面又成为指导民众生活生产以及革命斗争的行动指南。在幅员辽阔的农村地区，它一直是民众生活中不可缺少的人生"盐"味，缺失它们会让人觉得生活索然无味。值得注意的是，在马识途这一系列以描写当地民众生活为社会背景的作品中，也同样带着浓厚的四川地方民俗色彩。为了传递自己的审美理想，他不仅不少素材来源于各地民众聊天式的"摆龙门阵""听说书"等，也有意无意地选用了一些充满地方色彩的俗谚、歇后语等等来构建作品的民俗内容，营造作品的民俗氛围。这样的作品形式，不再是单单为了某种精神娱乐的需求，更多的反而是他们认识和理解人生的生活需要。既以不同的角度展现出了时代精神的光芒，同时也有许多让人会心一笑或醍醐灌顶的警语妙句。

例如在《京华夜谭》中就借用了说书人卖关子的话语，"欲知后事如何，且听下回分解"，增强了故事的延续性和趣味性，打动人心之余还引人入胜。再加之歇后语及俗语的使用使文章形象而又生动。《巴蜀女杰》中的"美不美，乡里水，亲不亲，故乡人""学好数理化，走遍天下都不怕"形象又具体反映出当时的社会大环境和人们的理念认同；用"宁可错杀三千，不可放走一人"虽夸张却形象地表现敌人的凶残，用歇后语"黄泥巴掉进裤裆里——不是

---

① 马识途.清江壮歌[M].北京：人民文学出版社，2008：392.

事（屎）也是事（屎）"让人忍俊不禁的同时却又平添了几分悲伤。"文学创造是一种艰苦的行为活动，因为文学创作动机的产生就和作家某种强烈的内在需要分不开"①。由于当时马识途创作的客观环境的需要，也使他采用了这样方言俗语化的写作方式，正如他自己谈到的那样，刚刚提起笔来写作时，"只是有的节假日中，应青年们的要求摆龙门阵，或者应报刊的要求，写点回忆录"②，而对于作品本身最基础的语言而言，"是从生活中汲取而又加以锤炼而成的。如果不去长期深入生活，不和群众交朋友，群众不和你说知心话，就无法学到群众生活活泼的语言，知识分子腔是干瘪无味的"③。正是因为这样的外界环境的客观因素，以及作家内在对本土民俗以及古典小说等作品的热爱，在作者与读者双方的决定作用下，他选择了这样独具民俗语言的方式，也正因此才赢得了相当一部分的读者群体。

《清江壮歌》一文最开始是在报刊上连载，这样的方式不仅吸引了大量的读者群，也引起了文学界几位前辈的注意。其中市井语言的添加使得文章语言丰富多彩，俚语与俗语、古语文言齐备，文白夹杂，雅俗兼具。文中就用修改了的俗语"你走你的独木桥，我们走我们的阳关大道"，来标明跟立场不坚定准备逃命的陈醒明划清界限，并讽刺对方走的才是"独木桥"。而当陈醒明最终叛敌后，他为了稳住童云说"天下本无事，庸人自扰之"以及"此一时，彼一时"，也是对此人摇摆不定，"墙头草"性格的最好诠释。即将出远门完成任务的任远为了让柳一清放心，保证自己会做到"未晚先投店，鸡鸣早看天"，反映出的是几百年以来旅客们总结出来的经验俗语。更有歇后语"十五个吊桶——七上八下"生活化的语言气息扑鼻而来，又有鲜明的地域特色，不失原有的意趣风格。这些语言使小说中三教九流的人物个性鲜明，而且生动地表现了民风民俗，为语言学研究也提供了极其丰富的语言素材。

不仅如此，从传统的、民间的以及通俗的文艺中去吸收较为成功的艺术经验，将之运用到小说创作中去，使文章具有鲜明的民族特色和通俗化的风格。《京华夜谭》中"白刀子进红刀子出"显示出江湖上如何对待那些不够朋友的

---

① 童庆炳.文学理论教程[M].北京：高等教育出版社，1998：121.
② 马识途文集 11：文论·游记[C].成都：四川文艺出版社，2005：41.
③ 马识途文集 11：文论·游记[C].成都：四川文艺出版社，2005：17.

人的做法，通俗又明白；歇后语骑驴看唱本——走着瞧；哑子吃黄连——有苦说不出；俗语龙生龙，凤生凤，老鼠生儿打地洞；养兵千日，用兵一时等，形象而又生动。《夜谭十记》中，"救人一命胜造七级浮屠"的理念；歇后语"水仙不开花——你装什么蒜？"的幽默；"一根擀面杖吹气——一窍不通"是张管事对铁柱说的极其符合民间人物形象的话；《中短篇小说》中"树倒猢狲散，虎落平阳被犬欺"形容大老爷这个巴山虎落到平原，倒被巴到烂这条老看门狗欺侮了；"头顶生疮，脚板心流脓"，形容"巴山虎"本人连同下面的人全部都是坏透了的。《讽刺小说》中的癞蛤蟆想吃天鹅肉；马无夜草不肥；大水冲了龙王庙，不认得自家人了，这些百姓日常生活中极具讽刺意味的话语；人无横财不富；擒贼先擒王，打蛇要打头七寸，形容要抓主要矛盾，抓大事；狗捉耗子——管得宽等。《雷神传奇》中张嘴就来的顺口溜："好个巴山城，触拢才现眼，大塘打板子，四门都听见。"①将整个故事的发生背景定了个基调，一个封闭落后的巴山城宛然呈现在眼前一般，提到了"屋漏又逢连夜雨，行船偏遇顶头风"；以及"无事不登三宝殿"等，都是个人生活和时代环境最真切的写照，也是一种真实而迫切的需要。直白地道的俗语民谚不仅让读者们读来亲切自然，而且颇有一种幽默诙谐的意味蕴藏其中，人物的对话，环境的描绘，不仅是对人物个性的形象体现，也是作品艺术表现力的彰显。

《讽刺小说》中的"喇叭一响，黄金万两"，"说曹操，曹操到，才说道钟懒王，钟懒王就来了"；《京华夜谭》中肖强安慰妻子说"皇天不负好心人，车到山前必有路"，"踏破铁鞋无觅处，得来全不费功夫"；《中短篇小说》中的"好汉不吃眼前亏"，"留得青山在不愁没柴烧"，"跑了和尚跑不了庙"以及"送君千里终须一别"；《讽刺小说》中的"士为知己者死"；《风雨人生》中的"久走夜路必撞鬼"，"青出于蓝而胜于蓝"，"在家千日好，出门百事难"等语言展示出劳动人民最朴素的理念和民间智慧，体现了独特的地域文化韵味，读来别具一格又让人回味无穷，对于推进作品情节的发展，也起着十分重要的作用。

马识途的小说语言表现出的雅俗共赏的民俗特征，突出地体现了人物对话

---

① 马识途文集 5：雷神传奇 [C].成都：四川文艺出版社，2005：9.

的趣味性以及人物个性化的特征。不仅语言幽默通俗,而且大众化、口语化之中也是对市民生活的真实体现,也才能为广大民众所接受。那些言在此而意在彼,声东击西,含沙射影的调侃,嬉笑怒骂,都会使读者每每读到此处,会心一笑,或浮想联翩,那些含义深刻的俗谚、古语以及歇后语穿插其中,含义深刻,富有韵味,在注重情节曲折委婉的前提下,既不太多,也不过少,太多则让其他地域的人读来较为辛苦,太少又缺失表现力。正如他在《且说我追求的风格》一文中谈到的那样,并非单纯地追求中国通俗小说的形式,"那种说书人的口气和笔调,那肯定也是不行的……这些就不能完全继承,无保留地去模仿……但我的作品又确确实实运用了中国古代文言成语、习惯用语,运用熟练了对文艺创作很有好处,所以我也喜欢运用……中国过去文学中好些好的东西,简洁、传神、幽默的东西,我们是不能把它丢掉了的。这是民族的传统精华……就我写的作品的语言来说,一个是有不少中国古汉语的某些词语,一个是有不少民间的口头语,尤其是四川群众的语言。这种还活着的古词语和群众口语很富有表达能力,是文学上很宝贵的财富"①。

三、方言口语"摆龙门阵"

民俗生活的内容与形式,民间文艺的语言表达结构、风格、神韵等,都全面而综合性地表现出自己的审美特指,并从整体上影响上层的文艺创作与欣赏。老舍认为:"所谓民族风格,主要的是表现在语言文字上。"②而"方言与地域文化之间也有着千丝万缕的联系,它既是地域文化的重要载体,又是地域文化整体的一部分,它积淀着地域的历史文化内涵,反映着某一地域独特的风俗和民情"③。马识途作品中撷取了这些生动鲜活、富有表现力的四川方言,不仅能让读者在了解四川地方风土人情的同时更好地感受作品所含的地方文化,更重要的是这对于作品人物的塑造、场面的描述、情节的推进和故事氛围的营造都起着举足轻重的作用。

马识途在创作中不仅追求体现蜀中民俗"摆龙门阵"的叙述语风,更注重

---

① 马识途文集 11:文论·游记 [C].成都:四川文艺出版社,2005:31.
② 老舍文集(第六卷)[C].北京:人民文学出版社,1984:237.
③ 周春英.论苏青作品的地域文化意蕴 [J].内蒙古大学学报,2005(2).

对巴蜀民间方言口语词汇的使用，在使人读来朗朗上口的同时，还在带有民俗感情色彩的语境中展现了民俗特征以及其独特的情致魅力，使之戴上了民族的光环，成就了这一文艺的重要属性，这一点在"川派"作家中独树一帜。"我以为写作品是可以用方言的，更概括、更传神的方言为什么不可以用呢？比如'打牙祭'这个四川方言，已经传遍全国。只是应该用经过提炼、经过净化了的方言，而不是那些很生僻、很俗气的方言。"①

对于体现人物性格而言，语言的表现是重要的艺术手法。语言不仅能体现出人物的性格，还能反映出人物自身的特征，有时即使没有看到此人的身份，但是通过他所说的话，也能对他的背景揣测到几分，也就是说，如果你写的是一段发生在农民之间的对话，但却用的并不是他们之间的习惯用语的话，那么必然就不像农民的对话，更不用说反映人物性格了。其中特别值得一提的是在马识途的小说中有不少关于袍哥这个组织的描写，无论是《京华夜谭》，还是《风雨人生》等小说中均有提及。虽然袍哥已经消失了几十年，但却依然对今天的四川有一定的影响。以四川的方言词汇为例，袍哥无论清水浑水，都有一套内部使用的"切口"（即隐语，俗称江湖黑话）。浑水袍哥虽人数不多，但他们使用的切口有很少数至今还保留在方言词汇中，如文中出现的"点水""划盘子"等；而清水袍哥由于人数众多，他们使用的不少"切口"在当时已不再是隐语而公开使用，逐渐成为通用的语言而保留在四川的方言中，至今还在普遍使用的如"散眼子""臊皮""吃通""抽底火""关火""落教""操社会""扎起""打平伙""吃欺头""扯地皮风""提口袋"等等。同时通过这些语言的描绘，读者也可对当时的袍哥习俗礼教窥见一斑。在《京华夜谭》中就有不少当时袍哥之间使用的俗语，比如"我找来一个我的'贴心豆瓣'王云飞，给他如此这般地作了布置。王云飞是好枪把式，灵透得很，干这种事干得多，只要给他'点一下水'，他就会去办得巴巴适适的"②。在这段话中，作者不仅使用了方言词汇中的"贴心豆瓣"和"巴巴适适"，来表示此人是自己的心腹，值得信赖，而且做事做得很妥帖可靠，还加入了"点一下水"这样的隐语，意为稍加指点即可，不用详细说明。方言加隐语的运

---

① 马识途文集11：文论·游记[C].成都：四川文艺出版社，2005：32.
② 马识途文集4：京华夜谭[C].成都：四川文艺出版社，2005：188.

用，形象而生动地表达了王云飞此人的聪颖，以及主人公对他的信任。再比如"海大爷"和"海袍哥"中的"海"字，如果不了解"海"字在四川方言里的独特用法，就很难了解整个词语乃至整个句子的意思。"海"字在这里就是参加、混、玩的意思。四川有一句话叫"很四海"，意思就是说很讲义气，够朋友。此处的方言词汇不仅形象生动地说明了"海袍哥"的程序，还展示出了当时四川的袍哥文化，而对于这一点，恰恰是理解肖强此人的关键，因为他就是出身于簪缨之族，父亲是本县社会上的第一块招牌，可以掌红吃黑，家境富庶优越，前途自然无忧。而也是由于他的这种特殊身份作掩护，才能让他后来在接受组织安排，混迹于袍哥、官僚和特务之间执行任务时不被怀疑。这些语言，只要真正懂得的人一看，就会联想到非常丰富的内容，而有许多是只能意会，不能言传的。

民俗语言的如此功能和作用，马识途是知晓与谙熟于心的，因此才能在他所创作的作品中将其运用得自由灵活，恰到好处。在《找红军》中作者描写了一个"泥巴脚杆"[①]王天林一心找红军，在找红军的过程中慢慢成长起来，最后终于入了党的故事。故事通过王天林口述的方式讲述，其中就有"我看总有一天要幺台"[②]，"把我烧得毛焦火辣的"[③]，"就是要把细，不要冒失"[④]，"脚板擦油，溜了就是，找红军去"[⑤]，"一个都没有跑脱，都打死了！"[⑥]这样的一系列生动的人物方言对话，不仅活灵活现地勾勒出一个朴实热情，又积极向上，追求进步的四川农民形象，更对于体现作品中人物的个性也有着极大的艺术表现力。使人在似懂非懂的阅读中，不仅感受到了作品浓郁的地方特色，也让人体会到四川人的智慧。

再如《盗官记》中张牧之的形象也是通过大量的方言口语的使用使之更形象化、立体化的，如"'去给我弄个师爷来！'张牧之又作出决定了。于是下

---

① 马识途文集 6：中短篇小说 [C].成都：四川文艺出版社，2005：248.
② 马识途文集 6：中短篇小说 [C].成都：四川文艺出版社，2005：249.
③ 马识途文集 6：中短篇小说 [C].成都：四川文艺出版社，2005：250.
④ 马识途文集 6：中短篇小说 [C].成都：四川文艺出版社，2005：250.
⑤ 马识途文集 6：中短篇小说 [C].成都：四川文艺出版社，2005：251.
⑥ 马识途文集 6：中短篇小说 [C].成都：四川文艺出版社，2005：261.

边的兄弟伙就去想方设法,'弄'一个师爷来"①;又如"陈师爷当时没有回答,张牧之也不估倒他马上回答"②;再如"张牧之和他几个兄弟伙一听是这么个整法,就冒火了。张牧之叫道:'算了,老子不给他收了'"③;"张牧之硬是怎么说,怎么干,一点也不走展"④。其中"估倒""兄弟伙""老子"等词语均是十分典型的四川方言口语,而一个"弄"字含义丰富,充分体现出挖空心思,费尽办法也要去找一个师爷来,"硬是""走展"则进一步表示强调,肯定了张牧之的说一不二、言出必行的特性,活脱脱地将其粗犷豪放、雷厉风行的绿林好汉形象呈现在了读者眼前。马识途恰当地运用这些形象生动的四川方言,无疑更进一步增加了作品的亲和力。这样的语言表达就像四川民俗生活的一面面镜子,作者通过运用口语化的方言语言系统,用四川方言词汇勾画出了一幅幅具有浓郁地方特色的民间市井风情图,为读者全面了解四川的民风民俗提供了丰富的资料。将追求自由爱情的青年"沉河",以及一系列官商勾结、禁烟者卖烟、卖官鬻爵、卖女求生的描写,是作者对民族生活状况的断层扫描,达到对民族生活特点的明白剖析。同时,极具四川民俗意味的语言表述也在小说的审美活动中起到了无法替代的作用。

作者为了将自己的审美理想更直接更彻底地传达给当时的四川读者,他还使用了一些当时社会背景下使用的方言俗谚等充满了浓郁地方特色的用语来建构整个作品的充满民族性的内容氛围,有些甚至可能在现在已经不太使用了,但却能让当时的老百姓读来感觉亲切,从而在心理上认同作品,领略出作品深层次的意味指向。比如"有的时候他们整得我急了,只想快点吃一颗'卫生汤丸'了此一生"⑤。其中的"整"字是方言,意为折磨人,故意想尽办法折腾人的意思,而"卫生汤丸"却是四川旧社会中对弹丸的谑称,配合之前的"整"字,表达出的是一种四川老百姓所特有的幽默之情,展现的是一种乐天派性格。被枪毙不说被枪毙,而说"吃一颗卫生汤丸",在幽默中透着一丝无赖,一丝戏谑,嘲讽之心,更多的还是一种坦荡,一种视死如归的洒脱。与此相似

---

① 马识途文集 2:夜谭十记 [C].成都:四川文艺出版社,2005:82.
② 马识途文集 2:夜谭十记 [C].成都:四川文艺出版社,2005:83.
③ 马识途文集 2:夜谭十记 [C].成都:四川文艺出版社,2005:91.
④ 马识途文集 2:夜谭十记 [C].成都:四川文艺出版社,2005:93.
⑤ 马识途文集 4:京华夜谭 [C].成都:四川文艺出版社,2005:22.

的还有"吃盐水饭","吃盐水饭"就是蹲监狱、关禁闭,因为这时候只能吃盐水泡饭,进而借以指代得名。这些语言搭配经过四川人的创造性运用,别有一番深刻的含义,使语言突破了它原来的意义而扩展形成了新的张力,体现出四川人的智慧。

除此以外,还有一些直接的音译词,比如"跟我去的勤务兵上前去摸出派司来亮一下"[①],这里的"派司"是英语"pass"的音译词,指通行证、出入证、护照或传递、通过之意。在其他的文学作品中也出现过,例如樊天胜的《阿扎与哈利》:"我翻阅了他的水手派司,原来他曾当过水手长的";理由的《子爵号》:"他的同伴掏出蓝色的派司:'我是华盛顿大学航空机械系三年级学生'";王鲁彦《我们的学校》:"我们的足球踢得最好……有头顶脚滚球不离身善作派司的左右卫";郭沫若的《脱离蒋介石以后》:"走,走,车在外边等。这里可以'派司'吗?"这些音译词配合着方言词语的使用,不仅显示出外来文化翻译的时代性和时代特征,而且,也展示出一种语言的文化。为了达到一种交际的需要,语言之间通常都有直接或间接地接触并相互影响,而其中最简单的一种影响就是外来词、音译词的产生,它类似一种"借贷"的方式,它是一种语言文化接触和交流的产物,文学文本中将之加以运用,与方言词语一起,也别有一番意趣。

在《京华夜谭》中,作者大量运用四川的方言俗语,如"歪""咋个""欺头""讨人嫌""认黄""兴妖作怪"等独具四川地方特色的方言词汇,甚至是对于回目的撰写也出现了别具匠心的"第幺回"。"幺"在四川方言中是表达最小、最后的意思,以此为章回计数,不可不谓是作者的有意为之,为的就是为作品多添几分地方风味,读者读来更亲切舒服。文中还有一些与特定时期的四川风俗相关的词语,对于四川人来说读来会有一番独特的地方意味。在《夜谭十记》中,也有如"啥子""秋二""娃儿""唉""哦嗬""手艺潮""硬火"等具有鲜明四川地方特色的词语,或者虽是普通话中词句,却有独特的地方意义。如"保险"(类似语气助词,表达对推测的肯定性)、"潮"(形容词,用于形容手艺差、技艺生疏),这些词语都极具表达

---

① 马识途文集4:京华夜谭[C].成都:四川文艺出版社,2005:398.

能力，是文学上很宝贵的财富。只要真正懂得这种语言的人，一看就会联想到非常丰富的内容，而另外一部分读者也会在似懂非懂的阅读中，感受到作品浓郁的地方特色。作者为了顾及当地民众的欣赏和其他地区更多读者的阅读需要，不着痕迹却又精心地设计了这样的语言，将文艺作品和民俗活动在当代的审美语境中联系到一起。

马识途正是知晓且谙熟民俗语言的功能和作用，因此在他以《京华夜谭》《夜谭十记》为代表的一系列文艺创作中，民间流行的谚语、俗话以及方言口语等使用得都非常频繁，也用得自由灵活，恰到好处，既使作品充满了浓郁的地方特色气息，又让读者彻底领略到了地方方言的美感，从而获得了独特的审美体验。

再如："县太爷不耐烦地说：'管他上江下江，只要是剃头匠，不是杀猪匠就行，要快！'"[1]

"长官请包涵，这位张小姐是我的挂角亲戚。"[2]

"赵钱孙李，狗吃生米，周吴郑王，狗吃麻糖。"[3]

"哪里是表现得真进步？是表演得真出色，他把你们都麻倒了。"[4]

"我找了那个特务小头目，和他拿了言语。"[5]

"你惊风扯火地叫些啥子？"[6]

"这个小伙子说的真是撇托。"[7]

"有人说，把他拿来用杠子从头压到脚，保险压不出一个屁来。"[8]

"只要你稍微表现有一点怀疑的颜色，马上就有人来理抹你。"[9]

"下江人"是四川地区对长江下游地区人的泛称；"挂角亲戚"是指关系很远的亲戚；"赵钱孙李……"一句类似现在小孩对一些童谣的恶搞之语；

---

[1] 马识途文集 2：夜谭十记 [C]. 成都：四川文艺出版社，2005：17.
[2] 马识途文集 3：巴蜀女杰 [C]. 成都：四川文艺出版社，2005：99.
[3] 马识途文集 7：讽刺小说及其他 [C]. 成都：四川文艺出版社，2005：274.
[4] 马识途文集 4：京华夜谭 [C]. 成都：四川文艺出版社，2005：171.
[5] 马识途文集 4：京华夜谭 [C]. 成都：四川文艺出版社，2005：118.
[6] 马识途文集 5：雷神传奇 [C]. 成都：四川文艺出版社，2005：24.
[7] 马识途文集 6：中短篇小说 [C]. 成都：四川文艺出版社，2005：267.
[8] 马识途文集 2：夜谭十记 [C]. 成都：四川文艺出版社，2005：46.
[9] 马识途文集 3：巴蜀女杰 [C]. 成都：四川文艺出版社，2005：134.

"麻倒了"是指欺骗别人成功；"拿了言语"则指某人以权威性的话语使某件事得以妥善解决；"惊风扯火"是形容人在说话或做事的时候的样子是大惊小怪，一惊一乍的；"撇脱"有方便、简单之意；"保险"虽是普通话的词语，但是在四川人说来却有另一番独特地方意味，它在四川方言里类似一个语气助词，表达的是对某种行为或者情况推测的肯定性；"理抹"中的"抹"不读mǒ，而读má，从字面来看，梳理和抹干净的意思，引申为清理或处理，管教某人某事，带有收拾惩治的意味在里面。这些带有民俗风味的方言，在马识途作品中屡见不鲜，其中那些颇具风味和"盐味"的词语句子，也许并不符合现代的语法规范，但若仔细品读，却会让人感觉意味深长。

西汉扬雄有言："考八方之风雅，通九州之异同，主海内之音韵，使人主居高堂，知天下风俗也。"①由此可见，方言口语往往同当地的风土习俗交织在一起。不仅如此，作者除了在人物的话语中表现出这种风格情趣，同时还在整体叙事、记人及写物的表达上，将这种极具四川民俗色彩的风格情趣与中国传统语言风韵和气质融合在一起，构成一种独具神韵的意趣审美效果的艺术形态。

马识途的语言，朴实无华，明白晓畅，极具四川民间特色又幽默风趣，读来有引人入胜之感。德国的姚斯说："一部文学作品的历史生命如果没有接受者的积极参与是不可思议的。因为只有通过读者的传递过程，作品才进入一种连续性变化的经验视野。在阅读过程中，永远不停地发生着简单接受到批评性的理解，从被动接受到主动接受，从认识的审美标准到超越以往的新的生产的转换。"②马识途将这些具有四川民俗特色的方言，运用到自己的作品中，既让人体会到四川人的智慧，方言的文学效用，也展现出浓厚的四川本土气息。

"每一种语言本身都是一种集体的表达艺术"③，不可否认，正是因为马识途对这种概括传神的方言口语的具体应用，对民族世态相，人情味，乡土气和风俗

---

① ［晋］常璩.华阳国志（卷十上·先贤士女总赞）[A].转引自刘叶秋.中国字典史略[M].北京：中华书局，1983：178.
② ［德］姚斯.文学史作为向文学理论的挑战[A].接受美学与接受理论[M].金元浦等译.沈阳：辽宁人民出版社，1987：24.
③ ［美］萨丕尔.语言论（第十一章）[A].陈光磊.修辞论稿[M].北京：北京语言文化大学出版社，2001：130.

画的具体描写，才使他的作品读来朗朗上口、雅俗共赏，使其作品独具民族风格，为各阶层人士所喜闻乐见。如此一来，不光让读者更能理解作者想要呈现的意境，也使作品彰显出他所追求的中国作风与中国气派，使之戴上民族的光环，成就了这一文艺的重要属性，也才为中华民族的本土文学走向世界提供了可能。

第三节 幽默和讽刺蕴寓于白描淡写

"白描"这个词，应该是从绘画中借用过来的。它是国画中一种画法，纯用线条勾勒，不加彩色渲染，寥寥数笔，描摹对象以求达到栩栩如生的效果。这要求画家对生活有细致的观察、敏锐的艺术感觉和高度熟练的表现技巧。文艺创作中的白描，其内涵也大致相同。白描手法的精髓，不仅在于语言描绘的准确逼真，而且还在于形神兼备，以形写神。

用朴素而自然，明确又简介的语言，传情达意，应该说是"白描"手法运用的第一要义。马识途的小说，描摹世态，神情宛然，文笔晓畅而洗练，正如在《京华夜谭》中作者就描写了这样一个看似不起眼的小人物——苟公子。这位公子不会说英语，却非常喜欢赶时髦，喜欢用汉语拼音为英语注音，然后他便按照汉语译音来读，因为很多人都听不懂，他还自以为自己此招很高妙，还别出心裁地想出了一个新发明，拿今天的话来说，就是"中国式的英语"，即是说用汉语的逻辑思维说出句子后再逐一翻译成英语单词，将之串联起来，不管英语的语法和逻辑，这种发明成了这位苟公子的标准英语，并因此产生了独特的讽刺意味。且不说他在玩桥牌的时候牌兴大发喊出来的"You have two downs（'你有两下子'，即你有一点本事的意思，你看，他连复数's'都没有忘记加上的。）……You dog sun!（你狗日的），You mother skin（你妈的皮）"①。此后一段关于他放暑假回乡下显摆的情形更是将此人不懂装懂又爱显摆，自鸣得意又不学无术的乡间纨绔子弟形象刻画到淋漓尽致的地步。"他一进门叫他的爸爸为father，妈妈为mother，已经弄得他父母瞠目结舌，不知

---

① 马识途文集4：京华夜谭[C].成都：四川文艺出版社，2005：104.

所措。当他叫他的老婆为darling时,大家听到的就是'打铃,打铃'。他的老婆莫名其妙,问他:'你为啥一见我,就叫打铃呢,这又不是学校,打铃干什么?'他哈哈大笑,笑这些乡下人的愚蠢。他的爸爸妈妈听了也跟着笑,连眼泪水都笑出来了。"①相信读到这里的大多数读者也会笑出声来,跟苟公子父母欣慰的笑是不同的,读者应该更多是嘲讽的笑。作者在这里仅仅只是寥寥数笔,便达到了出神入化的效果,活脱脱地将一个喜欢用汉语来给英文注音、用所谓的"苟式英语"来充时髦的公子哥写得妙趣横生,讽刺意味在这里达到了高潮。描写这一人物一方面是为了展现主人公肖强为了打入敌特组织,而不得不与这些游手好闲的少爷们周旋的情景;另一方面,也嘲讽了在那个时代不学无术的公子哥们。

再如《典型迷》中对吴书记从"文山"的底层"挖掘"出的一份文件的形象描绘,"发下来很久了。看上面画的大的、小的、圆的、扁的、封口的、未封口的圈圈之多,不知道在多少办公桌上旅行过来,或者在谁的抽屉里安然睡了多久的大觉"②。用无数个不同的"圈圈"的形状和特征来形容一份经历了多个部门及领导的文件,用的词语是"旅行"以及"睡大觉",拟人化地手法讽刺官僚主义的机关作风,人浮于事的形式主义,华而不实的工作作风,在作者笔下一一亮相。《张大嘴纪事》中的主人公张大嘴,"张大嘴有一张其宽无比的大嘴巴,好像是上帝在造人的时候,轮到他了,只是漫不经心地在他那泥坯上大概是嘴的地方胡乱砍了一刀,于是从左耳根到右耳根裂开了一条大口子,那就是他吃饭和说话的工具"③,这样的白描将他写成了一个哈哈镜中的变形人物一样,既滑稽又符合他的名字特征,嘴不再是嘴,而是一个"大口子",而当"张大嘴一张开大嘴,便见满口金光闪亮,因为他有一口值得骄傲的大金板牙。他的那口牙齿,一眼看去,除了吸烟吸多了,熏得发了黄外,并没有毛病。特别是那两颗门牙特别大,坚实有力,简直把鹅卵石也可以咬碎"④。再寥寥几笔,一个村党支部副书记的却只顾大

---

① 马识途文集 4:京华夜谭 [C].成都:四川文艺出版社,2005:104.
② 马识途文集 7:讽刺小说及其他 [C].成都:四川文艺出版社,2005:163.
③ 马识途文集 7:讽刺小说及其他 [C].成都:四川文艺出版社,2005:66.
④ 马识途文集 7:讽刺小说及其他 [C].成都:四川文艺出版社,2005:67.

"吃"特"吃"百姓的形象已经跃然纸上,这样的描述看上去似乎略显夸张或夸大其词,但并非如此,因为"实事求是地说,那是他喜欢张大嘴巴到处吃人家,大家才这样叫他的"①,就这样外在形象与其行为动作匹配得天衣无缝,精妙地点明主人公的性格行事作风。就这样用白描的手法将丑的形象更加艺术化,漫画化,给人留下极深的印象而更强化对丑的否定,这种白描手法又与存在于作品中的幽默感以及讽刺意味相得益彰,达到了很好的艺术效果。夸张而不失真,又惟妙惟肖地恰到好处;并不谩骂,而是笑中带刺;也不尖酸刻薄,而是透着川人特有的幽默和讽刺;语言通俗却并不庸俗粗鄙,这是符合川人性格的最好表现,"他们欢喜用夸张的手法,还时常夹点小幽默。特别是他发觉有点冷场的时候,很会现场取材,即景生情,说几句幽默话,往往妙趣横生,振作精神"。②

不仅如此,白描淡写的手法也体现了作家使传奇性情节现实化的努力。在《夜谭十记》中,作者善于在看似平淡的日常生活场面的描绘中,表现出不平常的深远意味;在可笑之中写出可歌可泣的东西;在庄严神气的地方揭露出可笑可鄙的一面;以朴实无华的描写展现出辛酸之态;又以白描之笔勾勒出一种令人尴尬的场面,为读者刻画了社会中一系列可笑、可厌、可鄙、可憎的人物形象:贪官污吏、政客谋士、封建余孽、巨商大贾、骗子巫婆。这正符合齐白石的一句名言:作画妙在似与不似之间,太似为媚俗,不似为欺世。《夜谭十记》也正是以充满民间习俗的生活图画来结构全篇,在作品中用大量真实的、生动的、传神的细节描写。这些细节描写,不仅在推动情节发展、烘托或渲染典型环境以及刻画人物性格方面发挥着重要作用,而且细节本身的描写方式也同样是白描的。"中国传统文学尤其是中国小说的突出特点,是'其言直,其事核'的写实性——即清代学者蒋彤所说的'文洁而事信'和'无虚假无疏漏'的'坚实',是对'白描'技巧的倚重,是紧紧贴着人物的心理和性格来刻画人物,是追踪蹑迹地追求细节描写的准确性和真实感,是强调文学的伦理效果和道德诗意"③。《夜谭十记》的十个故事

---

① 马识途文集 7:讽刺小说及其他 [C].成都:四川文艺出版社,2005:66.
② 马识途文集 11:文论·游记 [C].成都:四川文艺出版社,2005:22.
③ 李建军.直议莫言与诺奖 [N].文学报,2013 年 1 月 10 日,第 18 版.

中,无论是正直老练又乐观通达的"峨眉山人",还是奉公唯谨、寡言少语的"巴陵野老",抑或口吃木讷却文笔不俗的"无是楼主"和大学毕业后谋职无路,空有一肚子学问的"不第秀才",作者在描绘他们的形象时,虽都只有三言两语,却使之个个都有自己的特色。正是因为这种描写,才为人物打上了那个时代的、社会的、阶级的、民族的烙印,从而大大丰富了人物的个性特征;而也正是因为有了这种历史的烙印,才获得了它独有的民族气质和性格特征。如《破城记》中,围绕新生活视察委员身份真假这个问题展开故事,情节曲曲折折,跌宕起伏。开始,县长把剃头匠误认成了视察委员,一阵折腾后误会解开,剃头匠师傅开始剃头了,却又变成了来卧底暗访的视察委员,搞得众人不知所措。接着,在欢迎视察委员的接风宴上,县里各色人物纷纷粉墨登场。次日一早,却又发现这个视察员是用肥皂刻了个公章冒充的,已经跑掉了。县长知晓上当后正暴跳如雷间,真的视察员方才到来。县里各色人物又重新为真视察员接风。觥筹交错间,假视察员突然回来,并且不知自己身份已经被人揭发,让人不禁担心起他的命运来。谁想转瞬间形势再次逆转,假视察员居然是共产党游击队队长,倒把县长、高队长、高老太爷一举擒获。至此,视察委员真真假假变了好几次,才揭晓为何这个故事叫作"破城记"。

  马识途不仅运笔平中见奇,拙中见灵,还在作品中集中体现了白描淡写手法的简练、朴实,像生活本身那样既丰富又平淡,既复杂又单纯,展示了作者追求的一种归真返璞的艺术境界。"最令人兴奋的是浓郁的川味。我以为作品写四川的人物事件,而不具有川味,那是不够味的……川味并不是猎奇,而是要有四川人的气质、风度、语言、情趣、幽默感、风俗习惯、山川景象,而且是典型化的。这样就易于在艺术上异彩纷呈,在中国文艺中占有特殊的地位……我想套用一句话:越有地方性就越有全国性"[①]。毋庸置疑,白描手法的精髓,不仅仅在语言描绘的准确逼真,也在于其书神兼备,且以形写神。在艺术上表达这种形似和神似的融合统一,首先得掌握描绘对象的典型性特质,才能揭示出内在精神。从《京华夜谭》中的第幺回,肖强对于"幺"这个词语

[①] 马识途文集 11:文论·游记 [C]. 成都:四川文艺出版社,2005:175.

的解释就能看出。当"我"问肖强作为一个幺台戏是一个压轴的,那么是否是更精彩的时候,肖强答道:"不,既然是压轴戏,那就是近于尾声或者只能算是余兴了。我就摆几个抢救共产党员以及抢救我自己的小故事吧。"[①]只是寥寥数笔,就把"幺台"的深层次含义表现出来——是"近于尾声",且是"余兴",而对于如何"幺台"呢?肖强只用了一个核心词语"抢救"就一语概括,而且对于故事,形容的是"小"字,紧扣了"幺台"二字。但仅此而已,已经足够,至于如何抢救,谁抢救了共产党员又是谁抢救了"我"呢,就需要读者诸君去慢慢细细地继续品读了。

对"川味"的白描在另一段关于"厕所文学"的描写中也能集中体现。"我到将军街附近一个公厕里去,趁公厕没有人的时候,在蹲位的板壁上用粉笔画了一个王八。这种在公厕里的板壁上画个王八,写上几句骂人的话,或者发两句牢骚,是常事。当时有个美名叫作'厕所文学'。不过,我画的王八却有点不一样,是没有画尾巴的。这是周武哲和我约好了的"[②]。这段描写是关于肖强因为有紧急事情要跟联络人周武哲联系而启用两人事先约好的紧急通知办法。作品中对于肖强"画王八"的整个场景描写,找不出任何浮辞藻语,也没有多少修饰,都是从动作和背景描写出整个过程,作者写作中一气呵成,几乎每句都描绘出当时境况,画面感极强,具有立体感和形象感。既写出了之所以要采用这种方式的原因是因为厕所画王八之事颇为普遍,不容易引人注意,又表达了此种方式辨认的特殊性所在是因为他画的王八是"没有画尾巴的",通过一个简单的紧急联系方法体现出地下工作的隐蔽性和地下党员们的聪明睿智,更为大家勾勒出当时压抑苦闷、动荡不定的社会背景下人们苦中作乐,以"厕所文学"这种方式来宣泄心中不满的生动图景。

关于"白描",鲁迅还做过这样的解释:"'白描'却并没有秘诀。如果说要有,也不过是和障眼法反一调:有真意,去粉饰,少做作,勿卖弄而已。"[③]老舍也曾说过"晦涩是致命伤","自然是最紧要的,不要多说废话

---

① 马识途文集 4:京华夜谭 [C].成都:四川文艺出版社,2005:378.
② 马识途文集 4:京华夜谭 [C].成都:四川文艺出版社,2005:210.
③ 鲁迅.南腔北调集 [M].北京:人民文学出版社 2006:215.

及用套话，这是不作无聊的装饰"①。《巴蜀女杰》中描绘了关于张萍在国民党军统的训练班中经历过的"制式训练"，从德国搬来的操典，必须严格遵守，稍有不合，就会责罚到你讨饶，"有一回，一个男学员在操场上操，大概这个男学员有点'调皮'，向正前正步走的时候，他走到一个有水坑的地方，他把脚步放大一点，跨过水坑去，在教官看来，这就不合操典了，他被提了出来，给了他一拳头，一掌把他推在那水坑边，教官下命令：'卧倒！'那学员只好卧倒在水坑里了。'起立！'他才爬了起来，'卧倒！'他又卧倒，一身都被脏水弄湿了，还叫他起立和卧倒好多次"②。在这段不足二百字的场景描绘中，既有对事件的简述，又有对责罚的详叙，既有"不合操典的男学员"的行为动作，对教官命令的无条件服从，也有从教官随之而来的一系列的命令中油然而生的不容反抗的权威性和强迫性。整个举例中，没有任何浮词藻语，也没有过多的修饰，都是从动势中展示了这种犹如机器人般的训练的目的性，不仅使人丧失理性，还会让人性格残忍扭曲，"卧倒""起立"多次之间，是要将你训练成为丧失自己的主观思想，却有锋利动作，执行上峰命令的"刀子"。几乎每句都描绘出了形象，构成了极强的画面感，富有立体性。

苏轼云："发纤秾于简古，寄至味于淡泊。"纤者，纹理细腻；秾者，色泽润厚也，此言在简朴古雅之中能够抒发纤微浓厚的思想感情，在朴素无华的语言中能够寄托遥深的意趣追求。正所谓大味必淡，真水无香。《接关系》中任道在客栈中跟王二木打听这里的小学是否有一个王姓老师，这个地方名为王家场，王姓人士不在少数，"那个小学有好几个姓王的老师，有瘦王老师，有胖王老师，有眼镜王老师，还有白脸王老师"③，寥寥数笔，不禁让人哑然失笑，带着些轻松愉快，同时却是形象真实的，此时的任道因为不确定究竟哪一位才是自己所寻之人而失望，但读者却是在平淡的阅读中因为此段调侃式的话语，升腾成了阅读的快感，一方面为任道感到焦灼着急担心，另一方面却又不得不为王二木戏谑式的言语而微笑。小说《破城记》中

---

① 老舍文集（第十五卷）[C]. 北京：人民文学出版社，1990：132.
② 马识途文集 3：巴蜀女杰 [C]. 成都：四川文艺出版社，2005：135.
③ 马识途文集 6：中短篇小说 [C]. 成都：四川文艺出版社，2005：284.

既有曲折故事的粗笔勾勒,也有扣人心弦的场景和人物音容笑貌的白描刻画。如县太爷等人知晓剃头匠就是视察委员时的惶惶然不知所措,花厅内真视察委员、高老太爷如何阴险设计捉拿假视察委员、假视察委员如何深入虎穴擒拿高老太爷等人,这些情景都写得绘声绘色,惊心动魄。使人读来或欣赏赞叹,或摇头品味,在茶余饭后看起来觉得有味道,在含笑之间增加了对小说的认同感。正符合赛珍珠所说,"中国人生性喜爱富于戏剧性的故事。于是说书人便开始增加他的内容……他把这些经历添枝加叶地修饰一番,但不用文学的措辞,因为人们并不喜欢这样的词语。他总是想着他的听众,他发现他们最喜欢的是一种流畅通俗、清晰易懂的风格,也就是运用他们日常生活使用的简短语言……"①

正是小说使用了最重要的写作技巧——自然,才使广大民众能够并乐意接受马识途的创作,也正是通过明白晓畅、朴实无华的白描淡写才表现了"艺术的真实"和显出主体的灵魂——民族的精神与灵魂。而之所以能实现这样的既幽默又具有讽刺性的效果,在于作者平时对于某些日常生活场面本身所具有的特定韵味具有敏锐精细的感受能力,并善于在形象描绘中把它传达给读者,使之缩短了人物同我们的距离,温和中带有刺,给人深长隽永的回味,并在读者对人物和事件的感受中增加了一层亲切感,使作品能赢得不同年龄、性别、职业的读者的普遍喜爱。这种"略具笔墨,意在笔墨之外"的艺术,正是我国美学理论和创作实践的核心所在,归根结底,这也是中国人民群众在千百年中养成的审美趣味和欣赏习惯的具体体现。

近现代以来,中国小说受外国的影响越来越大,这不能说不是好事。问题在于,我们在吸收国外先进的文艺思潮的同时,如何对传统的民俗思想与观念,包括小说的创作思想与方法进行有效的反思,以及对国内外的文艺和美学思想进行整体思考,吸取精华、扬弃糟粕。别林斯基指出:"不管诗人从什么世界为自己的作品汲取内容,不管他笔下的主人公隶属于什么民族,可是,他本人却永远始终是自己民族精神的代表人物,用自己民族的眼睛去看实物,把

---

① [美]赛珍珠. 中国小说——1938年12月12日瑞典文学院诺贝尔文学奖授奖仪式上的演说[A].《大地三部曲》[C]. 王逢振等译. 桂林:漓江出版社,1998:962.

自己民族的烙印镌刻在这些事物上面。"①马识途一系列的小说作品"绝不追求高雅，淡淡的哀愁，默默的怨恨的格调；那种转弯抹角，扑朔迷离，故作深奥的作品；决不去追求少数人才懂的高级的作品，或少数人看了也迷迷糊糊的作品"②，而是深深扎根于民族文化传统追求的中国作风和中国气派的表现形式的作品。

马识途在《京华夜谭·后记》中所说的可以让我们对他的小说作品有一个概括性的认识，他认为他的这部小说可能难以被归入雅文学，却也很难定义为一部正宗的通俗小说。对于人们给小说和故事寻找的新的定义和界说以及其他等等关于小说的社会功能一说，作者表示自己无瑕理会，相反，他表示他乐于"跻身于'说书人'之列"，甚至把自己的作品称为故事或是"龙门阵"也不以为羞，只要仍然在体现着为中国老百姓喜闻乐见的中国作风和中国气派这条路子上就足够。这一点其实正与他一直坚持的所谓中国的文学，就应该具备中国的民族风格和民族气派，就应该在作品描绘的内容中反应出中国人的气质性格、审美情感以及语言韵味的观点不谋而合，同时，这恰恰也是值得我们去细致品味析读，并反思的。这种追求在《夜谭十记》等作品中，是方言口语的运用和民俗风貌的刻画，是朴实无华、白描淡写的写作手法，这些均充分显示了马识途在小说民族化追求中民族形式方面的追求与探索，为让我们的民族文学走向世界提供可供参考的范例。

在大多数文章借鉴了诸如"意识流""多视角""快节奏"等西方现代派的表现手法时，千万不能忘记重视自己的民族形式。借鉴是很有必要的，但是把别人的东西转化为自己的精髓，做到"为我所用"才是正道。"白描"这样的传统手法，因为它的根深深地扎在民族文艺的厚实土壤中，而且符合艺术欣赏的民族心理，因此它永远不会过时，更不能去否定它。中外艺术史都证明，即使是移植外来艺术成果也必须尊重本民族的特点以及作家本体的艺术个性，否则再好的东西也会丧失其生命力。马克思、恩格斯所倡导的"世界文学"本意并非刨平磨光各种文学的民族特色，也不是削减自己，满足所谓的"共通"，更不是单一照搬国外时髦来代替民族传统。相反，应

---

① 别林斯基文集（第3卷）[C].上海：上海译文出版社，2005：204.
② 马识途.且说我追求的风格[J].青年作家，1985（1）.

该是在民族自然融合的过程中，彰显自己独特的风格和艺术个性，既有民族性的体现，又有个性彰显，互相补充，共同繁荣，从而对人类命运共同体加以把握和体现。

参考文献

一、译作、中文书目

[1][德]马克思.1844年经济学哲学手稿[M].中共中央马克思恩格斯列宁斯大林著作编译局编译.北京：人民出版社，2000.

[2][美]弗雷德里克·詹姆逊.后现代主义与文化理论[M].唐小兵译.西安：北京大学出版社，1997.

[3]别林斯基论文学[C].梁真译.上海：新文艺出版社，1958.

[4]列宁论文学与艺术[C].中国社会科学院文学研究所文艺理论研究室编.北京：人民文学出版社，1983.

[5]朱立元.当代西方文艺理论[M].上海:华东师范大学出版社，2005.

[6]冯宪光."西方马克思主义"美学研究[M].成都：四川大学出版社，1997.

[7]冯宪光.马克思主义文艺学的当代问题[M].成都：四川大学出版社，2008.

[8]傅其林.文学中的和谐——美的人格与生存之境[M].成都：四川大学出版社，2008.

[9]周忠厚、邹贤敏.马克思主义文艺学思想发展史教程[M].北京：中国人民大学出版社，2002.

[10]陈勤建.文艺民俗学[M].上海：上海文化出版社，2009.

[11]朱希祥、李晓华.中国文艺民俗审美[M].上海：上海文化出版社，2009.

[12]毛巧晖、王宪昭、郭翠潇.马克思恩格斯列宁斯大林论民族民间文学[M].北京：中国社会科学出版社，2013.

[13]张帆、刘小新.文学理论与文化研究[M].南京：江苏大学出版社，2012.

[14]张德林.现代小说多元建构[M].上海:华东师范大学出版社，1998.

[15]罗勇.《当代文坛》三十年评论精选（上、下）[C].成都：当代文坛编辑部，2012.

[16]秦川、卓慧.马识途生平与创作[M].成都：四川大学出版社，1998.

[17]陆文璧.马识途专集[M].成都：四川文艺出版社，1988.

[18]梁一儒.文艺民族化论稿[M].呼和浩特：内蒙古人民出版社，1984.

[19]任范松.文艺民族化论稿[M].延吉：延边大学出版社，2004.

[20]李衍柱.马克思主义文艺理论在中国[M].济南：山东文艺出版社，1990.

[21]杨治经、曲若镁.马克思主义与当代文艺理论建设[M].北京：中国文联出版公司，1992.

[22]李衍柱、李戎.毛泽东文艺思想概论[M].济南：山东文艺出版社，1991.

[23]张孝评.中国传统文化文艺思想与毛泽东[M].西安：西安出版社，2009.

[24]毛泽东选集（第三卷）[C].北京：人民出版社，1953.

[25]毛泽东论文艺[C].北京:人民文学出版社，1992.

[26]陈勤建.文艺民俗学导论[M].上海：上海文艺出版社，1991.

[27]谭好哲.从古典到现代：中国文艺美学的民族性问题[M].济南：齐鲁书社，2003.

[28]郭英剑.赛珍珠评论集[M].桂林：漓江出版社，1998.

[29]李子贤.多元文化与民族文学[M].昆明：云南教育出版社，2001.

[30]童庆炳.全球化语境与民族文化、文学[M].北京：中国社会科学出版社，2002.

[31]蒋述卓等.文化视野中的文艺存在[M].北京：中国社会科学出版社，2003.

[32]2004年当代文艺论坛论文集[C].北京：中国文联出版公司，2005.

[33]陈勤建.文艺民俗学论文集[C].上海：上海文化出版社，2009.

二、中文论文

[1]李欧梵.文学：海外与中国[J].文学自由谈，1986（5）.

[2]蒋蓝.阿来：四川的文学得了什么病？[J].青年作家，2010（11）.

[3]林建煌.毛泽东关于文艺民族化理论的建构及其当代意义[J].中共福建省委党校学报，2007（12）.

[4]李杭育.从文化背景上找语言[J].文艺报，1985年8月31日.

[5]张海明.文学民族化问题再议[J].文学评论，1992（6）.

[6]田敬诚.文艺民族化——民族个性化与现代化的历史进程[J].华中师范大学学报（哲社版），1987（4）.

[7]杨治经.中华民族的审美心理结构与文艺创作的民族化[J].《毛泽东文艺思想研究》第六辑暨全国毛泽东文艺思想研究会成立10周年学术研讨会论文集，1990年.

[8]郝春燕.全球化语境下的文艺学民族化建设[J].沧州师范专科学校学报，2006（1）.

[9]欧永宁.国内关于马克思主义民族化的研究述评[J].北华大学学报（社会科学版），2012（6）.

[10]王冠英.鲁迅文艺民族化思想散论[J].民族文学研究，1991（2）.

[11]张炯.马克思主义文艺理论及其面临的挑战[J].徐州师范大学学报（哲学社会科学版），2010（3）.

[12]吴文治.试论马克思主义文艺理论的民族化问题[J].文艺理论研究，1985（2）.

[13]敖忠.文化自觉自信与文艺民族化问题[J].中华魂，2012（11）.

[14]李春华.马克思主义民族化的理论体系与实践范例[J].重庆社会科学，2008（7）.

附录：马识途主要作品年表

《清江壮歌》（长篇小说）1966年3月第1版，1979年2月第2版，人民文学出版社

《找红军》（短篇小说集）1978年11月第1版，四川人民出版社

《西游散记》（散文集）1981年2月第1版，四川人民出版社

《景行集》（散文集）1980年8月第1版，四川人民出版社

《三战华园》（中篇小说）1982年2月第1版，四川人民出版社

《夜谭十记》（长篇小说）1983年11月第1版，人民文学出版社

《马识途短篇小说选》1984年2月第1版，四川少年儿童出版社

《巴蜀女杰》（长篇小说）1986年4月第1版，中国青年出版社

《她，一颗闪光的流星》（长篇小说）1986年4月第1版，四川少年儿童出版社

《在地下》（白区地下党工作经验初步总结）1987年2月第1版，四川大学出版社

《京华夜谭》（长篇小说）1987年6月第1版，四川文艺出版社

《魔窟十年》1990年4月第1版，重庆出版社

《雷神传奇》（长篇小说）1992年11月第1版，人民文学出版社

《盛世微言》（杂文集）1994年10月第1版，成都出版社

《路》（长诗）1997年8月第1版，四川人民出版社

《马识途讽刺小说集》（短篇小说集）1996年6月第1版，人民文学出版社

《沧桑十年》（长篇纪实小说）1999年1月第1版，中央党校出版社

《焚余残稿》（诗集）1999年2月第1版，重庆出版社

《岷峨诗丛第四卷·马识途诗词钞》（传统诗词集），2000年10月第1版，天地出版社

《在地下》（长篇纪实小说）2005年9月第1版，人民文学出版社

《夜谭十记》2011年3月第1版，推手文化创意股份有限公司（中国台湾地区出版）

《党校笔记》2011年7月第1版，中央党校出版社

《夜谭十记》2011年9月第1版，群言出版社

《没有硝烟的战线》2011年10月第1版，四川文艺出版社

《找红军》2013年1月第1版，2019年4月第2版（青少年红色教育优秀读本），四川文艺出版社

《夜谭十记》2014年3月第1版，北京联合出版公司

《百岁拾忆》2014年8月第1版，生活·读书·新知三联书店

《西窗札记》2015年5月第1版，文汇出版社

《西窗琐言》2019年7月第1版，江苏凤凰文艺出版社

《在地下》2013年1月第1版，2019年4月第2版（青少年红色教育优秀读本），四川文艺出版社

《夜谭续记》2020年6月第1版，人民文学出版社

《马识途文集》2005年5月第1版，四川文艺出版社

包括：一、清江壮歌；二、夜谭十记；三、巴蜀女侠；四、京华夜谭；五、雷神传奇；六、中短篇小说；七、讽刺小说及其它；八、沧桑十年；九、风雨人生（上、下）；十、盛世二言；十一、文论·游记；十二、未悔斋诗抄

《马识途文集》（新版）2018年6月第1版，四川文艺出版社

包括：第一卷长篇小说《清江壮歌》；第二卷长篇小说《夜谭十记》；第三卷长篇小说《巴蜀女杰》；第四卷长篇小说《京华夜谭》；第五卷长篇小说《雷神传奇》；第六卷电视文学剧本《没有硝烟的战线》；第七卷《中短篇小说》；第八卷《讽刺小说及其他》；第九卷长篇纪实文学《风雨人生》；第十卷《沧桑十年》；第十一卷《百岁拾忆》；第十二卷《盛世二言》；第十三卷《盛世闲言》；第十四卷《未悔斋诗钞》；第十五卷《笔记 史料》；第十六卷《文论 讲话》；第十七卷《序跋 游记》；第十八卷《毛泽东诗词读解》